JAMAIS JE NE T'OUBLIERAI

BETTY SCHIMMEL
avec Joyce Gabriel

JAMAIS JE NE T'OUBLIERAI

document

Traduit et adapté de l'américain
par Marie-Thérèse Cuny

FIXOT

ISBN 2-221-08856-5

1

Un amour inoubliable

Richard. Son dernier baiser.

Nous marchons vers le fleuve, nous traversons le pont, nous voilà sur le flanc de la colline à l'aplomb du château qui domine le Danube. Ses yeux bleus me dévorent.

– Je t'aime tant !

– Je t'aime encore plus !

– Non c'est moi qui t'aime davantage !

– Ah mais non, c'est moi !

Richard. Mon dernier souvenir.

C'est un bel adolescent, si élégant en chandail et pantalon léger, il crie dans le fracas des sirènes d'alerte qui déferlent maintenant sur la ville.

– Cours ! Cours, Beth ! Rentre vite, ma Frimousse ! Je t'aime ! À demain !

Demain n'est jamais venu. Nous étions de grands enfants éblouis par l'amour de nos quinze ans. Nous nous aimions avec tant de force et de passion que la vie aurait dû nous unir.

Mais nous avons disparu l'un à l'autre, pour toujours. La guerre nous a séparés brutalement ce jour-là. Parce que nous étions juifs, et qu'en ces temps de fureur à Budapest, cet amour si puissant ne pouvait rien pour nous.

Richard a descendu la colline, il a couru sur un pont, moi sur un autre, nous avons regagné chacun de notre côté le ghetto de l'humiliation, et plus jamais je n'ai ressenti dans les bras d'un homme cet immense frisson de l'amour fou. Plus jamais.

Depuis je rêve de lui, de nous, de cette époque où nous étions si jeunes, où des centaines, des milliers de baisers m'accompagnaient jour après jour, sur le chemin de notre refuge au bord de l'eau.

Depuis je fais souvent le même rêve, sachant que je rêve et priant pour ne pas me réveiller. Pour que mon histoire d'amour continue.

Nous faisons du bateau sur le fleuve, je porte ce petit maillot rouge que l'écume éclabousse et colle à mon corps. Je ris, je voudrais que le Danube nous emporte et nous berce pour toujours. Je voudrais que nous fassions l'amour à l'infini. Je me dresse au-dessus de l'eau :

– Ne te lève pas, Beth ! Tu vas tomber ! Tu tombes toujours et il faut que je te rattrape !

– Je veux être près de toi !

– Menteuse ! Tu es fatiguée de ramer !

Je me lève malgré l'interdit pour être à ses côtés, le flot défile en sens inverse car nous remontons à contre-courant, et comme prévu je vacille et tombe à l'eau, il crie :

– Prends ma main, Beth !

Il l'a fait si souvent, que c'est un jeu pour moi. Chaque fois que je tombe, il tend la main avec ironie :

– Tu as besoin d'aide ?

Je disais toujours oui, et il me récupérait ruisselante dans ses bras. Mais dans mon rêve, je dis toujours non, je ne parviens pas à remonter le courant qui m'emporte et m'éloigne de la barque si fragile. Le fleuve m'entraîne et le minuscule esquif s'éloigne lentement de moi, et moi de Richard. J'ai beau lutter, nager vers lui de toutes mes forces, l'embarcation est à peine visible sur le fleuve immense. Je ne vois plus mon amour. Il s'est noyé dans le Danube.

J'entends encore le cri mais il est si lointain :

– Elisabeth ! Beth ! Reviens !

Je ne voudrais pas me réveiller, je voudrais nager encore et encore, lutter contre le Danube, remonter le courant m'agripper à sa belle et grande main tendue. Alors je sauterais dans la barque en l'éclaboussant de rires et de gouttes d'eau, j'irais me réfugier dans ses bras, sa poitrine nue contre la mienne. Il n'y aurait plus que le bleu de ses yeux, celui du ciel et de l'eau, je ressentirais ce frisson immense au contact de son corps et de ses baisers. Et ma vie reprendrait le cours de sa passion.

Mais c'est fini, ce n'était qu'un rêve, et il s'arrête toujours brusquement au moment de cette disparition symbolique. Me voilà réveillée en pleine nuit, vide et sans amour. Pourtant un autre homme dort à côté de moi, un homme bon et qui m'aime. Beaucoup trop car je n'ai jamais pu lui rendre cet amour qu'il réclame depuis tant d'années.

Je suis seule depuis ce jour de 1944 à Budapest. À contre-courant de ma vie. Et je ne peux m'empêcher d'en vouloir à ce mari présent dans mon lit, de l'absence de l'autre. Il le sait. J'ai soixante-dix ans bientôt, et dans ma jolie maison de Phoenix, dans l'Arizona, aux États-Unis, je suis une vieille dame toujours amoureuse d'un passé inassouvi.

J'ai un mari, Otto, et trois grands enfants, mais ils existent sur une autre planète où j'ai du mal à respirer, à marcher, du mal à vivre et à aimer.

Ma planète à moi est ailleurs, perle minuscule dans l'univers de ce siècle, c'est mon amour inoubliable.

Il est environ deux heures du matin. Comme d'habitude, je me lève en silence, sors de la chambre en chemise de nuit et traverse la maison, jusqu'à mon territoire. Ma très grande cuisine, avec de hauts plafonds, qui abrite mes fourneaux et mon ordinateur. J'adore cuisiner, et écrire. Depuis un demi-siècle maintenant, j'écris à Richard, sur Richard, sur notre amour, ma jeunesse et la guerre. J'écris aussi un livre sur la cuisine d'Europe de l'Est. Je suis une survivante du passé qui n'a jamais voulu céder à l'oubli. Je ne hais plus les tyrans de ce passé, mais j'aime toujours le même homme. Alors, si j'ai du mal à dormir, j'écris, au milieu de mes dictionnaires hongrois et anglais. Je trie mes notes entassées dans le désordre, depuis la fin de la guerre. J'ai acheté deux grandes boîtes blanches, elles contiennent ma vie, mes folies, mon amour et ma souffrance.

Otto, mon mari, n'y a jamais fouillé, j'ai une confiance totale en lui, il ne ferait jamais rien contre moi. Il sait tout de ma vie, de mon amour pour un autre, comme de mon désamour pour lui. Il dort et n'entend rien, mon ordinateur est très silencieux. J'écris comme en méditation, concentrée dans le silence, jusqu'à ce que le sommeil revienne. Au matin, je me relis immédiatement. Il m'arrive parfois d'avoir des idées saugrenues. Telle l'histoire de cet homme qui aurait imaginé qu'en mettant quatre beignets dans une photocopieuse il pouvait en fabriquer à la chaîne !

« Mais pourquoi ai-je écrit cela ? » me dis-je. Je n'ai plus faim désormais !

Mais je n'efface rien. J'imprime et je mets de côté.

Cette nuit j'ai écrit mon rêve. Je n'avais jamais songé à quel point il était symbolique, et je pleure en le relisant. Le papier est le miroir de mes pensées intimes, je ne peux m'adresser qu'à lui. Avec les humains je suis une huître refermée sur la perle de son amour perdu.

J'ai toujours écrit à Richard depuis notre séparation. La première fois c'était en 1946, à Wetzlar, dans un camp de réfugiés en Allemagne.

J'avais enfin réussi à obtenir un morceau de papier et un crayon. Nous n'avions pas de table, juste une chaise unique, je revois mon lit de camp, mes vêtements rangés dessous, et moi assise sur la chaise écrivant sur ce bout de papier. Je taillais mon crayon avec un petit couteau de l'armée. Je mouillais légèrement la mine du bout de ma langue, comme un baiser :

– *Je t'aime, je te cherche. Et j'espère que je te trouverai.*

Ensuite j'ai recopié inlassablement la même annonce, sur tous les papiers que je trouvais, parfois quadrillés, parfois blancs ou en couleurs, simple morceau d'emballage, étiquettes, lambeaux de colis de la Croix-Rouge.

– *Je recherche Richard Kovacs, 20 ans. Né à Budapest le 18 mai 1927.*

J'avais toujours plusieurs annonces dans ma poche. Je les affichais dans tous les bureaux du camp, car tout le monde y venait chaque jour, plein d'espoir, à la recherche de quelqu'un.

Pour lui seul j'écrivais des mots d'amour, que je conservais, certaine de les lui montrer un jour.

– *Mon bien-aimé. Ta « petite Frimousse » t'aime. Mon chéri je veux te retrouver. J'espère que tu es vivant.*

Passent les semaines, les mois puis les années. J'avais perdu Richard mon bien-aimé, le jour de ce bombardement sur Budapest en 1944.

Je l'avais cru disparu, puis mort. Et malgré cela j'étais incapable d'en aimer un autre. Un mystérieux pressentiment m'en empêchait. Mes pensées, mon corps, l'essence de moi-même lui appartenaient pour toujours.

La vie m'a trompée. Je le sais. J'ai revu Richard un jour, un seul, et je l'ai reperdu. Il était donc vivant quelque part sur la terre, survivant sans moi comme je survivais sans lui, en un pacte de fidélité et de désespoir commun. Notre amour était inoubliable, il l'est resté en dépit de tout. Il l'est encore.

Dieu me pardonne.

2

Adieu à l'enfance

Uzgorod. Tchécoslovaquie. 1938.

Frontière ukrainienne.

Jacob Schwartz, mon père, vient de jeter aux orties son fringant uniforme de capitaine de l'armée tchèque. Il a déserté et choisi la clandestinité.

J'observe ce père d'un regard curieusement neuf. J'ai neuf ans, et depuis la veille je devine gronder autour de moi un monde diabolique et méchant. Pourtant, toute la famille danse et rit joyeusement ; c'est la fête, et mon père est encore plus brillant que d'habitude. Il chante à pleins poumons l'histoire d'un soldat partant en guerre la fleur au fusil, il frappe avec enthousiasme sur les touches d'ivoire du piano. Ma mère danse et virevolte avec ses belles-sœurs, tous mes oncles scandent la mesure en tapant bruyamment dans leurs mains.

Nous sommes dans sa famille à Uzgorod, une petite bourgade de Tchécoslovaquie. C'est apparemment une magnifique soirée de fête, mais en réalité un adieu au bonheur tranquille. Les adultes le savent bien, notre monde part à la dérive parce que nous sommes juifs, et c'est encore un grand mystère pour moi.

Ma petite sœur Roszi et mon frère cadet Ludwig sont trop jeunes pour réaliser ce qui se passe. Ils dansent innocemment au milieu du cercle de famille de plus en plus bruyant. Jacob notre père est l'enfant gâté de tous ici, leur *liebling*. Je le regarde soulever ma mère entre ses bras, elle est si belle et si légère, son Ethel, qu'il l'entraîne sans peine dans une valse folle autour de la pièce, poursuivi par les violons de ses frères.

Alors je m'efforce de paraître aussi gaie que lui, les bras sur les épaules de mon frère et de ma sœur, je danse aussi comme une vraie petite tzigane. Mais j'ai bien du mal à sourire. J'aimerais tant vivre cette fête comme eux. Ils n'ont pas conscience de la gravité du moment, quant à moi je suis trop grande pour croire à une simple aventure. Nous quittons la Tchécoslovaquie.

C'est de ma faute si je connais la véritable raison de ce départ, pourquoi nous devons quitter notre merveilleuse maison au milieu des champs. J'ai entendu mes parents chuchoter dans la nuit, et ma curiosité a été la plus forte. Mon père a expliqué à ma mère qu'un homme nommé Hitler va envahir notre pays avec son armée et que nous sommes en danger.

– Il faut que tu comprennes, Ethel ! Je suis officier, j'appartiens au renseignement militaire et je suis juif ! Je ne peux pas me battre d'un côté contre les Russes et de l'autre contre les Allemands ! Il est hors de question que je sois là le jour où les Allemands arriveront en ville ! Et toi et les enfants non plus ! Uzgorod est trop proche de la frontière ukrainienne. Les Russes sont contre nous, les Allemands aussi, et ils arrivent !

Je viens d'apprendre qu'être juif en Tchécoslovaquie est devenu un danger, bien que je ne comprenne pas pourquoi, et aussi que si nous dansons ce soir en famille dans le village de mon père, c'est pour dire adieu à mon enfance.

– Chérie, ma Beth, viens danser avec moi, allez ! Viens ma fille, viens ma chérie.

Je me précipite dans ses bras comme toujours.

– Ne fais pas une tête pareille... Je compte sur toi chérie, tu es la plus grande ! Et ce n'est qu'un voyage tu sais ! Uzgorod est un endroit merveilleux, mais ce n'est pas le seul au monde, tu verras ! Bratislava est une vraie ville comme tu n'en as jamais vu ! Pense à tout ce que tu vas découvrir là-bas !

Ce n'est pas cela qui est difficile. L'aventure me tente aussi car Bratislava est certainement plus grande et plus fascinante que notre petite ville, mais je suis partagée entre la peur de rester et le désir de partir. J'ai dû hériter du côté aventurier de mon père, qui voyage sans cesse à travers le monde pour ses missions militaires. Et en même temps du côté conservateur de ma mère, qui craint de devoir quitter le pays de sa jeunesse, sa maison et sa famille.

J'ai entendu mon père lui dire que nous aurions besoin de « nouveaux papiers ». Sa phrase exacte était :

– Pour nous perdre dans la foule, il faut que nous changions de nom.

Je retenais mon souffle derrière la porte, car tous les deux pensaient que je dormais déjà. Il y a eu un silence ensuite, et il a ajouté avec précaution, un mot venant lentement après l'autre :

– En fait, mamika... nous serions plus en sécurité... si nous... étions... enfin, si nous prétendions... être *goyim*...

Ma mère a répondu aussitôt fermement et d'une voix claire :

– Jamais ! Je veux vivre et mourir juive. Jamais je ne renierai ma foi ou ma culture, Jacob !

J'ai entendu mon père soupirer. Ce genre de désaccord n'était pas nouveau entre eux. Sans jamais dégénérer, les discussions tournaient souvent sur l'importance d'être juif.

Ma mère est la fille pieuse d'un patriarche juif orthodoxe pour qui la religion est l'essence même de son existence ! On dit dans la famille que lorsque Jacob Schwartz a demandé la main d'Ethel Markowitz pour la première fois, le père a refusé tout net ! Jacob Schwartz n'était pas assez dévot pour faire un bon gendre, selon lui. Il disait que ce Jacob était plus tchèque que juif. Il est grand, avec des cheveux châtain clair, même ses traits n'ont rien de commun avec ceux de ma mère.

J'ai souvent entendu dire :

– Curieux qu'un homme comme lui soit tombé amoureux d'Ethel !

Il a été élevé et éduqué officiellement comme juif, mais sa famille n'est pas religieuse, et ils se sont toujours considérés d'abord comme tchèques.

En temps ordinaire, il n'aurait jamais renié ouvertement sa religion, j'en suis sûre, mais comme elle n'est pas le centre de sa vie, il est prêt en ces temps difficiles à la mettre ouvertement de côté, pour assurer notre sécurité. Si mon grand-père apprend la chose, il grognera après lui devant maman comme d'habitude :

– Je te l'avais dit, Ethel ! Je t'avais dit ne l'épouse pas ! C'est un bon à rien, il n'arrivera jamais à gagner sa vie, ni à faire vivre sa famille dans le respect de Dieu !

Mais il aimait tellement ma mère qu'il a été capable de changer, et d'observer les règles religieuses, au moins le temps de faire la cour à maman et de l'épouser. Il n'a pas protesté lorsqu'elle a dû couper sa magnifique chevelure brune pour le mariage, et dissimuler sa jolie tête sous le foulard traditionnel. Mais lorsque je suis née dans la maison de mon grand-père, il n'était pas là. Et à la naissance de ma sœur, il n'était pas là non plus. C'est un globe-trotter, comme il se nomme lui-même, un aventurier infatigable. Une étoile filante pour nous. Un moins que rien pour les sœurs de ma mère qui ne l'aiment pas et ne lui laissent rien passer. Les deux familles ne s'apprécient guère.

En plus de leurs différences religieuses, ils avaient tous deux vingt-quatre ans le jour de leur mariage, et ma mère était déjà considérée comme une vieille fille par ses beaux-parents. Après leur mariage, rien n'a changé. Les uns n'aimaient toujours pas les autres. Ma grand-mère paternelle ne nous apportait jamais rien, et si elle offrait un croissant c'était à son fils chéri uniquement, son *liebling* qu'elle couvrait de baisers. Nous, elle ne nous embrassait jamais.

Mon grand-père maternel est un riche propriétaire terrien à Zeteny. Dix-huit familles vivent et travaillent sur ses terres. Il possède des vaches, des moutons et des chèvres, des oies et des champs de blé, ses métayers lui font son propre pain. Et dans la cour de sa propriété entourée des maisons des paysans, on trouve un grand puits d'eau douce. Chaque séjour dans son village est un merveilleux souvenir d'enfance. Je me revois l'hiver, assise dans la grande pièce avec les femmes et les jeunes filles qui confectionnent des oreillers avec le duvet d'oie, ou tissent la laine des moutons. Elles chantent en travaillant sur leur *fono* *.

Dans ce fono, on entend une chanson,
Oh Dieu, il y a si longtemps que j'entends cette chanson.
Et je me souviens de mon cœur orphelin
Et je pleure mon bonheur perdu.

Assise à table, au milieu d'elles, la tête dans les bras, je les écoute avec ravissement. Elles ont de si belles voix ! Elles adorent aussi danser. Ce sont elles qui m'ont appris la csardas. Travailler, plumer les oies en hiver, éplucher le maïs l'été, chanter et danser, la vie chez grand-père à Zeteny me semblait parfaite.

Je l'adore, il m'adore, il ne peut disparaître de ma vie et de notre tribu dont il est le pilier. Il a religieusement élevé les onze enfants de ses deux mariages successifs, en leur communiquant sa foi, en les obligeant à respecter le rituel de la prière et de la nourriture cascher. Grand-père sait tout faire : c'est un cuisinier émérite, meilleur que ma mère même. Il adore nous faire des soupes de baies, framboises et cerises, ma préférée, si douce et si fraîche qu'elle semble avoir volé l'essence même de l'été. Il fait le meilleur des poulets frits. Il l'attrape lui-même dans le poulailler, jeune et tendre encore, l'immole selon le rite cascher et nous le donne à plumer. Puis il le laisse une heure dans un bain de sel avant de le faire bouillir une demi-heure dans une marmite. Ensuite il le découpe en morceaux qu'il trempe un par un dans la farine, puis dans un bol d'œufs battus, puis dans la chapelure avant de les jeter dans une énorme poêle à frire ruisselante de graisse d'oie. Je contemple ce cérémonial devant l'immense fourneau, l'eau à la bouche. Mes dents s'enfoncent avec délice dans la chair tendre et croustillante, et grand-père sourit de satisfaction dans sa barbe.

Je suis l'aînée de ses petits-enfants, et avant la naissance de ma sœur, la seule, car sur les onze enfants de grand-père, seule ma mère lui a donné une descendance à cette époque.

* Sorte de rouet.

Je suis la petite reine d'une tribu dont grand-père est le patriarche, et les inimitiés entre familles ne me troublent guère jusqu'ici. Mes parents s'aiment si visiblement, leur amour est une évidence pour tous, malgré les absences de mon père et le mystère de sa vie militaire. Seul le rituel religieux les sépare.

Durant toute mon enfance je les ai vus faire des compromis à ce sujet. Ma mère a laissé repousser ses cheveux lorsqu'elle a quitté son village natal pour le suivre à Uzgorod. Quant à mon père, il payait d'avance le marchand de glaces, pour que nous puissions en déguster pendant la promenade du samedi, puisque maman disait :

– Il ne faut pas toucher à l'argent le jour du sabbat !

Mais renoncer au judaïsme est impossible pour elle. Elle est foncièrement croyante, et cette foi inculquée dans l'enfance est absolue. Rien, quoi qu'il nous arrive à l'avenir, ne saura ébranler sa croyance en Dieu et au respect de la religion. Si seulement je pouvais dire comme elle :

– Nous ne pouvons pas renier ce que nous sommes !

J'ai un peu peur. J'étais juive sans savoir que c'était une si grande différence aux yeux d'un autre monde encore inconnu, et dangereux.

Les parents nous ont réunis pour nous expliquer que nous partions pour Bratislava :

– Pour quelque temps seulement, nous espérons...

Maman nous fixa l'un après l'autre de ses yeux si noirs et si tendres, comme pour nous jauger, puis elle a ajouté :

– Mais nous ne devrons dire notre véritable nom à personne ! Ni que papa était dans l'armée ! C'est bien compris ? Je veux pouvoir compter sur vous trois.

Ma sœur de huit ans, mon frère de cinq ans ont hoché la tête, impressionnés par le ton grave de maman, sans trop comprendre mais prêts à lui obéir aveuglément. Quant à moi, l'aînée, du haut de mes neuf ans, je pensais qu'il serait bien difficile de vivre ainsi en se taisant. Déjà je me sentais très seule et perdue dans ce grand secret. Mais nous n'avions pas le choix.

Mon père est parti pour la journée, à son retour il nous a raconté qu'il avait trouvé un bel appartement à Bratislava, entièrement meublé. Pour lui le plus dur restait à faire. Il allait devoir expliquer à ses frères et sœurs que nous partions. Voilà pourquoi il a organisé la fête de ce soir en guise d'adieu à sa famille, avec violons tziganes et valses échevelées.

– Tu verras, Beth, ma chérie, tu verras comme c'est beau Bratislava... Souris à ton père !

Je souris et la tête me tourne dans ses bras ; les oncles, les tantes, les cousins, les cousines, tous ces êtres et ce décor vont disparaître ?

Je vais quitter la grande maison, je sens déjà le vide vertigineux de cette existence future, et les larmes me montent aux yeux. Tout le monde ici comprend pourquoi la situation de mon père est devenue intenable dans l'armée tchèque, et nous met tous en danger.

Mais ils ne craignent pas pour eux-mêmes, car ils vivent ici en paix depuis des générations, ils sont seulement tristes de perdre Jacob, leur frère, son rire et ses facéties, son amour du plaisir et de la musique. Mon oncle Josef dit tristement :

– J'ai peur du chagrin de notre père, pourtant je ne l'ai vu pleurer qu'une fois, à la mort de notre mère.

La musique adoucit la peine. Maman connaît toutes les chansons hongroises et tchèques, et tziganes aussi, elle a vécu toute sa jeunesse à la frontière de ces deux pays qui partagent la même culture. Presque chaque soir après dîner, mes parents font de la musique ensemble. Lui au piano, elle de sa jolie voix aux accents nostalgiques. Ils ne pourraient vivre l'un sans l'autre, ni sans musique et sans chansons.

Il se fait tard. Ma mère pousse son mari vers le piano, en réclamant une dernière chanson qui doit faire rire les enfants, et il s'exécute avec grâce. Tout le monde chante l'histoire de la poule égarée dans la boue et poursuivie par Bazmar la petite fermière.

Nous ne pourrons pas emmener ce piano, ni aucune de nos possessions. Je regarde les belles mains courir sur les touches, le visage de mon père tendrement levé vers celui de ma mère qui entonne à présent leur mélodie favorite.

Rose jaune si tu pouvais parler,
Alors je te dirais Rose jaune, je n'ai plus de raison de vivre...

Car sans toi ma vie est un puits de chagrin.
Et je voudrais mourir pour toi Rose jaune...

Leur amour est tout entier dans leurs regards, dans la caresse des doigts du pianiste, dans la voix tendre de la chanteuse. Et tout le monde a les larmes aux yeux. Je grave cette image dans mon souvenir pour toujours. Je veux l'emporter avec moi puisque nous aurons les mains vides, et le cœur aussi. Chacun d'entre nous s'est efforcé d'être heureux ce soir, les grands comme les petits semblaient espérer que ce bonheur d'être ensemble n'était pas le dernier.

Je ne pouvais pas imaginer que cette séparation serait définitive. J'avais grandi dans une fausse certitude, persuadée que tout au long de notre vie, chaque vendredi soir, ma mère allumerait les bougies pour le rituel du sabbat, qu'elle déposerait sur la table le pain cuit dans la journée et bénit et dirait les prières de la fête. Que nous chanterions le soir lorsque mon père reviendrait dans son bel uniforme ! Qu'il partirait en mission diplomatique ou militaire, comme d'habitude pour de longs jours à l'issue desquels il ramènerait des cadeaux.

Je croyais que Dieu allait veiller sur chacun de nous, car ma mère nous a légué sa foi. Chaque jour commence et finit par une prière. Nous prions aussi pour la nourriture reçue à chaque repas. Dieu ne peut pas nous abandonner.

Ainsi la vie reprendra forcément son cours. Dans quelques mois nous irons dans la ferme de grand-père à Zeteny. Ma sœur et moi, le nez contre la vitre, verrons défiler le paysage familier, les cerisiers et les champs de blé sertis de bleuets et de coquelicots. Mon petit frère, tout excité, se penchera à la fenêtre en criant :

– On arrive quand ? On arrive quand, papa ?

Et papa l'empêchera de tomber en le tirant par les pieds. Tout sera pareil, l'odeur des foins, le grincement de la poulie ramenant l'eau du puits, la laine des moutons, les cris du coq, le braillement des oies. Grand-père viendra nous accueillir, sa barbe blanche tombant dignement sur la poitrine. Il me tendra les bras et je me jetterai contre lui pour qu'il me soulève.

Au moment de la moisson je travaillerai avec ma mère, mes tantes et les femmes des ouvriers de la ferme à plumer les poules, trier les plumes, écosser le maïs, ramasser les œufs et tondre les moutons. Nous fabriquerons encore ces merveilleux œufs ukrainiens, peints à la main avec raffinement. Les femmes blanchiront la laine, elles fileront et tisseront pendant que maman chantera avec elles. Nous baignons dans le chant et la musique folklorique depuis notre petite enfance ici, et je connais chaque mot de la moindre chanson.

C'est une bonne vie, celle que Dieu nous a donnée. L'amour y est présent partout. Nous ne manquons de rien, nourriture, vêtements, confort. À Uzgorod, maman fait elle-même la cuisine, et nous avons Joli, notre servante, pour faire le ménage. Nous vivons comme nos ancêtres ont vécu avant nous.

Je ne peux pas croire que ce Hitler et son armée vont détruire notre paradis sur terre. Je le croyais éternel, ce soir-là.

Le lendemain matin, maman emballe soigneusement et amoureusement les seuls trésors légers qu'elle puisse emporter. Ses précieuses porcelaines, le linge brodé qu'elle a reçu en dot et ses bijoux. Nous allons prendre le train pour Bratislava. Personne ne connaît notre destination à part la famille, et jusqu'à la gare nous ne devrons même pas l'évoquer, de peur d'être entendus par des étrangers. Papa nous a bien recommandé le silence.

Une fois la maison et les meubles vendus, il fallait disparaître très vite. Partir comme si nous allions en vacances quelque part, avec le moins de bagages possible.

Nous disposons d'un compartiment réservé, maman a préparé pour nous tous une sorte de pique-nique, nous pouvons dormir et même chanter en route vers notre nouvelle demeure. À chaque station mon père saute du train pour nous ramener des boissons, du chocolat et même des fruits frais. Roszi, Ludwig et moi regardons avidement le paysage défiler par la fenêtre.

Je dis silencieusement adieu aux arbres, à la douce campagne de mon enfance, je compte les poteaux télégraphiques pour passer le temps. Nous inventons aussi des chansons avec maman au rythme du train sur le rail.

Nos parents s'efforcent de nous distraire le mieux possible, sachant que nous laissons derrière nous, pour longtemps peut-être, certitudes, aisance et confort. D'une certaine façon, nous sommes une famille toute neuve, avec de nouveaux noms imprimés sur de nouveaux papiers d'identité. Nos racines sont enfouies, il nous faut les oublier totalement. Nous ne parlerons plus ni de l'armée, ni de Uzgorod, ni même de la ferme de grand-père à Zeteny.

Mon père est maintenant voyageur de commerce, même s'il n'y connaît rien, même si c'est un gros mensonge que nous devons tous adopter. Papa était souvent en voyage, il le sera davantage encore, maman sait quel genre de mission secrète il est chargé d'accomplir. Pas nous.

Nous portons le nom de Markowitz, celui de la famille de maman. Notre père ne s'appelle pas. Dès que nous serons installés à Bratislava, nous devrons faire comme s'il était de passage à la maison, et ne parler de lui à personne. Ce voyage marque le début d'une vie secrète pour lui, non seulement il ne pourra se fier à personne, mais nous non plus. La seule issue, après sa désertion, est de vivre dans ce mensonge pour protéger la famille.

Et cela va durer toute ma jeunesse.

3

Bratislava

Nous avons pris un taxi depuis la gare jusqu'à notre nouvel appartement. Les yeux écarquillés d'étonnement, je contemple pour la première fois l'immensité d'une vraie ville, les rues, les immeubles si hauts qu'il faut se tordre le cou par la portière pour en apercevoir le sommet. Maman est aussi émerveillée que ses enfants, et mon père s'en amuse. Il connaît tant de villes et de pays. Bratislava ne l'étonne pas.

La capitale de la Slovaquie, sur les bords du Danube, nous est d'abord apparue depuis le train, nichée dans une vallée entourée de collines. Mon père nous a expliqué que les montagnes que nous devinions tout autour allaient jusqu'en Autriche.

– Ce sont les « petites Carpates », elles servent aussi de frontière à la Hongrie et à la Tchécoslovaquie.

Cette situation géographique devait se révéler importante à l'avenir ; le jour de notre arrivée, l'explication de papa m'ouvrait simplement les yeux sur le vaste monde.

Le quartier juif où le taxi nous conduit est très accueillant, avec ses rues montantes et sinueuses bordées de boutiques et d'appartements. Il se cache à l'ombre d'un vieux château qui domine la ville sur la plus haute des collines. Les maisons ont des couleurs tendres.

– Ici les artisans travaillent le verre soufflé. Ce sont de véritables artistes.

Notre nouvel appartement est situé au troisième étage d'un immeuble. Il est vaste, clair et agréablement meublé. Ma mère applaudit en visitant chaque pièce, et les beaux meubles qu'elle découvre.

– Ça ira, ça ira très bien...

Il me semble qu'elle cherche à se persuader qu'effectivement tout ira bien. Elle se veut heureuse. Mon père a racheté tout ce mobilier à une famille juive qui occupait l'appartement avant nous. Ils ont tout laissé pour partir aux États-Unis. De fait notre vie va s'organiser sans grande difficulté. Maman a déjà confectionné des rideaux pour chacune des fenêtres, elle déballe ses précieuses porcelaines, l'argenterie et son linge brodé. C'est ainsi qu'elle se sent un peu chez elle, et nous aussi. Je la regarde disposer amoureusement les chandeliers d'argent qui ont appartenu à sa mère sur cette table étrangère. Elle a même pensé aux bougies couleur ivoire prêtes pour la prière du sabbat. Le plat de *challah* est vivement rangé dans un coin de placard, il n'en sortira que le vendredi soir. Elle chante en faisant la poussière et en polissant les meubles. Si notre ancienne demeure lui manque, elle n'en laisse rien paraître. Si elle n'a plus de servante, ce n'est pas grave. Elle me fascine. Ma mère nous le prouvera, elle ne regarde jamais en arrière.

Notre premier dîner de sabbat dans ce nouvel environnement est plus important que d'habitude. Pour fêter notre arrivée, maman a invité deux célibataires rencontrés à la synagogue voisine, car ils n'ont pas de famille en ville. À partir de ce jour, à chaque fête ou jour de vacances, nous aurons toujours un invité à dîner. Mes parents sont extrêmement généreux et ont l'habitude de partager les bonnes choses que Dieu leur a données. Ma mère est le type même de la croyante dont la bonté n'a pas de limite.

Mon père, lui, disparaît de la maison chaque matin pour aller travailler. J'ai cru comprendre qu'il vend des vêtements et qu'il aide aussi des gens à passer la frontière. L'argent ne semble pas poser de problème pour l'instant, mais en prévision de l'avenir, mes parents ont soigneusement mis de côté l'argent de la vente de notre maison et de nos meubles.

Quelqu'un que je n'identifierai jamais paye un salaire à mon père ; nous voilà donc à nouveau sans souci.

Je fréquente avec ma sœur une école juive du voisinage, et maman la synagogue. Elle a trouvé un boucher cascher, ce qui lui permettra de continuer à suivre scrupuleusement ses principes religieux. Les parents s'efforcent de nous faire une vie aussi normale que possible malgré notre fausse identité, notre nouvelle adresse et le grondement lointain des canons de Hitler.

Papa a toujours aimé les animaux, chats, chiens ou oiseaux. Il a ramené à la maison un oiseau exotique de toutes les couleurs, dont on lui a assuré qu'il parlait. Mais lorsque l'oiseau a pris un bain, toutes ses magnifiques couleurs exotiques ont soudainement disparu, et nous nous sommes aperçus qu'il s'agissait d'une vulgaire perruche des jardins, qui ne prononcerait jamais le moindre mot. Ce qui n'a pas empêché mon père de l'adorer quand même.

L'oiseau décoloré n'a pas réussi à altérer sa passion pour l'adoption. Il nous ramène donc une chatte qui s'avère tellement enceinte que nous héritons aussitôt d'une portée de chatons dans le salon. Tout le monde les dorlote, ma mère surtout, elle les nourrit au biberon, les cajole et leur raconte des histoires comme à des enfants. Plus sérieusement, elle a commencé à faire des conserves de réserve dans des pots de verre recouverts de papier sulfurisé qu'elle range soigneusement derrière les portes vitrées du buffet de chêne sombre qui garde également notre porcelaine et l'argenterie. Ces pots de toutes les couleurs brillent derrière les vitres comme des bijoux à l'étalage, surtout lorsqu'un rayon de soleil les effleure dans la journée. Maman surveille régulièrement son trésor avec une grande satisfaction, probablement animée du désir de préserver sa maisonnée autant que ses conserves.

À neuf ans je suis maigre et petite, un mètre trente-cinq environ. Mes cheveux sont presque plus lourds que moi, bruns avec des reflets roux au soleil. J'ai hérité de ma mère un tout petit nez et des yeux noirs. Ma sœur, aussi mince que moi, a toujours été fragile. Ses longs cheveux d'un noir d'encre encadrent des yeux de chat couleur d'ambre, identiques à ceux de mon père. Les gens disent souvent que nous sommes jolies toutes les deux et, bien que ma mère réprouve toute vanité de ce genre, elle a un goût exquis pour nous habiller. En bonne couturière, elle coupe et coud elle-même nos robes à l'identique. Les finitions sont toujours parfaites, les broderies parfois somptueuses et les séances d'essayage rapides. J'aime la voir tourner autour de nous, une épingle à la bouche, l'œil plissé sur la longueur d'un ourlet convenable. Elle sait vraiment tout faire en cuisine, en couture et en amour, pour nous. Sa beauté et sa fraîcheur, son calme et sa volonté de parvenir à tout avec l'aide de Dieu m'impressionnent. Il m'arrive de me demander si je serai comme elle en grandissant ? Je ne crois pas avoir aussi bon caractère, en tout cas.

En attendant, nous allons à l'école, où je me fais de nouveaux amis. Maman emmène Ludwig au parc dans le centre-ville, où il peut jouer avec d'autres enfants. Nous n'avons pas de piano, mais papa a emporté son violon et son harmonica. Il leur arrive parfois le soir de nous donner un concert, comme avant, à Uzgorod. Surtout lorsqu'il invite à la maison l'un de ses « amis », venu passer une nuit ou deux, en partance pour on ne sait où.

Peu à peu nous nous habituons à cette nouvelle vie, comme le font toutes les personnes déplacées privées de leurs racines. Les cerisiers me manquent, mais les boutiques du quartier ont leur intérêt aussi. Nous vivons bien, malgré les rumeurs de guerre. Je commence à être un peu consciente des événements que papa rapporte parfois dans ses conversations avec maman.

Hitler a annexé l'Autriche au mois de mars 1938, il prétend maintenant mettre la main sur les Sudètes, une région à la frontière nord de la Tchécoslovaquie, peuplée de beaucoup d'Allemands.

En septembre, Hitler bouleverse à nouveau notre existence. Avec les Anglais et les Français, il signe les accords de Munich et s'empare d'une grande partie de la Tchécoslovaquie. Outre trois millions d'habitants, notre pays perd en même temps ses fortifications naturelles et d'énormes ressources économiques. La Hongrie en profite pour récupérer le sud de la Slovaquie, la Pologne le territoire de Teschen ; en un mois nous sommes cernés au nord et au sud, et des vagues d'attentats se déclenchent. On annonce l'arrivée de Hitler à la frontière.

Mon père sait qu'il va nous falloir fuir à nouveau, mais où ? Et comment trouver l'argent pour y arriver ?

Je les entends chuchoter dans la nuit ; maman pleure, et mon père la console :

– Je vais trouver un plan, je te le promets, on s'en sortira.

Selon papa, il s'agit là du premier pas de Hitler, dont l'ambition évidente est de mettre la main sur la Tchécoslovaquie. Ce Hitler n'est pas encore un monstre pour moi, bien que je comprenne vaguement le danger qu'il représente. Mais papa s'efforce de ne jamais nous en dire trop pour ne pas nous effrayer. D'ailleurs, à Bratislava, nul ne nous persécute. Nous ignorons, surtout les enfants, la réalité et les conséquences de la haine raciale. Je n'associe pas ma religion et mon identité à cette haine. Je ne connais pas Hitler, j'entends seulement prononcer son nom de temps en temps ; je ne sais pas qu'il tue les juifs en Allemagne ; pour moi ce n'est qu'un soldat qui arrive en ville avec sa troupe. Nous sortons donc avec ma mère et ma sœur pour regarder le spectacle des envahisseurs. Je vois ce Hitler arriver sur le pont du Danube qui sépare l'Autriche de la Tchécoslovaquie. Il est debout à l'arrière d'une voiture découverte, au milieu de ce pont, et reste du côté slovaque. Il se dresse avec arrogance comme s'il voulait surveiller toute la ville d'un seul coup d'œil. Je suis à cinq ou six mètres dans la foule, je peux parfaitement voir cet homme et son visage. Il est petit et laid et n'a rien d'impressionnant pour moi. Mais l'événement a dû faire frémir mes parents, car le soir papa a dit gravement :

– Il n'a pas encore tout le pays, mais ça ne va pas tarder.

Effectivement les choses changent très vite. Les membres des Croix-Fléchées, une organisation antisémite, enhardis par l'apparition de Hitler, commencent aussitôt à persécuter les juifs en ville. À partir de ce jour, nous ne sommes plus protégés. J'apprends à les reconnaître très vite à leur brassard, car ils s'en prennent aux vitrines des magasins juifs et font des descentes jusque dans notre quartier pour jeter des pierres sur nos fenêtres.

Une semaine après la visite de Hitler sur le Danube, j'assiste à un spectacle épouvantable en rentrant de l'école. Je longeais tranquillement la rue, encore inconsciente du danger. J'aperçois soudain une bande de ces Croix-Fléchées qui se jettent brusquement sur un jeune homme juif, reconnaissable à sa barbe et à ses boucles sur les tempes. La scène se passe très vite, avec une violence incroyable. Ils tirent sur la barbe et les boucles de cheveux, s'acharnent jusqu'à arracher la peau de son visage qui leur reste dans les mains, et le jeune homme s'effondre, mort, sur le pavé. Je me mets à courir vers la maison comme une folle en hurlant et pleurant tout à la fois. Ce visage décharné, ces mains d'hommes transformées en griffes d'animal féroce dansent devant mes yeux sans que je parvienne à les effacer. Je n'arrive pas à comprendre ce qui s'est produit. Ce garçon marchait tranquillement dans la rue, aussi innocemment que moi. Pourquoi ? Je me jette dans les bras de ma mère en arrivant et lui raconte la scène en sanglotant.

– Mamy, qu'est-ce qu'il avait fait pour qu'on le punisse comme ça ? Il a tué quelqu'un ?

Maman est silencieuse, si pâle, ses lèvres sont devenues blanches, et elle me berce un long moment sans répondre au flot de questions. Il n'y a qu'une réponse, qu'elle tarde à me donner :

– Ils l'ont attaqué parce qu'il est juif.

Toute la tristesse du monde est dans sa voix. Ni colère ni révolte, mais un chagrin immense. Et cette réponse si simple me terrifie. Je suis juive, vont-ils m'attaquer aussi ? Papa n'est pas à la maison en ce moment, parti pour l'un de ses voyages mystères, et son absence est très angoissante à ce moment-là.

– Maman, il faut que papa rentre à la maison, maintenant ! Il faut qu'il nous protège des Croix-Fléchées ! Dis-lui, maman, je t'en prie, dis-lui qu'il revienne ! J'ai peur !

Maman continue de me bercer, en murmurant :

– Ne crains rien, tout ira bien... n'aie pas peur...

Mais je ne la crois pas, elle non plus n'y croit pas. Rien n'ira bien désormais, j'en suis sûre.

Deux jours plus tard, papa est de retour à la maison, et sa conversation avec maman confirme la peur qui ne me quitte plus.

– Il est temps de partir. Les Allemands ont donné leur accord aux fascistes slovaques, pour s'attaquer aux juifs, et personne ici ne pourra les en empêcher. Le pays est à la dérive, nous n'aurons aucune aide à l'extérieur, ni des Anglais ni des Français.

Il est triste, mais en colère aussi. Pour la première fois de ma vie, je le vois s'affaisser, baisser les bras, comme si tout cela était un poids trop lourd pour lui. Puis il secoue les épaules et son regard brille à nouveau, il me sourit ! Il est redevenu mon précieux papa, celui qui n'a peur de rien et peut tout résoudre.

– Nous allons partir bientôt, en attendant il faudra se montrer très prudent. Ce qui veut dire que ta sœur et toi, vous n'irez plus à l'école, et que maman n'emmènera plus Ludwig jouer au parc.

– Mais, papa, j'aime l'école, je veux y aller !

– Ce n'est pas une bonne idée en ce moment, ma chérie.

– Mais pourquoi ? Je veux aller à l'école !

Maman a répliqué doucement, mais mon père insiste avec fermeté :

– C'est dangereux, c'est tout !

La conversation est close. Alors nous allons attendre que papa ait trouvé un plan. Chaque jour, des fanatiques lancent des pierres depuis la rue. On peut les entendre, malgré les fenêtres condamnées. Et nous avons rarement la permission de sortir. Pendant ce temps, papa découvre un nouveau problème. Si nous allons en Hongrie, et cela lui semble le choix le plus raisonnable, il lui faut de nouveaux papiers affirmant qu'il est citoyen hongrois. De plus, il lui faut trouver des noms différents pour ma mère et nous, au cas où il lui arriverait quelque chose. S'il était arrêté par exemple, ses papiers conduiraient immanquablement la police au reste de la famille. Et il s'efforce par tous les moyens de nous tenir à l'écart de ses activités pour garantir au maximum notre sécurité.

Tout cela n'est déjà pas simple et, malheureusement, dans l'atmosphère de violence et d'antisémitisme qui règne à Bratislava, ce genre de papiers est quasiment impossible à obtenir. Alors mon père décide de partir sans eux, pendant que nous pouvons encore le faire.

Une semaine plus tard, il arrive un beau matin et ordonne à maman :

– Prépare nos valises, fais comme si nous partions simplement pour une petite excursion.

Les yeux écarquillés, maman le regarde désespérée :

– Mais ? Et tout le reste ? La chatte et ses petits, toutes mes porcelaines et mon linge, et mes belles conserves ?

– Il va falloir tout laisser ici, Ethel !

C'est la première fois que je vois pleurer ma mère. Elle qui fait toujours tout ce qu'il dit, en souriant, qui supporte les mystères de ses voyages et ne se plaint jamais, se met à sangloter en réalisant que tout ce que nous possédons au monde doit être abandonné ici, même la chatte et ses précieux chatons. Rien n'y fait, mon père demeure impassible et la laisse pleurer. Il sait qu'il ne peut rien faire d'autre, qu'il faut partir avant qu'il soit trop tard. Maman se calme, emballe de la nourriture dans un panier et mon père va chercher un taxi pour le ramener devant la maison. Il ne dit pas un mot de plus sur notre destination.

J'ai moi aussi le cœur brisé d'abandonner les jolis pots de conserve. Je les aurais dévorées si j'avais su ! Depuis que maman les a confectionnées, je grimpais de temps à autre sur une chaise pour atteindre l'étagère du buffet, et faisais un trou dans le papier avec mon doigt pour laisser entrer l'air. Ainsi, chaque semaine, lorsque ma mère vérifiait les conserves, je l'entendais s'exclamer :

– Oh, celle-là a un trou, nous ferions mieux de la manger !

Elle voulait les garder pour l'hiver. Dans le taxi, j'ai dit à ma mère :

– Tu vois ? Tu ne nous as pas laissés manger les conserves ! maintenant on a dû tout laisser derrière nous. Encore heureux que j'aie fait quelques trous.

– C'était toi ?

Je suis parvenue à la faire rire, heureusement, car la course en taxi à travers Bratislava est un vrai cauchemar. En plus des attaques contre les juifs, il est interdit à tout citoyen slovaque de les transporter. Notre chauffeur en a pris le risque, encouragé par une bonne somme d'argent que mon père lui a offerte. L'homme est sombre de peau et de cheveux, il a l'air de regarder sans arrêt derrière son épaule en conduisant. En passant devant la gare, nous voyons une foule énorme de gens, le chauffeur dit qu'ils attendent n'importe quel train en partance pour n'importe où ! Le taxi a du mal à se frayer un chemin dans cette masse de fuyards qui déborde jusque dans la rue. Un groupe de familles juives est soudain pris à partie, battu et dépossédé de ses bagages. Je ferme les yeux, je ne peux pas regarder cela, c'est insupportable.

Finalement, le chauffeur atteint les limites de la ville et emprunte des routes peu fréquentées, espérant certainement éviter les gardes qui doivent surveiller l'évasion des juifs de la ville. Papa dirige le chauffeur sur une route forestière, où nous embarquons un homme qu'il connaît. Il voyage avec nous jusqu'à Kotchov Kosice, une ville près de la frontière hongroise. En arrivant dans les faubourgs, une roue du taxi casse et le chauffeur en profite pour demander de l'argent à mon père. Papa lui réplique vertement :

– Je t'ai déjà payé une fortune !

L'homme hausse les épaules avec indifférence :

– Le prix ne tenait pas compte de ça. Il va me falloir un temps fou et de l'argent pour la faire réparer.

Serrée contre ma mère, je guette l'homme avec angoisse. Mon père, lui, le regarde dans les yeux en silence une bonne minute. Il est en colère mais cherche à se contrôler, il lui sauterait à la gorge s'il le pouvait. Finalement, il met la main à la poche, et paie le supplément demandé.

Il ne nous reste plus qu'à continuer à pied jusqu'à un refuge juif de Kotchov Kosice, où nous passons la nuit.

Le lendemain, nous prenons un train et c'est à ce moment que papa nous explique que nous retournons à Uzgorod, juste pour quelque temps, car il espère se procurer là-bas de faux papiers, grâce à ses anciens contacts.

J'oublie aussitôt l'angoisse de ces derniers jours, en guettant l'approche de la petite gare familière. Je vais retrouver la jolie petite maison où nous vivions au milieu des champs. Tout paraît calme et tranquille ici, après le chaos de Bratislava. Mais la famille va anéantir brutalement cette joie furtive. Josef, l'aîné des frères, accueille mon père avec inquiétude :

– Tu dois repartir dès que possible, l'armée tchèque te recherche activement. S'ils te trouvent ici ils te pendront pour désertion, et Dieu sait ce qu'il adviendra de ta famille !

Mon père le sait, il a pris ce risque parce qu'il n'avait pas d'autre choix ; ce qu'il ne voulait pas – et je m'en rends compte au regard qu'il nous jette – c'est que nous l'entendions, mais c'est trop tard. Il n'en fait même pas la réflexion à Josef ; au lieu de cela il enchaîne :

– Tu peux m'aider pour les papiers ? Il est évident que nous devons quitter le pays, mais je ne peux pas le faire avec les papiers que nous avons actuellement.

Josef promet de s'en occuper aussitôt et, pendant ce temps, nous rendons visite une dernière fois à la famille. Cette fois, j'ai bien compris que c'est fini. Le départ, le vrai, pour je ne sais où, est fixé au lendemain matin. C'est si cruel de revenir uniquement pour repartir. Ma petite sœur et Ludwig sont déboussolés. Maman réussit à nous faire sourire :

– Nous aurons le temps d'aller voir grand-père à Zeteny avant de partir.

Le lendemain nous nous retrouvons dans un autre train, cette fois en direction de Kiraly Helmec, la ville la plus proche de Zeteny, qui est maintenant hongroise. Arrivés là, maman envoie un message à son père pour l'avertir. Il vient nous chercher dans sa vieille charrette à cheval surpris de cette visite, et soulagé que nous soyons en vie, car il a entendu parler des violences à Bratislava.

Mais il est furieux contre mon père, et peut difficilement se contenir devant nous. Le visage de maman est tout pâle, elle se tord les mains de crainte de les voir s'affronter à nouveau tous les deux. Mais grand-père ne dit rien pendant le trajet jusqu'à la ferme.

C'est en arrivant qu'il déclenche les hostilités. Les portes sont closes, mais il l'interpelle d'une voix retentissante :

– D'abord tu désertes l'armée et tu déshonores ton nom ! Maintenant tu quittes Bratislava en abandonnant tes biens, y compris la dot de ma fille ! Au moins la première fois tu t'étais débrouillé pour sauver une partie de tes biens, même si ce n'était pas grand-chose !

Grand-père est un vétéran de la Première Guerre mondiale ; il n'a aucune sympathie pour la prise de position de mon père. Mais il est surtout furieux de voir arriver sa fille et ses petits-enfants à sa porte, pratiquement démunis, sans aucun endroit où se réfugier alors que son gendre est recherché par l'armée. J'entends tout ce qu'il dit, le cœur serré :

– J'ai toujours pensé que tu n'étais qu'un play-boy ! Le fiston chéri de sa maman, qui n'arrive jamais à rien !

Maman a l'air de vouloir traverser cette porte close, et en même temps doit penser qu'il vaut mieux qu'elle s'en abstienne. Cela ne servirait à rien, sinon à envenimer les choses. Pourtant ce doit être dur pour elle d'entendre ces insultes :

– Même quand ma fille avait besoin de toi, tu n'étais jamais là ! Elle a dû venir ici pour accoucher de Lisbeth parce que tu étais encore en vadrouille ! Quant à ton idée de revenir ici, en ce moment, c'est un manque de jugement évident. Toute ta famille est en danger à présent, peut-être même tout le village ! Les autorités tchèques sont déjà venues ici, la police te cherche. Si elle te trouve là, tu seras pendu, et nous serons tous déportés ou mis en prison ! C'est ça que tu veux, Jacob Schwartz ?

Mon père se contente de répondre avec tellement de calme, en chuchotant presque, que nous n'entendons rien ; j'imagine qu'il doit avoir envie de hurler comme son beau-père, mais il s'en garde bien. Il a besoin de son aide, il n'est pas en situation de le contrarier davantage et il lui faut bien accepter le sermon. Et lorsqu'ils sortent tous les deux de la pièce, ils semblent avoir fait la paix. Il a été décidé que nous resterions deux jours chez grand-père, que mon père prendrait le train pour Budapest, et que nous le rejoindrions ensuite.

C'est effectivement ce qui se passe. Et lorsque mon grand-père nous ramène en charrette jusqu'à Kiraly Helmec, il met une dernière fois sa fille en garde :

– Je pense que ton play-boy de mari va vous entraîner dans une autre aventure insensée. Ce serait plus sûr pour toi et les enfants de le laisser partir, puisqu'il est recherché en priorité. Tu pourrais rester ici jusqu'à ce que tout cela soit fini.

Mais maman refuse. Elle n'a jamais pensé à quitter papa. De plus elle est terrorisée à l'idée de rester au milieu des nazis, elle a vu de quoi ils sont capables, haine et brutalités.

Elle sait aussi qu'ils vont occuper très vite toute la Tchécoslovaquie, ce que grand-père refuse de voir pour l'instant.

– Tu ne sais pas ce qu'ils ont fait aux juifs à Bratislava. C'est dangereux pour nous les juifs de rester dans ce pays, en tout cas de s'y montrer ouvertement. Tu ferais mieux de couper ta barbe jusqu'à ce que tout cela soit fini.

Mais grand-père lui rit au nez.

– Tout le monde me connaît ici. Avec ou sans barbe, ils savent que je suis juif et je n'ai pas l'intention de renier ce que je suis. Tu devrais le savoir.

Ils s'observent, et soudain se mettent à pleurer tous les deux. Je n'oublierai jamais cette scène, au rythme des pas du cheval sur la route de Zeteny. Mon grand-père a déjà soixante-dix-huit ans, il est bien vieux, et il se doute qu'il ne nous reverra peut-être plus. En me faisant descendre à l'arrivée il me serre dans ses bras, très fort, et je fonds en larmes à mon tour.

– N'aie pas peur, ma chérie, nous nous reverrons bientôt... mouche ton nez...

Mais il n'a pas l'air d'y croire. Pas assez pour me rassurer, en tout cas.

Lorsque le train entre en gare et que nous grimpons dans le compartiment, il aide maman à installer les cinq valises qui contiennent tout ce que nous possédons au monde.

Grand-père est debout sur le quai, droit et digne avec sa barbe blanche; il nous regarde partir en priant. Je l'aime tant, et tant de gens l'aiment ici, ses enfants, les paysans qui travaillent pour lui dans les champs alentour. Pourquoi lui ferait-on du mal ?

Je me souviens parfaitement de ma dernière vision de lui. Il ressemblait à un prophète de l'Ancien Testament. Les mains sur les yeux au moment où le train partait, priant et dissimulant ses larmes. Je l'ai regardé aussi longtemps que j'ai pu, jusqu'à ce que le train prenne un virage et qu'il disparaisse à ma vue. Maman avait les yeux rouges, Roszi et Ludwig se taisaient assis sur la banquette comme deux petits soldats de bois.

Grand-père nous avait fait trois présents. Un peu d'argent, un panier de victuailles pour nous permettre de subsister durant les cinq heures de voyage jusqu'à Budapest et, surtout, ses prières.

4

Budapest

Durant le trajet, des images d'enfance dans la ferme de grand-père défilent dans ma petite tête. La chèvre qui m'a poursuivie alors que je grignotais un délicieux morceau de citrouille près du puits.

– Maman ! Maman, au secours, prends-moi dans tes bras !

C'était l'année dernière, avant que nous ne partions pour Bratislava. La chèvre ne m'a pas rattrapée, mais elle a eu mon morceau de citrouille.

Le jour où j'ai coupé ma frange en cachette dans la grange, maman m'a surprise, et j'ai vite caché les mèches de cheveux dans la jarre de graisse d'oie.

– Mon Dieu, Beth ? Tu as coupé tes cheveux ! Mais que fais-tu ?

– Rien, maman... C'est pour faire joli.

Plus tard, lorsqu'elle a plongé sa louche dans la jarre, maman a hurlé :

– Mon Dieu, quelle horreur ! Il faut tout jeter ! Alors c'était toi !

Les bêtises, en général, c'est moi. Grand-père en riait, maman aussi. Je ne savais pas que c'était le bonheur.

Il fait tout noir à Budapest lorsque le train arrive en gare. Le bâtiment est immense et tellement imposant que l'on se croirait dans un château.

Nous attendons mon père, dans la foule du parvis ; maman se tord le cou pour le repérer, nous avons l'air d'une petite île tous les trois serrés contre elle, nos cinq valises autour de nous, pour endiguer le flot de la marée humaine. La ville majestueuse est devant nous avec ses ponts illuminés au-dessus du Danube qui étincelle tel un ruban constellé de diamants. C'est d'une beauté stupéfiante. L'immensité d'abord, toutes ces lumières ensuite et ce grand fleuve... il attire l'œil comme un aimant. Bouche bée, j'admire, je sens l'odeur du fleuve et frissonne d'impatience devant ce spectacle. Nous avons dormi presque tout le long du voyage, l'estomac rempli des victuailles de grand-père. Maman n'a pas fermé l'œil, elle est lasse et aspire à la sécurité de notre nouvel abri. Mon père nous rejoint enfin, la mine contrariée :

– J'espérais que le nouvel appartement serait prêt, mais je n'ai pas eu assez de temps. Nous allons nous installer provisoirement chez mes amis.

Il présente à maman un jeune couple venu l'aider à nous récupérer.

– Mais il y a une bonne nouvelle ! J'ai déniché un merveilleux appartement et dans une semaine au plus tard, nous pourrons l'occuper, et libérer nos amis !

Trois enfants, cinq valises et deux grandes personnes vont donc prendre place dans leur appartement déjà surpeuplé.

Nous nous entassons dans l'unique pièce qu'il a pu louer à ces gens. Comme nous n'avons pas de place pour bouger, et rien d'autre à faire, maman nous emmène nous promener en ville dès le lendemain. Budapest est la capitale de la Hongrie, et jusqu'à preuve du contraire la Hongrie ne persécute pas les juifs. Une nouvelle liberté nous est offerte, sinon de vivre à l'aise pour l'instant, du moins de marcher dans les rues sans crainte d'être agressés.

J'adore écouter mon père raconter. Il a toujours l'air de tout savoir, et pour moi il sait tout, de toute façon.

Les deux vieilles villes, de Buda et de Pest, de chaque côté du grand Danube forment la grande cité ; elle est la fierté de l'empire austro-hongrois. On y voit partout des églises aux vitraux superbes célébrant Jésus et tous les saints. Mais de nombreuses synagogues attestent que les juifs y jouissent d'une sécurité relative au contraire du reste de l'Europe de l'Est et de la Russie, où l'antisémitisme a des sursauts aussi récurrents que redoutables.

Les Hongrois voient les juifs comme une race et une religion à part, mais depuis une bonne centaine d'années ils sont les bienvenus dans le monde du commerce, et au sein même du gouvernement.

– Tu vois, ma chérie, ici tant qu'un juif se comporte en bon citoyen, il n'a rien à craindre de personne. Il y a seulement certaines lois à respecter.

Papa ne me dit pas quelles sortes de lois restrictives nous concernent en qualité de juifs. Ce doit être trop compliqué pour moi.

Nous sommes rassurés dans cet environnement, c'est l'essentiel. Maman est enthousiaste malgré sa fatigue.

Les jours suivants nous prenons le trolleybus qui se promène avec de drôles de bruits électriques à Pest, de l'autre côté du Danube. Nous explorons les collines de Buda, et les vieilles ruines romaines à la sortie de la ville. Le quartier des commerces, le bâtiment du Parlement, sans oublier le château du régent, sur la colline qui surplombe le Danube.

Mais la plus grande joie de maman, je pense, c'est la grande synagogue Dohany, au cœur d'un quartier qui deviendra plus tard le ghetto juif. Ici vit la communauté religieuse la plus riche et la plus puissante du pays.

Elle est très belle, bien plus grande que toutes celles que j'ai pu voir jusque-là, puisque c'est la plus vaste de toute l'Europe de l'Est ! Faite de briques beiges, et couverte de tuiles vernissées, elle représente pour ma mère et pour nous le havre de paix et de sécurité auquel nous aspirons.

Maman a toujours participé aux activités charitables d'une synagogue. Devant cet immense monument, et la communauté qu'il représente, elle imagine avec raison qu'elle aura de quoi faire, et elle adore cela.

Une semaine après notre arrivée en ville, l'appartement est effectivement prêt à nous accueillir, et ce qui est mieux encore, c'est que nous ne changeons même pas d'immeuble !

Grand-père a beau dire que papa est un don Juan bon à rien, je trouve qu'il se débrouille très bien en père de famille.

Nous sommes dans un bon quartier, très élégant, papa a pris soin de le choisir « non juif » pour mieux nous perdre dans la foule comme il dit. L'appartement qu'il a trouvé fait partie d'un groupe de deux immeubles jumeaux à deux pâtés de maisons du Danube. Il y a même un ascenseur. Comme c'est la coutume dans la plupart de ces immeubles luxueux, les appartements sont disposés autour d'une cour intérieure, ornée de magnifiques plantes vertes, et de meubles de jardin. Notre immeuble a sept étages ; il est relié à son jumeau par une autre cour intérieure pavée de galets, entourée d'une palissade et protégée par une immense porte de fer forgé. Nous logeons au premier étage ; l'appartement est vaste, très joli avec un haut plafond et des moulures. Il y a trois chambres, un grand salon et une salle à manger, reliés par des portes à la française. Une grande salle de bains avec des toilettes séparées, un chauffage central qui n'a rien à voir avec le vieux poêle de céramique qui nous chauffait à Bratislava.

Mais le plus beau de tout, c'est la cuisine, assez grande pour que maman y cuisine tout à son aise, ce qui pour nous est la meilleure des bonnes nouvelles.

La première chose qu'elle entreprend dans ce magnifique endroit, nous le surveillons de très près, ma sœur, mon frère et moi. Ses fameux beignets aux graines de pavot et aux raisins. Le beurre juste doré pour cuire les graines de pavot avec le lait et le raisin, le rhum et le sucre... et l'œuf... Trois paires d'yeux ne quittent pas la casserole, trois bouches gourmandes attendent de recevoir le paradis retrouvé. Notre vie est presque comme avant. Presque, car il faut meubler cet endroit. Mes parents ont encore assez d'argent pour le faire modestement, en combinant trois sources de revenus. Ce qui reste de la vente de l'appartement de Uzgorod, le cadeau de grand-père, et le « salaire » de mon père.

Ils courent les brocanteurs pour trouver de jolis meubles, et aussi des porcelaines pour maman, du linge et un peu d'argenterie, tout ce qu'elle a dû laisser à Bratislava. Nous ne sommes pas assez riches pour avoir un piano, ce qui est préférable, puisque mon père a sagement décidé que nous devions nous faire remarquer le moins possible.

D'ailleurs, il nous a demandé de n'amener personne à la maison quand il s'y trouve, et de ne jamais dire à quiconque qu'il est notre père. Il le répète inlassablement.

– Notre sécurité à tous en dépend, mes enfants. Si on vous demande quelque chose, dites que votre père est représentant de commerce et qu'il est rarement là. Je suis un ami, pas un parent ; jamais un parent, c'est compris ?

Le gouvernement hongrois est l'allié des nazis et, surtout, tous les hommes valides entre dix-huit et cinquante ans doivent normalement servir dans l'armée. Or mon père n'a aucun papier prouvant qu'il l'a fait, et il est impensable qu'il s'enrôle, même sous une fausse identité. Chaque citoyen hongrois doit se faire enregistrer par la police en spécifiant sa religion. Cette loi n'est pas nouvelle en Hongrie, elle a été instaurée en 1920. Et notre père ne s'est fait enregistrer nulle part, évidemment. Il doit être l'homme invisible pour pouvoir demeurer avec nous et nous protéger, tout en continuant à travailler pour un réseau clandestin.

Dans la journée, il quitte l'appartement pour un endroit plus sûr, qu'il appelle une « planque ». Maman suppose qu'elle appartient à la résistance tchèque et qu'il y travaille, mais en réalité elle n'en sait rien du tout. C'est le choix de mon père de vivre ainsi. Il estime que l'ignorance totale est plus sécurisante pour maman. Mais je crois qu'il sait aussi qu'avec son honnêteté foncière elle dirait tout si on cherchait à lui extirper la vérité. Il vaut donc mieux qu'elle ne sache rien. Et nous apprenons dès maintenant, si nous ne l'avions pas encore compris à Bratislava, qu'il ne faut faire confiance à personne, et ne rien révéler sur nous. Personne ne doit savoir que nos papiers sont faux et que nous ne sommes pas hongrois, car toute personne qui n'a pas la citoyenneté est déportée, ou pire. Et personne, bien entendu, ne doit savoir que derrière le représentant de commerce se cache un combattant clandestin de l'armée tchèque. Se taire, ne compter que sur soi, ne se confier à personne. J'ai un secret pour la vie. Et ma sœur aussi. Ludwig, lui, est encore assez petit pour répéter ce qu'il croit être la vérité, et encore est-il complètement surveillé par maman.

Cette expérience vécue si tôt dans mon existence fera de moi une vraie solitaire, habituée à ne compter que sur moi-même Je prends l'habitude de ne pas avoir d'amie très intime à l'école, seulement des relations ; même plus tard, je ne pourrai changer le cours des choses, totalement incapable d'avoir recours à quelque confidence que ce soit, de peur de laisser échapper le « secret de ma vie ». J'ai trop appris à me taire, ce qui probablement en ces temps d'épouvante nous a sauvé la vie.

Pendant ce temps, imperturbablement, maman coud de nouveaux rideaux, brode amoureusement le linge, et pour ramener un peu d'argent supplémentaire à la maison, cuisine pour d'autres gens. Elle cuisine tellement bien qu'elle est très demandée.

Bien que mon père soit rarement là dans la journée, des gens viennent chez nous, ils y passent parfois un jour ou deux, comme ils le faisaient à Bratislava et pour la même raison je suppose.

Papa continue donc d'organiser des évasions de juifs depuis la Hongrie.

Si maman a jamais regretté la vie que nous menions, ou blâmé mon père, elle n'en a jamais rien dit, en tout cas pas devant moi. Malgré tous ces changements dans notre vie, tous ces gens qui passent, ce qu'ils ont perdu, mes parents ne se disputent jamais. C'est assez extraordinaire pour moi qui n'ai pas, je pense, aussi bon caractère que maman. Je trouve qu'elle fait exactement tout ce qu'il veut ! mais elle me dit souvent :

– Ton père est irrésistible et tellement séduisant ! Je l'ai trouvé charmant dès notre première rencontre tu sais ? Il était si beau dans son uniforme ! Si tu l'avais vu parader dans les rues de Kiraly Helmec !

Et pourtant, elle n'a pas de vraie vie avec lui, contrainte de rester à la maison la plupart du temps et de tout cacher sur nous et notre famille pour qu'il ait la paix. Mon père est un homme mystérieux, assez impressionnant.

Parfois, pour nous distraire, il organise un combat entre ses trois enfants. Un combat régulier qu'il arbitre, comme si nous étions des soldats sous son commandement.

– Lisbeth, tu dois plaquer Roszi de cette façon ! Fais-la tomber, mais surtout ne la frappe pas quand elle est à terre !

Debout contre le mur du salon, il observe la lutte rondement menée sur le parquet. Consciencieusement, je plaque ma sœur ainsi qu'il l'a montré, Rosc me rend la pareille et en rajoute en me tapant sur le dos ou en me tirant par les cheveux. Mon petit frère saute joyeusement dans la mêlée, cognant sur nous deux en même temps. Papa nous observe encore un moment, le temps de décider qui a gagné, et ordonne la fin du combat. C'est sa distraction favorite du vendredi soir ou du samedi après-midi. Il est assez dur avec nous. C'est cruel, et je n'aime pas particulièrement cela. Une fois je lui dis :

– Tu sais, un de ces jours, je vais faire mal à Roszi ou à Ludwig !

– Que pourrais-tu bien faire, ils sont deux contre toi ?

– Oui, mais ils sont plus jeunes et moi plus forte qu'eux deux réunis !

– D'accord ! Voyons lequel de vous trois va gagner et recevoir le prix !

Le prix en général est un chocolat ou un bonbon. Un jour ce que j'avais prévu arrive, j'ai tiré les cheveux de ma sœur tellement fort que ses yeux se sont révulsés.

Je reçois une bonne claque de mon père pour cet exploit.

– Mais c'était de bonne guerre, papa, je voulais gagner le chocolat !

Il éclate de rire. C'est une chose assez étrange de la part d'un père que d'encourager ses enfants à se battre entre eux ; j'imagine qu'il cherche à nous apprendre à résister et à lutter dans la vie, bien que je ne comprenne pas très bien la nécessité de plaquer quelqu'un à terre, surtout ma sœur Roszi, si maigrelette.

Maman nous regarde faire, ne dit mot et n'intervient jamais. Sa priorité à elle, c'est l'instruction. Elle veut que nous fréquentions une école hébraïque. Roszi et Ludwig iront sans problème, mais je rechigne à porter les bas de laine, la robe aux mollets, et ces horribles chaussures à lacets que l'on nous y impose. Je veux fréquenter l'école publique, et le stade local. Les parents s'y opposent, jusqu'à ce que j'accepte de suivre une instruction religieuse après les cours. Maman est toujours déterminée à nous élever religieusement le mieux possible. Nous mangeons toujours cascher en dépit de la guerre, alors que papa s'en préoccupe moins.

La première camarade rencontrée à l'école est une voisine. Violette Storch a onze ans. Elle est d'une beauté à couper le souffle : des cheveux d'ébène, un teint de rose et des yeux violets. Elle est drôle et vive, et nous sommes amies immédiatement, dès la première récréation :

– Salut ! Tu es nouvelle on dirait ! Comment tu t'appelles ?

– Lisbeth... Markowitz... on m'appelle souvent Beth ! Où habites-tu ?

– En face, de l'autre côté de la rue.

– À quel étage ?

– Au premier !

– Moi aussi !

Il n'en fallait pas plus. Elle est si jolie que c'est un réel plaisir d'être à ses côtés.

Je ne sais pas ce qui m'a permis d'aller à l'école publique, je suppose que c'est le destin. Si j'avais dû obéir à ma mère je n'aurais jamais fait ma deuxième rencontre, la plus importante : Richard Kovacs.

Je suis du genre garçon manqué depuis ma petite enfance. Je n'ai jamais beaucoup grandi, mais je suis solide et bien proportionnée, à l'opposé de ma sœur, fine et un peu maladive, qui, elle, n'est pas du tout attirée par le sport. À la suite d'une maladie infantile, il lui reste une tache aux poumons, et mes parents la dorlotent davantage que moi. C'est compréhensible du point de vue d'un adulte, mais pour un enfant, c'est agaçant. C'est donc moi la jalouse... et moi la sportive qui remporte toujours le chocolat !

Si je n'aime guère la lutte, j'aime l'activité physique, et lorsque j'ai entendu parler du programme de gymnastique à l'école, j'ai décidé d'y participer.

C'est à l'entraînement que je jette pour la première fois un œil sur Richard Kovacs.

J'ai une bonne raison pour cela, il m'a été désigné comme partenaire dans les équipes mixtes. Je l'examine donc soigneusement de la tête aux pieds. Il a au moins deux ans de plus que moi, ce qui lui en fait douze. Et il est bien plus grand. Il a surtout une allure folle ; il est bien habillé, distingué, de quoi faire se retourner les filles avec ses yeux bleus, magnifiques, dans lesquels on a envie de plonger.

À ce moment-là, ce n'est pas sa beauté qui m'intéresse, mais sa force physique, car nous aurons des figures à exécuter, et il doit me porter pour cela. Le cou est puissant, les épaules solides, c'est cela qui me persuade d'avoir hérité du bon partenaire. Je le dévisage tellement qu'il se retourne au bout d'un instant, me regarde, sourit gentiment et se détourne.

Il faut d'abord grimper à une corde le long du mur du gymnase. Lorsque mon tour arrive, je bataille pour me hisser péniblement en hauteur. Mes bras sont trop courts ou pas assez musclés pour y parvenir comme je le voudrais. J'entends alors la voix de Richard :

– Allez ! Fais un effort ! Tire-moi ça là-haut !

Aucune compassion pour ma petite taille, dans cette injonction.

Sur le moment, je regrette de l'avoir pour partenaire, mais après cet essai, il revient me voir avec le même sourire que tout à l'heure.

– Où habites-tu ?

– Dans le cinquième !

– Je ne suis pas très loin. Je suis dans le huitième. Tu veux qu'on rentre ensemble ?

J'accepte timidement, heureuse de m'être fait un nouveau camarade aussi sportif que lui.

Et tout commence par une promenade le long du Danube.

– Moi, je vais rester en gymnastique, c'est bon pour ma forme. Évidemment, je joue aussi au football, mais c'est différent. La gym, c'est une vraie discipline, tu sais !

– Moi aussi, je vais suivre l'entraînement, même si ça me prend trois heures par semaine après l'école.

– Tu joues d'un instrument de musique ?

– Non... en fait, on avait un piano mais on l'a vendu quand...

Là j'hésite, ne sachant trop quoi dire... puis j'enchaîne vite :

– Quand on a déménagé !

Il sourit en me regardant :

– Nous avons un piano. Ma mère en joue et moi aussi, mais je fais également de la batterie. Si tu veux venir, c'est quand tu voudras...

Je le remercie de son offre généreuse, et nous suivons le courant du fleuve jusqu'au cinquième arrondissement, où il me laisse à la porte de mon immeuble avant de poursuivre son chemin. C'est le début de notre histoire d'amour.

Désormais nous fréquentons trois soirs par semaine le même gymnase, le lundi, le mercredi et le vendredi, et il me raccompagne toujours à la maison après l'entraînement. Ensuite, il prend un bus pour rentrer chez lui, ou bien nous le prenons ensemble en utilisant notre carte de transport scolaire, qui n'a pas de limite de circulation. Heureusement, car le trajet dure une heure ou deux, selon que nous nous arrêtons pour une promenade le long du fleuve, ou un goûter en route avec une limonade. Nous parlons indéfiniment. Richard surtout ; il est plus âgé, il sait énormément de choses sur la ville, sur les arts, la musique, et mes oreilles attentives en apprennent presque davantage qu'à l'école.

Il ne m'a pas fallu longtemps avant de me rendre compte que la famille de Richard est riche. Un jour, je meurs d'envie d'une limonade à la framboise, mais je n'ai pas le moindre sou pour la payer et je n'ose pas le lui dire. Comme s'il lisait dans mes pensées il dit soudain :

– J'ai vraiment soif. J'ai bien envie d'une limonade à la framboise, et toi ?

Je hoche la tête négativement, trop malheureuse pour répondre et trop fière pour dire la vérité. Et je reste là à le regarder déguster sa limonade jusqu'à la dernière goutte.

Ses parents possèdent un immense vignoble dans les environs de Budapest, ainsi que le plus grand réseau de distribution de spiritueux en ville. Le père de Richard est également copropriétaire d'un quotidien, « La Voix du peuple », alors que ma famille a juste de quoi vivre. Nous avons un bel appartement, certes, et nous mangeons tous les jours, mais nous ne sommes pas riches – et loin de l'être un jour.

L'aisance de Richard est visible dans tous les domaines. Son élégance, sa culture, sa manière de parler et de se comporter, sa grande gentillesse aussi. Ce garçon de douze ans se comporte avec moi, sa petite camarade de dix ans, comme si j'étais une duchesse.

Le problème est que parfois nous rentrons tard à la maison ; j'oublie l'heure à force de parler et de me promener avec lui. Maman se met en colère après moi, surtout le vendredi soir. Cette soirée est importante pour elle. Elle se donne un mal fou à préparer ce grand repas et à cuire le pain de challah. Le dîner du vendredi soir est donc un rituel incontournable. Elle se lève tôt le matin pour aller chercher chez le boucher cascher un poulet, dont elle utilise tout, des pattes à la pointe du bec. Le dîner commence par un bouillon de poulet, suivi par le poulet lui-même et le pain fait maison, puis par un plat de grillades, et des légumes divers selon la saison. Le gâteau cuit chez le boulanger est une des spécialités maternelles. Sa plus grande réussite est un gâteau de pâte de noix, farci d'une crème épaisse de noix pilées et d'œufs, dont elle bat le blanc et le jaune à part, avant de les mélanger au sucre et au chocolat. C'est mon préféré depuis toujours. Mais avant de nous laisser apprécier la moindre bouchée de ses magnificences culinaires, maman recouvre sa tête d'un châle de dentelle brodé, et allume les cinq bougies du sabbat au milieu de la table. Ensuite elle effleure trois fois de sa main chacune des bougies, avant de la poser sur ses yeux pour dire ses prières.

– Bon sabbat !

Elle embrasse ses enfants, et nous pouvons enfin nous rassasier. C'est en général à ce moment-là que papa rentre à la maison, parfois seul, le plus souvent avec des amis. Nous ne savons jamais qui il va ramener. Parfois ces « amis » partagent notre dîner et restent pour jouer aux cartes. Même si le sabbat est officiellement commencé, et qu'après leur départ maman se plaint à mon père de cette entorse à la religion :

– Tu ne pourrais pas attendre le samedi soir pour jouer aux cartes ?

Papa veut sa liberté. Tout le monde en ce temps-là veut être libre à sa façon. Mon père, l'enfant gâté de sa famille, a connu la liberté à l'armée. En tant qu'officier de renseignement, il a travaillé en indépendant, et voyagé souvent à l'étranger. Il adore les voyages et l'aventure ; il est même allé jusqu'en Australie et en Nouvelle-Zélande, pays dont peu de gens ont entendu parler ici. Dans la journée, il est à l'extérieur, mais comme il doit demeurer aussi invisible que possible, il est forcément prudent, et doit se sentir un peu comme en prison.

Maman se fait un souci monstre lorsqu'il ne revient pas à la maison à l'heure promise. Elle craint toujours qu'il n'ait été arrêté, de ne plus le revoir jamais. Lui semble plus ennuyé et frustré de cette semi-captivité qu'effrayé par les risques qu'il prend.

C'est un fonceur dans la vie, et, en ce moment, il est condamné à tourner en rond, à se méfier de tout et de tous sans même pouvoir se promener avec sa femme et ses enfants. Et presque chaque fois, il vérifie que nous respectons bien la consigne.

– Comment t'appelles-tu ?

– Lisbeth Schwartz....

– Beth ! Qu'est-ce que j'ai dit ?

– Mais papa, c'est toi qui me l'as demandé, c'est pas un étranger !

– Tu t'appelles Markowitz maintenant, et c'est tout ! Je te préviens, tu ne mettras pas le nez dehors tant que tu ne te rappelleras pas de ton nom ! Roszi, comment t'appelles-tu ?

– Roszi Sch... Markowitz papa !

– Fais attention, Roszi... surtout à l'école !

Ce nom est tellement important pour notre sécurité qu'il se rend malade chaque fois que nous nous trompons... Alors il revient à la charge régulièrement, jusqu'au jour où Markowitz sort sans hésitation de nos bouches. Et lorsqu'on m'appelle à l'école, je n'ai plus une seconde d'hésitation avant de répondre correctement. Mais c'est un mensonge et il me trouble, je n'y peux rien. Comme si papa n'existait plus. Je ne connais même pas son nouveau nom, il ne nous l'a pas dit.

Je voudrais plus de liberté, aller et venir à ma guise ; je grandis, mais maman me veut à la maison pour surveiller mon petit frère lorsqu'elle doit s'absenter pour son travail de cuisinière. D'ailleurs, peu importent nos désirs d'élargir notre horizon, ma mère nous limite fermement aux règles de sa religion. Il est interdit de cuisiner le samedi en raison du sabbat et d'effectuer certains travaux quotidiens. Or il faut pourtant manger !

Comme beaucoup de femmes orthodoxes, ma mère prépare donc le repas du samedi, le vendredi après-midi. Le *cholent* en est le meilleur exemple. C'est un plat originaire de Russie, à base de gros haricots, d'orge, de bœuf, d'oignon et d'ail. Une sorte de cassoulet. Lorsque tout est prêt, c'est moi qui l'apporte chez le boulanger, le vendredi après-midi. Le plat cuit dans le four en compagnie d'une bonne centaine de plats appartenant à d'autres familles juives. Chaque marmite porte le nom de son propriétaire inscrit sur un carton glissé sous le couvercle. Le boulanger rajoute régulièrement de l'eau au cours de la nuit, afin que le plat cuise très lentement. En réalité, la cuisson dure du vendredi après-midi au samedi après-midi.

Si par malheur j'arrive en retard chez le boulanger avec ma lourde marmite dans les bras, il hoche la tête d'un air navré :

– Oh toi ! Tu n'auras pas de cholent pour demain ! Tu es venue trop tard !

Je dois alors le supplier avec juste ce qu'il faut d'humilité et de contrition :

– Prenez-le s'il vous plaît, je vous en prie, sinon ma mère va me tuer !

Et le brave boulanger accepte de rajouter ma marmite avec les autres dans son immense four à pain. Et le samedi vers une heure, je reviens la récupérer. C'est moi l'aînée, celle à qui on confie les corvées, Roszi est tellement fluette. C'est la préférée de mon père, c'est toujours à elle qu'il ramène les plus beaux cadeaux. Pourtant, je la trouve capricieuse. À table, elle est la première servie après papa. Elle refuse de manger quoi que ce soit ayant le moindre bout de graisse ou de peau. Maman retire tout avant de lui donner sa part, et moi qui ne suis pas difficile, je me retrouve avec toute la peau et le gras du poulet. Si je le fais remarquer à ma mère, elle me répond tranquillement :

– Écoute, c'est très sain. Et ta sœur est très maigre mais elle ne peut pas le manger. Voilà pourquoi je dois lui donner ce qu'elle aime. Toi de toute façon, tu aimes ça, pas vrai ?

Moi aussi je suis maigre, mais elle est vraiment beaucoup plus maigre que moi. J'aime tout ce qui se mange en réalité, mais je suis un peu jalouse de son éternelle priorité à table. Mon petit frère Ludwig, notre « Lali », est évidemment le préféré de maman, il est encore petit et c'est un garçon !

Le cholent du samedi soir est si consistant et nourrissant que mon père s'endort immédiatement sur le sofa après le repas, et pour deux bonnes heures. Personne ne doit parler ou faire le moindre bruit pendant qu'il s'est assoupi.

Au réveil, il dit toujours en souriant :

– Les haricots me font toujours dormir.

Il arrive parfois le soir, une fois la vaisselle terminée, et les prières faites, que mes parents discutent de la guerre. Les nouvelles ne sont pas encourageantes. Les nazis gagnent du terrain, envahissant un pays après l'autre. La Pologne est tombée. Le reste du monde libre n'a rien fait pour arrêter les Allemands alors qu'il le pouvait. Nous sommes en 1940, j'ai onze ans, mais je ne peux pas encore tout entendre, ils chuchotent pour ne pas nous effrayer. Je dois tendre l'oreille. Papa dit que l'Angleterre a enfin déclaré la guerre, et qu'il a entendu parler d'un grand nombre de pilotes juifs polonais partis s'engager dans la Royal Air Force. Maman ne lui demande pas d'où il tient ses informations.

Tout cela est très compliqué pour moi ; d'un côté des juifs polonais vont faire la guerre aux nazis avec les Anglais, et nous qui sommes officiellement de « bons Hongrois », nous devrions être du côté des nazis puisqu'ils sont nos alliés. Comment peut-on être allié avec des ennemis ?

Cette conversation à propos des pilotes juifs polonais me fait faire un cauchemar. Je me réveille en pleine nuit, morte de peur.

Une autre fois j'entends papa chuchoter :

– N'aie pas peur, mamika... Nous sommes à l'abri ici. Avant que les Allemands aient réussi à envahir la Hongrie, la guerre sera finie. Il n'y a qu'à attendre... *wait and see*, comme disent les Anglais.

Papa est toujours très optimiste, et maman paraît toujours calme, sauf quand je rentre tard à la maison. Elle compte de plus en plus sur moi pour l'aider. Bien que nous n'en parlions pas, notre budget est toujours serré. Nous n'avons jamais d'argent de poche, il ne reste rien pour des extras. Le temps est fini où papa nous rapportait de magnifiques cadeaux, des poupées de porcelaine et des chocolats suisses, des vestes de fourrure et des bijoux ! Maman est toujours bien habillée et nous aussi, mais elle fait tout à la main. Et elle continue de nous habiller, Rose et moi, de la même manière, bien que nous ne soyons pas jumelles.

Richard et moi nous sommes très vite devenus d'excellents amis, nous sommes si souvent ensemble que Violette s'en plaint :

– Avant on rentrait toujours de l'école ensemble, mais depuis que tu as rencontré Richard, tu ne le quittes plus !

Je ne peux pas répondre grand-chose, car je n'ai pas du tout envie de partager mon temps avec Violette, alors que je peux le passer avec lui. Nous avons été choisis pour faire partie d'un groupe de vingt-quatre élèves qui vont défiler avec l'orchestre de l'école et faire toutes sortes de démonstrations.

C'est un grand honneur, et beaucoup de plaisir. On nous a donné des uniformes, pantalons de marin pour les garçons et jupes bleu marine pour les filles, avec chemisettes et bérets. Nous sommes superbes tous les deux. Richard fait tournoyer le bâton comme s'il était né pour ça, il en a l'habitude avec sa batterie. Quant à moi, je porte fièrement le drapeau hongrois tout en exécutant des pas compliqués. J'aimerais pouvoir dire la même chose de mes performances dans l'équipe de gymnastique, hélas, il n'y a pas de quoi.

Nous faisons beaucoup de trapèze, mais je ne suis pas très bonne. Richard doit m'aider à faire le pont, en se glissant sous moi pour me maintenir le dos. Si bien que lorsque je suis dans cette position, nos deux corps se balancent d'avant en arrière, et je m'agrippe tellement à ses poignets qu'il ne peut plus faire un mouvement.

C'est peut-être pour cela que je suis tombée amoureuse de lui, parce qu'il ne m'a jamais fait honte pour mes minables performances, ce qui est significatif, car de son côté il a tendance à rechercher la perfection dans tout ce qu'il entreprend.

Notre amitié prend en tout cas un nouveau tournant. J'invite Richard à déjeuner à la maison. Il sera la seule personne de mon entourage à savoir que mon père est mon père.

Le soir de la présentation à mes parents tout se passe merveilleusement bien. Mon père a peut-être pensé que ce garçon bien élevé et de famille connue sera une protection supplémentaire pour moi. Il trouve cela très amusant et, depuis ce premier dîner, chaque fois que Richard passe la porte, il lève un sourcil ironique, comme s'il disait : « Encore un rendez-vous ? »

Je ne sais plus où me mettre et Richard me fait un clin d'œil ; c'est notre langage personnel lorsque nous ne sommes pas seuls. Un clin d'œil veut dire : je ris avec toi, pas de toi...

J'aimerais bien rester impassible, mais papa ne renonce pas à son petit plaisir et me chuchote à l'oreille d'un ton cérémonieux :

– Tiens, tiens... revoilà notre distingué camarade invité à dîner... Dois-je prévenir le rabbin ? Dois-je louer une salle pour le mariage ?

Je rougis de fureur. Je n'ai que douze ans et refuse d'admettre que cette amitié soit autre chose qu'une amitié spéciale. Papa s'attaque à ma pudeur enfantine. Pourtant, Richard est l'être le plus proche de mon cœur d'enfant, et ce cœur bat déjà d'inquiétude s'il a quelques minutes de retard, et il bat aussi de bonheur dès qu'il apparaît.

La seule chose qu'il me soit interdit de confier à Richard, c'est le grand secret de mon père. Pour lui, il doit demeurer voyageur de commerce. Pour lui, il est hongrois, surtout depuis que le gouvernement fait déporter les Polonais et les Tchèques. Mon père si beau et si vaillant est une cible trop facile à atteindre à la moindre indiscrétion. Richard ne saura donc rien des exploits clandestins de mon père. Nous sommes pour lui une famille simple et passablement désargentée.

Par contre, chez Richard, tout est différent. Élégance et raffinement. Le domicile des Kovacs se trouve dans un grand immeuble qui abrite leur entreprise et une petite synagogue orthodoxe, construite par l'arrière-grand-père de Richard. Ils occupent un étage entier, au premier. Et au-dessus, au deuxième étage, habite le reste de leur famille, grands-parents, oncles et tantes.

L'appartement lui-même est richement meublé, avec un goût évident pour les antiquités et l'acajou verni. Son père est un bel homme, mais d'allure digne et distante. Il est grand, brun, avec une moustache. Il fume la pipe ; c'est un monsieur à la voix posée. Il porte un chapeau melon et marche toujours avec une canne.

Il m'accueille avec politesse pour le dîner, et se retranche aussitôt dans sa rêverie. La mère est plus amicale. C'est une très jolie femme, petite et mince, aux cheveux d'ébène et au teint d'ivoire qui pourrait rivaliser avec celui de ma mère. Mais la ressemblance s'arrête là. Ses longues mains fines sont soigneusement manucurées et les ongles vernis ; celles de ma mère sont usées par le travail, et les miennes ne valent guère mieux. Elle porte de magnifiques bijoux. Un collier de perles et des boucles d'oreilles assorties, une alliance raffinée, et une bague de fiançailles ornée d'un diamant. Elle se sert énormément de ses mains fascinantes en parlant, et joue du piano comme son fils. Richard a hérité de ses longs doigts déliés, de sa gentillesse et aussi de son élégance. De plus cette femme est l'être le plus droit et le plus charitable que j'aie jamais rencontré. Elle estime que la richesse de sa famille est un privilège et une bénédiction, et se sent dans l'obligation d'aider ceux qui sont moins fortunés qu'elle. Elle passe énormément de temps en œuvres charitables à Budapest, un travail qu'elle dit de plus en plus important au fur et à mesure que la guerre s'amplifie et que l'économie du pays s'effondre :

– Il y a tant de restrictions, et tant de familles privées de père ou de fils pour les nourrir.

Bien que l'arrière-grand-père de Richard ait fait construire une synagogue au sein même de leur centre d'affaires, la famille n'est pas très stricte en ce qui concerne les règles religieuses. Comme beaucoup de juifs influents à Budapest, ces gens se sentent, comme dit mon père, « cent pour cent hongrois et quatre-vingt pour cent juifs ».

Ce sont des assimilés, du moins le pensent-ils. Richard est leur fils unique et très aimé.

Je viens souvent chez eux faire mes devoirs avec Richard, et sa mère ouvre la porte de temps en temps pour nous offrir du lait, du gâteau ou du pain. Elle me l'a déjà dit plus d'une fois :

– Tu cours après mon fils !

Et Richard répond toujours :

– Elle ne me court pas après, c'est l'inverse !

Comme il est venu chez moi de nombreuses fois, il m'a donc invitée cérémonieusement à dîner.

Ce jour-là je porte une robe noire à manches longues, avec un petit col blanc, une petite ceinture, des chaussures noires, et des chaussettes sombres qui remontent jusqu'aux genoux. Mes cheveux sont tressés en une seule natte pour l'occasion. C'est mon premier dîner en famille et je suis un peu nerveuse. Nous ne passons pas tout de suite à table. La mère de Richard veut d'abord bavarder un peu avec moi :

– Comment ça se passe en gymnastique, Lisbeth ?

– Ça fait assez mal.

Et je lui montre mon genou, vilainement éraflé en grimpant à la corde. Ce genou est toujours à vif, car en redescendant je ne m'accroche pas assez et glisse d'un seul coup jusqu'en bas.

– Oh, quel dommage ! Il faut que tu te muscles davantage pour pouvoir te maintenir sur la corde...

Nous sommes assis dans le salon, sur un divan, Richard à un bout, moi à l'autre. On nous a servi des petits sandwiches, et je déguste du sirop de framboise dans de l'eau gazeuse. Nous parlons de l'école, et de ma famille. Je me tiens bien droite pour répondre humblement :

– Papa est représentant de commerce, maman tient la maison.

La salle à manger est ravissante. De très beaux meubles en acajou, de belles vitrines avec beaucoup de porcelaines. Ils ont deux domestiques, une cuisinière et une servante. Je regarde la magnifique argenterie, dont toutes les pièces sont assorties. Maman aimerait tant ce décor, et ces jolies choses.

Richard m'adresse un clin d'œil, et je commence à rêver. Il a quatorze ans, j'en ai douze, un jour peut-être... si la guerre se termine, si mon père peut réapparaître, un jour peut-être j'emmènerai fièrement Richard chez mon grand-père. Il verra la grande ferme, toutes les terres, les arbres magnifiques et les cerisiers en fleur.

Pourvu que grand-père ne me dise pas, comme à maman :

– Il est trop séduisant et pas assez religieux... ne l'épouse pas !

5

L'amour

Il était inévitable qu'un jour ou l'autre nous formions un couple. Il a grandi, c'est un beau jeune homme sérieux. Toutes les filles sont folles de lui, mais il n'a d'yeux que pour moi. Nous sommes réellement inséparables, à tel point que Violette en est écœurée. Je la crois même jalouse ; elle insiste parfois pour nous accompagner dans nos promenades, mais je refuse toujours. Je ne veux pas partager Richard avec elle. Avec lui, j'oublie la guerre au moins pour un temps ; je veux être jeune, amoureuse, et libre.

– Veux-tu être ma petite fiancée ?

Nous sommes assis sous un pont, à quelques marches de la promenade qui longe le Danube. C'est là que nous nous amusons à jeter des morceaux de pain rassis aux carpes qui nagent près du bord.

– Réponds-moi, Frimousse ! Tu es devenue muette ?

Frimousse est le surnom qu'il m'a donné, en hongrois *Kis Pofa.* J'ai changé, moi aussi ; mon corps est déjà celui d'une jeune fille. Pourtant, il n'a guère grandi : je mesure moins d'un mètre cinquante, et les traits de mon visage sortent à peine de l'enfance. Tout est petit en moi, y compris mon visage. Par contre, tout me paraît grand dès que je lève la tête : Richard, le pont, le fleuve où les carpes bondissent. Sa question m'a laissée sans voix d'émotion.

– Alors ? Tu ne veux pas être ma petite fiancée ?

Il me sourit d'abord, puis rit franchement, et moi aussi.

– Je veux bien être ta fiancée.

Et je le suis dès ce moment précis, très sérieusement. L'âge ne compte pas, nous sommes sûrs de nous et de notre amour.

La première fois que Richard m'emmène au cinéma, voir un film américain – nous adorons les comédies musicales il passe son bras autour de mes épaules, et m'embrasse dans le cou, puis sur les lèvres. Un chaste et innocent baiser dont la chaleur pourtant ne me trompe pas. J'ai des étoiles plein les yeux, je flotte dans un bonheur inconnu et, pour la première fois, je regarde le film sans le voir. Lorsque Violette me demande un peu aigrement le titre du film que nous avons vu sans elle, je n'en sais rien. Il faisait noir, j'étais au chaud dans les bras de mon amour, son souffle contre le mien, toutes les danses et les chansons d'Amérique sont passées à l'arrière-plan.

Le Danube est le décor de notre amour, en plein cœur de Budapest. Ce grand corps vivant, qui sépare les deux anciennes cités, est à jamais synonyme de mon bonheur. Chaque samedi et dimanche, Richard m'y conduit. Les Kovacs possèdent, sur la rive de Buda, un bateau, amarré à un ponton, près d'une cabane en bois. C'est une barque à fond plat munie de rames qui permettent de remonter rapidement le courant, pour se laisser porter ensuite paresseusement le long du fleuve. La petite cabane de bois abrite une couchette, une table et une chaise. Elle est éclairée par une minuscule fenêtre.

Ce bateau est notre tapis magique ; il nous emporte, loin de la chaleur et de l'humidité de la ville, loin des regards soupçonneux des parents. Il nous sert d'évasion, et la cabane de refuge secret.

Évidemment, ma mère ne me permettrait jamais de faire du bateau toute seule avec un garçon, quel qu'il soit, fût-il Richard, qu'elle apprécie pourtant et en qui elle a toute confiance. Ce ne serait tout simplement pas correct. Je préfère donc lui mentir, en lui racontant que je fais du bateau avec des camarades du gymnase. Comme elle a peur que je tombe à l'eau, j'arrive à la convaincre de mes capacités de nageuse. Je ne me sens pas très fière de lui mentir ainsi. Mais je n'ai pas d'autre issue pour pouvoir vivre cette aventure merveilleuse et être seule sur l'eau avec mon fiancé. Pour ce faire, j'ai un premier problème à résoudre et non des moindres. Il me faut un maillot de bain. Seulement, je n'en possède pas, et si je demande à ma mère, j'hériterai d'une chose ignoble avec des manches et des jambes longues, conformément aux règles de la religion.

Or en ce moment, sur les rives du Danube, toutes les filles portent un maillot deux-pièces. Même les femmes âgées à la poitrine tombante ont le ventre à l'air. Jamais ma religieuse de mère ne m'autorisera ce genre de tenue de bain. Il me faut donc demander à Violette de me prêter l'un des siens. Nous échangeons souvent des vêtements, car elle est aussi menue que moi. Ses parents peuvent lui offrir une quantité de choses ainsi qu'à sa sœur aînée, y compris une collection de maillots. En peu de temps, j'hérite d'un deux-pièces que ma mère trouverait absolument indécent. Mais ma « liaison » avec Richard marque le début d'une vie secrète à laquelle ma mère n'aura pas accès. Une fille de mon âge ne dit pas tout à sa mère, elle a besoin d'indépendance, et moi plus que toute autre. La liberté, même en pleine guerre, c'est ma part d'oxygène, ma façon de grandir. Si ma mère savait que je me promène en bateau seule avec un garçon, vêtue d'un maillot couvrant uniquement mes fesses et ma poitrine naissante ; elle m'interdirait tout simplement de revoir Richard. Et c'est impensable.

Le chemin est long jusqu'à la cabane au bord de l'eau, et il fait chaud cet été 1941. Nous devons tout d'abord prendre le tramway pour traverser Buda, puis un autre train, et ensuite marcher longtemps à travers champs avant de l'atteindre. Mais cette longue balade sert à nos desseins. C'est dans ces champs remplis de fleurs que Richard a pris ma main pour la première fois, alors que nous traversions ces jardins cultivés par les Bulgares depuis des siècles. Il la serrait si fort que j'ai eu l'impression qu'il ne la lâcherait jamais. Depuis, nous marchons ainsi, main dans la main, et chaque fois que ses doigts emprisonnent les miens je ressens une décharge d'électricité. Je suppose que c'est la même chose pour lui, bien qu'il n'en dise pas un mot et moi non plus. Nous sommes si jeunes et si timides tous les deux que la sensualité n'ose pas s'exprimer ouvertement. Parce qu'il est plus âgé, je lui prête volontiers plus d'expérience en la matière mais il ne prend jamais l'avantage, n'a jamais de geste incorrect, comme s'il n'avait nul besoin de se prouver ou de me prouver quelque chose.

Pour notre première promenade en bateau, il doit commencer par m'apprendre à ramer. La première difficulté n'a rien à voir avec les rames. Je me sens à demi nue dans ce maillot minuscule, et pour m'expliquer comment faire Richard s'est assis derrière moi dans la barque, ses bras autour de moi, ses mains sur mes mains qui manient les rames... mais c'est sa peau que je sens contre la mienne. Et j'ai du mal à me concentrer sur les mouvements qu'il m'indique. Finalement, j'arrive à prendre le rythme, et Richard retourne s'asseoir à sa place en face de moi.

Là non plus, il n'a pas saisi l'avantage que lui donnait ce corps à corps pourtant prévisible, alors que je frissonne encore du contact de sa peau nue.

J'ai tellement d'ampoules à l'issue de cette première leçon que la paume de mes mains est en lambeaux. Nous sommes allés très loin en amont du fleuve, et maintenant nous nous laissons emporter par le courant, lui guidant légèrement la barque, moi allongée sous le soleil.

– Comme tu es belle... et comme je t'aime...

Le monde peut bien s'écrouler, j'ai oublié la guerre. C'est donc cela l'amour, cette envie brutale de se jeter contre l'autre et de s'y blottir ? Je n'ose pas. Je le regarde au fond des yeux, je me laisse pénétrer par ce regard bleu, si bleu que j'en ai la gorge serrée. Toute la semaine, je ne vivrai que pour la prochaine aventure en bateau.

Richard est un garçon sérieux qui parle sérieusement de choses sérieuses. Il veut aller à l'université pour faire des études de biochimie. Mes ambitions sont plus simples, je veux être avec lui, rien qu'avec lui. Je veux être sa femme plus tard, et la mère de ses enfants. Mon enfance a été si bizarre, bouleversée par la guerre et les déménagements successifs, que je préfère l'oublier pour ne penser qu'au présent, et surtout à l'avenir. Il n'y aura plus de secret à garder dans ma nouvelle vie, plus de frontières menaçantes ni de mensonges.

En rentrant à la maison ce jour-là, alors qu'il est si tard déjà, nous nous arrêtons pour contempler le coucher du soleil depuis la berge du Danube. Orange jusqu'à l'horizon, le ciel prend doucement des nuances roses, avant de disparaître dans un éblouissement de rouge.

Lorsque l'horizon se calme, redevenu bleu et gris, un frisson me parcourt l'échine :

– Tu m'aimeras toujours autant ?

– Toujours.

Mon premier vrai baiser, c'est celui-là. Aussi chaste que les précédents, il a le goût de l'éternité.

Lorsque nous ne sommes pas à l'école ou en bateau, nous flânons devant les boutiques d'antiquaires. Richard est déjà en deuxième année du cours supérieur et sait énormément de choses que j'ignore. Il m'explique patiemment les mystères de l'art. Comment était le Titien, à quelle époque il a peint, ce que sont des triptyques. Devant une femme à la rose d'un peintre anonyme, il est capable de décomposer pour moi les variations des coups de pinceau.

Janvier 1942. Un après-midi Richard vient me chercher à la maison pour m'emmener au cinéma. Dehors, la neige tombe si fort et si dru que l'on n'y voit rien.

– Il vaudrait peut-être mieux rester, tout sera gelé lorsque nous sortirons.

– Mais non ! De toute façon tu es bien couverte et moi aussi. On s'en fiche, de la neige !

– Puisqu'on s'en fiche du froid et de la neige, si on allait faire du patin ?

J'adore patiner, j'adore danser sur le lac voisin lorsqu'il est gelé.

– Tu veux bien ?

Mais Richard n'en est pas si friand. Il grimace un peu, et rechigne en silence alors que nous sommes déjà sur le trottoir. Puis, sans me prévenir, il attrape une poignée de neige, et me la lance en pleine figure en riant :

– Alors, comme ça tu veux aller faire du patin ?

La bagarre commence, nous courons l'un après l'autre en nous bombardant de neige sur le chemin du cinéma. À l'entrée de la salle nous sommes littéralement recouverts de flocons et d'étoiles de glace. Et Richard rit de plus belle en secouant son manteau :

– Regarde, Beth ! Regarde ce qu'on joue !

– L'étoile de la glace Sonja Henie dans *Tu seras mon mari*

Finalement quelqu'un va tout de même patiner cet après-midi, tandis que doucement de ses deux mains Richard caresse mes cils embrouillés de neige, et m'embrasse tendrement dans le noir. Le soir, je m'endors toujours avec une image de lui, un baiser, après avoir dit mes prières, sans aucun remords, sous l'œil maternel.

L'hiver passe, le printemps, puis l'été 42 arrive avec son cortège de bonheur et d'angoisses diverses. Bonheur de retrouver les bords du Danube et la cabane de nos amours secrètes. Angoisse de la guerre qui enfle et n'en finit pas de tonner. Mon père doit se montrer de plus en plus prudent, de crainte d'être envoyé dans un camp de travail forcé, ou sur le front russe. Il aide toujours des gens à s'évader, disparaît pour ses voyages mystérieux, et rentre sans rien dire.

Ma mère continue de travailler, cuisinant pour les autres afin d'améliorer notre ordinaire. Elle ramène souvent de la nourriture à la maison. Je lui mens toujours au sujet de mes escapades avec Richard, elle n'est au courant que des rendez-vous convenables. Mais il y a une autre chose dont je n'ai jamais parlé à ma mère pour la protéger. C'était à Bratislava, je revenais de l'école et j'ai aperçu mon père dans la rue ; il marchait enlacé avec une autre femme. J'aime ma mère, et je me rends compte en grandissant et en aimant à mon tour que je n'aime pas mon père. Je le respecte, je peux même l'admirer pour certaines choses, mais je peux aussi bien le haïr. J'ignore qui était cette femme, je ne l'avais jamais vue et je ne l'ai jamais revue. Elle était plutôt élégante, avec des gants et un chapeau, une sorte de bourgeoise. Et j'ai pleuré terriblement ce jour-là. J'avais presque oublié cette trahison de sa part, j'ignore pourquoi elle me revient à l'esprit. Peut-être parce que je trahis moi aussi la confiance de ma mère.

Mon père me regarde, justement, d'un air triste. Sa bouche sourit, mais son regard dément ce sourire.

– Qu'est-ce qu'il y a, papa, quelque chose ne va pas ?

– Viens avec moi.

– Où ?

– Tu verras bien. Viens, Lisbeth...

À quelques immeubles de là, il me fait entrer dans un salon de coiffure. Je n'ai pas le temps de le questionner, il s'adresse au coiffeur :

– Coupez-lui les cheveux et faites-lui une permanente !

Mes beaux cheveux, si longs ! Je ne pourrai plus les faire voler devant Richard, étincelants de gouttes d'eau, je ne pourrai plus les tresser en une natte sinueuse comme un serpent brun aux reflets de cuivre. Je les aime mes cheveux, mon fiancé aussi, et maman aussi. Pourquoi ?

Papa s'est assis, il attend que ses ordres soient exécutés. Et lorsqu'il a décidé quelque chose, il est hors de question de le contrarier.

Le coiffeur coupe, je frissonne au premier coup de ciseaux, au deuxième, je ne peux pas m'empêcher de protester :

– Pourquoi mes cheveux, papa ?

– Considère que ceci est un cadeau que je te fais !

Le coiffeur me recouvre la tête de rouleaux de fer qui empestent un produit bizarre. Je disparais sous un casque énorme et bruyant, et en ressortant, je me dégoûte. L'homme de l'art a si bien travaillé que mes cheveux remontent jusqu'à mes oreilles en crans serrés de chaque côté de mon visage. J'ai l'impression d'avoir un bonnet sur la tête, je ne me reconnais plus : c'est un désastre. J'en pleurerais si je n'étais pas si déroutée, et lui si grave.

– Il faut que tu paraisses plus âgée à partir de maintenant ! Il le faut ! Tu es l'aînée et tu dois aider ta mère, la seconder, être sa deuxième paire de mains, sa deuxième paire d'yeux. Tu as compris ?

Non. Je n'ai rien compris à cette séance d'initiation symbolique. Il m'emmène faire une promenade, et m'achète un chapeau, avec un nœud au-dessus.

– Maintenant tu ressembles vraiment à une grande fille. Il faut que je te dise quelque chose, Lisbeth. Tu vas devoir prendre ma place. Il ne faut le dire à personne, mais je vais partir. C'est pour cela qu'il faut maintenant prendre soin de ta mère, de ta sœur et de ton frère. Sans moi, vous n'avez personne d'autre pour vous protéger à Budapest. Moi je dois quitter le pays pour une mission secrète. J'aurais préféré rester ici, mais c'est trop dangereux. Vraiment trop.

Je viens de passer de l'enfance à l'âge d'adulte. Je dois non seulement ressembler à une grande fille, mais me comporter comme telle à treize ans.

– Mais où vas-tu, papa ?

– Des amis vont me faire quitter le pays. Je suis chargé d'une mission avec des Français. C'est un travail dangereux, et il est possible que je sois absent pour longtemps. J'espérais que la guerre finirait plus tôt, et que nous pourrions rester ici ensemble à Budapest, mais ce n'est pas le cas, et d'autres missions m'attendent encore très certainement.

Nous marchons lentement tandis qu'il chuchote tout cela à mon oreille. Il s'arrête maintenant devant une autre boutique, et achète un châle de taffetas qu'il pose sur mes épaules. Lui aussi est censé me vieillir. Avec mes nouvelles frisettes, ce chapeau et ce châle je dois être hideuse.

Mais je ne peux plus protester, pas s'il doit nous quitter vraiment pour Dieu sait combien de temps. La responsabilité qui m'incombe du fait de son départ ne me fait pas peur. Je trouve seulement qu'il ne fait pas assez confiance à ma mère, qui s'est toujours montrée capable de tout affronter. Et je n'arrive pas à croire ce qui arrive. Papa est le pivot de notre existence, au même titre que ma mère, même s'il doit se cacher la moitié du temps et que personne ici ne sait qu'il est notre père. Il demeure de toute façon le chef de famille et notre protecteur. Je ne peux pas nous imaginer sans lui.

– Mais tu reviendras quand ?

– Dès que je pourrai.

Maman s'étrangle de colère en me voyant revenir à la maison dans cet accoutrement.

– Qu'est-ce que tu as fait à ma petite fille ? Ma jolie petite fille ? Dieu du ciel, Jacob !

– Il faut qu'elle ait l'air d'une adulte. Elle doit prendre ma place et t'aider puisque je dois partir.

– Qu'est-ce que tu dis ? Tu dois partir ?

Il explique à ma mère calmement que sa nouvelle mission durera certainement plusieurs mois. Il va quelque part en Afrique du Nord. Il ne lui a jamais dit grand-chose sur ce qu'il faisais, mais cette fois il semble vouloir lui en dire encore moins, si la chose est possible.

En recollant les morceaux du puzzle, nous pouvons dire, maman et moi, qu'il part pour plus longtemps que d'habitude, qu'il y a des Français dans l'histoire, et que l'Afrique du Nord est la destination avouée. Sans plus.

Le dîner, d'habitude si calme, se passe dans une atmosphère de nervosité collective. Ma sœur est trop bouleversée pour manger le peu qu'elle grignote d'habitude ; mon petit frère est perturbé, et maman parle à peine. Papa, lui, s'efforce comme toujours d'être gai, disert et charmant. Qui est réellement mon père ? À quel homme inconnu appartiennent ces traits réguliers, ces magnifiques yeux d'or, cette bouche mince et cette moustache de séducteur qui ont tant plu à ma mère ?

Après le dîner, il persuade maman de chanter et l'accompagne amoureusement au violon. Elle a choisi une chanson tzigane nostalgique, qui convient parfaitement à son état d'esprit :

Le givre ornait la fenêtre de ses fleurs de glace quand je t'ai rencontré,
Le printemps naissait lorsque je t'ai quitté...

Après tout, il a bien le droit de chanter avec ma mère, ce soir. C'est peut-être le souvenir qu'il veut garder d'elle.

Nous allons nous coucher, moi l'aînée, la grande fille, et les deux petits. Maman nous fait faire nos prières comme d'habitude, pendant que papa borde les lits en nous observant. Il veut aussi se souvenir de ce moment-là.

Plus tard, alors que je suis censée dormir, j'entends ma mère chanter encore, et le violon s'emballer sur une csardas qui donne envie de danser. Mais je suis trop triste pour cela. J'entends même le joli rire de maman, et celui plus grave de mon père lui répondre.

Le lendemain matin, à mon réveil, il est déjà parti. Environ deux semaines plus tard, nous recevons une carte postale. C'est une photo de lui sur un bateau, près de Constantinople.

Maman pense qu'il a emprunté une route utilisée depuis longtemps par les réseaux tchèques à travers la Yougoslavie, où la résistance contre les Allemands est très active. De là, il a dû atteindre l'Égypte, puis le Maroc par bateau. C'est là que les évadés rejoignent la Légion étrangère. Traditionnellement un refuge pour nombre de marginaux, ce corps d'armée sert de havre aux réfugiés d'Europe de l'Est.

Un refuge qui est loin d'être un paradis, selon maman : mon père lui a raconté une fois que, lorsque les réfugiés arrivaient en Afrique du Nord, on leur donnait à faire des travaux surhumains dans la Légion, et que beaucoup en mouraient.

Environ quatre semaines plus tard, nous recevons d'autres brèves nouvelles de mon père. Il est au Maroc. Une photo le montre debout et souriant devant un dromadaire, un désert de sable derrière lui. Au dos de la photo, le message de sa propre écriture est court et lapidaire :

Je vais bien. Le voyage s'est bien passé.

Ce sont les dernières nouvelles, pour des mois, des années, ou pour toujours ?

Au moment d'affronter le regard de Richard pour la première fois sans mes cheveux, j'espérais lui plaire malgré tout. J'ai tenté de les laver pour les aplatir, mais cette maudite permanente refuse de se laisser faire.

– Qu'est-ce qui t'es arrivé ? Pourquoi as-tu fait ça ?

– Je n'ai rien fait, c'est mon père qui me les a fait couper !

– Ah ? Ça te change ! C'est joli !

Il me trouve toujours jolie ! Beaucoup d'autres personnes le disent aussi, mais j'ai du mal à m'en convaincre. Sans fausse modestie, je me trouve ordinaire, alors que Richard lui est superbe et n'appartient qu'à moi !

Les semaines passent sans autres nouvelles de mon père. Les mois suivent, et maman n'a trouvé aucun moyen de savoir où il est ni ce qu'il devient. Elle a essayé, pourtant, par l'intermédiaire d'autres réfugiés, anciennes relations de mon père, mais ils n'ont aucune trace de lui, et de toute façon ne savent même pas par où commencer à chercher. Les activités de mon père sont trop cloisonnées. La seule chose qui rassure maman, c'est qu'il sait où nous trouver, s'il est encore vivant.

Sa disparition soudaine a définitivement balayé les restes de mon enfance. Elle me force à grandir avant d'y être prête, et à servir de second parent à Roszi et Ludwig. Je prends mes responsabilités très au sérieux, mais elles me pèsent. Je suis jeune, et j'ai envie de m'amuser ; je suis amoureuse, et j'ai envie d'être avec mon amoureux. L'absence de mon père me rapproche encore de lui : il est l'homme de ma vie, le seul à présent. Lorsqu'il vient dîner le vendredi soir, maman l'installe à la place de papa ; c'est lui qu'elle sert en premier, alors qu'il est encore adolescent. Il est bien plus adulte que moi, et très protecteur envers ma famille.

En l'absence de papa, qu'il croit en voyage d'affaires, il se montre très affectueux avec mon petit frère, par exemple.

Si la disparition de mon père a provoqué la fin de mon enfance, elle a complètement bouleversé ma sœur. Ils ont toujours été très proches, il est son amour d'enfant. Elle lui ressemble, le même nez droit et fier et ses yeux d'or au regard félin. Comme elle a toujours été la plus fragile, la plus maigre, celle dont la santé est la plus précaire, mon père lui accordait tout. Lorsqu'elle était petite, elle filait se réfugier dans le lit des parents au moindre cauchemar, elle s'agrippait à mon père, le tirait par son pyjama pour qu'il ne s'éloigne pas d'elle. Lui parti, et moi tellement occupée par Richard, Roszi se sent vraiment très seule, et personnellement atteinte par cette guerre qui vient de lui prendre l'amour de sa vie.

Ludwig est trop petit pour comprendre que son père est parti, pour toujours peut-être. Nombre de familles autour de nous n'ont plus de père ou de mari. Tous les hommes juifs hongrois sont maintenant contraints de travailler pour l'armée. On leur fait placer des mines en prévision d'une attaque ennemie sur le front de l'Est ; ils servent de cibles vivantes, en courant devant l'armée hongroise à chaque avancée sur le front. Aucune évasion possible, inutile de chercher à se cacher dans les villages où tout nouveau venu est immédiatement repéré.

Le départ de mon père nous fait perdre bien plus que la sécurité affective. Notre sécurité financière n'existe plus. Nous n'avons pas de revenus, excepté ce que ma mère gagne en cuisinant, et ce n'est pas suffisant pour nous nourrir. Lorsqu'elle n'a plus rien, maman met en gage un de ses bijoux, espérant le racheter plus tard. Ils représentent pour elle autant de valeur sentimentale que d'argent pour subsister. Lorsqu'elle a gagné assez avec son travail, elle retourne le chercher, une bague, un bracelet, pour la même somme augmentée des intérêts. C'est un cercle diabolique, car les mêmes bijoux vont et viennent chez le prêteur sur gages, trois ou quatre fois dans l'année. Pourtant elle n'en possède pas énormément. Une bague de diamants et rubis, une lourde chaîne en or avec un camaïeu, un large bracelet et des boucles d'oreilles en or.

Ils permettent de tenir le coup, de payer notre loyer, et ce système va marcher au moins deux ans, jusqu'en mars 1944, lorsque les nazis occuperont la Hongrie, lorsqu'il n'y aura plus de nourriture, et aucun moyen pour elle de cuisiner pour les autres.

À partir de cette date, les juifs ne seront plus autorisés à circuler en ville que durant des périodes horaires très limitées. Il ne sera plus question de faire des allées et venues chez le prêteur sur gages, et maman décidera de vendre définitivement tous ses bijoux, même son alliance.

– Tu ne pourras plus la racheter, maman...

– Lisbeth, dans cette vie, il vaut mieux manger que d'avoir une bague au doigt.

6

Le désir

Depuis la fenêtre du salon, je contemple de loin le Danube et l'île Marguerite : elle abrite deux hôtels, un jardin aux allées bordées d'arbres magnifiques. Les ruines d'une ancienne église chrétienne du XVIIe siècle et des bancs sur lesquels nous nous asseyons, Richard et moi. C'est là que j'ai reçu mon premier baiser. J'aime cette ville. On peut tout y faire. Il y a des théâtres, des cabarets, des dancings et des cinémas, des expositions et des concerts. Les squares regorgent de statues, et de couples d'amoureux, les grands hôtels de flots de musique et de danseurs. C'est une ville faite pour la beauté et l'amour, qui devrait être légère et toujours bleu espoir comme le Danube.

Nous sommes toujours sans nouvelles de mon père. Les organisations juives clandestines d'aide aux réfugiés de Pologne et de Slovaquie, qui ont fourni à papa nos faux papiers, sont incapables de nous aider. Depuis 1939, nous vivons dans une situation dite « privilégiée » par rapport aux juifs des autres pays d'Europe de l'Est, en dépit des déportations de tous ceux qui n'ont pu prouver leur nationalité hongroise. Malgré le service du travail obligatoire qui concerne tout juif hongrois jugé inapte au service armé. Au début, les hommes étaient envoyés au STO à l'âge de vingt-cinq ans. Puis ce fut trente-sept ans, à présent c'est quarante-huit ans. Avant son départ, papa prédisait que bientôt les grands-pères de soixante ans seraient expédiés comme les autres dans les camps de travail. Et il avait raison.

1943 est une bien triste année. Depuis le débarquement des Alliés en Afrique du Nord et la victoire des Russes à Stalingrad, le gouvernement hongrois cède de plus en plus aux pressions nazies. Le Premier ministre Miklos Kallay a refusé, dit-on, d'obliger les juifs à porter l'étoile jaune, comme dans les autres pays occupés. Ce n'est pas à proprement parler un nazi, ce n'est pas non un antinazi. On dit qu'il cherche à dégager la Hongrie de son alliance avec les forces de l'Axe, mais il ne peut tout refuser aux Allemands. Depuis la fin de l'année dernière, il est interdit aux juifs d'acheter une maison ou un appartement. Leurs entreprises doivent obligatoirement être dirigées par des non-juifs. On les appelle des *aladàrs*, les « parachutés ».

Les artistes et les intellectuels ont été expulsés des théâtres, des musées et des rédactions. Le seul endroit qui leur soit autorisé est la salle Goldmark, où ils organisent des concerts et des représentations théâtrales avec de grands artistes. Richard m'a expliqué que Karoly Goldmark était un compositeur de renommée internationale, auteur d'un opéra célèbre, *La Reine de Saba*.

À la maison, pour l'instant, la guerre se vit essentiellement dans nos assiettes. Les restrictions sont de plus en plus en dures. Peu d'argent, encore moins de ravitaillement. Malgré cette misère quotidienne, je suis plus heureuse que jamais. J'ai quatorze ans et je suis si amoureuse ! Profondément et irrévocablement amoureuse d'un jeune homme beau, intelligent, élégant et bourré de talent, qui m'aime autant que je l'aime. On nous voit maintenant à chaque coin de rue, chaque pont du Danube, serrés l'un contre l'autre, en train de nous embrasser. Les Hongrois ne s'en offusquent pas, les amoureux sont chez eux à Budapest.

La guerre fait rage dans le monde, la faim nous tiraille l'estomac, je cours en sortant de l'école pour aider ma mère à la maison, mais ma passion l'emporte sur tout cela.

Richard, qui a un réel talent de musicien, fait maintenant partie d'un orchestre qui joue l'après-midi dans de grands hôtels comme le Bristol et l'hôtel Royal. Les mercredis et samedis après-midi, à l'heure du thé, les jeunes gens et les jeunes filles viennent y danser. Les filles sont obligatoirement accompagnées d'un chaperon, leur mère, leur sœur ou leur frère. Maman n'accepterait jamais de m'y accompagner, et elle a bien trop à faire de toute façon. J'y vais donc seule, avec l'orchestre, sous prétexte d'aider Richard à transporter son matériel. Ensuite, je m'assieds dans un coin pour l'admirer de loin. Je suis tellement fière de lui ! J'ai même découpé son prénom dans du feutre noir pour le coller sur la batterie. Richard devient ainsi « Richie » pour les intimes et les musiciens. Les deux I se détachent en gros caractères, pour faire plus chic. L'orchestre est composé de quatre musiciens. Richard, grand et brun à la batterie. Tommy et sa tignasse blonde sur son grand nez au piano. Tibor, le petit clarinettiste aux cheveux bruns bouclés. Et enfin George, le trompettiste, un grand garçon sympathique, le seul de la bande qui ne soit pas juif. Ils sont gais et pleins de vie, fous de musique, et adorent jouer ensemble. Tommy plaisante toujours à propos de son nez :

– Chaque fois que je tourne à un coin de rue, mon nez tourne avant moi.

Les autres lui demandent régulièrement des nouvelles de ce nez fort encombrant, qui pointe au-dessus de sa clarinette lorsqu'il joue amoureusement.

– *Kiss me once.* *

– Comment tu fais pour embrasser une fille, Tommy ? Tu le ranges dans ta poche ?

– Vous rigolez ! C'est lui qui embrasse ! Pas moi !

Je rêve dans mon coin en écoutant *Night and Day* et *Sentimental Journey*, ou *Stardust*. Toutes les grandes chansons américaines ont été traduites en hongrois.

Je ne peux danser, évidemment. J'ai bien essayé une ou deux fois, mais Richard m'a lancé un tel regard désapprobateur que je n'ai pas osé recommencer. Il est manifestement jaloux, possessif même. Il est le seul homme de ma vie et c'est merveilleux d'être aimée à ce point. J'adorerais danser dans ses bras sur le parquet luisant, sous les lustres de cristal ; ce serait un bonheur divin. La frustration est terrible car c'est

---

* Embrasse-moi encore.

impossible tant qu'il joue. Et dès qu'il ne joue plus, il range ses instruments, et c'est fini.

Il s'est inscrit à l'université en cet automne 1943, un tour de force depuis que les quotas juifs sont devenus si minces dans les disciplines telles que la science. Mais Richard est un étudiant exceptionnel, il appartient de plus à l'une des familles juives les plus en vue. Il est passionné par ses cours, et sa future carrière. Je suis passionnée par la mienne, notre mariage est plus proche chaque jour que Dieu nous accorde. À quatorze ans, je me suis épanouie en une jolie jeune fille, comme ma petite sœur. C'est l'âge où l'on peut paraître enfant ou femme, selon son désir.

Au début de 1944, j'ai hâte d'être une femme. J'ai toujours rêvé d'être mince, grande et blonde. Mince, c'est le lot de presque tout le monde, car nous ne mangeons guère. Grande, c'est impossible, j'ai atteint mon maximum, je ne grandirai pas davantage. Blonde, il y a une solution. J'ai lu dans un magazine qu'il fallait appliquer du peroxyde pour éclaircir ses cheveux. Et j'imagine, en me regardant dans la glace, qu'en éclaircissant les mèches brunes de ma chevelure, avec des reflets dorés pour l'illuminer, je serai magnifique.

Une camarade de classe m'a fourni le fameux peroxyde. J'ignore comment l'utiliser ; je suppose qu'il suffit simplement de l'appliquer sur les cheveux comme un shampooing et d'attendre. Mais combien de temps doit-on attendre ? J'ai oublié de le demander.

Le jour où je me décide à tenter cette brillante transformation, je m'installe dans la salle de bains, et applique le produit soigneusement. Malheureusement le destin est contre moi. Maman choisit ce moment crucial pour ouvrir la porte et demander avec suspicion :

– Que fais-tu, Lisbeth ?

– Rien... je me lavais les cheveux !

– Tu as fini ? Alors viens m'aider !

J'enveloppe ma tête en vitesse dans une grande serviette en me frictionnant vigoureusement le crâne pour justifier ce mensonge. Hélas, prise par les occupations domestiques, j'oublie complètement de me rincer. En une heure mes cheveux prennent la teinte d'une meule de paille brûlée par le soleil !

C'est une horreur que je contemple dans la glace, dégoulinante de l'eau de rinçage qui me pique le nez et les yeux. Maman hurle en me voyant :

– Mais qu'est-ce que tu as fait ! Mon Dieu, mais à quoi penses-tu ?

Pour la première fois de ma vie, je prends une claque magistrale. Maman ne nous a jamais battus, jamais giflés, mais cette fois, ce devait être plus fort qu'elle. À ses yeux je dois ressembler à une prostituée des bas quartiers de Pest. J'ai honte de m'être montrée si frivole et stupide, tellement soucieuse de ma propre image en pleine guerre, alors que les préoccupations des gens sont tellement plus graves.

C'est un péché. Et ma mère me punit par où j'ai péché.

– Tu es affreuse, et tu le resteras ! Je t'interdis de toucher à tes cheveux jusqu'à ce qu'ils aient entièrement repoussé avec leur couleur naturelle. Tu m'entends ?

J'ai même l'interdiction formelle de les couper au fur et à mesure de la repousse. Si bien qu'en quelques semaines je ressemble à un zèbre. Les racines brunes, les mèches jaunes, j'ai une tête bicolore durant toute une année, avec des périodes de transition vers un orange épouvantable. De plus, brûlés par le produit, mes cheveux ont la consistance et l'aspect du foin.

Lorsque Richard me voit arriver, avec ma tête d'épouvantail, il éclate de rire. J'avais presque les larmes aux yeux en venant au rendez-vous, mais ma fierté m'interdit de sombrer dans la dépression. Alors je ris avec lui, que faire d'autre ?

Puis j'assume de mon mieux, à grand renfort de bonnets et de foulards – et de désinvolture aussi.

Si je pouvais, je courrais immédiatement chez le coiffeur à chaque repousse, pour les raccourcir au maximum, mais maman me rappelle chaque fois qu'elle devine mon envie :

– Tout le monde se moque de toi ? C'est parfait ! Tout le monde se rappellera de toi comme ça, et je vais te laisser en baver jusqu'au bout, crois-moi !

Mes cheveux jaunes n'ont donc pas altéré l'amour de Richard. Un samedi, à l'heure du crépuscule, nous nous promenons au bord du fleuve comme d'habitude. Il est tard, et nous profitons au maximum de ce moment précieux de solitude à deux, en faisant des projets d'avenir merveilleux, et en parlant d'amour. L'amour est notre principal sujet de conversation.

– Tu m'aimes ?

– Oui je t'aime.

– Je t'aime plus que tu ne m'aimes !

– Comment peux-tu savoir qui aime le plus ?

– C'est moi, parce que je suis prête à faire l'amour avec toi.

– Je sais, mais nous devons attendre. Il ne faut pas cueillir trop tôt la fleur de lys, comme dit la chanson...

– Comment ça se passera, Richard ?

– Quoi ?

– Notre première nuit d'amour ? Est-ce que tu seras timide ?

– Un jeune marié doit être respectueux, pas timide. Et toi, ma Frimousse, est-ce que tu le seras ?

– Oh non ! Moi je suis prête. Quand allons-nous nous marier, Richard ?

– Dès que j'aurai fini mes études ! La guerre sera terminée et nous organiserons une belle cérémonie à l'hôtel Royal avec tous nos amis et la famille. Ensuite je t'emmènerai à Venise, fillette !

– Ne m'appelle pas fillette ! Et ne ris pas !

– Je t'emmènerai à Venise, ma chérie... j'y suis allé avant la guerre, c'est la plus belle ville du monde. Bien plus romantique que Paris ou Budapest. Et tu es romantique, n'est-ce pas ?

Richard adore me taquiner, m'appeler fillette, comme le faisait mon père. Bouche bée je l'écoute décrire Venise, les gondoles et les palais flottants, j'entends chanter le gondolier, et s'envoler les pigeons de la place Saint-Marc.

– Je t'embrasserai au beau milieu de la place, et tous les pigeons s'envoleront comme des fleurs blanches autour de toi !

– Embrasse-moi d'avance !

– Un jour, nous irons sur une île déserte, il n'y aura que toi et moi... Je t'emmènerai en Chine, et t'habillerai de soie...

Ce soir-là au bord du Danube, Richard m'offre une bague afin que nous soyons officiellement fiancés jusqu'à la fin de mes études. Il l'a fabriquée avec les moyens du bord ; c'est un fil de cuivre qu'il a torsadé pour en faire un anneau.

– Plus tard, quand la guerre sera finie, je t'en offrirai une autre. En attendant, je suis sûr de te garder pour moi. Tu ne seras qu'à moi pour toujours, promets-le !

– À toi, pour toujours.

Une fois de plus, j'oublie la guerre et, en rentrant à la maison ce soir-là, je resplendis de bonheur malgré les reproches de ma mère. La bague est cachée dans ma poche, c'est mon secret.

– Tu rentres trop tard ! Beaucoup trop tard, Lisbeth ! Ou étais-tu encore ? Avec Richard ?

Je laisse passer l'orage, ce n'est qu'après le dîner que je lui annonce la grande décision :

– Quand j'aurai dix-huit ans, je me marierai avec Richard.

Maman se contente de me regarder longuement sans répondre. Dieu seul sait à quoi elle pense. Que je n'ai que quatorze ans, et que les choses peuvent changer ? Ou bien que nous aurons de la chance si je survis jusqu'à mes dix-huit ans ? Peut-être à mon père disparu en Afrique ou ailleurs, et à son amour pour lui ? Au vide que représente son absence ? À l'angoisse d'être sans nouvelles depuis un an déjà ? Peut-être suis-je trop jeune et trop égoïste de ne songer qu'à moi...

– Nous en reparlerons quand tu auras dix-huit ans.

Je me demande si elle croit vraiment à notre amour. J'en ai assez d'être considérée comme une gamine, je ne le suis plus depuis longtemps. Elle sourit en devinant mes pensées, mon désir d'indépendance. Pour elle, je demeure une petite fille à surveiller, à contrôler et à élever de son mieux dans les principes de la religion.

– Va te coucher, ma fille.

Je m'en fiche. Au fond de mon lit, je rêve encore de Richard, de ses bras, de ses baisers et de son corps que je commence à désirer avec une intensité obsédante. Lui seul sait que je l'aime au point de tout envoyer promener, ma virginité et le péché avec. J'aime absolument, passionnément, presque à la folie.

Quelques jours plus tard, Richard me parle plus précisément de notre avenir. Lorsque nous serons mariés, nous habiterons chez ses parents quelque temps, jusqu'à ce qu'il obtienne son diplôme. Ensuite, nous aurons des enfants, mais pas avant que j'aie moi-même terminé mes études.

– Je ne veux pas que tu restes confinée à la maison si tu désires exercer un métier.

– Tout ce que je veux, c'est obtenir mon baccalauréat et avoir des enfants. Le plus vite possible. Ça ne m'ennuie pas de rester à la maison, au contraire, c'est tout ce que je demande.

– Nous aurons des enfants, mais quand j'aurai trouvé du travail.

Les études me préoccupent beaucoup moins que lui. Je n'ai nulle envie de perdre mon temps dans les livres au-delà du nécessaire.

J'ai peur parfois. Il se passe des choses épouvantables autour de nous. L'antisémitisme est de plus en plus violent, et l'on rapporte à la synagogue des histoires incroyables et terribles sur les atrocités commises contre les juifs dans d'autres pays. Mon père était toujours à même de nous informer de manière relativement claire à ce sujet, mais il n'est plus là. Qui croire ? Nous avons la radio, mais les Allemands contrôlent toutes les stations de Budapest ; il est donc impossible d'obtenir des nouvelles objectives sur la guerre. Beaucoup de journaux sont d'extrême droite, mais pas celui du père de Richard et de son associé. « La Voix du peuple » s'efforce de dire la vérité. Et Richard cherche à me rassurer :

– Nous survivrons, ma Frimousse, nous ne mourrons pas dans cette guerre. Je te le promets.

Cela peut paraître fou, mais cette seule promesse me donne de l'espoir. J'ai toujours cru en lui. Il a de grands projets pour nous, il est certain que rien ne viendra contrarier notre avenir, et j'ai confiance. C'est dire à quel point la jeunesse est téméraire.

Comment expliquer le lien qui nous unit tous les deux, cette relation intense, cette conviction que nous sommes destinés l'un à l'autre depuis la nuit des temps et pour l'éternité ?

Ma mère éprouvait cela peut-être avec mon père, mais lui a toujours profité d'elle, de sa patience comme de sa soumission à l'autorité masculine. Élevée dans la plus pure religion orthodoxe, maman n'a jamais songé à se rebeller, et a vécu son mariage en esclave amoureuse.

Ce n'est pas la même chose pour moi. Plutôt la certitude d'avoir rencontré l'autre moitié de moi-même, l'autre moitié de mon âme. Je suis comblée avec lui à mes côtés, parfaitement en paix. Rien d'autre ne pourrait me donner cette sensation de plénitude absolue. Et il ressent la même chose, nous en parlons souvent. Il ne s'intéresse à aucune autre, d'ailleurs le reste du monde ne nous intéresse pas. Non que ce monde soit devenu inutile, mais il tourne autour de nous, sans nous faire dévier de notre route en commun. Cette relation est sacrée pour nous deux, quelque chose d'extrêmement intime nous unit en secret.

Ma camarade Violette voudrait bien savoir si nous avons couché ensemble ; elle pose régulièrement des questions insidieuses à ce sujet. Si c'était le cas, je ne le dirais à personne de toute façon, et certainement pas à Violette. Pour elle, le sexe est une chose légère, que l'on devrait pratiquer à loisir. Rien n'est grave dans sa relation avec les garçons, elle flirte avec une inconscience totale, et l'idée de faire l'amour ne l'engage à rien.

Richard pense qu'elle ignore l'amour, le vrai.

– Faire l'amour comme ça, c'est le faire sans amour.

Il commence à pleuvoir, alors que nous traversons les champs en direction du hangar du bateau. En Hongrie, il peut tomber des cordes pendant quelques minutes, et le ciel redevenir clair aussi rapidement. Le soleil brille et à la minute suivante tout est noir.

En arrivant à la cabane, nous sommes complètement trempés. Mes lèvres sont bleues de froid, je claque des dents et frissonne comme si j'avais attrapé une pneumonie. Richard s'inquiète :

– Tu ferais mieux de te déshabiller, pour faire sécher tes vêtements.

Il voit bien que j'hésite.

– Fais-le, ma chérie... sinon tu vas tomber malade. On restera dans la cabane le temps qu'il faut, jusqu'à ce que la pluie cesse et que tes vêtements soient secs.

Il a raison, mais c'est intimidant de se déshabiller pour la première fois devant celui qu'on aime. La logique n'a rien à y voir.

– Tu n'auras qu'à te mettre au lit avec la couverture. Je vais m'installer sur la chaise, et je te tourne le dos.

Prudemment, j'enlève d'abord mon chemisier trempé, puis ma jupe et, finalement, le maillot de bain que j'avais enfilé en cachette à la maison avant de sortir. D'abord le soutien-gorge, puis le slip et je saute en vitesse sous la couverture du petit lit de camp.

– Ça y est!

Il se retourne en grelottant, la goutte au nez, et me demande, l'air embarrassé :

– Ça t'ennuierait que je fasse la même chose? Je garderais mon maillot de bain, et je viendrais me réchauffer avec toi sous la couverture...

Égoïstement, je n'avais pas pensé à ça et, à l'idée de me retrouver nue contre lui sous cette couverture, j'ai soudain un grand creux à l'estomac. Effrayée par ce qui pourrait arriver, et en mourant d'envie en même temps, je hoche la tête en silence.

Il m'est déjà arrivé sur le bateau d'ôter le haut de mon maillot pour ramer plus à mon aise, et aussi pour le provoquer un peu. Je me souviens de son regard ce jour-là, le souffle coupé, il ne me lâchait pas des yeux, et finalement il a dit d'une voix étrange :

– Je ne savais pas que tu étais aussi belle.

À genoux dans la barque, il a caressé et embrassé ma poitrine avec douceur et légèreté... C'était un moment parfait. Mais il l'a interrompu brutalement :

– Remets ton soutien-gorge, s'il te plaît.

Sur ce, il a plongé dans l'eau du Danube et nagé comme un fou autour de la barque.

J'ai obéi sans rien dire. Je savais qu'il y avait certaines choses à ne pas faire. Des moments où il ne fallait pas aller trop loin. Violette, qui est si belle, va trop loin avec beaucoup de ses camarades. ça ne la trouble pas. Elle aime flirter, avoir du plaisir, et ne trouve rien de mal à cela. Entre Richard et moi, c'est autre chose. Nous voulons attendre le jour de notre mariage pour faire l'amour. Mais le temps passant, un baiser en amenant un autre, qui mène plus loin, il est parfois difficile à Richard de résister. Son œil bleu fonce brusquement, il cherche son souffle, et serre les poings pour se calmer en me disant :

– Ne me regarde pas comme ça, Frimousse !

Un éclat de rire suffit à nous remettre dans le droit chemin recommandé par ma mère.

Une fois, elle nous a dit tendrement en nous voyant partir en promenade.

– Ne faites pas ce que moi-même je n'ai pas fait à votre âge...

Nous le lui avons promis, bien que nous ayons déjà fait certaines choses qu'elle n'a jamais faites à notre âge, j'en suis sûre. Il arrive qu'une caresse entre nous soit incontrôlable. Comme si notre amour avait sa vie propre, son instinct et ses lois, et nous guidait malgré nous.

Un jour, alors que nous nous embrassions passionnément une dernière fois devant la maison de Richard, sa mère a ouvert la porte soudainement. D'abord, elle a paru choquée, puis elle s'est mise à rire. J'ai rougi comme une pivoine. Puis j'ai bredouillé que nous étions en retard à cause de la pluie et que cela ne se reproduirait plus. Ma mère m'avait déjà copieusement reproché, la semaine précédente, de toujours traîner dans la rue avec Richard et de le mettre en retard pour rentrer chez lui.

– Je ne recommencerai pas, je vous le promets !

– Oh si, ma belle, bien sûr que tu recommenceras ! Ne promets jamais ce genre de chose. Tu crois que je n'ai jamais été amoureuse ? Quand on s'aime c'est toujours ainsi ! Le père de Richard était pareil et mon fils se comporte avec toi de la même façon. Il est complètement fou amoureux, et quand on aime comme ça, on perd tout sens commun, y compris celui du temps. Alors... embrassez-vous, faites seulement attention à l'endroit où vous êtes, si vous ne voulez pas être surpris !

C'était un conseil judicieux ; l'ennui est que nous nous embrassons n'importe où, là où nous pouvons. Sous le porche, sous les escaliers de l'immeuble, le long du mur d'enceinte du château, sur le bateau, dans le trolleybus, dans les champs, et à tous les coins de rue, sans aucune honte. Plus la guerre fait rage, plus notre amour s'impatiente d'aboutir, et plus la passion nous emporte.

Et nous voilà, seuls dans cette cabane. La pluie continue de tomber derrière la minuscule fenêtre, et tambourine sur les ardoises du toit. Une légère buée monte de mes vêtements trempés étalés sur la table. Nous sommes dans un petit monde feutré, comme sur une île déserte. Je sens la rugosité de la laine sur ma peau nue. Richard ôte ses vêtements, en silence. Il prend son temps pour essorer sa chemise, puis son pantalon, et les tendre sur le dossier de la chaise. Mais lorsqu'il se retourne, torse nu et en maillot de bain, son émoi est parfaitement visible sous le tissu trop mince. Ma gorge se serre un peu, en écartant la couverture pour lui faire de la place. Le choc de nos poitrines et le baiser qui suit ne sortiront jamais de ma mémoire. Toute ma vie je me souviendrai, sur la plus petite parcelle de ma peau, de l'extraordinaire plaisir qui déferla en moi à cette seconde.

Je n'ai plus froid, je brûle d'un désir que rien n'arrête. Jamais je n'ai éprouvé une telle sensation. Il se redresse légèrement pour me regarder dans les yeux :

– Tu sais combien je t'aime, Beth ?

– Autant que moi.

La nuque cambrée pour retrouver sa bouche, je l'entraîne dans un baiser si long que j'en perds le souffle. Je meurs d'envie de lui, d'envie de plus, il grogne de plaisir et, à cette minute, rien n'a plus d'importance : je veux faire l'amour, au diable les conséquences, et en même temps j'ai peur. Une peur si délicieuse. Celle du péché, le fameux péché que craint ma mère, celui qu'elle n'a jamais commis.

Tout à coup Richard repousse la couverture et saute du lit en tremblant comme une feuille. Il se met à arpenter le sol de la cabane dans tous les sens. Je me sens abandonnée, seule et nue sur cette vague de désir qui m'emportait.

– Je t'ai choqué ? Qu'est-ce qu'il y a Richard ?

– Non, chérie. C'est que...

Il contemple mon corps, se détourne, revient en se tordant les mains.

– C'est que... tu sais, quand un homme éprouve une telle passion pour une femme, il ne contrôle plus certains organes, et alors si la tension est trop forte, c'est une véritable douleur... Tu comprends ? ça fait mal de se retenir, de s'empêcher de... Ça fait très mal.

– Pourquoi te retenir ?

– Je ne veux pas coucher avec toi avant notre mariage, je me le suis juré, et si je n'avais pas sauté du lit je l'aurais fait ! Je t'aurais prise quand même, parce que je t'aime trop, et que je te désire depuis trop longtemps. Tu comprends ?

– Oui, bien sûr. Je crois que je comprends, je suis désolée.

Richard s'enroule dans le couvre-lit, remonte la couverture sur moi, tire la chaise pour s'asseoir plus près, et prend ma main dans la sienne. Il parle, parle pendant près d'une heure, de ce que nous ferons plus tard ; nous aurons trois beaux enfants, nous vivrons dans une jolie maison, il sera fier d'eux et de moi.

– Tu es belle, si belle, Beth... ma petite Frimousse. Je te désire aussi fort que tu me désires. Mais il faut que nous soyons patients, nous le méritons, parce que nous nous aimons plus que tout. Tu as quinze ans, j'en ai dix-sept, veux-tu compter sur tes doigts ? Il nous reste trois ans à attendre, et la guerre sera finie bien avant, je te le promets.

Il me berce d'amour, il me veut honnêtement, aux yeux de tous, avec la bénédiction de nos familles, pour un bonheur sans tache et sans nuages. C'est la plus belle déclaration d'amour qu'il m'ait faite, et la plus pure, alors que je suis nue à quelques centimètres de lui, et qu'il refrène son désir avec tant de violence qu'il en est tout pâle.

Un jour, j'aurai dix-huit ans. Une nuit, je serai sa femme pour la vie.

En mars 1944, une fois de plus, Hitler va bouleverser notre existence en envahissant la Hongrie.

7

Le commencement de l'horreur

19 mars 1944. C'est une belle journée de printemps tiède et douce. Maman ouvre les fenêtres pour laisser entrer un peu de cet air pendant que nous prenons un déjeuner léger de fromage, de pain et de pommes. Rien d'inhabituel ce jour-là, rien qui puisse nous avertir de ce qui se prépare, et va donner le signal du commencement de l'horreur, des pires jours de notre existence.

Soudain, nous entendons un grondement, le tremblement de terre des tanks. Nous courons à la fenêtre, et je me tords le cou pour voir ce qui se passe. Roszi se faufile sous mon bras, Ludwig tire maman par son tablier.

– Je veux voir ! Moi aussi je veux voir !

Une longue file de tanks fait trembler la rue, et vibrer les fenêtres. Des Allemands en route vers le front de l'Est ? Nous avons déjà vu passer des troupes et quelques véhicules blindés ces deux dernières années à Budapest, mais rien d'aussi important et qui fasse autant de bruit.

J'attrape ma veste et me précipite vers la porte ; maman me court derrière en criant :

– N'y va pas ! Ce n'est pas prudent ! On ne sait pas ce qui va se passer ! Beth ! Reste à la maison ! Beth, reviens !

Je ne m'arrête même pas une seconde, dévale les escaliers jusqu'en bas, et me jette dans la rue, derrière un groupe de gens qui se dirige vers le carrefour Saint-Istvan, au centre de Budapest, à deux blocs de chez nous. Arrivés au coin de la rue, nous regardons défiler les tanks, comme à la parade. Les gens s'interrogent :

– Qu'est-ce que ça signifie ? Où vont-ils ? Ils s'en vont, vous croyez ?

Nous savons déjà que les Allemands sont en train de perdre la guerre. En réalité, les juifs hongrois espèrent qu'ils vont la perdre, alors que les Hongrois sont toujours officiellement alliés des nazis. Notre communauté sait ce que les Allemands font aux juifs des autres pays. Nous ignorons encore l'existence des camps de concentration, mais pas celle des camps de travail, et des déportations massives.

S'agit-il aujourd'hui d'une ultime démonstration de force destinée au front russe ? Cela n'aurait aucun sens, car les tanks semblent tourner en rond dans Budapest. Des manœuvres ? Pourquoi en pleine ville ? Nous sommes des centaines sur les trottoirs à nous poser la question, de neuf heures du matin jusqu'à midi. Au bout d'une heure, je remarque une série de chiffres sur les tanks qui passent devant moi, et me rends compte que je l'ai déjà vue tout à l'heure. On veut nous faire croire qu'il y a des centaines de tanks en ville, alors qu'ils ne sont probablement qu'une trentaine à tourner en rond. Maman a fini par me rejoindre avec ma sœur et mon frère, qu'elle ne lâche pas une seconde. Je lui fais part de ma réflexion. Mais cela n'a pas grand-chose de rassurant, car il devient évident pour la foule rassemblée sur les trottoirs que les Allemands sont arrivés et qu'ils vont rester. Sans préavis, sans le moindre avertissement, la Hongrie est occupée.

Il se passe alors une chose incroyable. J'aperçois sur le trottoir ma camarade Elisabeth, la fille du gardien de notre immeuble. Nous sommes amies depuis mon arrivée ici. Elisabeth, dont le père ne gagne pas beaucoup d'argent, m'emprunte souvent les robes que nous fait maman pour se faire valoir auprès de son petit copain. Je m'approche d'elle tout naturellement :

– C'est fou ! Les Allemands sont là !

– C'est à moi que tu parles, espèce de sale juive ?

Je suis estomaquée.

– C'est moi que tu traites de sale juive ? Hier soir tu m'as encore emprunté une robe ! Qu'est-ce qui te prend ? Je n'étais pas une sale juive hier soir ?

Elle se détourne en me crachant au visage :

– Si ! Seulement, je ne pouvais pas te le dire !

Elisabeth était gentille jusqu'ici. Son attitude me rend malade, non seulement à cause de l'injure, mais aussi parce que je me rends compte que l'arrivée des Allemands à Budapest produit le même effet sur les gens qu'à Bratislava. La haine immédiate. Nous sommes aussitôt persécutés. La guerre dans toute son horreur a donc fini par nous rejoindre. Si mon père était resté avec nous, il aurait certainement tenté de nous faire fuir bien avant. Il savait voir venir les choses. Je réalise que le père d'Elisabeth, notre propre concierge, est probablement un nazi. Mais que, comme beaucoup d'autres antisémites en Hongrie, il a soigneusement dissimulé ses sentiments jusqu'à l'arrivée des Allemands. À présent, toute cette haine enfouie peut s'exprimer au grand jour, et nous n'aurons personne pour nous défendre. Je suis aussi terrifiée qu'en colère.

Nous rentrons lentement jusqu'à la maison, maman cherche à me consoler de tout, des Allemands, comme des injures d'Elisabeth.

– Ton père avait raison quand il disait que nous connaîtrions le pire avant que la guerre soit finie. Il disait aussi que les Hongrois ne combattraient jamais les Allemands, au contraire, qu'ils collaboreraient. Il avait raison pour ça aussi. Je vais te dire une chose importante, Beth, personne ne sait ce qui nous attend ma chérie, mais quoi qu'il arrive nous resterons ensemble, je te le promets.

Ma mère possède ce calme étrange des gens apparemment doux, mais qui savent lutter. C'est une battante. Elle l'a prouvé depuis que mon père nous a quittés, et lorsque son bras se pose sur nos épaules, c'est une véritable protection qu'elle nous offre.

Ce soir-là, avec tous les voisins qui n'ont pas de poste, nous guettons les nouvelles à la radio à ondes courtes que papa avait payée une petite fortune en arrivant à Budapest. Nous entendons l'annonce officielle de l'occupation de la Hongrie. À partir de ce jour, la dernière communauté juive demeurée intacte en Europe doit faire face aux nazis.

Jusqu'ici, comparée aux autres pays, la Hongrie était une sorte de paradis. Malgré les restrictions, la guerre ne nous avait jamais touchés de plein fouet. Or Hitler a envoyé des unités SS avec ses troupes, sous la direction d'un certain Adolf Eichmann, un tueur encore inconnu de nous. L'amiral Horthy, régent du pays, et son ministre Kallay ont été informés de l'occupation allemande la veille de l'invasion, au cours d'une conférence à Salzbourg, en Autriche. Le plan était d'éloigner les dirigeants du pays pendant que l'armée allemande avançait vers nous. Hitler s'est emparé du pays sans tirer un seul coup de canon.

Très peu de temps après, le Premier ministre Kallay est évincé, et les Allemands installent à sa place un nazi hongrois nommé Dome Sztojay. Dès la formation du gouvernement, le 22 mars 1944, le destin des juifs hongrois est scellé.

Heureusement, le soir de l'arrivée des tanks à Budapest, nous n'avons encore aucune idée de l'horreur qui nous attend. L'espoir que les Allemands perdent définitivement la guerre en Europe est présent, on le chuchote. Certains disent que les Américains vont débarquer en France, d'autres que les Russes arriveront jusqu'à Berlin. Où est mon père dans tout cela ? Est-il mort ou vivant ? Prisonnier quelque part, ou enterré dans le sable du désert ?

C'est terrible de ne rien savoir. Parfois je me demande s'il n'a pas volontairement abandonné ma mère pour partir avec une autre femme. Et je me fustige aussitôt. La veille de son départ, il avait d'autres soucis en tête, il savait qu'il allait à la rencontre du danger. De plus, il aime ma mère et je suis injuste avec lui, parce qu'il nous manque. Nous sommes seules, maman et moi avec ma sœur si fragile et mon frère de neuf ans à peine. Sans ressources, sans nouvelles de grand-père et des autres membres de la famille. Je n'ai que Richard.

Étendue sur mon lit, je m'efforce de dormir, sans pouvoir m'empêcher de penser à lui. Il faut que je le voie. Maman n'a pas voulu me laisser sortir ce soir, elle pense que c'est imprudent.

Le lendemain, elle refuse encore, et je trépigne d'impatience. Le surlendemain, je me faufile subrepticement au-dehors et cours à notre lieu de rendez-vous habituel sur la colline du château. C'est là, dans une niche de pierre, à l'abri des remparts qui cernent le palais, que nous nous retrouvons toujours. Au-dessus de nous, le régent vit isolé dans sa splendeur déchue. Pest est sous nos yeux, et le Danube, impassible, coule à nos pieds.

J'attends Richard, blottie contre la pierre, les yeux perdus dans le bleu du fleuve. J'ai tellement couru que mon cœur bat à tout rompre. Il me prend dans ses bras à peine arrivé et me serre très fort :

– Tu as vu les tanks ?

Alors je souris pour avoir l'air brave :

– Ils n'ont pas l'air si monstrueux que ça.

– Ce qui est monstrueux c'est que le gouvernement n'ait même pas prévenu la population. Tout est bouclé par les Allemands. Les gares, les aéroports, et les routes. Budapest est cerné, aucun juif ne pourra en sortir désormais. Maintenant qu'ils nous tiennent, ce n'est pas fini...

Il n'en dit pas plus. Mais j'ai le sentiment qu'il en sait bien davantage. Son père doit détenir des informations auxquelles les gens de la rue n'ont pas accès. Je sais que Richard sert de messager au réseau clandestin des juifs hongrois. Mais comme je tente de le questionner davantage, il change de sujet.

– Assez parlé de la guerre, ma Frimousse, embrasse-moi ! J'ai manqué de baisers pendant deux jours ! J'ai besoin de faire le plein avant de te laisser repartir.

Ce 21 mars est une journée superbe. Il fait chaud. Dieu nous offre peut-être un ultime cadeau de paix. Richard étale le plaid qu'il a apporté et nous nous installons pour quelques moments de bonheur. Il a une technique personnelle pour exacerber mon désir. Il commence par embrasser mon front, les sourcils, mes paupières, le bout de mon nez avant d'arriver à mes lèvres. Ses caresses sous mon chemisier, le frôlement léger de ses doigts sur mes seins... par moments je retiens mon souffle pour contrôler moi aussi ce plaisir impérieux.

Il m'a juré qu'il n'a pas connu d'autres filles avant moi, qu'il n'a fait l'amour avec personne, et je le crois sans effort, car nous sommes amoureux depuis le jour de notre première rencontre : j'avais douze ans et lui quatorze. Nous avons tout découvert ensemble, instinctivement, nous sommes allés aussi loin que le permet non pas la décence, mais la promesse qu'il a faite de ne pas me déflorer avant le mariage. J'avoue que par moments, et ce jour-là en est un, j'ai plus de mal à résister que lui.

Sur cette colline qui domine la ville, à l'abri des remparts qui nous protègent des indiscrets, j'ai connu, au fil des années, le meilleur de l'amour. Tous les préliminaires qui font espérer le plaisir ultime. Espérer, attendre, être en permanence sur le fil tendu du désir, et se dire : à demain.

Car il est déjà temps pour moi de partir. Ma mère doit être furieuse et se faire du souci bien plus qu'avant, car les Allemands sont partout et j'ai disparu sans la prévenir. J'imagine son angoisse si je ne rentrais pas avant le coucher du soleil.

– Il faut que j'y aille...

– Je sais... je sais, un dernier baiser...

Sa bouche a le goût du chocolat qu'il a apporté. Nous descendons le sentier qui serpente autour de la colline, en marchant et courant à moitié. Nos chemins se séparent en bas, il doit franchir un pont pour rentrer chez lui et moi un autre. Il n'est plus question de nous raccompagner mutuellement comme d'habitude, cela prendrait trop de temps.

Je cours jusqu'à la maison, courir me fait du bien de toute façon, j'ai toujours tant de mal à le quitter que l'épuisement de cette cavale m'aide à retrouver mon calme. Un jour je ne le quitterai plus ; il faudra bien que ce jour arrive, ou je deviendrai folle.

Ma mère pense que je le suis déjà :

– Tu es folle ? Tu ne te rends pas compte du danger ?

Pourtant, durant les deux premiers jours de l'occupation, il ne se passe rien. Seules des rumeurs circulent sur les nouvelles conditions de vie qui seraient imposées aux juifs. Nous devrons vivre regroupés dans certains quartiers de la ville, et dans des maisons spécialement réservées.

Pour être clair : un ghetto. Mais avant que cette rumeur ne soit confirmée, les journaux annoncent toutes les humiliations que les Allemands vont nous infliger avec le consentement du gouvernement hongrois.

Dès le 21 mars, les journaux publient les premiers décrets anti-juifs, bientôt suivis par d'autres. Remettre à la police les appareils téléphoniques ; obligation de porter l'étoile jaune, même pour les convertis ; interdiction d'employer des domestiques chrétiens ; déclaration obligatoire de tous les véhicules, puis confiscation de ceux-ci ; exclusion des services publics, aucun juif ne pourra être avocat, médecin, ou professeur, etc. : aucun écrivain, poète ne sera publié, la culture juive étant une « pollution » pour les Allemands ; interdiction de voyager par quelque moyen que ce soit, de posséder un poste de radio, et finalement de posséder quoi que ce soit. Tous les avoirs, tous les biens, seront confisqués. La richesse de la communauté juive, qu'elle soit spirituelle ou matérielle, commerciale ou industrielle, doit tomber dans les mains des nazis. En moins de deux semaines, nous devenons des êtres inférieurs, des chiens que le « bon citoyen hongrois » peut accuser tranquillement d'avoir la rage. C'est même un devoir pour lui de dénoncer les juifs qui auraient la prétention d'échapper à la loi, en conservant le moindre bijou de famille. Les magasins juifs seront fermés dans Budapest ; chaque banquier doit déclarer sa fortune qui sera bloquée.

Le pire est cette maudite étoile. J'enrage à l'idée de porter cette horreur. Maman a toujours fait de son mieux pour nous habiller, Roszi et moi, avec une certaine élégance ; c'est une excellente couturière. Roszi est ravissante, et nous avons l'habitude avec ma sœur de recevoir certains regards admiratifs. Nous n'avons jamais été des objets de répulsion, bien au contraire. Cette étoile jaune est l'insigne de la répulsion : elle signale que nous sommes haïssables, punissables, repoussants.

Je n'arrive pas à me faire à cette idée. Maman, toujours calme et pratique, a déjà déniché un vieux morceau de tissu jaune, dans lequel elle découpe les étoiles selon les normes imposées par les Allemands. Une étoile doit mesurer six pouces et doit se distinguer nettement sur le vêtement. Tous les vêtements : chemise, pull, veste, manteau, imperméable. Et si je me promenais nue dans la rue ? Faudrait-il l'épingler sur mon sein droit ? Je garde mon impertinence pour moi en regardant travailler ma mère. Elle découpe avec précision un modèle, à partir duquel elle fabrique les autres avec une méticulosité qui m'énerve :

– Pourquoi faut-il que ce soit tellement soigné ?

Ma mère lève les yeux sur moi, toujours aussi calme. Elle partage mon humiliation et ma colère, mais n'a aucune intention de le manifester par une révolte quelconque. Toutes les pointes de cette maudite étoile doivent être parfaites, il serait trop dangereux de prêter le flanc aux mauvais esprits. Alors elle me répond simplement :

– Ce doit être parfait.

J'ai envie de hurler, et Roszi est dans le même état que moi. J'ai quinze ans révolus, elle quatorze, notre vie de femme doit commencer comme ça ! En réalité nous ne sommes pas encore femmes ; j'ai trop souvent encore des attitudes enfantines. Je refuse d'être marquée, tout le monde saura, tout le monde dans la rue pourra se moquer de moi. Je ne serai plus jamais ce que je prétends être, une belle jeune fille vive et légère, un être humain.

Tous mes jolis pulls, ma veste, sont défigurés par cette étoile hideuse. J'en pleure de rage sous mes draps, cette nuit-là.

L'étoile n'est qu'un commencement. Je ne peux plus fréquenter l'école : elle m'est interdite comme à tous les enfants juifs.

Un matin, alors que j'aide ma mère dans la cuisine, nous entendons soudain un martèlement de bottes dans la cour intérieure de l'immeuble. Puis dans les escaliers et les couloirs. On cogne à notre porte en hurlant :

– Tous les juifs ! Prenez ce que vous pouvez porter, et seulement ce que vous pouvez porter ! Et sortez de là ! Dehors !

Ils agitent une cloche en permanence, en répétant le message à tous les étages :

– Tous les juifs ! Dehors ! Emportez ce que vous pouvez porter ! Pas d'argent ni de bijoux !

Je regarde ma mère avec effroi, elle aussi est sous le choc. Mais nous n'avons pas le temps d'en parler, pas le temps d'avoir du chagrin. Maman, Roszi et moi attrapons ce que nous pouvons entasser de vêtements et de vivres dans des taies d'oreiller en guise de sac, tandis que les soldats hongrois continuent de hurler dans les couloirs et de frapper aux portes. Mon petit frère nous regarde faire, les bras ballants d'incompréhension. Maman a le réflexe de dissimuler dans un mouchoir le peu de bijoux qui lui restent... Certains locataires de l'immeuble tentent de cacher des bricoles dans les conduits d'aération du couloir, mais il faut faire très vite ; dans la cour, les soldats bousculent les gens qui arrivent trop lentement.

Lorsque nous sommes tous rassemblés dans la rue, ils nous font mettre en rang et, par groupes, on nous envoie dans différents endroits désignés comme étant des « maisons à étoile juive ».

Nous marchons vers cette nouvelle demeure, une longue et humiliante marche à travers les rues de la ville, que je trouvais si belle et si gaie il y a quelques jours. Les soldats nous encadrent, les passants nous regardent, je ne sais où poser mon regard, le sol se dérobe sous mes pieds, comme si j'allais tomber dans le vide, sans que personne puisse me sauver. Mais je ne pleure pas ; si je le faisais, ma mère se sentirait obligée de me consoler et risquerait ainsi d'attirer l'attention des soldats. Il ne le faut pas ; nous devons seulement faire ce qu'ils nous ont dit de faire, marcher en rang et en silence.

Maman porte mon petit frère dans ses bras quand il se fatigue. Ma sœur et moi avançons devant elle, et je l'entends murmurer parfois dans mon dos comme une sorte de litanie sacrée :

– Restons ensemble, restons ensemble, il faut rester ensemble.

Cette marche n'en finit pas ; elle a pourtant un but, que nous atteignons épuisés. On nous désigne un appartement, dans lequel nous est affectée une pièce unique. Nous devons partager cette pièce avec deux autres familles. Celle qui occupe l'appartement en temps normal a l'air assez gentille.

Le père a été envoyé dans un camp de travail, la mère et les deux filles partagent leur chambre à coucher avec nous. Mais l'autre famille n'est pas du genre que nous fréquentons habituellement. Ce sont des gens frustes et vulgaires ; ils jurent et crient, aucun moyen de leur échapper. Bien au contraire, nous devons protéger nos maigres biens de l'avidité de certains d'entre eux. L'une des femmes crie à ma mère, alors qu'elle tente de préparer un repas dans la cuisine collective :

– T'as pas à traîner aussi longtemps dans cette cuisine ! On partage tout ici ! Personne ne doit l'accaparer !

Maman ferme les yeux, s'efforçant de garder son calme. C'est notre première nuit dans cette horrible maison à étoile, et elle essaye de confectionner une soupe pour réconforter ses enfants après une si longue marche, et le traumatisme d'avoir quitté notre appartement. Elle répond tranquillement, me jetant un coup d'œil d'avertissement, car je m'apprêtais à ouvrir la bouche pour protester.

– Nous avons presque fini, madame...

Je me tais à regret. Maman ne veut pas de scène. Elle me sait trop impulsive, trop directe. Ce sera dur. Les gens pleurent et se plaignent tout autour de nous, certains piquent des colères stupides et dangereuses, nous le savons tous, car il est inutile d'attirer l'attention.

La femme continue de râler, et bougonne obstinément après ma mère :

– Dépêche-toi ! Tu te crois mieux que nous, mais tu ne l'es pas, on est tous à la même enseigne ici, dans cette saleté d'endroit ! Ne va pas t'imaginer que tu as des privilèges, parce que tu prends des airs de grande dame hein ! On est tous des sales juifs puants, c'est les soldats qui le disent !

Maman tourne le dos à la femme en frissonnant, et retire ostensiblement le pot de soupe du fourneau. Il n'y a ici que quelques assiettes et des bols ébréchés. Maman verse la soupe dans les bols et nous fait dire nos prières comme d'habitude. Remercier Dieu pour la nourriture et la protection qu'il nous donne me paraît choquant en la circonstance, mais je m'exécute quand même. Aucun d'entre nous n'a jamais désobéi à ma mère dans ce cas – elle ne nous battrait pas, je n'ai reçu qu'une claque dans ma vie – mais elle exige que nous remerciions Dieu quoi qu'il nous arrive, même du mal.

Nous avalons la soupe en vitesse dans la pièce bondée qui nous est attribuée, pour que la mégère puisse se servir de la cuisine.

Nous dormons à quatre, sur un matelas défoncé posé à même le sol. Toute la nuit des ronflements résonnent à mes oreilles, on dirait une armée de crapauds dans une mare. Impossible de prendre du repos, et je me demande comment je vais supporter cette ambiance affreuse. Il faut faire la queue pour tout, pour les toilettes, la cuisine, la salle de bains. Aucune intimité, aucune dignité, aucun respect dans cette baraque. Notre bel appartement a disparu comme s'il n'avait jamais existé. Au bout de quelques jours, j'ai vraiment envie de fuir. Certains juifs se sont déjà évadés. Ils disaient avoir peur des bombardements alliés qui n'allaient pas tarder, maintenant que les Allemands étaient là. Leur vraie raison, c'est de fuir la ville et les persécutions, pour se cacher dans un village où personne ne saura qu'ils sont juifs. Là ils pourront prétendre être chrétiens, et vivre en sécurité jusqu'à la fin de la guerre.

Si j'étais seule, je le ferais aussi. Nous filerions à la campagne avec Richard, et vivrions dans la clandestinité. Seulement voilà, je ne suis pas seule, et même si cela me démange, je ne fuirai pas. J'ai promis à mon père de rester avec maman et de l'aider à prendre soin de ma sœur et mon frère. Un jour, j'espère, il reviendra, et il devra pouvoir retrouver toute sa famille. Je ne peux pas m'enfuir et laisser ma mère se débrouiller seule. Ce serait ignoble de ma part.

Roszi dort contre moi, sa tête sur mon bras qui s'ankylose. Je le dégage doucement en serrant les dents, car il fourmille d'électricité. Je me tortille prudemment à la recherche d'une position confortable, je devrais dormir, qui sait ce que nous réserve demain ?

De plus, j'ai dit à maman que nous devrions aller voir chez Richard. Sa maison n'est qu'à quelques pâtés de maisons de là. Je suppose que sa famille n'a pas été déplacée dans un ghetto.

Le lendemain matin, il fait plus chaud que la veille. Je fais la queue comme les autres pour utiliser l'unique salle de bains. Nous n'avons pas le loisir de prendre un bain, juste quelques giclées d'éponge pour se rafraîchir. Pas question non plus de se changer, il faudrait pouvoir laver et étendre le linge, ce qui s'avère extrêmement compliqué.

Je me regarde en vitesse dans le miroir, en frottant mon visage de mon mieux, je brosse mes cheveux à grands coups pour leur redonner un peu de brillance. Ils sont toujours mi-paille mi-brun, mais dans quelque temps, j'espère pouvoir enfin les couper et faire disparaître définitivement mon côté zèbre.

– On se dépêche là-dedans !

Un dernier coup d'œil avant d'enfiler ma veste ornée de l'horrible étoile jaune. C'est au tour de Roszi ; maman est déjà passée avec Ludwig.

Enfin, nous sommes dehors. Le trajet n'est pas long, la maison de Richard a également été transformée en maison à étoile. Le magasin au rez-de-chaussée a été dévalisé, il est fermé. Richard et ses parents disposent de deux pièces dans leur ancien appartement qu'ils partagent à présent avec huit ou neuf familles.

La mère de Richard étreint maman avec émotion.

– Je suis si heureuse que vous alliez bien tous. Ils vous ont chassés de chez vous ? Mon Dieu, si seulement nous avions pu vous dire de venir ici.

Dans tout ce malheur, vivre avec eux aurait été un bonheur pour moi, et un soulagement pour maman. Mais personne n'a eu le choix de toute façon. Nous réaliserons par la suite, trop tard, hélas, que si nous avions décidé de le faire à ce moment-là, personne ne s'en serait rendu compte, car rien n'était encore enregistré à l'endroit où nous étions assignés à résidence.

Richard a aidé sa mère à cacher ce qu'ils pouvaient avant l'arrivée de leurs « invités obligatoires ». Son père est le plus touché par cette situation, sa fierté et son orgueil sont mis à mal ; partager ce merveilleux endroit avec d'autres, être contraint de camper dans deux pièces de sa propre demeure, c'est une honte pour lui.

C'est un grand choc pour moi aussi de les voir pleurer tous les deux, le père et la mère, en nous expliquant ce qu'ils ont vécu de leur côté :

– Ils ont mis des gens à l'intérieur même de la synagogue, dans les entrepôts, et jusque dans les stalles des chevaux de trait qui servaient aux livraisons. Vous rendez-vous compte ? Faire vivre des gens comme des animaux ? Et nous ne pouvons rien faire, nous ne pouvons rien dire !

Nous repartons le cœur serré. Si des gens aussi éminents que les parents de Richard se trouvent dans cette situation humiliante, l'avenir de la communauté juive est bien sombre. Personne ne pourra plus aider personne.

C'est terrible pour moi d'abandonner Richard, et de retourner à pied dans notre taudis, avec cette étoile, comme une bête marquée par ses propriétaires.

La colère est en moi, noire, brûlante, indicible. Si je pouvais je hurlerais dans la rue comme un loup des Carpates.

8

Espoir

Le troisième jour de notre présence dans cet horrible endroit, maman prend une décision :

– Nous allons retourner dans notre appartement pour voir. Si jamais ton père est revenu, il doit sûrement nous chercher.

Roszi et Ludwig jouent tranquillement aux échecs sur un petit échiquier que nous avons pu prendre avec nous. Je leur jette un coup d'œil inquiet :

– Et eux ?

– Ils sont plus en sécurité ici. Mme Szolnay veillera sur eux, je lui ai déjà demandé. D'ailleurs Roszi est assez grande pour s'occuper de Ludwig jusqu'à notre retour.

Je prends ma veste à étoile. Je devrais m'habituer à cette chose, mais je n'y parviens pas, elle me dégoûte.

Nous prenons le tramway pour aller plus vite, et ne pas rester absentes trop longtemps. En descendant à notre station avec d'autres voyageurs, un groupe de Croix-Fléchées nous entoure.

– Papiers !

Chacun fouille consciencieusement à la recherche des papiers en question. La peur me prend au ventre comme si j'allais vomir, mais j'arrive à me contenir. Je regarde maman, qui demeure calme, et j'essaie de faire comme elle. L'un des hommes m'adresse un sourire moqueur. Je rougis, pensant qu'il regarde ma poitrine, importante pour ma petite taille.

Certains hommes dans la rue se sont déjà permis des allusions à ce sujet. Puis je réalise. Ce n'est pas mon buste qu'il regarde, c'est l'étoile ! Et une seconde plus tard je comprends pourquoi.

– Tous les juifs en rang et suivez-moi !

Ils nous emmènent dans la cour d'un immeuble de l'autre côté de la rue, puis dans la cave.

Nous sommes une cinquantaine de femmes, de vieillards et d'enfants terrorisés devant ces soldats en armes.

– Donnez-nous vos bijoux, allez !

Je cache aussitôt ma main derrière mon dos, pour tenter de dissimuler l'anneau d'or orné de trois petites turquoises que l'on donne à chaque fille dans la famille de maman. À mes côtés, ma mère fait non de la tête, imperceptiblement. Elle a peur pour moi. Alors je ramène lentement ma main devant moi et enlève la bague, puis à un moment où les soldats ne regardent pas dans ma direction, je la glisse dans une huche à bois, près d'un énorme et vieux fourneau. Je préfère la jeter que la leur donner. Maman ôte sa bague de rubis et ses petites boucles d'oreilles en or ; heureusement elle a laissé le reste de ses bijoux à la garde de ma sœur. Elle sait que nous en aurons besoin un jour pour survivre. Les soldats ramassent tout, tirent sur les boucles d'oreilles qui ne viennent pas assez vite sans se soucier des cris de douleur, secouent les mains, remontent les manches, inspectent les cous, odieusement.

En m'efforçant de ne pas trop bouger les lèvres, je murmure à ma mère :

– Qu'est-ce qu'ils nous veulent à part les bijoux ?

– Je n'en sais rien, mais il faut qu'on arrive à se sortir de là. J'ai entendu le premier soldat dire que ceci est le centre de commandement des Croix-Fléchées pour tout le quartier. Si nous restons là, il ne nous arrivera rien de bon. Roszi et Ludwig ne sauront peut-être jamais ce que nous sommes devenues...

Mais que pouvons-nous faire ? Je me torture la cervelle. Les soldats n'ont pas l'air de vouloir laisser partir quiconque. On peut nous garder là pendant des heures, et nous déporter ensuite. J'agis sans presque réfléchir, car je viens miraculeusement d'avoir une idée.

– Excusez-moi, mais nous sommes venues ici pour vous donner un renseignement !

Le soldat à qui je me suis adressée me regarde de travers et scrute mon visage en essayant de deviner si je dis ou non la vérité.

Je m'enhardis :

– Nous avons une information qui peut vous intéresser. Ma mère et moi nous avons fait tout ce chemin jusqu'ici pour la rapporter aux autorités.

Il me regarde encore un bon moment, puis dévisage maman, et grogne en nous désignant l'escalier de la cave :

– Suivez-moi !

Maman marche devant le garde, pas assez vite à son gré semble-t-il car il lui donne un violent coup de crosse à l'épaule

– Plus vite ! Avance !

C'est plus fort que moi, personne ne doit toucher à ma mère, j'élève la voix :

– Ne la frappez pas ! Je vous rappelle que nous sommes ici de notre plein gré, et pour vous aider !

Sans me préoccuper de sa réaction, j'avance vers maman, et la prends par les épaules, les larmes coulent de mes yeux. Maman chuchote à mon oreille :

– Ça va chérie, ça va...

Le soldat nous emmène dans ce qui ressemble à une petite salle d'attente et nous désigne deux chaises avant de frapper à une porte.

– Attendez là !

Ma mère chuchote :

– Qu'est-ce que tu cherches à faire ?

– T'inquiète pas, dis comme moi.

Le soldat revient nous chercher pour nous conduire dans un bureau meublé d'une grande table et de fauteuils de cuir. Derrière le bureau un homme jeune, l'air très content de lui, arbore la redoutable croix fléchée.

– Alors juives ? Qu'avez-vous à me raconter ?

Je le giflerais si je pouvais. L'insulte a pour seul mérite de me donner du courage. Je prends une bonne inspiration, il est trop tard pour avoir peur.

– Je crois savoir que les gens doivent remettre tous leurs biens aux autorités, c'est exact ?

Il acquiesce.

– Alors voilà, Maman et moi, nous avons découvert deux tapis orientaux de très grande valeur dans la maison où nous sommes. Les gens qui les ont cachés sont très malins. Ils les ont étalés sur le matelas d'un grand lit, et ils ont recouvert le tout avec un drap ordinaire.

Le jeune homme se penche vers moi, avec un intérêt soudain.

– Et cette maison se trouve où ? Ici, dans mon quartier ?

Je baisse la tête, l'air navré, comme si je n'avais pas du tout réfléchi à ce détail. Je ne veux mettre personne dans l'ennui car, c'est vrai, le chef de cette famille dont nous partageons l'appartement a bien caché deux tapis. Mais comme chaque quartier a son propre commandement, ce jeune fat à la croix fléchée ne peut pas intervenir là-bas.

L'air de plus en plus navré, je lâche enfin l'information :

– Non... Je suis désolée, c'est dans le huitième district...

L'homme semble avoir pitié de moi et de ma bêtise. Il dit au soldat :

– Qu'elles s'en aillent !

Puis d'un air professoral :

– Je n'ai pas d'autorité sur ce district.

Il griffonne rapidement une adresse sur un morceau de papier qu'il me tend :

– Il faut aller au quartier général de votre district pour expliquer tout ça. Istvan, qui est là, va vous escorter jusqu'au tramway.

Nous acquiesçons prudemment, toujours craintives, Je ne me sentirai rassurée que lorsque nous serons effectivement dans le tramway. Le soldat attend d'ailleurs avec nous l'arrivée du tram. Je suis toujours morte de peur, mais calme en apparence. Maman m'adresse un infime sourire chaque fois que nos regards se croisent. J'ai des fourmis dans les jambes, il semble que ce maudit tram mette des heures à venir, alors qu'il doit s'égrener une dizaine de minutes pas plus, avant que nous puissions grimper dedans, en vitesse. À peine la porte refermée, le soldat s'en va, le tram démarre, et les rues défilent enfin. Je peux m'écrouler sur la banquette contre maman. Elle aussi tremble, et je me rends compte seulement qu'elle était aussi terrifiée que moi :

– On aurait pu être tuées sur place...

– Mais on est là.

Mon père serait fier de moi et de mon culot, j'imagine. Me voilà devenue une menteuse accomplie, mais je me fiche bien de mentir pourvu que cela nous sauve la vie. Si je n'avais pas inventé une raison quelconque à notre présence là-bas, les Croix-Fléchées nous auraient gardées indéfiniment, comme les autres. En me servant de l'histoire des tapis comme prétexte, je nous ai tirées d'affaire sans faire de mal à personne. Je ne l'aurais pas supporté d'ailleurs. Le quartier général du huitième district peut toujours nous attendre !

En descendant du tram à l'arrêt suivant, nous faisons soigneusement le tour des environs avant de nous diriger vers notre ancien immeuble. La chance est avec nous, pas de Croix-Fléchées en vue, nous pouvons monter jusqu'à l'appartement sans incident. D'une certaine façon, nous aurions mieux fait de nous en abstenir.

Il n'y a plus rien. Le beau canapé ancien si soigneusement retapissé par mes parents n'est plus là. Les chaises en acajou, le buffet aux porcelaines ont disparu. Tous les tableaux et les bibelots que maman conservait avec tant de soin, baroques ou art déco, envolés, arrachés, même les plantes vertes sont parties. Elle a les larmes aux yeux en regardant le vide, en faisant le compte de tout ce qui a été volé, plus de la moitié de ce que nous possédions.

Une femme apparaît dans l'entrée et nous interpelle vertement :

– Qu'est-ce que vous voulez ?

Maman lui répond, la gorge étranglée :

– C'est chez nous ici...

– Eh bien, ça ne l'est plus ! C'est nous qui vivons ici maintenant !

Elle désigne un petit attroupement sur le palier derrière elle, plusieurs familles ont envahi notre foyer. Maman demande d'une voix lasse :

– Si nous pouvions seulement récupérer nos vêtements, seulement nos affaires ?

Mais la femme se plante devant elle, les mains sur les hanches, l'air batailleur :

– Y'a rien à vous, aucun vêtement, il n'y a que nos affaires à nous !

C'est effrayant de constater à quel point et en si peu de temps les gens arrivent à se conduire comme des bêtes, exactement ce que veulent le nazis.

Je hais le ton humble que prend maman pour insister :

– Je voudrais juste faire le tour de ma chambre... si c'est possible ?

La femme croise cette fois les bras sur sa poitrine, inébranlable, et carrément menaçante :

– Je crois que vous feriez mieux de déguerpir ! Vous n'habitez plus ici maintenant ! C'est clair ?

Je m'apprête à faire demi-tour, mais ma mère me retient par le bras. Toute petite et si fragile devant cette affreuse bonne femme qui la dépasse d'une bonne tête, elle a encore le courage de lui tenir tête :

– Juste une chose... est-ce que quelqu'un a demandé après moi ou mes enfants ? Un homme grand et beau, aux cheveux bruns ? Un homme élégant ?

La femme lui rit au nez :

– T'as vu ça dans tes rêves peut-être ! Un homme comme ça ne courrait pas après toi !

Ma mère se recroqueville soudain, les épaules basses, la vulgarité de l'attaque l'a touchée de plein fouet. Et puis, curieusement, avec cette force tranquille qui m'étonne toujours, elle se redresse, tête droite, drapée dans sa dignité comme une reine. Elle sort un papier de sa poche, et le tend à la mégère :

– Si un tel homme se présente ici en demandant Ethel Markowitz, donnez-lui ça s'il vous plaît, c'est notre nouvelle adresse.

Alors la femme redevient un peu plus humaine, une vague lueur de sympathie dans l'œil, elle prend tout de même le papier. Maman murmure un remerciement et me prend par la main :

– Allons-nous-en.

Je me retrouve dans la rue, complètement abasourdie. Que va-t-il nous arriver encore ? Nous ne sommes qu'en début d'après-midi, et on nous a déjà arrêtées, enfermées, on nous a volé nos bijoux, la plupart de nos biens ont disparu de toute évidence entre les mains de nos braves voisins ! Volés par nos propres voisins !

– Tu te rends compte, maman ? Nos voisins ! Des gens qui nous disaient bonjour, qui venaient à la maison comme chez eux, à qui tu as même donné à manger !

Elle ne dit rien, mais le désespoir se lit dans ses yeux. À moins de quarante ans, si jeune encore, elle a déjà vécu tant de départs et de désillusions, repris espoir tant de fois ! Et son amour pour mon père ? Comment fait-elle pour vivre seule sans son amour ?

Les jours suivants, c'est le déluge annoncé des interdits successifs. Les juifs ne pourront plus exercer de commerce, tout leur sera confisqué, ils seront même contraints de travailler pour les Hongrois qui leur ont volé leur entreprise. Tous les postes de radio, voitures, bicyclettes, sont confisqués, de manière à nous isoler davantage encore du reste de la population et du monde extérieur. La synagogue s'efforce d'aider de son mieux la communauté. Des cours pour les enfants sont organisés en secret dans certains appartements, mais les choses deviennent encore plus difficiles lorsque le couvre-feu est instauré. Les juifs ne peuvent sortir qu'à certaines heures du jour, et jamais la nuit. L'été est déjà là, je ne pense plus qu'à une chose, comment vais-je faire pour voir Richard ?

Une semaine s'est écoulée depuis que nous avons été installés de force dans la maison à étoile. Un homme se présente à l'appartement à la recherche de ma mère. D'abord méfiante, maman demande derrière la porte :

– Que lui voulez-vous à Ethel Markowitz ?

L'homme répond gentiment :

– Je connais votre mari, madame Markowitz !

Son regard me semble vaguement familier, mais je suis incapable de le situer. Cet homme est peut-être venu chez nous avec mon père, il appartient peut-être comme lui à un réseau clandestin. Impossible à dire, et maman est comme moi ; elle le détaille sans pouvoir mettre un nom sur ce visage.

– Est-ce que nous pourrions parler en privé, madame Markowitz ?

– Donnez-moi quelques minutes.

Ma mère disparaît dans la chambre que nous partageons avec les autres et demande poliment :

– Cela vous ennuierait de me laisser la chambre quelques minutes ? J'ai besoin de parler à quelqu'un en privé.

Tout le monde sort. Roszi, Ludwig et moi faisons de même. Maman et l'inconnu restent seuls une dizaine de minutes, puis elle réapparaît :

– Roszi et toi Ludwig, restez là jusqu'à mon retour. Ça ne devrait pas prendre plus de deux heures. Toi, Lisbeth, tu viens avec moi !

Lorsque notre mère prend ce ton autoritaire qui n'admet pas de réplique, tout le monde obéit.

Elle se penche vers Roszi pour l'embrasser, et lui murmurer à l'oreille :

– Fais attention à nos affaires. Ne laisse personne y toucher, surtout Mme Androsz, je crois que c'est elle qui nous a volé le savon.

Et nous partons. Maman marche rapidement, j'ai du mal à la suivre :

– Ou allons-nous ?

– Voir un certain Raoul Wallenberg. L'homme qui est venu me voir tout à l'heure connaît bien ton père ; selon lui, ce Wallenberg pourra nous donner des papiers suisses ou suédois.

– Suisses ? Nous ne sommes pas suisses, ni suédois !

– C'est une protection contre les Allemands. Cela doit nous permettre d'obtenir un autre appartement dans un immeuble où nous serons plus en sécurité. Tout ce qu'il faut, c'est de l'argent pour payer les papiers et cet homme m'en a donné.

Maman me montre discrètement une liasse de billets, qu'elle dissimule dans la poche de son manteau. Elle presse encore le pas, comme s'il n'y avait plus une seconde à perdre.

– L'homme dit qu'ils vont envoyer les juifs en déportation, et que la situation va empirer pour nous. Mais si nous avons la chance d'être admis dans une « maison suisse », nous serons à l'abri. Du moins pour l'instant.

Je ne suis pas tout à fait sûre de comprendre ce que viennent faire les Suisses et les Suédois à Budapest, Sinon qu'il s'agit encore d'une mystérieuse connexion entre notre père et nous, par l'intermédiaire de son réseau. Même si mon père n'est plus là, il se matérialise de cette façon.

Maman me résume, essoufflée, les informations précieuses que le visiteur lui a communiquées.

– Ce Wallenberg est un diplomate suédois ; il est en mission à Budapest pour protéger les juifs. On dit qu'il a déjà rencontré Samuel Stern, le président du Conseil central juif.

– Mais pourquoi faut-il de l'argent, maman ?

– Pour payer ceux qui font les papiers, et probablement soudoyer des Allemands aussi... Il paraît que depuis quelques jours cet homme recense les gens qu'il peut aider ; je n'en sais pas plus, Lisbeth, tout ce que je sais, c'est que nous avons une chance de nous en sortir.

Il y a une longue file d'attente devant la légation suédoise. Des gardes à cheval font le service d'ordre. Nous attendons sur le trottoir une bonne heure, sous le soleil de juillet, et maman regarde tous ces pauvres gens qui nous entourent avec anxiété, espérant de toutes ses forces que notre démarche aboutira aussi rapidement qu'on le lui a promis. Enfin, nous entrons dans une salle d'attente bondée de juifs, venus ici pour obtenir la même protection. Tout à coup, un homme sort d'un bureau voisin, un homme brun de taille moyenne, au nez crochu.

J'entends chuchoter dans mon dos :

– C'est Eichmann...

L'homme arbore une grande redingote, ouverte sur un uniforme décoré d'une multitude de médailles, ses grandes bottes noires luisent dans un rayon de soleil.

Aucun d'entre nous ne connaît précisément cet homme, nous ignorons pourquoi il se trouve ici, mais tous les juifs le craignent d'instinct. Ils ont raison. Hitler lui a confié la responsabilité de l'extermination des juifs de Hongrie. Les derniers condamnés à la « solution finale ». Mais cela, nous l'ignorons encore.

Après une nouvelle heure d'attente, on nous fait entrer dans le bureau de Wallenberg, cet homme nous reçoit avec une grande gentillesse, il enregistre les informations que ma mère lui donne, et promet que nous pourrons revenir chercher des papiers dans les jours prochains.

– Si vous pouvez revenir...

Bien sûr que nous pourrons. À genoux s'il le faut.

Et nous voilà dehors à nouveau, à contre-courant de la file qui s'allonge sur le trottoir.

– Lisbeth, surtout ne dis rien à personne au sujet de ces papiers. Rien à ces gens qui vivent avec nous en ce moment, c'est très important.

Encore un secret à garder. Mais je suis assez grande à présent, et j'en ai vu suffisamment pour savoir me taire en toutes circonstances.

– N'aie pas peur, maman !

Je fais la forte. Mais intérieurement j'ai la trouille.

À peine rentrée, je me débrouille pour filer retrouver Richard. Il comprend immédiatement en me voyant que je suis dans un état de nervosité épouvantable. Nous sortons de cet appartement bondé, pour aller nous promener au bord du Danube. Même lui est occupé : des sacs de sable ont envahi ses berges et des patrouilles surveillent tous les ponts.

Je m'écroule en larmes dans les bras de Richard. Je n'en peux plus.

– Hier, les Croix-Fléchées nous ont arrêtées ; on a failli aller en prison. Aujourd'hui, un homme est venu à la maison nous parler de papiers de protection suisses, et il a donné de l'argent à maman pour les avoir. On est allées les demander, et on pourra vivre ailleurs, dans un endroit plus sûr...

– Eh bien ? Ce sont de bonnes nouvelles ? Pourquoi pleures-tu ?

– Je sais, mais tous les jours il arrive quelque chose. J'ai l'impression qu'on peut mourir à chaque instant. Hier, c'était le Croix-Fléchée qui tapait sur maman avec son fusil. S'il l'avait frappée sur la tête au lieu de l'épaule ? Il aurait pu la tuer ! Pour rien !

Richard me serre contre lui, en caressant mes cheveux.

– Calme-toi, chérie. Écoute-moi. Je te l'ai déjà dit, mais aujourd'hui, c'est plus important que jamais : tu dois me faire confiance, tu dois me croire, nous survivrons à cette guerre. Nous nous marierons et nous irons à Venise en voyage de noces. Tu te souviens de ce que je t'ai dit de la place Saint-Marc ? Nous la verrons bientôt. Je te promets que nous irons en gondole sur le canal. Je te le jure. Je le sais, du plus profond de mon cœur, et il faut que tu y croies autant que moi. Ne pense qu'à ça. Chaque fois que tu auras peur ou que tu douteras, pense à Venise !

J'ai honte de moi. Honte de me conduire comme une gamine, mais c'est tellement dur de vivre dans cet appartement avec tous ces gens, sans jamais pouvoir prendre un bain, ou changer de vêtements. Je me sens sale et moche. Mes cheveux ont poussé sur mes épaules, je voudrais les couper, me débarrasser de ces horribles mèches jaunes que je dissimule mal sous un ruban serré. Je voudrais être belle et heureuse, lumineuse pour que ce regard bleu m'admire davantage encore. Je voudrais... je ne sais plus, retrouver l'insouciance de nos baignades dans le fleuve, mon maillot trop petit, le désir de Richard contre ma peau nue.

– Si tu savais, je me sens si moche...

– Ne dis jamais une chose pareille ! Je te le défends ! D'abord parce que ce n'est pas vrai, ce ne sera jamais vrai. Tu es toujours aussi belle, et je t'aime. Les gens moches, se sont ceux qui nous traitent ainsi. Mais leur jour viendra, et ils le paieront.

Il a posé un doigt sur mes lèvres tendrement, et je me dresse sur la pointe des pieds pour l'embrasser. Il sait toujours dire et faire ce qu'il faut pour me rassurer. Je me sens protégée, bien au chaud entre ses bras, rien ne peut m'atteindre quand il est là. Le soleil est brûlant sur mon visage, mon corps brûlant contre le sien, un amour comme le nôtre est un cadeau du ciel. Dieu fasse que nos rêves deviennent réalité ! Je survivrai à tout, j'oublierai tout, le jour où je marcherai libre à ses côtés, devenue sa femme.

– Ça va mieux, Frimousse ? Fais-moi ce joli sourire que j'aime tant. Lèvres roses et dents blanches...

– Je vais toujours mieux quand je suis avec toi. Je voudrais seulement que ce soit pour toujours. Toujours, toujours, toujours et encore toujours...

Il rit, en me faisant valser.

– Toujours est pour bientôt. Nous devrions réserver dès aujourd'hui la salle de l'hôtel Royal, pour être sûrs qu'elle soit libre le jour du mariage.

Une ombre passe sur son visage malgré tout. Depuis le couvre-feu, il n'y a plus d'après-midi dansants, plus d'orchestre, plus de musique. L'un de ses plus grands plaisirs lui a été retiré. Mais il ne se plaint pas, ce n'est pas son genre. Richard est un garçon pragmatique, à l'esprit scientifique ; il a l'habitude d'examiner les faits et de ne pas lutter contre eux inutilement. D'un autre côté il est musicien, artiste, romantique et passionné. Ce qui l'a poussé à défier les Allemands en intégrant un réseau clandestin. Mais il ne prend jamais de risques incontrôlés, j'en suis certaine. Il croit à l'avenir, il a la patience de l'attendre et de le préparer, alors que trop souvent, je désespère, et me sens démunie. Mon adolescence se déroule sans protection paternelle, je n'ai que lui pour me rassurer.

Il me ramène jusque chez lui, et nous nous embrassons éperdument sous le porche de l'immeuble. Malgré nous le baiser se transforme en un corps à corps, ses mains courent sous mon chemisier, ses longs doigts de musicien effleurant délicatement ma poitrine, comme s'il jouait de son instrument favori. Chaque caresse me fait onduler, mes mains autour de sa nuque solide, cambrée, je m'offre complètement.

– J'aimerais tant retourner dans la cabane au bord de l'eau, et que nous fassions l'amour, jusqu'au bout.

– Tu sais que je t'aime, tu sais que je te désire comme un fou ma Beth... mais nous n'irons plus là-bas. C'est imprudent.

Et je nous vois mal chercher un endroit où nous cacher pour faire l'amour comme des voleurs.

– Mais tu en meurs d'envie, comme moi.

– Oui. Et tu seras ma femme de toute façon. Mais pas à la sauvette, Beth, pas dans un fossé du château, ou au fond d'une barque. Tu comprends ? Ce moment-là doit être parfait ! Et comme je veux qu'il le soit, alors il sera parfait...

– Personne ne sait ce que nous réserve l'avenir d'ici là. On ne pourrait pas le vivre aujourd'hui ? Tu sais, comme dit la chanson, « Qui sait si nous nous reverrons un jour... »

Richard me relève le menton :

– Ne dis jamais ça. Nous serons toujours ensemble. Nous serons mariés et nous aurons des enfants, et nous vieillirons ensemble ! Je le jure. Jure-le aussi !

Je jure, en fermant les yeux, comme si d'un coup de baguette magique je pouvais sauter dans le futur. Lovée contre lui, je n'arrive pas à partir. Alors il regarde sa montre.

– Il vaut mieux que je te ramène chez toi. Ta mère doit être terriblement inquiète.

Cette maudite étoile que nous portons tous deux, ces maudits Allemands, toute cette misère humiliante qui nous submerge m'empêchent de vivre complètement l'amour fou qui me dévore. Il m'arrive souvent de penser que c'est moi, peut-être, qui ai raison... de ne pas être raisonnable.

Nous allons bientôt quitter la maison à étoile pour une maison « suisse ». Si nous étions restés ici plus longtemps, nous aurions fini par nous entre-tuer, tellement cette cohabitation est insupportable. Les gens sont enragés, désespérés, et tristes aussi. Il y a ici deux vieilles personnes atteintes du diabète, contraintes de faire leurs piqûres quotidiennes sous le regard de ceux qui font la queue pour se servir de la cuisine. Une autre malheureuse souffre d'un cancer du sein, sans le moindre médicament pour soulager sa douleur. Elle n'a que du thé, dont elle boit une tasse après l'autre, après l'avoir fait bouillir dans une sorte de sirop noir qui agit comme de l'opium. Malade et épuisée comme elle l'est, elle doit tout faire elle-même.

La nourriture est rationnée. Il n'y a plus de farine ni de sucre. Le moindre morceau de bois pour allumer le fourneau est devenu un luxe. Il faut le trouver soi-même, en marchant parfois pendant des heures, à la recherche de quelque chose d'utilisable. Un immeuble en démolition, un chantier à l'abandon par exemple. Il faut se débrouiller. Personne ne partage, chacun a à peine de quoi survivre. C'est dur de voir les gens se comporter comme des sauvages. Ma mère n'est pas comme ça. Et d'autres personnes, même des *goyim*, prennent de grands risques en ce moment pour nous venir en aide.

Nous obtenons enfin les fameux papiers de protection suisse, et découvrons en même temps que notre ancien immeuble est lui-même classé « maison suisse ». Par chance, c'est là que nous serons finalement envoyés. Mais nous devrons partager notre appartement avec trente juifs déplacés.

Les choses se sont décidées en une semaine, et lorsque nous nous retrouvons chez nous, il ne subsiste vraiment plus rien. Les placards sont vides, tout a été emporté, il ne nous reste que ce que nous avons pris avec nous la dernière fois. Ni vêtements, ni linge, ni vaisselle. Les meubles et le reste ayant déjà disparu, nous allons camper dans l'une de nos chambres à coucher. Nous dormirons maintenant tous les quatre à même le sol, exactement comme dans la maison à étoile. Dix personnes occupent cette même chambre. Une mère et ses enfants, un vieil homme et son épouse, une autre mère avec trois enfants. L'appartement est si bondé que des gens vivent même dans la salle de bains, un homme dort dans la baignoire. Pour faire sa toilette il faut leur demander de sortir. Et ils s'extirpent péniblement de là complètement ankylosés, les muscles noués.

C'est une chance d'avoir encore une baignoire par les temps qui courent. Les Allemands coupent l'eau certains jours et rationnent les autres. Nous n'avons pas d'eau chaude évidemment, il n'y a plus de livraison de fuel dans les immeubles. Un bain froid après avoir fait la queue, voilà tout ce que l'on peut espérer.

La vie quotidienne est lugubre, c'est une corvée permanente et fastidieuse. Chaque matin, maman se lève à six heures pour aller faire la queue, au lait et au pain. Le lait est bleu tellement il est coupé d'eau. Après avoir piétiné quatre heures pour l'acheter, elle revient vers dix heures et prépare un petit déjeuner frugal avec du pain. Encore faut-il faire vite pour ne pas énerver les autres occupants.

Les Alliés ont commencé à bombarder la Hongrie depuis la mi-avril, mais ils n'ont pas encore touché Budapest. Pourtant, au moins une fois par jour, et souvent plus les sirènes retentissent, et nous devons nous précipiter dans la cave, jusqu'à la fin de l'alerte.

Maman a repris ses activités. Elle cuisine pour un vieux ménage de juifs dont le garde-manger est toujours plein. Elle prépare leurs repas, et en retour ils partagent avec nous. Lorsque c'est possible, nous nous évadons avec ma sœur pour une promenade sur le toit de l'immeuble avec d'autres adolescents. De là nous contemplons la ville, si belle naguère, si animée, dont les rues semblent vides à présent, à part le va-et-vient des voitures allemandes qui les sillonnent avec arrogance.

Lorsque Richard le peut, il nous rejoint là-haut. Et nous parlons à l'infini de nos projets d'avenir, ou bien nous rêvons de choses folles. Comme par exemple de balancer une grenade que nous avons trouvée du haut du toit, dans la cour, entre les deux immeubles où les Allemands ont garé quelques tanks.

Un garçon soupire :

– On pourrait en bousiller au moins deux... juste pour qu'ils comprennent...

Richard, qui va transporter cette grenade vers une destination inconnue, le calme très vite :

– Ce n'est pas comme ça qu'il faut lutter contre l'occupant, à ce jeu-là on risque des représailles immédiates sur des innocents !

Alors Violette ajoute :

– Au moins on aurait fait quelque chose !

Les restrictions la rendent malade et déprimée. Finis les rendez-vous galants et les soirées dansantes. Je m'entends dire, comme Richard et presque comme ma mère :

– Ils nous tueront ! Et les autres occupants de l'immeuble avec, si on fait ça !

Nous ne pouvons rien faire évidemment, du moins ouvertement. Nous aimerions tant aider les clandestins, comme Richard. Notre rayon d'action est malheureusement limité à la survie quotidienne, et il n'a rien de glorieux.

Cette grenade ce n'est qu'un rêve sur un toit de Budapest.

9

Ghetto

– Ils ont tué mon père !

Richard est effondré sur les marches de l'escalier de son immeuble. Il tente de m'expliquer ce qui s'est passé et pleure en même temps.

Depuis l'instauration du couvre-feu, nous nous arrangeons pour nous retrouver là chaque jour, à deux heures de l'après-midi. Comme il ne s'est pas montré hier, je me suis doutée qu'il était arrivé quelque chose. Je suis donc revenue l'après-midi suivant, à deux heures, et il n'était toujours pas là. Je suis repartie angoissée, puis revenue plus tard. En prévision du couvre-feu, j'ai pris le risque de retourner mon cardigan pour dissimuler l'étoile jaune.

J'ai compris, en voyant son visage pâle, presque translucide, et ses yeux bleus creusés de chagrin, qu'un drame était arrivé.

– Mon père était assis exactement où nous sommes, sur les marches, en train de corriger des épreuves. Sa secrétaire tapait une lettre dans le bureau. Tout à coup, un groupe de soldats est entré. Mon père s'est présenté devant eux, c'étaient des SS. Il y avait avec eux un membre des Croix-Fléchée pour faire la traduction. Ils ont dit à mon père qu'il n'avait pas le droit de publier des mensonges politiques. Tu connais mon père, et sa dignité. Il a répondu que « La Voix du peuple » n'était pas un journal politique, mais un quotidien normal. Sa secrétaire m'a dit que l'officier SS s'est mis en colère, et lui a répondu que c'était lui le responsable, et que c'était à lui désormais de décider ce qui devait être publié ou non. Mon père était désemparé, semble-t-il, il a répondu : « Mais c'est moi le propriétaire ! » Et l'autre : « Plus maintenant ! » Et il a sorti son pistolet et l'a abattu. Comme ça.

Richard sanglote, je tiens ses deux mains serrées entre les miennes, muette devant son chagrin. C'est la première fois que je le vois pleurer, et je ne sais pas quoi faire pour lui, ni que dire.

– Tu comprends, Beth ? Il l'a tué comme s'il n'était rien. Rien qu'un insecte nuisible ! Sa secrétaire était paralysée de peur, elle ne pouvait rien faire de toute façon, elle a cru qu'il allait la tuer aussi. Ensuite, les SS et les Croix-Fléchées ont tout démoli. La presse, les machines, les épreuves, tout a été massacré. Et ils sont partis. Ils sont partis comme ça, en laissant mon père mort par terre...

Je le laisse pleurer contre moi, en le berçant, la gorge serrée jusqu'à la nausée. M. Kovacs était un homme bien, il a toujours été gentil avec moi, me recevant comme si j'étais déjà sa belle-fille. Richard avait une vénération pour lui, d'ailleurs cet homme s'était entièrement consacré à sa femme et à son fils. Un homme bien, honnête, et le voilà mort, comme si toute sa vie de travail et d'amour ne signifiait rien.

– Je t'aime, Richard, je t'aime, mon chéri, j'ai tellement de chagrin pour toi... je t'aime...

C'est moi qui pleure à présent, et lui qui me console. Nous restons là longtemps, blottis comme deux gosses effrayés. Perdre son père, c'est perdre la naïveté de l'enfance ; le mien doit être mort lui aussi, je n'espère plus de nouvelles, alors que maman s'y accroche encore. Nous sommes orphelins. Je n'ai pas eu le malheur de voir le corps de mon père étendu sans vie, devant moi. Je garde de lui un souvenir vivant, c'est le seul réconfort qui me reste. Mais Richard n'a pas été épargné. Il n'a plus de larmes ; les poings serrés, il enrage :

– Je vais m'occuper de ma mère, évidemment, mais je peux te jurer que je vais travailler plus que jamais avec le réseau. Il faut absolument éliminer ces monstres avant qu'ils aient tout détruit autour de nous.

J'ai très peur soudain, plus peur que jamais. Nous n'avons pas d'avenir, c'est un leurre. Jamais nous n'aurons de vie normale, il n'y aura jamais de mariage à l'hôtel Royal, ni de voyage à Venise, ni d'enfants. Tout cela est un rêve impossible, qui se dissipe devant mes yeux.

Trop de peur, de chagrin, de colère et de tristesse, pour garder le moindre espoir. Richard a dû voir tout cela dans mes yeux, car il me secoue par les épaules :

– Non ! Non, chérie ! N'abandonne pas ! Cette saloperie de guerre ne m'éloignera pas de toi, jamais ! Tu m'entends ? Même les nazis n'y pourront rien, nous sommes destinés l'un à l'autre, plus que jamais.

Je m'accroche à lui, le nez dans son cou. Le froid de la mort me glace. Il veut avoir raison contre l'horreur, mais je ne suis pas folle. Je sais bien que l'horreur ne s'arrêtera pas là. Les Allemands et les Croix-Fléchées ne font que commencer à nous torturer. Ils veulent éliminer les juifs de Hongrie. Ils sont enragés depuis que les Américains ont débarqué en France, et qu'ils bombardent le pays. Enragés par l'avancée des Russes sur le front de l'Est. Ils ont beau couper les téléphones et interdire la radio, nous parquer dans des ghettos, les rumeurs sont là pour nous conforter dans l'idée qu'ils vont perdre. Ces chiens enragés ne nous lâcheront pas, au contraire. Plus ils sentiront la fin venir, et plus ils s'acharneront contre nous.

J'ai compris que nous, les juifs de ce pays, nous sommes l'ultime symbole de leur défaite prochaine, et qu'ils vont nous le faire payer cher. Ce sera l'enfer. Seule question à laquelle je n'ai pas de réponse : serons-nous encore en vie pour assister à la fin de cet enfer ?

Je suis réveillée en pleine nuit par les hurlements des sirènes. Je saute sur mes pieds, enfile mes vêtements tout en aidant ma mère à réveiller les enfants, et filer à la cave.

Les bombardements sont quotidiens à présent, jour et nuit les bombes alliées tombent sur Budapest. Tout le monde a peur, chaque citoyen hongrois peut mourir sous les bombes, mais seuls les juifs sont obligés de déblayer les rues après un bombardement. Vieillards, femmes et enfants, nous devons ramasser, nettoyer, et même transporter les cadavres.

La première fois que l'on nous a ordonné de le faire, j'ai refusé. Ma mère m'y a forcée, elle a fouillé dans nos hardes, et m'a tendu une paire de gants :

– Mets-les ! Roszi, tu viens aussi ! Ludwig, tu restes là, les petits enfants ne sont pas obligés d'y aller ! Dépêche-toi, Lisbeth !

Nous avons donc suivi maman dans la rue. Toujours calme et méthodique, avec la même énergie obstinée qu'elle met en toute chose, elle trie les déblais, brique par brique, pierre par pierre. Je travaille à côté d'elle sous le regard d'un garde, un Croix-Fléchées hargneux qui nous surveille du canon de son fusil.

Soudain j'ouvre la bouche pour crier devant un spectacle horrible. Et maman plaque son gant sur ma bouche, effrayée par la réaction possible du garde.

– Un bras, maman ! Il y a un bras !

Sans corps, sans tête, seulement un bras arraché juste devant mes yeux, la main crispée sur rien.

Maman me secoue violemment par les épaules, et me regarde droit dans les yeux :

– Écoute-moi ! Pas de scènes, pas de larmes, il pourrait te tuer pour ça ! Tu m'as compris, Beth ? Tu m'as compris ?

Je secoue la tête, tremblante d'effroi, et c'est ma mère qui se penche pour ramasser cette chose, terrifiante. Elle va la déposer sur la charrette, avec les autres débris, tandis que je ravale ma salive et cherche de l'air pour ne pas vomir.

Nous n'en parlerons plus jamais. Au bout de quelques jours de ce travail, plus rien de ce que je peux voir d'horrible ne me choque. On devient bizarre, comme si le regard ne transmettait plus d'émotion au cerveau. On trie, on ramasse, on entasse sur la charrette, les images s'enregistrent, inoubliables, comme le corps de cet enfant sur une pile de débris, en plein soleil. Mais aucun sentiment humain ne me bouleverse plus. Je suis un automate comme les autres.

Depuis le mois de juin, tous les juifs ont été regroupés dans des ghettos. Le plus vaste d'entre eux, dans la vieille ville, se trouve près de la magnifique synagogue Dohany, où nous avons fêté tant de sabbats et vécu des jours heureux. Il ne reste de la communauté que les juifs protégés dans ce que nous appelons les « maisons suisses », les « maisons suédoises » ou les « maisons du Vatican. » La synagogue elle-même a été dévastée par des vandales, elle sert maintenant d'entrepôt pour du matériel de guerre.

Les restrictions alimentaires sont pires chaque jour. La plupart du temps, les Allemands nous coupent l'eau une grande partie de la journée. Dès qu'elle revient, maman court faire la queue au ravitaillement.

Un jour, alors que nous attendons dans la file toutes les deux, une bassine sous le bras, une femme qui précède ma mère sort de la file. Une heure plus tard, elle revient pour reprendre sa place. Maman lui demande calmement :

– Mais vous êtes partie tout à l'heure ?

Immédiatement la femme se met à crier, et à la bousculer pour l'obliger à lui faire de la place. Maman la repousse à son tour. Alerté par le remue-ménage, un garde arrive aussitôt, et sans un mot assène un coup de crosse à maman, qui tombe à genoux sous la violence du choc.

Je hurle en essayant de la relever.

– Pourquoi vous la frappez elle ! Elle n'a rien fait !

Ma mère agrippe ma main et la pince si fort que je serre les dents. C'est un message pour me faire taire. Le garde me crache au visage :

– Ta salope de juive de mère fout le bordel ! T'as quelque chose à dire ?

Je m'étrangle sous l'insulte. Je brûle d'envie de lui sauter à la gorge et de déchiqueter sa face de rat ! Toucher à ma mère, elle qui ne ferait pas de mal à une mouche ! Alors maman me pince encore plus fort, à m'arracher la peau. Il faut se taire, je le sais, se taire, toujours se taire et subir. Il le faut pour la sécurité de maman, de Roszi et de Ludwig. Heureusement qu'ils sont là, si j'étais seule, un jour ou l'autre j'irais trop loin, et j'en mourrais. J'ai trop de mal à garder mon calme sous l'insulte. Je peux supporter le spectacle de la mort, la faim, la saleté, la promiscuité, mais pas l'insulte. Ma mère le sait si bien qu'elle est rarement loin de moi, toujours à surveiller mon sale caractère, qui pourrait me faire tuer pour rien.

Les bombardements sont devenus incessants. Plus une seule nuit de repos. Nous attendons, tendus sur notre unique matelas, cernés par une dizaine d'autres personnes à quelques centimètres, nous attendons anxieusement le premier coup de sirène, et le sifflement des bombes. Les visages sont creux, les corps maigres. Les pommes de terre sont notre unique ressource. Maman les cuit de toutes les façons possibles, elle doit connaître une bonne centaine de recettes pour accommoder les patates avec les patates. Soupe de pommes de terre, lorsqu'un oignon nous échoit. Salade de pommes de terre, ragoût de pommes de terre, et parfois, une merveille ! À l'aide d'un œuf devenu si rare, une omelette de pommes de terre ! La viande est un luxe inaccessible. Même avec l'argent des bijoux vendus, il est impossible de s'en procurer. Budapest est une ville en état de siège, dans un pays occupé. Nous apprendrons plus tard que les bombardements alliés furent particulièrement intenses dans l'espoir de finir cette guerre au plus vite, et de sauver les juifs de Hongrie. Mais, de toute évidence, les Alliés avaient sous-estimé la détermination des nazis et des Croix-Fléchées. Ils avaient une mission à remplir et, tragiquement, il s'agissait d'éliminer le maximum d'entre nous.

Une fois les juifs regroupés dans les ghettos, tous les magasins d'approvisionnement sont fermés. Nous sommes totalement privés de nourriture, et la seule chose que nous puissions encore faire aux heures autorisées est de courir dans les quartiers voisins à la recherche de n'importe quoi à acheter. Comme les juifs ne sont pas autorisés à travailler et à recevoir un salaire, la plupart d'entre eux n'ont pas d'argent, à moins qu'ils n'aient réussi à dissimuler des valeurs, et puissent les échanger contre du liquide.

De ce côté, nous sommes très chanceux. D'abord nous vivons dans une « maison suisse », ce qui est relativement sécurisant. Maman a encore quelques bijoux à négocier et nous avons quelques bienfaiteurs clandestins même en ces temps difficiles, où les gens ne pensent qu'à eux-mêmes. Et puis il y a Richard. Les Kovacs ont préservé quelques valeurs, qu'ils vendent au compte-gouttes. De plus, leurs anciens ouvriers non juifs se montrent loyaux envers eux, et leur procurent du ravitaillement en provenance de leurs familles à la campagne. Ils ont aussi des cousins hongrois, qui se débrouillent pour les approvisionner périodiquement. Ces gens sont propriétaires d'immenses fermes et de vignobles. Si bien qu'ils peuvent les ravitailler en pain frais, quelques fruits et légumes devenus si rares. Richard et sa mère partagent avec nous chaque fois qu'ils obtiennent de la nourriture. Richard n'est jamais venu à la maison sans apporter une petite chose. Une fois, il a apporté un œuf tout frais, et nous l'avons dévoré à quatre.

Et nous avons aussi M. Kormandy, notre ange gardien personnel. C'est un homme d'une soixantaine d'années, raide comme un piquet sous une abondante tignasse de cheveux gris. De bons yeux marron derrière de grosses lunettes, chrétien et le cœur sur la main. Il est très riche, car il possède un magasin de vêtements et une usine. Lorsque les Allemands sont arrivés, ils l'ont obligé à fabriquer des uniformes. Ce qui a permis à cet homme de sauver de nombreux juifs de la mort, en les faisant travailler dans son usine.

Il nous a offert d'y travailler aussi, mais maman et moi ne pouvions pas accepter, et laisser Roszi et Ludwig sans protection toute la journée.

Nous connaissons M. Kormandy depuis longtemps. Mon père s'était lié d'amitié avec lui, il lui achetait parfois des vêtements. Ensuite nous avons rendu visite à sa famille, et des liens se sont créés. Il ne nous devait rien et pourtant, un jour, il est simplement apparu sur le pas de la porte avec un sac de provisions. Et il a pris l'habitude de revenir, une ou deux fois par semaine. Il sonne à la porte lorsqu'il sait que nous sommes là, dépose un sac de provisions et s'en va. Les goyims n'ont absolument pas le droit d'aider les juifs. S'il se faisait prendre il pourrait être tué. Mais ça ne l'arrête pas. Il a trouvé sa technique : s'assurer que nous sommes bien là, poser son cadeau, et partir comme si de rien n'était. Parfois, il y a un morceau de pain, un luxe car la farine a disparu au profit des Allemands. Parfois deux pommes, ou un poivron, et même du saucisson que maman refuse de manger, car ce n'est pas cascher... Elle veut même le jeter ! Je ne la laisse pas faire, évidemment. La première fois, je l'ai partagé avec Roszi et Ludwig, sans aucun complexe, ni sentiment de péché. La deuxième fois, je l'ai emporté sur la colline du château pour le partager avec Richard. C'était un délice d'y mordre à deux. Même si nous n'avions que deux bouchées chacun.

Le monde est fou autour de nous. Plus d'école, plus de magasins, plus de synagogues, tout ce qui ressemble à un rite religieux hébraïque a été volé ou détruit. Mais nous survivons, nous sommes encore debout.

Un jour, pour prendre l'air et nous détendre je me promène seule avec mon petit frère sur une colline, au-dessus du Danube. Soudain les sirènes retentissent, et je cherche frénétiquement un abri. J'ai pris des risques, car nous sommes malheureusement trop haut sur la colline pour courir jusqu'à un abri. Il ne nous reste plus qu'à nous dissimuler sous un buisson, comme si les bombes épargnaient les buissons...

Soudain, en quelques minutes, le ciel devient noir, alors qu'il faisait beau, et une averse transforme rapidement notre refuge en un cloaque de boue noire. C'est très étrange. Je tends le doigt, au-dessus du buisson, il est noir aussi. Je goûte...

– C'est de l'huile, Ludwig... Ils ont dû bombarder une raffinerie.

Nous restons là un moment, peut-être une vingtaine de minutes, jusqu'à la fin de l'alerte. Puis nous rentrons à la maison en courant, dans un piteux état. Seul exploit de cette balade dangereuse, nos étoiles jaunes sont devenues noires !

Les perquisitions sont quotidiennes dans notre maison suisse. Les Croix-Fléchées y font irruption à la recherche de résidents sans papiers. Depuis le mois de juillet, ils multiplient les contrôles.

– Combien d'entre vous ont des papiers suisses ? Combien des papiers suédois ? Combien des papiers du Vatican ?

Les gens sont rassemblés dans la cour, entre les deux immeubles, et passés au crible, par les Croix-Fléchées. Nous les craignons plus que les nazis, leur haine est incompréhensible pour ceux qui ont toujours vécu ici depuis des générations et se croyaient hongrois comme eux.

Je les vois passer dans la rue à la tête d'un groupe d'une cinquantaine et parfois d'une centaine de juifs. Ils s'arrêtent toujours à un bloc d'immeubles de chez nous, près des bords du Danube. En me tordant le cou, j'arrive à les voir jusqu'au tournant, avant qu'ils disparaissent. Il y a en général une minute de silence ensuite, puis le crépitement des mitraillettes. Ils viennent d'exécuter ces gens, et jettent leurs corps dans le fleuve tout simplement. Parfois le Danube est rouge du sang des juifs que le flot emporte.

D'autres fois, c'est à la gare que l'ont voit de longues files de juifs, encadrés par des soldats en armes. Et les gens chuchotent :

– Déportation. Comme ils ont fait avec les juifs polonais !

Nous espérons toujours que le régent Horthy ne va pas laisser les Allemands nous déporter en masse, mais la menace grandit jour après jour.

Au milieu de toute cette horreur, je suis toujours une amoureuse passionnée. La seule chose qui compte, malgré la peur, l'humiliation et les morts, c'est le temps que je passe avec Richard.

Rien ne m'arrête ; je suis capable de mentir, de prendre tous les risques pour ne pas rater un rendez-vous, ce qui met souvent ma mère en colère après moi. Elle a beau essayer de me comprendre, me donner toute la liberté qu'il est possible d'avoir dans notre cas, ce n'est pas suffisant. Elle doit se dire parfois que c'est probablement le seul amour que je connaîtrai de ma vie, car nous allons mourir. Alors elle me laisse filer. À d'autres moments, elle me crie que je suis une inconsciente, une égoïste :

– Tu prends des risques inconsidérés ! Je t'ai dit cent fois de rentrer avant le couvre-feu !

J'oublie l'heure parfois dans les bras de Richard. Mais le plus souvent, je refuse de le quitter avant la dernière seconde. Et je rentre au ghetto en dissimulant l'étoile jaune, au revers de ma veste. Au risque de me faire arrêter, violer ou tuer sur place. Ma mère pique des crises de colère hystériques.

– Qu'est-ce que tu deviendrais si une bande de Croix-Fléchées te sautait dessus ? Et qu'ils te violaient juste pour s'amuser ? Tu es folle, ma fille ! Complètement folle ! Et Richard ? Moi qui lui faisais confiance !

Nous sommes à la fin de l'été 44, et nous nous battons tous les deux pour être ensemble le plus souvent possible, et le plus longtemps possible. La plupart du temps, nous rentrons à la maison après le maudit couvre-feu. La chance a toujours été de notre côté. Richard est un jeune homme de dix-sept ans, il pourrait être envoyé dans un camp de travail, si on l'arrêtait dans la rue.

Un soir, la pire angoisse de ma mère manque de devenir une réalité. Je me suis sauvée pour rejoindre mon amoureux, et nous avons pris le risque d'aller jusqu'à notre cabane à bateau. Non seulement c'est une longue distance à parcourir pendant les horaires légaux, mais nous risquons réellement de nous faire arrêter. En cette fin d'été si douce, le soleil est si chaud, et il y a si longtemps que nous n'avons pas profité de la paix de cet endroit... Une fois la décision prise, nous n'y pensons plus. Il est midi, la cabane est toujours là, la barque aussi, et l'eau est toujours fraîche. C'est un jour magnifique pour nous deux. Quel bonheur de me débarrasser de ma vilaine robe, d'apparaître en maillot, toujours celui de Violette, et de plonger dans l'eau comme une flèche ! Nous remontons le fleuve en pagayant lentement, comme autrefois, et lorsque nous sommes assez loin, nous laissons dériver la barque, allongés à l'avant, serrés l'un contre l'autre sous le soleil. Je me sens propre à nouveau. Belle à nouveau. Pleine d'espoir aussi, dans ces moments-là, l'avenir redevient possible, même si c'est une illusion.

– Dis-moi que tu m'aimes...

Je grogne au soleil, il m'éclabousse d'une giclée d'eau fraîche.

– Dis-moi que tu m'aimes ou je te noie !

Je l'éclabousse à mon tour :

– Je t'aime plus que tout au monde, et pour toujours...

C'est si bon de jouer, de faire semblant de lutter jusqu'au baiser. J'ai perdu le haut de mon maillot, il a glissé sur mes hanches. Je le supplie de me faire l'amour. Et il me supplie de résister.

L'après-midi passe en jeux et en baisers, en corps à corps de plaisirs volés.

– Je sais tout de l'amour, Richard... prends-moi, je t'en prie...

– Oh non, tu ne sais pas tout, et je veux t'épouser d'abord...

Le crépuscule nous ramène à la réalité. Je suis toujours vierge, et il faut rentrer. La tristesse me prend à la gorge. Chaque jour amène son défilé d'horreur dans cette ville ; je ne sais jamais si je le reverrai le lendemain. Je voudrais tant être sa femme, lui appartenir totalement. Pourquoi est-il si sage ? Sur le chemin du retour, dans l'ombre déjà, je pose encore la question :

– Pourquoi es-tu si sage ? Si raisonnable ? Nous vivons dans un monde de fous !

– Justement, c'est à nous de ne pas perdre la tête. Tu comprends ?

Ce que je crois comprendre m'effraie davantage. Me frustre davantage. Et s'il mourait après avoir fait de moi sa femme en dehors du mariage ? Que deviendrais-je ? Une jeune fille juive doit être vierge pour se marier. Mais jamais je n'épouserai un autre homme que lui, jamais. Même si nous ne devions faire l'amour qu'une fois, ce serait l'amour de toute ma vie !

– Tu dis des folies... Remercie Dieu de nous avoir accordé cette journée ensemble.

Nous marchons, marchons, nous prenons le tram, et je descends à mon arrêt. C'est fini, je suis seule. Et les rues sont quasiment désertes, car la nuit est tombée. J'ai déjà pris beaucoup de risques pour être avec lui, mais c'est la première fois que je reviens si tard d'une escapade. Je me sens vulnérable, une gamine juive, seule dans la rue, avec son cardigan à l'envers, pour dissimuler l'horrible étoile. Je marche, puis je trotte, car je crois entendre des pas derrière moi, je pense aux menaces de ma mère, aux Croix-Fléchées qui pourraient me violer dans la rue, sans que personne intervienne. Je ne suis plus qu'à deux blocs de l'immeuble, mais les pas sont toujours derrière moi. Où me cacher, dans quel abri disparaître? J'ai beau chercher autour de moi, aucune encoignure de porte, pas une ruelle ou courir. Je prie. Mon Dieu, mon Dieu, sauve-moi, sauve-moi...

Comme si Dieu répondait à ma prière, j'aperçois la faible lumière de la pharmacie du coin. La seule boutique autorisée dans le quartier. Le propriétaire doit être en train de fermer. Je le connais, c'est un brave homme et, même s'il n'est pas juif, il ne m'a jamais fait de mal. Je cours jusque-là et pénètre dans l'officine à bout de souffle. M. Ferenc est derrière son comptoir, les lunettes sur le nez, occupé à confectionner une prescription. Il s'étonne évidemment de me voir chez lui à cette heure tardive, et gronde :

– Lisbeth? Qu'est-ce que tu fais dehors aussi tard?

– Oh, monsieur Ferenc, j'ai perdu la notion du temps, j'étais loin de la maison, et je marchais dans la rue, et alors j'ai entendu des pas derrière moi, et j'ai eu peur, je ne savais pas quoi faire, alors j'ai vu votre lumière... et je me suis dit que peut-être vous pourriez me raccompagner à la maison... S'il vous plaît?

Il me contemple en hochant la tête d'un air mécontent.

– S'il vous plaît, monsieur Ferenc... j'ai peur...

Finalement le sourire gagne sur la réprimande.

– D'accord. Je veux bien pour cette fois, si tu me promets de ne plus jamais rentrer si tard.

C'est à ce moment-là que la sonnette de la porte retentit derrière moi, et je manque de m'évanouir. Un grand soldat allemand, blond et de belle allure, se tient dans l'entrée.

– Bonsoir, Herr Ferenc...

Il me regarde en souriant aimablement. Je lui rends son sourire, en m'efforçant de calmer les battements de mon cœur et d'avoir l'air aussi naturel que possible.

– Bonsoir, officier....

M. Ferenc lui répond avec calme, mais j'ai vu un peu de poudre s'échapper du pot de la mixture qu'il préparait. Il se frotte les mains, l'air de rien.

– ... Bonsoir... comment allez-vous?

– Pas très bien justement... J'aurais besoin de quelques pastilles pour ma gorge, j'ai pris froid, et ça n'a pas l'air de vouloir s'arranger...

– Oh, je crois que j'ai exactement ce qu'il vous faut...

Tout en parlant M. Ferenc se précipite vers une étagère, et tend un sachet au soldat.

– Tenez ! Prenez cela, c'est gratuit, avec mes compliments...

– Oh merci, c'est gentil à vous... Et qui est votre charmante amie ?

Il n'a pas l'air de vouloir s'en aller. J'invente en empruntant le nom du gardien de notre immeuble, terrifiée à l'idée que le soldat pourrait remarquer les coutures de mon gilet enfilé sur l'envers.

– Elisabeth Rameck

– Je suis le lieutenant Schmidt, à votre service, mademoiselle. Que faites-vous dehors aussi tard ?

Il est souriant, mais ce sourire est figé sur ses lèvres comme de la glace.

Avant d'avoir trouvé quoi répondre, j'entends le pharmacien me devancer :

– Sa mère est malade, elle l'a envoyée chercher de l'aspirine.

J'adresse au soldat mon plus joli sourire, et il demande courtoisement :

– Vous habitez loin d'ici ?

C'est le genre d'homme, j'en suis sûre, dont les filles raffolent et qui a l'habitude de faire le joli cœur. Je dois raffermir ma voix pour dire d'une voix claire :

– Non, pas très loin, à quelques pâtés de maisons.

– Laissez-moi vous accompagner, c'est imprudent de se promener seule et si tard le soir dans ce quartier...

Accompagné d'un petit salut sec de la tête, ce n'est pas une politesse, c'est un ordre.

M. Ferenc se rue à mon secours.

– Je m'apprêtais à faire la même chose, Beth habite sur mon chemin.

Le lieutenant Schmidt conserve son sourire, mais une légère lueur froide dans ses yeux bleus me donne le frisson.

– Je ne peux pas laisser un simple citoyen prendre cette responsabilité en présence du soldat que je suis ! C'est mon travail de veiller à la sécurité des habitants de Budapest. Je ne fais que mon devoir en raccompagnant cette jeune demoiselle à son domicile, Herr Ferenc !

Je n'ai pas d'autre choix que prendre la main qu'il me tend et prier le ciel pour que cette sinistre comédie ne tourne pas au drame. Comment faire pour rentrer chez moi, dans la « maison suisse », en compagnie d'un soldat allemand ? Pourvu qu'il accepte de me laisser à la porte, pourvu qu'il n'insiste pas pour saluer les parents de la jeune imprudente. Je tremble sur le chemin, tout en lui adressant des petits sourires convenablement timides. Je suis « une jeune fille hongroise dont la maman est malade, ravie d'être raccompagnée par ce beau soldat » Et je lui dis bonsoir très poliment, à l'entrée du chemin qui mène à l'immeuble.

– Vous habitez ici ? Il n'y a que des juifs qui habitent ici, non ?

– Oh non, mon père est le concierge.

La réponse m'est venue instinctivement, comme ça, un mensonge de plus. Et j'en rajoute :

– Le directeur des chemins de fer habite ici lui aussi. Il a un très bel appartement.

Il me croit, parce que cela sonne vrai. Les Allemands n'ont pas expulsé les concierges, ni le patron du réseau ferré hongrois. Et il habite réellement l'immeuble dans un magnifique appartement, dont personne ne songe à l'expulser, alors que nous vivons à trente dans un autre.

– Ah, très bien...

– Bonne nuit !

Le soldat se penche pour un baisemain ridicule. Et hésite encore à lâcher mon bras. Je retiens mon souffle, s'il insiste pour aller jusqu'à la porte, je suis prise. Mais il me lâche finalement :

– Je vais attendre ici que vous soyez en sécurité à l'intérieur.

J'avance de quelques pas, sans me retourner, je frappe à la porte, en sachant très bien qu'elle est forcément bouclée depuis l'heure du couvre-feu. Le garde qui surveille l'entrée est juif, et je ne suis pas la fille du concierge... De deux choses l'une, ou bien le garde ouvre la porte en grand, l'étoile bien en vue sur sa veste... et je devine la suite. Ou bien il n'ouvre pas du tout, et là j'ignore la suite...

C'est le garde. Il ouvre brutalement la porte, me tire à l'intérieur en vitesse, et la claque fermement derrière moi. À croire qu'il me guettait, mais sans aucune sympathie. Il me jette contre le mur si violemment que ma tête vacille et mes dents s'entrechoquent.

– Tu es folle ? Tu fais prendre des risques à tout le monde ici ! Non seulement tu rentres après le couvre-feu, mais en plus avec un soldat allemand ? Je t'ai vue ! C'est tout ce que tu as trouvé ? Tu devrais avoir honte ! Ta mère se fait un sang d'encre depuis des heures, elle te croit déjà morte ! Mauvaise fille !

– C'est le seul moyen que j'ai trouvé pour rentrer !

Mes larmes ne l'attendrissent pas. Il guette les bruits extérieurs un court instant, puis, rassuré, me pousse dans l'escalier :

– Recommence une seule fois – une seule tu m'entends ? – et je te raccompagne moi-même chez les nazis, espèce de folle !

Sur ce, il rentre chez lui en claquant sa porte. Je monte les quelques marches qui mènent à notre appartement, soulagée, remerciant Dieu à l'infini. J'ai une chance infernale que le gardien m'ait vue et que sa réaction ait été si rapide. J'imagine le « bel » officier allemand, rentrant dans sa caserne, content de lui, après avoir raccompagné une jeune Hongroise chez son papa...

Ce que pense ma mère, je n'ai pas le loisir de l'imaginer. Je reçois une telle gifle que je rebondis une nouvelle fois contre le mur. C'est la deuxième depuis le début de la guerre.

– Dieu merci, tu es là ! Dieu merci, tu es vivante !

Immédiatement après la gifle, elle me serre dans ses bras, remerciant toujours Dieu du bonheur qu'il lui accorde en lui rendant sa fille.

– Alors pourquoi la gifle ?

– Tu ne peux plus continuer à le voir. C'est fini, Lisbeth !

– Tu n'as jamais eu seize ans maman ? Tu ne te souviens pas ?

– Tu n'as pas encore seize ans, et la question n'est pas là. C'est trop dangereux ! Le gardien t'a vue avec un soldat allemand ! J'ai tout entendu dans le couloir ! Tu devrais avoir honte de nous mettre en danger de cette façon ! Tu te rends compte de ce que tu as fait ? Va te coucher et fais ta prière ! Remercie Dieu te t'avoir ramenée jusqu'ici.

Je voudrais lui dire que je suis amoureuse, tellement amoureuse... que... je ne sais plus ce que je fais, et si malheureuse aussi... mais elle le sait déjà... et puis j'ai honte, elle a raison.

Mais j'ai eu de la chance !

10

Otages

J'aurais dû me douter que cette chance ne durerait pas. Ces deux derniers mois d'été, les choses sont allées de mal en pis. Le régent Horthy paraît incapable de refréner les nazis et les Croix-Fléchées. Ces horribles Hongrois se sentent tout permis. M. Kormandy, notre ange gardien qui déposait toujours furtivement quelques provisions devant la porte, ne vient plus souvent ces derniers temps, et les nouvelles de la guerre sont aussi rares que les vivres. La dernière fois, il a pris le temps de dire à maman :

– Les Croix-Fléchées ne sont que des bandits, et même si les Allemands s'en vont, ils se vengeront sur vous.

Un jour, devant l'immeuble, je vois un homme courir vers la porte, tenant une boîte entre ses mains. Des soldats hongrois le poursuivent, et j'entends hurler :

– Stop !

Mais l'homme continue sa course éperdue. L'un des soldats tire à vue, puis un autre. L'homme s'effondre devant l'immeuble pratiquement à mes pieds. Ludwig, que je tenais par la main, s'accroche à moi, je recule très vite sous le porche, loin des soldats. Nous ne bougeons plus. L'un des soldats s'approche de l'homme à terre et le retourne à coups de pied pour s'assurer qu'il est mort. Il crache :

– Sale voleur de juif !

Un autre s'approche :

– En voilà un qui ne volera plus et ne mentira plus !

Un troisième ricane :

– Si on pouvait tous les avoir aussi facilement !

C'est un spectacle hallucinant, car ces hommes sont aussi jeunes que celui qui vient de mourir. Immobile, serrant Ludwig de toutes mes forces, je m'attends à tout. S'ils nous aperçoivent dans l'ombre, ils peuvent tirer sans aucune raison, juste parce que nous sommes sur leur passage.

Mais ils rengainent leurs armes, haussent les épaules et reprennent leur chemin sans plus se préoccuper de leur victime.

Ludwig secoue ma main qui l'agrippe fermement.

– Laisse-moi aller voir, Beth...

Je resserre ma prise en chuchotant :

– Tu es fou ? Si tu vas là-bas, ils vont se retourner et te tirer dessus ! Reste tranquille.

Ludwig se démène en essayant d'échapper à ma poigne, il geint :

– Mais la boîte, elle est encore là la boîte ! Regarde, juste dans le caniveau... Je la veux, Beth. Il y a sûrement quelque chose dedans ! S'il l'a volée, et qu'il courait pour échapper aux soldats... Il y a quelque chose ! Laisse-moi y aller, Beth...

Je regarde mon petit frère, mon tout petit frère de dix ans, si endurci déjà qu'il n'a même pas peur d'aller récupérer un objet sur un cadavre. Et à mon tour je considère l'intérêt de la chose. Nous sommes démunis de tout. Quoi qu'il y ait dans cette boîte, cela nous aidera peut-être. Alors je dis oui.

– Tu peux y aller, mais pas avant que les soldats aient tourné le coin de la rue.

Il attend avec impatience, et m'échappe aussitôt que le dernier soldat a disparu à ma vue. Il court vers la boîte, et il était temps. D'autres gens ont assisté à la scène et vu la boîte rouler dans le caniveau. Mais mon petit frère est le plus rapide, et l'atteint le premier. Il enfouit l'objet sous son pull et revient en courant se réfugier dans l'ombre du hall avec moi. Sous l'escalier nous attendons encore un bon moment avant de l'ouvrir. Lorsque nous sommes certains d'être tranquilles, j'examine le trésor. Des paillettes de savon. Mes mains tremblent en les contemplant. Quelques paillettes de savon finement râpées ! Un homme est mort pour ça ! Et personne n'a rien fait. Tout le monde s'en fiche.

Ludwig, pragmatique, examine sa trouvaille :

– On peut échanger ça contre quelque chose à manger, on peut même en garder un peu pour nous... Hein, Beth ? On partage ?

Je n'ai pas le cœur à partager, ni à lui expliquer mes pensées. Il n'a que dix ans, il n'a connu que la guerre, je lui laisse ses paillettes.

Chacun réagit à sa manière. Maman ne change pas, au milieu de toute cette folie, elle s'efforce d'être aussi charitable que possible, et continue d'œuvrer avec le rabbin et sa femme. Elle s'occupe en secret des vieux juifs, trop âgés ou trop malades pour survivre sans aide, et cela devient de plus en plus dangereux. Elle ne néglige jamais le sabbat. Il y a toujours deux pommes de terre et un oignon ou deux, pour le goulasch du vendredi soir. Lorsqu'elle a un poivron, c'est la fête.

Souvent, le vendredi soir, Richard vient nous apporter un petit supplément. Après le dîner, il joue aux échecs avec nous. Personne ne peut le battre, surtout pas moi, qui rêve de lui plutôt que des échecs, qui regarde sa nuque penchée sur l'échiquier, ses mains qui soulèvent les pions, son regard bleu qui scrute les combinaisons possibles.

Parfois nous devons filer à la cave, car les raids alliés sont quotidiens. Nous les craignons, nous les haïssons et nous les espérons en même temps. Je crains de mourir, je hais la corvée de déblayage qui suit chaque bombardement et j'espère comme nous tous que chaque bombe accélère la défaite des Allemands. Mais rien ne nous dit, en ce début d'automne 1944, que la victoire alliée arrivera à temps pour nous sauver.

Nous mangeons en ce moment des pelures de pommes de terre, c'est la dernière trouvaille de ma mère. On lui a dit que c'était riche en potassium et très nourrissant. Nous n'aimons pas ça, Rose, toujours si difficile, fait la grimace, mais les avale quand même. Maman cherche tout ce qui pourrait nous donner des forces. Un jour, alors qu'elle regarde par la fenêtre je la vois sourire.

– Je reviens dans une minute.

Une demi-heure plus tard elle revient lourdement chargée, traînant l'un de ces sacs de sable, qui servent de remparts aux soldats sur les rives du Danube.

– Qu'est-ce que tu fais, maman ?

– Regarde ce qui est écrit sur le sac. Regarde !

Je me penche sur les lettres noires imprimées sur le sac, et je lis : Millet. Millet ?

– C'est ça que tu as repéré par la fenêtre ? C'est du millet ?

– Oui, j'en étais sûre. Du millet, tu te rends compte ? On peut le cuire, en faire de la semoule, on peut le griller, en faire de la farine... Et regarde tout ce qu'il y a dans un seul sac ! Il y a de quoi partager avec tout le monde ici ! Et il y en a d'autres au bord du fleuve !

J'ai envie de rire et de pleurer en même temps devant son enthousiasme. Elle est si heureuse d'avoir trouvé de quoi nourrir sa tribu ! Et si émouvante aussi ! Qui, à part elle, s'est rendu compte que les sacs de sable sur les rives du Danube n'étaient pas tous de sable ? Et de si loin ? Elle est capable de tout pour nous faire manger.

Malheureusement, elle ne peut rien contre la violence et le chaos qui règnent autour de nous.

Certains cachent des juifs sans papiers dans les maisons suisses. Et les nazis hongrois le savent. Le problème est que chaque fugitif qui trouve un refuge dans un immeuble met tout le monde en danger. Lorsqu'il est découvert, ce qui arrive, il est abattu sur place et ceux qui le cachaient sont tués aussi. C'est pourquoi, à chaque contrôle dans l'immeuble, nous tremblons pour tout le monde.

Durant l'un de ces contrôles, justement, un jeune homme se précipite dans notre appartement, et me supplie de l'aider. Il est jeune, je le connais, j'étais en classe avec lui. Je ne savais pas qu'il se cachait. Je suis seule avec Rose et Ludwig, maman est sortie. Mais il y a d'autres gens dans notre appartement, quelqu'un pourrait le dénoncer. Cela arrive aussi parfois.

Terrifiée, je n'ai qu'une idée, le cacher sur le toit, dans la cheminée.

Je lui chuchote mon plan à l'oreille et, tout haut à l'intention de tous :

– Sors d'ici tout de suite !

Il file dans les escaliers, et je n'entends plus que le bruit des coups frappés aux portes par les soldats, vérifiant chaque appartement.

Un peu plus tard, alors que le calme est revenu, je pus retrouver Richard. Le garçon me surprend dans le hall et me donne une solide accolade.

– Merci pour tout à l'heure ! J'ai trouvé la cheminée !

Je regarde vite autour de moi, de peur que quelqu'un ne nous espionne.

– Il faut que tu t'en ailles cette nuit, tu ne peux pas rester là ! Je suis désolée, mais c'est trop dangereux pour toi et pour nous, ils vont revenir, ils reviennent tous les jours...

– Je sais. Il y a des semaines que je cours partout pour me cacher, je travaille avec d'autres... en secret... Tu comprends ? Mais je crois qu'il est temps de disparaître.

Un petit salut militaire rapide, avant de filer par la porte de derrière.

Dieu le préserve dans sa fuite. Je respire aussi pour nous, mais le soulagement ne dure pas longtemps. Mi-septembre, les bruits de bottes résonnent à nouveau dans les escaliers, mais cette fois les Croix-Fléchées ne se contentent pas d'un contrôle. Leur chef hurle en frappant sur toutes les portes :

– Tout le monde dans la cour ! Tous les juifs en bas !

Nous sommes terrifiés, mais maman réagit comme d'habitude, avec calme et efficacité malgré la peur. Elle a prévu ce genre d'événement depuis que l'on nous a déplacés la première fois.

– Beth, Roszi, Ludwig ! Prenez chacun votre sac !

Nos sacs sont des taies d'oreiller, une pour chacun, que maman a bourrées d'affaires de première nécessité, de quoi survivre en situation précaire. Chacun attrape en vitesse sa taie d'oreiller et nous la suivons dans la cour, où les Croix-Fléchées en armes nous attendent nerveusement, pour nous répertorier. Le chef hurle :

– Tous ceux qui possèdent des papiers suisses en file sur la droite !

Une file se forme en silence sur la droite.

– Tous ceux qui possèdent des papiers du Vatican, en file sur la gauche !

Une autre file se constitue à gauche, en silence toujours.

– Ceux qui restent, retournez dans les appartements !

Les plus chanceux se ruent dans les étages, nous restons en file indienne sous le regard mauvais de l'officier. Il nous examine un moment, sans rien dire, l'air de jouir de la situation, puis ordonne :

– Parfait ! Les Suisses et les Vatican ! Tout le monde me suit !

Ils nous font marcher jusqu'au parc, le long d'un grand boulevard qui longe le Danube, à deux pâtés de maisons de chez nous. C'est un doux matin d'automne, les arbres ont pris des couleurs d'ambre, et la lumière est superbe. Nous rejoignons là une centaine d'autres juifs raflés dans les immeubles du quartier. De magnifiques maisons entourent le parc, et leurs occupants nous observent par les fenêtres, mais personne ne bouge. Maman nous tient par les mains, en répétant son leitmotiv :

– Restez ensemble, ne vous écartez pas de moi, tout ira bien si vous ne me quittez pas.

Elle a emporté quelques tranches de pain rassis dans son sac, mais rien d'autre, ni eau ni nourriture. Le soleil est déjà haut en ce milieu de matinée, et il fait chaud dans ce parc, où nous attendons des heures, debout, sans boire ni manger, sans pouvoir faire nos besoins. Le temps passe ainsi dans l'angoisse. Roszi et moi chuchotant régulièrement à Ludwig de ne pas trop s'agiter, car il ne tient plus en place. Puis nous entendons des bruits de pas derrière nous, et, du coin de l'œil, observons le départ d'une longue file de juifs en direction des bords du fleuve, des Croix-Fléchées derrière eux, l'arme à l'épaule. Je vois le corps de ma mère se tasser, et ses épaules se courber d'angoisse, elle a compris ce qui se passe. Tout va très vite, nous entendons une série de rafales de mitraillettes et le bruit des corps tombant dans le fleuve. Maman tremble contre nous, mais ne dit rien, elle serre nos mains un peu plus fort, c'est tout. Ludwig lève les yeux vers elle :

– Je peux plus tenir debout, maman...

Elle me tend son sac, soulève mon petit frère et le prend dans ses bras en lui chuchotant doucement :

– Ça va aller, mon petit...

Ludwig est petit et fragile pour son âge. Il souffre de malnutrition depuis les restrictions, on ne lui donnerait pas plus de sept ans, et il a peu de résistance. Roszi est souvent malade elle aussi, et l'angoisse ne la quitte plus. Son joli visage si maigre et si pâle est crispé de peur. Je suis la seule à tenir le coup comme ma mère. Mon père me l'a ordonné :

– Je veux pouvoir compter sur toi.

Maman trouve sa force dans la prière et sa foi en Dieu, la mienne me vient peut-être de la rage, de mon esprit rebelle, je ne sais pas.

Finalement, vers quatre heures de l'après-midi les gardes nous ordonnent de nous mettre en route. Nous sommes déjà épuisés par cette longue attente sous le soleil, affamés, mais il faut marcher. Alors nous marchons à travers les rues de Budapest, des centaines de juifs, tête basse, traînant les pieds, sous le regard des gens. Ils nous regardent passer sans rien dire, sans rien faire, sauf parfois une insulte anonyme qui monte des curieux attirés par le spectacle :

– Sales juifs !

Ou, plus élaboré dans la haine :

– Enfin vous avez ce que vous méritez ! À mort les juifs !

Ce qui compte pour l'instant, c'est que nous nous éloignons du Danube et des mitraillettes des tueurs. Nous marchons sans fin, maman portant Ludwig la moitié du temps. Au bout de deux heures environ nous arrivons à destination. Au 12 de la rue Schiputz, un bâtiment scolaire juif, au cœur de ce qui est devenu le ghetto de Budapest. On murmure que Eichmann y a installé son quartier général. La cour intérieure offre un spectacle de cauchemar. Des gens étendus par terre, malades, ou mourants, ou déjà morts. D'autres entassés par petits groupes, hagards et affamés. On nous bouscule jusqu'au troisième étage dans une grande salle, déjà tellement bondée que nous ne pouvons rester que debout, serrés les uns contre les autres. Il y a une grande table au milieu, vestige des conférences que l'on tenait en ce lieu. Les gens tournent autour, cherchant un coin pour s'installer.

Maman s'acharne à demander à parler à quelqu'un, elle réussit à interpeller un garde :

– Nous avons des papiers suisses ! S'il vous plaît ! Je voudrais voir un responsable !

On lui répond qu'il n'y a personne ici pour la renseigner, et qu'il faut attendre.

Dans cet endroit surpeuplé, il n'y a qu'un cabinet au rez-de-chaussée pour se soulager. À condition d'avoir la force de se frayer un chemin dans la foule, de faire la queue devant cet endroit nauséabond, et de rebrousser chemin pour retrouver sa famille.

Maman répète :

– Ne vous séparez pas, restez ensemble...

Ma mère cherche à occuper un coin, elle nous explique que c'est toujours l'endroit le moins risqué dans une foule.

– Ne restez jamais près d'une porte, vous vous ferez piétiner à mort, si les gens veulent sortir, ils vous marcheront dessus !

Alors, une fois rassemblés tous les quatre dans un coin, personne ne bouge. On étouffe, on a faim, soif, et les jambes lasses, mais la peur passe avant tout. Que faisons-nous là ? Que vont-ils nous faire ? Pourquoi nous avoir parqués là, en plein milieu du ghetto ?

La nuit arrive et les bombardements avec elle. Il n'y a pas d'électricité, nous sommes dans le noir le plus complet, et chacun courbe le dos au sifflement des explosions successives, les enfants s'affolent. Soudain un sifflement plus intense que les autres nous jette à terre. Une bombe a dû traverser le toit du bâtiment, mais rien, pas d'explosion. Finalement quelqu'un allume une bougie, et en levant les yeux, j'aperçois effectivement un trou dans le plafond. Il n'est pas bien grand, mais en dessous, juste au milieu d'une table, un obus ! Il n'a pas explosé, il a simplement atterri là, long et luisant, menaçant, avec ses ailettes dressées.

Tout le monde se rue aussitôt vers la porte, des centaines de personnes en même temps. Cela nous prend du temps, du coin où nous sommes, pour arriver à sortir. Nous ne sommes pas les derniers, mais presque. Et l'alerte n'est pas finie.

Une bombe éclate près du bâtiment, tuant plusieurs personnes et en blessant d'autres. On demande des volontaires pour les soigner, je me propose sans trop réfléchir, pour servir à quelque chose, mais je me rends compte immédiatement que je ne pourrai jamais être infirmière ou médecin. À la lumière de quelques rares bougies nous découvrons un véritable carnage. Il y a du sang partout, des corps enchevêtrés, j'essaie de respirer à fond, mais une violente nausée me saisit, et incapable d'aider qui que ce soit, bonne à rien, je retourne précipitamment aux côtés de maman.

L'alerte est finie, des volontaires ont évacué la bombe, d'autres ont ramassé les morts. Le lendemain, maman réussit à trouver un responsable, à lui montrer nos papiers de protection suisses, et on nous laisse partir. Cette rafle est un mystère. Pourquoi nous avoir emmenés ici, alors que nous avons cette protection ? Pourquoi nous relâcher pour la même raison ?

L'appartement où nous retournons n'est donc plus aussi sûr. En outre, nous avons perdu quelques-unes de nos maigres possessions pendant ces deux jours. Les gens qui vivent ici, pourtant logés à la même enseigne que nous, n'ont aucune pitié. Ceux qui restent s'emparent des biens de ceux qui disparaissent.

Richard a passé son temps à nous chercher. Il fait les cent pas devant l'immeuble lorsque nous arrivons, épuisés. Je me jette dans ses bras, en pleine rue et en plein jour, sans me préoccuper du regard des autres, ni de celui de ma mère.

– Beth, Beth, j'ai cru que vous aviez disparu ! Qu'ils vous avaient déportés ! Personne ne pouvait me donner de renseignements ! Dieu merci tu es là, tu es vivante !

J'ignore comment, mais j'arrive à plaisanter :

– Bien sûr que je suis vivante ! Tu as oublié que nous devons aller en voyage de noces à Venise ?

Il a les larmes aux yeux, et me serre encore plus fort.

– Il faudrait trouver un moyen de garder le contact si cela se reproduit. Comment pourrait-on faire ? Où laisser un message ? J'ai eu si peur, et personne ne savait rien ici, personne !

Mais nous avons beau réfléchir, il n'y a pas de solution. Au moment d'une rafle, personne n'a le temps ni l'occasion de laisser un message quelque part. D'ailleurs, personne ne sait où on nous emmène, et ici chacun s'occupe de son propre malheur. Tant que nous sommes libres, nous pouvons laisser des petits mots, là-haut, sur la colline du château, dans un petit trou du mur qui n'appartient qu'à nous. Mais si l'un de nous a des ennuis, s'il est brutalement emmené quelque part, l'autre n'a aucun moyen de le savoir. Cette triste constatation me fait plus peur que tout. Disparaître, sans que Richard sache où me trouver ! La même chose pour lui. Personne ne nous viendra en aide, pas même Dieu.

Maman a toujours confiance en Dieu. Mon père parti, nos biens envolés, les bombardements, les rafles, le manque de nourriture, rien ne l'empêche d'être certaine que Dieu est au ciel et qu'il nous protège. Je n'en suis pas si sûre. Ma famille, mes amis, tous ces gens honorables plongés dans un tel cauchemar, qu'une douche est un luxe inespéré et que notre vie même ne tient qu'à un fil ? Que fait Dieu ? Nous n'avons pas mérité cela, et je ne n'arrive pas à comprendre pourquoi il s'acharne sur nous, son peuple élu en principe ?

C'est un sujet dont ma mère refuse énergiquement de discuter :

– Les voies de Dieu sont impénétrables pour des mortels tels que nous.

Mon amie Violette vit la même rébellion que moi, pour d'autres raisons, qui lui sont personnelles. C'est une adolescente ravissante et pleine de vie, habituée à traîner derrière elle un cortège d'admirateurs, et à entretenir des flirts. Son frère et sa sœur partagent la même légèreté de vivre. Leurs parents ont encore les moyens de les nourrir ; ils ont réussi à cacher suffisamment d'argent pour cela, et ils vivent relativement bien, même dans le ghetto. Violette attend le jour où, la guerre finie, elle pourra se présenter au concours de Miss Hongrie, déjà remporté par d'autres jolies femmes de sa famille. C'est une carrière comme une autre.

Maman aime bien Violette, mais pense qu'elle a une mauvaise influence sur moi. Trop coquette et trop légère avec les garçons, Violette n'a en fait aucune mauvaise influence sur moi, mis à part les maillots dont j'ai bénéficié. Je n'ai qu'un amour, pour toujours, alors qu'elle a des amourettes sans avenir. Mais en ce début d'automne, Violette décide soudain d'avoir un unique galant. Le genre d'homme que ma mère n'approuverait certainement jamais, et je ne me risque pas à lui en parler. Le fiancé de Violette appartient à un réseau clandestin. C'est un ancien professeur, un homme marié qui se plaint de ne pas être heureux en ménage, un « vieux » pour nous, il a au moins trente ans ! Mais Violette jure qu'elle est amoureuse de lui, et lorsqu'ils sont ensembles, je remarque un bonheur nouveau dans les jolis yeux de ma camarade, une sorte de plénitude que je ne lui ai jamais connue.

Ils reviennent nous chercher deux semaines plus tard, les bandes de Croix-Fléchées avec leurs fusils, leurs lourdes bottes qui résonnent dans les escaliers de pierre. Et leurs coups de poings dans les portes.

– Tout le monde dehors ! TOUT DE SUITE !

Maman s'immobilise, une prière silencieuse aux lèvres ; elle me fait signe de prendre nos sacs. Roszi se met à pleurer. Maman la fait taire. Ludwig a l'air perdu, égaré, il l'est de plus en plus souvent ces jours-ci.

Nous sortons dans le hall. À la porte voisine, un soldat frappe en hurlant aux gens de sortir. Un jeune garçon ouvre, le fils des anciens propriétaires de l'immeuble qui vivent toujours sur place, il supplie le garde de laisser ses parents tranquilles. Sans un mot, sans même avoir l'air d'y penser, le garde lui tire dessus, à bout portant et en pleine tête. Le jeune homme s'écroule dans le couloir, son visage n'est plus qu'une horrible chose de chair éclatée et de sang. Je ferme les yeux en tirant Ludwig vers moi, pour qu'il ne voie pas, mais il est trop tard.

Lorsque le garde fait sortir les parents, il les oblige à passer au-dessus du corps de leur fils, qu'ils ne reconnaissent même pas, un jeune homme sans visage, un mort dont ils n'apprendront l'identité que plus tard, dans la foule des juifs en marche vers une nouvelle terreur.

On nous emmène encore au parc Saint-Istvan. Nous y restons des heures en attendant que des centaines d'autres juifs nous rejoignent. Il y a les chanceux. Les malchanceux sont dirigés vers les berges du fleuve, tués sur place, et jetés à l'eau. L'affreux crépitement des mitraillettes résonne longtemps à nos oreilles. Le Danube charrie tant de corps cet automne, comment fait-il pour en avaler autant ? Je voudrais voir passer le flot des morts, le flot de sang, comme un dernier adieu, mais je n'arrive même pas à tourner la tête. Une fois de plus, maman ne nous lâche pas, serrant nos deux mains contre elle et les liant ensemble.

– Vous verrez, ça ira, on s'en sortira.

Comme la dernière fois, au bout de plusieurs heures on nous fait marcher vers le même ghetto.

L'endroit est pire qu'avant. Les bombes l'ont en partie démoli, et les murs sont criblés de traces de balles. Ce lieu est devenu un immense champ de tir, où les juifs servent de cibles.

À l'extérieur de la vénérable synagogue Dohany, des piles de morts entassés en désordre. Les vivants sont chargés de creuser des fosses dans le magnifique jardin intérieur, d'y traîner les corps et les y entasser à nouveau. Rien n'est plus horrible que ces visages vivants et blêmes de terreur silencieuse, penchés sur ceux qu'ils enterrent comme des tas d'ordures.

Une fois encore, on nous parque au quartier général de Eichmann. Nous traversons la même cour, passons devant les vivants et les morts, montons les escaliers qui mènent à l'immense salle d'attente bourrée de monde. Maman cherche à nous rassurer, nous sommes déjà venus ici, et nous en sommes sortis, dit-elle. Mais je n'éprouve aucun réconfort. Maman est trop bonne, trop confiante, et ce n'est ni la bonté ni la confiance qui nous arracheront aux griffes du diable.

Nous restons là deux jours durant, environnés de l'odeur de la mort, et des cris des mourants.

Jadis ce bâtiment était splendide, consacré à l'étude et la religion, calme et serein. Ils l'ont transformé en mouroir. Ils y amènent les vivants pour contempler d'avance leur propre mort.

Recroquevillée dans mon coin, les muscles ankylosés, je décide de me frayer un passage jusqu'aux toilettes immondes, qui n'ont pas été curées depuis des semaines. L'eau a été coupée, un morceau de savon sec me nargue sur le lavabo encrassé. Mes vêtements sont sales, mes mains sont sales, tout est sale dans ma tête. Alors je ferme les yeux, et je rêve. Je suis sur la barque, nous flottons sur le Danube, cheveux au vent, Richard me tend les bras, tout est clair, limpide et bleu autour de moi.

Je retourne auprès de maman, luttant dans cette foule compacte et humiliée, pour rejoindre mon coin. Nous passons la nuit dans ce cloaque et, une fois de plus, le lendemain matin on nous laisse repartir chez nous avec nos papiers suisses. Quelle sorte d'otages sommes-nous ? À quoi sert ce jeu d'emprisonnement ?

Petit miracle, les Allemands n'ont pas coupé l'eau dans l'immeuble, lorsque nous y arrivons, complètement épuisés. Elle est glacée, mais je m'en moque. Je demande poliment à l'homme qui vit dans la baignoire de me laisser la place quelques minutes. L'homme prend ses affaires, et sort avec son compagnon de salle de bains. Je suis seule pour dix minutes, avec une serviette et un minuscule morceau de savon. Je me déshabille entièrement, y compris mes sous-vêtements, que maman nous recommande pourtant de ne changer qu'une fois par semaine. Et je frotte ma peau rageusement, pour lui arracher cette crasse, cette odeur de peur et de mort qui traîne sur elle. La tête sous le mince robinet d'eau froide, je frictionne mes cheveux au savon, et les rince mèche par mèche. Puis je coupe les restes de ma blondeur ratée. Je suis neuve.

Quelqu'un cogne déjà à la porte pour réclamer la place, c'est M. Karpinsky, un vieil homme qui partage l'ancienne chambre de Roszi avec d'autres.

– Ce n'est pas un hôtel ici, mademoiselle ! Il y en a d'autres qui ont besoin d'aller aux toilettes !

J'enfile des sous-vêtements propres, une jupe à fleurs, et un chemisier blanc brodé. J'ai l'air d'une gitane. Je sors, la serviette sur la tête, souris à M. Karpinsky qui trépigne, et grimpe sur le toit pour sécher mes cheveux dans le vent d'automne. Ensuite je serai prête à courir rejoindre Richard. J'ai besoin de sentir ses bras autour de moi, de me rafraîchir à ses lèvres.

Combien de fois vont-ils encore nous traîner là-bas, nous laisser repartir et nous y ramener ? Que se passera-t-il le jour où nous n'en sortirons pas ?

Je cours jusqu'à la colline du château, je grimpe le sentier qui longe les remparts, je me cache derrière le mur de pierre, fouille dans le creux d'une main avide.

Je t'aime, où es-tu ? dit le message roulé en boule.

Je suis là et je t'attends.

11

Dernier sursaut

14 octobre. Le temps est gris et angoissant. Le régent Horthy vient d'être arrêté. L'homme qui a pris sa place, Szalasi, est un nazi notoire, le fondateur des Croix-Fléchées.

Rien ne les arrêtera plus à présent. Les descentes dans l'immeuble se succèdent. On nous fait rester debout dans la cour des heures durant, tandis que les gardes fouillent tous les appartements, emportant ce qu'ils veulent. Nous ne pouvons rien faire, rien dire. Nos amis chrétiens comme M. Kermandy et d'autres sont aussi incapables que nous d'agir ouvertement. Si l'un d'eux était surpris portant secours à un juif, il subirait le même sort que ce juif. Nous entendons tellement de rumeurs sur la déportation ; chaque jour des trains partent bondés de juifs hongrois ; certains disent qu'on les emmène travailler dans des usines en Allemagne. Mais si c'est le cas, pourquoi prendre aussi les vieillards et les enfants ? Personne ne connaît la réponse – ou, plutôt, tout le monde a peur de ce qu'elle signifie.

Certains jours, l'espoir que tout cela finisse paraît si mince, les nouvelles sont si terribles, que même maman n'a plus la force de nous rassurer. Chaque jour, des rafles sont organisées dans les maisons suisses, et à présent les gens ne reviennent plus. Pendant ce temps, les organisations clandestines s'activent, et je désespère de me joindre à l'une d'elles, comme Richard. Maman me l'a formellement interdit. Une fois ou deux j'ai porté des messages pour Richard, je l'ai même laissé utiliser mon petit Ludwig une fois comme courrier. Si ma mère l'apprenait, ce serait un scandale. Je ne suis encore qu'une « gamine » à ses yeux, et son fatalisme traditionnel lui impose d'obéir à son destin, même s'il est épouvantable.

Les raids aériens continuent et, avec eux, notre travail de déblayage. C'est horrible, fouiller les ruines, trier les briques, dégager les corps enfouis sous des tonnes de vitres brisées, puis hisser le tout sur des chariots et recommencer. Nos mains sont en sang, et nous craignons toujours de découvrir dans les décombres le corps d'un voisin ou d'un être aimé. Chaque amas de briques peut dissimuler un visage connu. Pour l'instant, Dieu merci, ce n'est jamais arrivé. Roszi n'a pas la force de faire ce travail, elle aide à pousser les chariots, c'est déjà difficile pour elle, et Ludwig ramasse les plus petites pierres. Comme il n'a que dix ans, il est en principe exempté de ce travail d'horreur, mais ma mère l'emmène avec nous, elle a toujours peur que nous soyons séparés.

Maman et moi nous chargeons des plus gros débris. Il faut déblayer, quels que soient le temps et l'heure, de jour comme de nuit, après chaque bombardement. Lorsque c'est fini, nous nous traînons jusqu'à l'appartement, tellement épuisés que nous nous endormons tout habillés dans nos vêtements sales. Personne n'a la force de se laver les mains ensanglantées par des montagnes de gravats. Les Allemands voudraient nous réduire à l'état d'animaux et, jour après jour, il semble qu'ils soient en train d'y parvenir. Ce sentiment d'impuissance totale me rend malade, il n'y a donc rien que je puisse faire ? Nous n'avons presque plus de vivres, nous allons bientôt mourir de faim si nous ne trouvons pas quelque chose très vite. Un homme est déjà mort d'inanition dans l'immeuble, la nouvelle nous a terrifiés. Comment survivre plus longtemps sans manger ? Il n'y a rien dans le ghetto, et pour espérer acheter quelque chose il faut faire des kilomètres dans d'autres quartiers, et rentrer souvent bredouille avant le couvre-feu, c'est-à-dire à quatre heures et demie de l'après-midi. Jusqu'à dix heures le lendemain matin, nous ne pouvons plus mettre un pied dehors.

Le soir, j'ai peur de m'endormir. Enfant, je m'endormais facilement, et je ne me réveillais pas avant le matin. Mais maintenant, aussi épuisée que je sois, il m'est impossible de trouver le sommeil. La seule chose qui m'aide à supporter les nuits, c'est mon amour pour Richard, et les rendez-vous quotidiens que nous parvenons toujours à organiser malgré le chaos.

Il commence déjà à faire froid, les pluies se succèdent, les raids aussi, mais rien, pas même la faim qui me ronge, ne peut m'empêcher de retrouver Richard. Il a changé, son regard est devenu grave, il n'a plus rien du garçon souriant que j'ai connu. Il fait beaucoup pour la Résistance, transporte des armes, aide à dynamiter des rails pour bloquer les trains de ravitaillement allemands.

Un nouveau règne de terreur s'est installé. Dans le ghetto, des centaines de juifs ont déjà été tués. Nous sommes toujours saufs ; même Richard, qui prend pourtant tant de risques et pourrait si facilement être déporté ou tué, a échappé au travail forcé. Il jouit même d'une petite liberté : il s'est arrangé pour avoir de faux papiers sur lesquels il n'a officiellement que seize ans. Nous espérons la libération pour bientôt, par les Américains, ou les Anglais, mais surtout pas par les Russes. Nous craignons que les Russes ne nous fassent subir les mêmes horreurs que les Allemands, et on chuchote des rumeurs d'armistice avec eux.

Le froid s'est vraiment installé : brouillard, nuits interminables et pluies glaciales. Malgré cela, je ne manque pas un rendez-vous avec Richard, même pour quelques minutes, même au risque de me faire prendre par des Croix-Fléchées.

15 octobre. Là-haut dans notre repaire sur la colline du château, à l'ombre maléfique du nazi qui l'occupe, les projets d'avenir peuvent encore faire rêver. Richard étale son manteau sur le sol pour que nous ayons moins froid, le vent glacial nous cingle les yeux, et nous parlons de ma révolte.

– Il faut absolument garder sa dignité, Beth, en toutes circonstances.

– On dirait ma mère. Elle me dit tout le temps de garder la tête droite, pour leur montrer que nous ne céderons pas, et que plus ils nous feront de mal, plus nous tiendrons...

Un écureuil se faufile entre les arbres : je lui lance un gland de chêne que je mordillais.

– Moi j'en ai marre de tenir le coup, j'ai envie d'éclater !

Il me prend par la nuque et me force à le regarder dans les yeux :

– Non, il faut suivre les règles qu'ils nous imposent, ne pas se faire remarquer, ne pas leur donner de raison de tuer. Tu ne comprends pas, chérie ? Il faut survivre ! Tu es tout pour moi. Tu dois survivre. Nous sommes jeunes, nous pouvons combattre leur système avec nos moyens, mais cela ne signifie pas qu'il faille les affronter de face ! Pour l'instant ce sont eux qui ont les balles et les fusils, mais ils ont perdu la guerre et nous le savons. Alors il faut tenir.

J'ai les doigts gelés, il les prend dans ses longues mains fines, et les réchauffe doucement de son haleine, un par un. Il m'observe, comme s'il voulait m'en dire davantage, hésite, et je vois bien qu'il renonce :

– Promets-moi simplement que tu ne prendras plus de risques inutiles !

– Je promets.

– Nos rendez-vous sont risqués mais pas inutiles. L'inutile serait de sauter à la gorge d'un Croix-Fléchées qui insulte ta mère, ou bouscule Roszi. L'inutile serait d'être tuée, tout simplement. Pour le reste nous sommes à la merci des sauvages qui nous ont enfermés dans cette ville.

Richard me contemple avec un tel amour, une telle fierté, il m'embrasse avec tant de fougue – on dirait un preux chevalier devant une princesse de conte de fées. Hélas, c'est un cauchemar éveillé et parfois, plus que la peur, c'est la faim qui me tenaille le ventre.

Mon chevalier gratte maintenant la pierre de son couteau, en me tournant le dos.

– Qu'est-ce que tu fais ? Laisse-moi voir !

– Tu verras plus tard, quand j'aurai fini. Au fait, que nous as-tu apporté de délicieux à manger aujourd'hui ?

J'ai réalisé un petit exploit. Un œuf dur mélangé avec un oignon en salade, le tout dans un quignon de pain que nous allons partager. L'œuf était si vieux que j'ai dû le faire cuire longtemps, l'oignon si sec qu'il m'a fallu l'écraser avec de l'eau. Quant au quignon de pain, c'est le dernier de la semaine.

Pour me faire sourire, Richard me nargue sur mes talents de cuisinière.

– J'aurais préféré une assiette de ce merveilleux *leccio* ! Celui que tu réussis si bien !

Je rougis de honte, en songeant à ma pauvre tentative culinaire. C'était il y a longtemps, en des temps meilleurs. Je devais avoir treize ans, et je ne connaissais quasiment rien à la cuisine. C'était un dimanche après-midi et comme maman n'était pas à la maison j'ai voulu faire une surprise à Richard. Un *leccio* est un plat à base de poivrons verts, oignons, tomate et saucisse revenus dans l'huile. C'est une spécialité hongroise. On commence par faire sauter un gros oignon, on coupe la saucisse en morceaux, puis les poivrons verts en tranches. Puis les tomates, que l'on émince. On rajoute du paprika fort et du paprika doux, du sel et du poivre. On cuit à feu vif, jusqu'à ce que l'ensemble soit devenu bien épais. Servi avec du riz c'est délicieux. Maman le réussit à merveille.

Je voulais le faire pour Richard, mais je ne savais pas comment m'y prendre. J'ai dû mettre un verre entier d'huile, rajouté la saucisse, les poivrons, sans connaître les proportions. Je n'ai pas mis assez de paprika, trop d'oignon, pas assez de tomates. Il a dit :

– C'est quoi, ça ?

Il n'a pas pu le manger, il y avait vraiment trop d'huile.

Aujourd'hui nous le mangerions sans hésiter, et un plat de ce genre durerait plusieurs jours. Mon sandwich n'est guère plus gros que ma main.

Richard me montre son ouvrage. Il a gravé dans la pierre avec son canif : *Richard et Beth pour toujours*, et l'a entouré d'un cœur.

J'ai les larmes aux yeux, elles coulent sur mes joues, il les essuie tendrement, tandis que je passe mon doigt sur la gravure, en priant silencieusement. Je t'en prie, Dieu, fais que cela soit vrai. Depuis un an maintenant, je porte la bague de fiançailles qu'il a confectionnée pour moi avec du fil de cuivre. C'est un secret, je la mets avant de sortir pour le rejoindre, et elle retourne dans ma poche dès que je rentre à la maison. Si maman la voyait, elle me demanderait pourquoi je porte cette « horreur » ! Je tiens à ce pauvre anneau comme au plus beau des diamants. Je la porterai même lors de notre mariage, pour ne jamais oublier le jour où Richard l'a passée à mon doigt. C'était ici, dans notre cachette de la colline. J'avais treize ans. Je me sens si vieille à présent. Et si désespérée.

Les sirènes de l'alerte se mettent à hurler tout à coup dans le ciel de cet après-midi tranquille. Ce moment de paix nous est brutalement arraché. Richard saute par-dessus le mur, moi aussi. Le couvre-feu approche, et il est encore plus dangereux d'être dehors après quatre heures et demie que de courir sous les bombes. Sans compter qu'il est toujours possible qu'un obus détruise l'un des ponts entre Buda et Pest, et que nous restions coincés ici sans pouvoir regagner le ghetto. Un dernier baiser. Un dernier sourire.

– Je t'aime, chérie...

– Je t'aime de tout mon cœur...

Je cours à flanc de colline, en direction d'un pont. Il court de son côté vers un autre pont plus au nord, qui relie directement Buda à son quartier de Pest.

Je me retourne une dernière fois et, comme s'il le sentait, il se retourne aussi. Le soleil derrière lui illumine un instant sa silhouette, il agite la main et je hurle en faisant de même :

– À demain !

D'autres gens courent maintenant en même temps que moi. Des amoureux en quête d'intimité, comme nous, surpris par l'alerte surgissent des buissons. Une petite foule venue parler d'amour, faire l'amour et qui fuit à présent pour échapper à la mort. Les bombardiers alliés sont si bas dans le ciel que l'on peut voir distinctement les bombes dégringoler comme au ralenti.

Sur le pont, chacun court en essayant de ne pas perdre de vue son compagnon ou sa compagne.

Puis le grondement des avions s'atténue, ils reprennent de l'altitude et, quelques minutes plus tard, c'est la fin de l'alerte.

Ma mère, Ethel Markowitz, vers 1924.
Sans elle, nous n'aurions pas survécu.

Mon père, Jakob Schwartz Markowitz, en 1936.
En 1938, il a organisé la fuite de notre famille
de la Tchécoslovaquie vers la Hongrie.

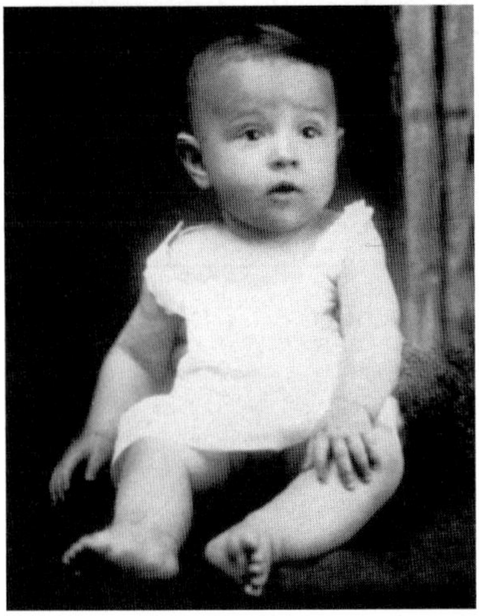

J'ai six mois sur cette photo
tirée de l'album de ma tante.

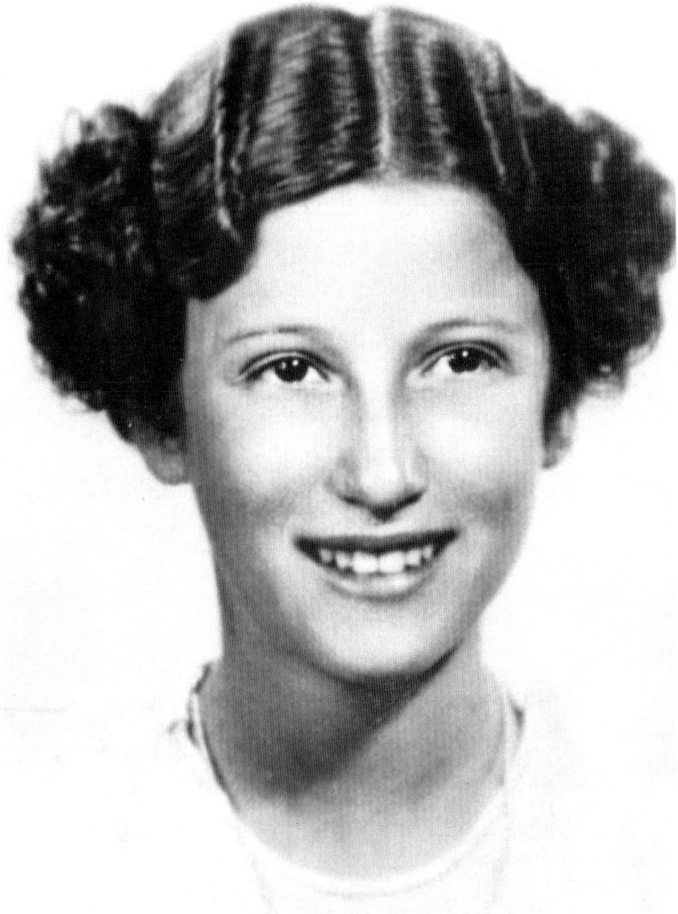

Cette photo a été prise à Budapest en 1942.
Mon père m'avait emmenée chez le coiffeur pour la première fois,
et j'y avais subi ma première mise en plis.
Je souris, mais en fait je suis effondrée.

J'ai quinze ans sur ces photos, prises à Budapest. La guerre fait rage, mais mon amour pour Richard annule l'horreur qui nous entoure.

Le camp pour personnes déplacées de Wetzlar, en Allemagne,
où ma famille et moi avons vécu de 1946 à 1949.

Cette photo a été prise en 1946, au sortir de la guerre.
J'ai dix-sept ans. Je souris, mais le cœur n'y est pas. J'ai perdu Richard dans la tourmente.

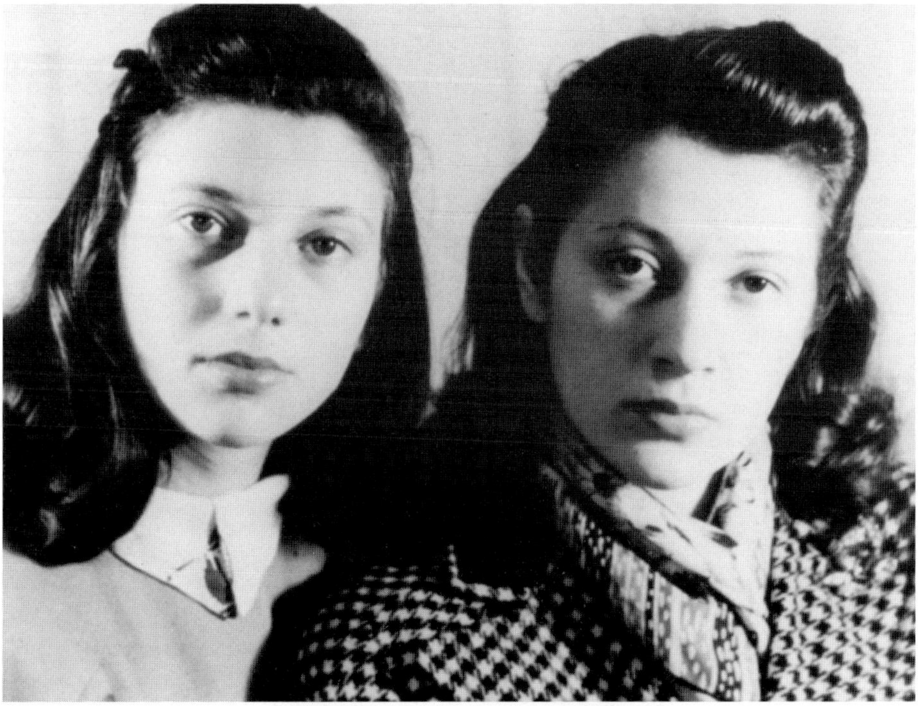

Ma sœur Rose et moi, à Wetzlar.

La famille presque au complet, peu de temps avant notre départ pour les États-Unis, en 1948. *De gauche à droite* : moi, Ludwig, Maman et Rose. Notre père manque à l'appel, ainsi que Richard.

Otto Schimmel en 1946.
La photo a été prise devant l'hôtel Brauwastl, à Weilheim, où il résidait. Il a dix-neuf ans. Sa famille a été exterminée à Auschwitz. Il est le seul rescapé.

Otto et moi peu de temps avant notre mariage. Il était fou de moi. J'étais hantée par le souvenir de Richard, et lui en faisais voir de toutes les couleurs. Ses amis ne m'appréciaient guère, et l'un d'entre eux a découpé la photo.

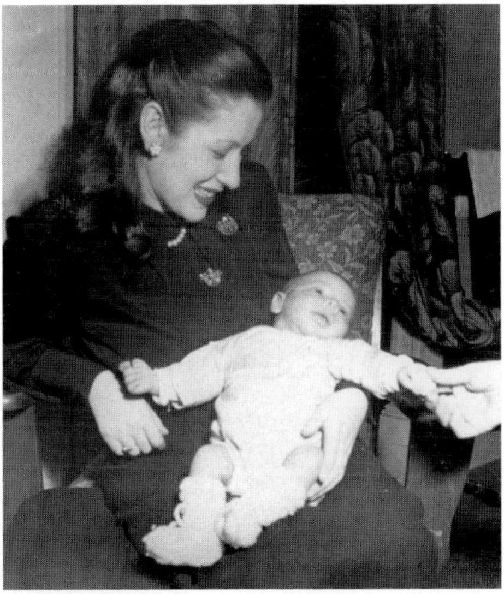

Mon fils Robert et moi, en 1950.
Bien des années plus tard, j'apprendrai ce qui s'était passé le jour de sa circoncision.

La famille Schimmel au grand complet, lors de la bar-mitsva de Jeffrey, en 1970. *De gauche à droite* : Bobby, Sandy, Jeffrey, moi et Otto.

Mes petits-enfants, ma belle-fille Jessica, Otto et moi à Monterrey, en Californie, lors de notre 50e anniversaire de mariage. L'amour et la sérénité enfin retrouvés.

(Photos : collection de l'auteur.)

Betty Schimmel aujourd'hui.

Je cours seule, le long du fleuve à présent, le vent me glace le visage et mon cœur bat sous l'effort. Je cours dans l'inconscience totale de mes quinze ans, et de mon amour fou pour Richard. Je ne pense qu'à lui en me tordant les pieds sur le sentier : pourvu qu'il ne lui arrive rien, qu'il parvienne à temps chez lui ! Je l'aime, je l'aime, je l'aime, chanson silencieuse qui rythme ma course. J'aperçois mon immeuble, je ne suis plus qu'à une centaine de mètres, mais quelque chose ne va pas. Des soldats allemands, un régiment de Croix-Fléchées, entourent l'immeuble. Maman est dehors, avec une foule de gens.

– Oh ! Dieu merci te voilà enfin ! Mais où étais-tu ? Je t'avais dit de rentrer avant quatre heures ! Il y a eu une alerte et je me faisais du souci !

Je repousse ma mère qui veut me serrer contre elle. Je déteste qu'elle fasse cela, qu'elle dise cela. Je connais mes responsabilités, mais je veux rester libre.

– Je suis là non ? C'est tout ce qui compte ! Et regarde ! Les Allemands ne se sont même pas aperçus que je n'étais pas là !

– Calme toi, Beth ! Ils pourraient te...

– J'en ai marre de me calmer ! Je m'en fiche ! Et je me fiche de ce qu'ils pourraient me faire ! Arrête de te faire du souci comme ça !

Maman, qui ne s'est jamais montrée agressive envers moi, éclate à son tour :

– Qu'est-ce que tu crois ? Tu ne comprends pas ce qui se passe ? Tu ne vois pas ? Ils nous obligent à quitter l'immeuble une fois de plus, et cette fois, ils ont le doigt sur la détente ! Regarde ! Mais regarde-les !

– Je m'en fous !

Sur le moment je le pense vraiment. Je m'en fous parce que je suis pleine d'amour, que j'ai couru comme une folle sous les bombes, sans même avoir peur. Je me sens libre, libre comme l'oiseau ! Et quelques minutes plus tard me voilà en train de faire mon paquet, bousculée par les Croix-Fléchées, environnée d'Allemands, poussée dans la rue avec les autres. La confusion est totale ; des centaines de juifs se ruent au-dehors, pleurant et criant. Les gens nous bousculent, nous étouffent. Maman nous serre contre elle, comme toujours. Ludwig et Rose sont trop faibles pour porter quelque chose de lourd, Rose a pris un petit coussin rempli de nourriture que maman garde en cas de danger et des cuillères. Ludwig a son petit oreiller auquel il est attaché. Maman et moi nous chargeons du reste, quelques vêtements, un ustensile de cuisine.

J'ai regardé ma mère organiser encore une fois cette misérable débandade. À chaque voyage, nous avons moins de choses. Cette fois, il lui a été facile de déterminer ce que nous devions emporter, et ce qui allait rester. Quasiment rien. Maman a drapé sur ses épaules la lourde couverture de laine qui nous sert de matelas.

En une demi-heure tous les juifs ont été rassemblés sous la menace des armes, dans la cour entre les deux immeubles. La pluie s'est mise à tomber, fine et froide. Même le ciel est lugubre.

Nous attendons, debout, en rangs serrés ; des coups de feu à l'intérieur d'un appartement signalent des éliminations meurtrières. Un couple de vieillards malades, des gens trop épuisés pour marcher, une mère et son nouveau-né. Ma gorge se serre, la foule baisse la tête, et courbe les épaules, comme si les coups de feu la faisaient rentrer sous terre. Les gardes se débarrassent des gens « inutiles » comme de nuisances, de cafards sur leur chemin. Les lèvres de maman se sont mises à trembler, mais aucun son ne sort de sa bouche. Elle prie. J'essaie de faire pareil, mais la colère m'habite, les rafales des mitraillettes m'empêchent de prononcer le nom de Dieu lui-même. Je lui en veux de tout cela, de ces meurtres, mais je ne suis qu'une jeune fille, qui lutte seule pour survivre avec sa famille. Je ne suis rien. Je suis une idiote : en désobéissant à ma mère, j'ai failli ne pas être là au moment de la rafle, et qui sait... nous ne nous serions peut-être jamais retrouvées.

Les Croix-Fléchées nous poussent dans la rue, c'est à nouveau la marche le long du Danube en direction du parc Saint-Istvan. Nous attendons sous la pluie jusqu'au crépuscule, sans savoir ce qu'ils nous veulent cette fois. Il y a dans l'air comme une nouvelle menace. Ils nous ont fait mettre en rangs, maman nous serre de plus près.

Pour la première fois, je pleure devant les autres.

– Beth, ne pleure pas... Nous sommes ensemble, c'est tout ce qui compte, et tout ce que nous pouvons demander à Dieu. Il nous aidera, tu verras...

Je ne peux pas la regarder, parce que je ne croix pas, comme elle, que Dieu nous mette à l'épreuve pour nous sauver ensuite. Je pleure, alors que ma mère se tient droite et fière, refusant de céder au chagrin. Je grelotte de froid sous mon manteau de laine, trop mince.

Dans le parc, il y a beaucoup plus de juifs que la dernière fois, ils ont pris tous les habitants des quartiers voisins ; même Violette et sa sœur Amy, qui se sont débrouillées pour nous retrouver.

– Où sont tes parents, Violette ?

– Ils étaient sortis faire des courses, si on peut appeler ça des courses ! Ils vont être malades quand ils verront qu'on n'est pas là ! Il faut absolument que je rentre à la maison, sinon ils vont se faire trop de souci.

Elle a l'air affolée, le regard perdu. Maman lui sourit gentiment :

– Tu sais qu'ils nous relâchent toujours, tôt ou tard. Patiente un peu, Violette, c'est mieux.

Elle se calme un peu. Mais pas moi. J'ai vu dans l'œil de ma mère ce reflet d'incertitude, de peur même. Elle n'est pas sûre du tout qu'ils nous relâcheront cette fois. Il est vrai que les gardes ont l'air plus dangereux que jamais. Il règne une certaine tension.

Richard ? Comment fera-t-il pour me retrouver, si nous ne revenons pas ? Que voulait-il me dire tout à l'heure ? Est-ce que ce « Führer » hongrois, ce Szalasi, chef des Croix-Fléchées, aurait pris complètement le pouvoir ? Tout le monde sait qu'il glorifie la supériorité de la race blanche et de la culture magyare, et veut la mort des juifs.

Nous ne savons rien d'autre. Ou si peu.

Notre troupeau grelottant sous la pluie ce jour-là ignore totalement que l'horrible Szalasi a décidé la poursuite de la guerre contre les Russes. « Au nom de la crainte de Dieu et de l'enseignement du Christ. » Notre troupeau ignore que les Croix-Fléchées déchaînés ont massacré tous les occupants d'un immeuble marqué de l'étoile jaune. Qu'ils se répandent par bandes dans le ghetto, avec leurs chemises vertes et leurs brassards, armés de mitraillettes toutes neuves.

Nous ignorons que les fascistes hongrois, dans un ultime sursaut de haine, ont décidé d'achever eux-mêmes le travail commencé par Hitler.

La nuit tombe, et la température descend, lorsqu'ils se décident à nous donner l'ordre d'avancer. Nous traversons le Danube sur le pont Arpad, puis Buda, et finalement on nous parque dans une briqueterie abandonnée.

Et si nos papiers suisses n'étaient plus une protection ?

12

La boue

Même dans le noir, la fabrique est impressionnante, austère, faite de briques brutes, fantomatique dans le brouillard et la pluie. C'est un immense ensemble de plusieurs bâtiments carrés, entourés par des hectares de terrains vagues rouges et boueux, le tout entouré d'une grille de fer forgée. Il y a des montagnes de briques empilées partout, et deux immenses fours. Cette briqueterie est située au cœur du quartier industriel de Buda, que je ne connais pas, juste à côté de la grande route qui va de Hongrie en Autriche, bordée d'usines et de maisons.

La pluie, qui avait cessé, s'est remise à tomber, le sol est un cloaque de glaise rouge.

Mais le plus terrifiant, c'est le nombre de juifs déjà entassés dans cette boue, lorsque nous arrivons. La plupart d'entre eux sont aussi mal vêtus que nous.

Maman a rapidement compris la situation. Les abris sont rares, et les gardes hurlent en nous bousculant. Il faut trouver un endroit abrité. Tous les recoins sont occupés, tout ce qui peut servir d'abri est utilisé, y compris un endroit protégé par un immense balcon, déjà bourré de monde. Maman se fraye un passage, pousse, et progresse dans la foule, à la recherche du meilleur endroit, sans nous lâcher les mains, qu'elle serre au point de les écraser. Violette et sa sœur nous suivent. En l'absence de leurs parents, maman en a pris la responsabilité.

La boue colle à nos chaussures, monte jusqu'aux chevilles, elle semble vouloir nous aspirer à tout moment. Tout autour de nous, ce ne sont que cris, pleurs et gémissements. Une femme à la limite de l'hystérie hurle qu'elle veut s'en aller, et se tortille le long d'un mur infranchissable. Un garde pointe son fusil :

– Ta gueule !

Tout près de nous, une autre femme se balance d'avant en arrière en s'arrachant les cheveux comme si elle avait complètement perdu l'esprit. Comment supporter une situation aussi irrationnelle, aussi cauchemardesque ? Un garde tire sur elle, elle s'écroule dans la boue. Il y a quelques pleurs, quelques murmures sans plus. Muette, maman nous rassemble tout autour d'elle. Elle a trouvé un petit espace libre de moins d'un mètre. Elle étale la couverture sur cette portion de ciment sale et puant, au milieu de la boue épaisse.

Ludwig dans ses bras, Rose contre son épaule, je me tiens à sa droite, Violette et sa sœur en face de nous. Je suis si fatiguée que je n'arrive même plus à penser. Je n'entends plus, je ne vois plus. Le seul son qui parvienne à mes oreilles est la voix de ma mère nous disant de nous asseoir là. Alors je m'assieds là, avec ma sœur et les autres. Maman regarde autour d'elle furtivement, et sort discrètement du sac la nourriture emportée. Du pain rassis et du fromage. Elle chuchote en distribuant la part de chacun.

– Mangez lentement, et mâchez bien chaque bouchée. Je ne peux pas vous en donner plus, il faut en garder jusqu'à ce que nous sortions d'ici.

Mâcher me fait du bien. Je redeviens vivante, du coin de l'œil j'observe nos voisins proches, certains me fixent avec une telle intensité que j'ai la sensation qu'ils mangent à ma place. On dirait que leurs mâchoires bougent au même rythme que les miennes. Je nous imagine dans quelques jours, pareils à eux, lorsque maman aura épuisé le peu qu'elle vient de ranger dans son sac. Je crains de ne pas survivre à la guerre s'ils nous affament. C'est la première fois que j'y songe vraiment. Quelques miettes de pain dur, une de fromage... Jusqu'à quand ?

La dernière bouchée avalée, maman nous fait dire nos prières, même au milieu de cette foule gémissante dans la boue et le froid, elle tient aux prières. Je remue les lèvres mécaniquement mais le cœur n'y est pas. Aucun Dieu, que je puisse concevoir en tout cas, ne nous aurait menés jusqu'ici, pour que nous l'en remerciions par des prières.

Un homme crie à sa servante de lui amener son thé. Je cherche autour de moi, incrédule, quelqu'un serait ici avec une domestique ? Et du thé ? L'homme est si vieux, si maigre, et si seul aussi dans cette foule massée autour de lui. Il délire ou il est en train de mourir. Une femme encore plus vieille, enveloppée d'un châle, s'extirpe laborieusement de la boue et avance péniblement vers lui. Elle se laisse choir près du vieil homme, fouille sous son châle et en sort une minuscule petite tasse qu'elle porte à ses lèvres avec précaution.

Fascinée par la scène, je ne les quitte pas des yeux. Le liquide a l'air chaud ! Une légère vapeur paraît s'échapper de la tasse !

– Dieu te bénisse, dit le vieil homme, et je jurerais qu'à cette seconde il est lucide, qu'il sait exactement que quelqu'un s'est montré charitable dans ce cauchemar collectif.

Je me sens humble devant le geste extraordinaire de cette femme. Je ferme les yeux pour une vraie prière, car j'ai besoin à nouveau de croire que l'amour et la charité existent encore dans ce monde. Maman chante la berceuse de notre enfance :

N'aie pas peur du vent qui gronde,
Ni des loups hurlant dans l'ombre...

J'étais sûre de ne pas pouvoir m'endormir, de ne pas supporter cet enfer, où les gens sont si entassés les uns contre les autres qu'ils sont obligés de faire leurs besoins sous eux, et d'y rester, sous la pluie, dans la boue, puant de leur propre puanteur.

Le sommeil m'a prise sans que je m'en rende compte, bercée par le chant de ma mère. La première chose que je vois ensuite, c'est la faible lueur de l'aube.

Depuis des siècles, les philosophes débattent de la question. Le corps humain est-il plus fort que l'esprit ? J'ai vécu l'enfer et je ne sais toujours pas répondre à cette question. Tout ce que je sais, c'est que l'esprit de ma mère nous a toujours soutenus, aidés à survivre dans des conditions si effroyables que, seule, je me serais roulée en boule par terre, pour y mourir comme un chien. Maman ne le permet pas. Jamais. Ce premier matin, elle nous fait lever, et faire de l'exercice sur place, pour détendre nos muscles ankylosés.

– Il faut entretenir le peu de force que vous avez, ne pas vous laisser aller.

Elle rationne nos provisions avec une énergie sans faille. Refusant de donner une miette supplémentaire à qui que ce soit. Malheureusement, nous ne pouvons pas partager avec plus mal lotis que nous. Maman avait prévu des rations pour quatre, et nous sommes déjà six avec Violette et sa sœur.

Les jours et les nuits s'enchaînent, nous sommes toujours dans la boue, la saleté, les excréments. Les gardes distribuent deux bols de soupe par jour, que des prisonniers préparent dans la fabrique, avec de l'eau et je ne sais quoi d'autre. Avec un croûton de pain, c'est la seule nourriture de ce camp. Et le croûton n'est pas toujours là. Ce n'est pas suffisant pour vivre, et beaucoup de gens, déjà affaiblis par les restrictions du ghetto, meurent en quelques jours. Les gardes entassent les corps dans un coin et, deux fois par jour, ordonnent aux survivants de creuser la fosse où ils seront enterrés. Puis ils déversent de la chaux, et recouvrent cette horreur à grandes pelletées de terre rouge.

Nous entendons toujours le grondement des bombardements quotidiens sur la ville. Je prie pour que l'une de ces bombes vienne détruire cette horrible fabrique. Ce serait au moins une délivrance. Je n'ai jamais eu aussi soif de ma vie. Il n'y a évidemment pas d'eau pour nous désaltérer, ni pour se laver. D'ailleurs, à quoi servirait-elle, dans la boue où nous sommes en permanence ? Si ma mère n'avait pas pris cette lourde couverture de laine avec elle, nous y serions couchés comme d'autres, tels des porcs dans la fange. La boue macule nos visages, colle à nos mains, s'infiltre sous les ongles, dans les cheveux, quant à nos vêtements, ils n'ont plus de couleur.

D'autres groupes de juifs arrivent chaque jour dans cet endroit déjà surpeuplé. Nous sommes des milliers, j'ai renoncé à m'en faire une idée *. Il faut enjamber, contourner, bousculer sans cesse pour faire quelques pas dans ce troupeau humain. Mais avancer où et pour faire quoi ? J'ai la chance de m'être assigné une mission, qui me sauve du désespoir total. Depuis le premier matin, je me fraye un chemin dans cette foule à la recherche de Richard. Je questionne tout le monde, surtout les jeunes, garçons ou filles :

– Tu es du huitième district ?

Personne n'est du huitième, et personne n'a vu Richard. Les jours passent misérablement avec la faim, la soif, la crasse et la mort. Et ils sont monotones aussi, ennuyeux. Il n'y a rien d'autre à faire que contempler le malheur des autres, qui ressemble au nôtre. Aucune nouvelle de l'extérieur ne transpire ici, à part les sirènes d'alerte, qui confirment l'acharnement des Alliés sur Budapest.

Chaque matin je me demande combien de temps nous allons rester là. Une semaine s'est écoulée ; ils ne nous ont jamais gardés si longtemps. J'ai entendu quelqu'un dire que nous étions des otages, qu'on nous livrera aux Russes s'ils arrivent jusqu'ici. D'autres, que nous sommes là pour préserver le quartier industriel des bombardements. Mais qui sait que nous sommes là ? Des milliers à crever dans la boue, qui ? Pourquoi suis-je enfermée ici dans la boue à quinze ans ? Je n'ai rien fait. Violette non plus, personne n'a rien fait. Je tourne, je vire, j'enjambe à la recherche de Richard, inlassablement. Je ne peux plus supporter ces visages malades, affamés, creusés de peur et d'humiliation, ces cris et ces bagarres pour un quignon de pain pourri, la queue sinistre de tous ces êtres pour un bol de soupe.

Maman résiste, prie, et nous calme. Elle s'efforce de nous trouver des occupations. Laver nos sous-vêtements dans une bassine d'eau de pluie, mais où les faire sécher ? La moindre chose que l'on ne surveille pas une minute est volée aussitôt. Elle fait le compte des quelques hardes emportées dans la taie d'oreiller. Elle brosse nos manteaux de sa main engourdie

* Cinq mille en réalité.

par le froid. Elle lave les joues de mon frère avec un mouchoir, démêle les cheveux de Roszi et les tresse.

– Tenez-vous propres, le plus possible... Ne vous éloignez pas de moi, Lisbeth, dis à Violette et Amy de changer de sous-vêtements, partage-les avec elles... Ludwig, viens sur la couverture que je regarde tes oreilles... Essuyez vos cuillères, ne les perdez pas...

Beaucoup de gens ont été arrêtés dans la rue et amenés directement ici; ils n'ont rien, ils sont désespérés et prêts à s'emparer de n'importe quoi. Nous sommes tous des juifs, et tous dans la même prison, nous devrions tous nous entraider mais, dans une situation aussi horrible, beaucoup ne pensent qu'à eux-mêmes. Maman ne pense qu'à nous. Son troupeau d'enfants, augmenté de Violette et Amy.

– Essayez de jouer aux échecs...

Trouver des morceaux de brique dans la boue rouge, et jouer sur un semblant d'échiquier dessiné sur d'autres briques. Je pense à Richard qui gagnait toujours.

– Tu es du huitième district? Tu n'as pas vu un garçon grand et brun aux yeux bleus? Richard Kovacs?

Deux semaines passent, et nous sommes toujours là, vivant dans notre propre crasse au fond de cette fabrique oubliée du monde. Nous ne rentrerons plus dans notre appartement, même maman s'en doute. Notre destin est là, funeste, immonde. Je ne retrouverai jamais Budapest et ma vie d'avant cet horrible endroit. Je ne reverrai plus Richard. Le pire, c'est que je ne peux partager ce désespoir avec personne, pas même ma mère. Elle n'a pas réellement compris l'intensité de mon amour pour lui. Elle a toujours pensé que je rencontrerais d'autres garçons avant de me marier, que j'étais trop jeune pour m'en tenir à une seule et unique décision aussi importante.

Je n'ai pas encore seize ans. Elle compte sur moi souvent comme sur une adulte, parce qu'elle n'a pas d'autre choix, mais ne peut s'empêcher de me voir encore comme une enfant. Et à beaucoup d'égards, je le suis certainement, bien que la guerre et l'occupation aient transformé complètement l'enfant que j'étais, et détruisent maintenant mon adolescence.

Les rêves de ma mère en ce qui me concerne, sont bien différents des miens. Elle me voit retourner au collège et entrer à l'université dès que la guerre sera finie. Et moi je ne veux qu'une chose, être la femme de Richard, vivre avec lui dans une belle maison, avoir des enfants, et dormir dans ses bras chaque nuit que Dieu fait.

Et je suis là assise dans la boue, crevant de faim et de soif, laide et sale à faire peur comme des milliers d'autres. C'est à en pleurer de rire. Aucun de mes rêves ne se réalisera, et les projets de ma mère non plus.

Nous pouvons mourir ici chaque jour, comme d'autres sont morts. Les Allemands sont acculés, repoussés sur deux fronts par les Alliés, à court d'équipement, la Hongrie est dans le chaos, sous un gouvernement de fous. La solution la plus simple pour résoudre le problème des juifs hongrois est de les laisser mourir, ici et maintenant.

L'idée de ma mort me taraude parfois. Mais ma mère ne nous laisse guère de temps. Chaque jour, elle se lève, s'active, nous pousse à vivre et nous apprend à survivre. Elle dit toujours :

– C'est à nous de leur montrer, que nous tenons bon, quoi qu'ils nous fassent subir.

Et encore :

– Ils ne nous briseront pas, si nous ne les laissons pas faire...

Nous n'avons plus de provisions, nos estomacs gargouillent affreusement, il ne reste que les deux bols de soupe pour subsister, leur montrer que nous tenons bon, et qu'ils ne nous briseront pas.

Violette et Amy pleurent silencieusement chaque nuit leurs parents et leur frère. Ignorant ce qu'ils sont devenus, et si elles les reverront jamais. Quant à moi, je pleure pour Richard, je pleure pour mon père disparu, pour mon grand-père et toute la famille dont nous n'avons plus de nouvelles depuis si longtemps. Et maman continue de nous chanter sa berceuse pour nous calmer comme des bébés. De prier pour nous redonner espoir.

Des milliers de juifs abandonnés ont besoin d'espoir. La troisième semaine est entamée. Maman compte les jours et nous oblige à le faire, novembre est là. Derrière ces immenses portes de fer et ces hauts murs de brique, bizarrement, la vie continue sans nous. La grande route de Budapest à Vienne est toujours animée. Il y passe des autocars, des camions, et des voitures. Il y a au-dehors des gens qui vaquent à leurs occupations, d'autres qui s'aiment, accouchent ou se marient, vendent ou achètent des choses, prennent des bains chauds, mangent des saucisses. Les feuilles d'automne font leur travail, le brouillard se lève et la pluie tombe. Il gèle la nuit, j'ai trop froid pour dormir, je rêve d'évasion, Richard est venu nous chercher avec ses camarades du réseau, ils tuent les gardes, fracassent les portes et nous courons dans la campagne, libres, pour nous cacher quelque part dans une cave à Budapest. Parfois, mon père tient le rôle du héros. Il apparaît en uniforme à la tête d'une armée d'anciens camarades. Il me prend dans ses bras :

– Je t'avais dit que je vous protégerais toujours !

Et Roszi me pousse pour prendre ma place, Ludwig saute au cou de son père, les yeux de ma mère sont lumineux de larmes et d'amour pour lui. Alors il fait grimper Ludwig sur ses épaules et dit en souriant :

– Que tout le monde me suive, j'ai un plan !

Mais personne n'arrive jamais. Les bons citoyens hongrois passent devant ce portail en fer forgé, ils peuvent nous voir, ils savent comment nous sommes traités ici.

On dirait que nous sommes invisibles dans cette boue rouge. Le désespoir plus que l'espoir me guide encore à la recherche de Richard parmi mes semblables. S'il était là il m'aurait trouvée.

Je guette aussi le grondement des tanks. Les Alliés ne sont peut-être pas loin, près de gagner. Même si ce sont les Russes, ils ne me font plus peur. Tout vaut mieux que cette mort lente, sale et humiliante. Cette demi-vie dans laquelle on nous entretient avec de la soupe, Dieu sait pourquoi. Les bombardements continuent, aucun bruit de tank ne vient réveiller cette torpeur proche de la mort.

La seule chose qui change ici, c'est notre corps, et le temps qu'il fait. Ils se dégradent au même rythme. Je sens mes vertèbres saillir entre mes épaules, mes hanches pointer comme des lames.

Je me vois dans le regard des autres, les yeux cernés, creux, ce teint verdâtre. Et la saleté, plus repoussante que jamais, à tel point que nous arrivons difficilement à nous tolérer les uns les autres. C'est ma plus grande honte, pire que la faim et la soif, pire que l'emprisonnement, cette saleté qui nous rabaisse plus que des bêtes.

Bizarrement, il m'est venu une idée fixe. Je la partage peut-être avec les milliers d'autres autour de moi. J'attends. J'attends je ne sais plus quoi. C'est étrange, ce néant de l'attente.

13

La marche

Les haut-parleurs hurlent des ordres ce matin :

– Debout ! Debout ! En route !

Nous sommes à peine réveillés, l'aube est encore grise, et il a gelé cette nuit de novembre. La boue s'est transformée en une masse solide et luisante.

– Debout ! En route !

L'air glacial résonne de ces voix enragées qui harcèlent la foule abrutie de froid et de faim. La peur nous prend au ventre aussitôt. Les gens murmurent, angoissés, se regardant les uns les autres :

– Où nous emmènent-ils ?

Il n'y a pas de gare à proximité, et aucun camion de transport n'est visible. Il faut rassembler ce que nous possédons, réveiller Ludwig, qui regarde maman sans comprendre. Mais elle a déjà compris, elle remet la lourde couverture sur ses épaules et prend son fils dans ses bras.

– Il va falloir marcher, les enfants. Dépêchez-vous, prenez vos sacs, et surtout restez toujours près de moi. Tenez-vous par la main, et ne vous lâchez pas.

Mes jambes sont ankylosées, mon dos douloureux à force de dormir recroquevillée par terre. Roszi s'accroche à moi, Violette et Amy se frottent, les yeux en titubant. Je regarde ma mère s'affairer, vérifier que nous avons chacun notre taie d'oreiller en guise de sac, et qu'elle n'a rien oublié par terre. Comment fait-elle, si frêle et si petite, pour porter en même temps mon frère et cette lourde couverture de laine ? Elle mesure à peine un mètre cinquante, mais lorsqu'elle marche le dos droit, la nuque fière, elle a vraiment un port de reine. N'importe qui à sa place croulerait sous la charge ; après trois semaines ici, elle est toujours debout, invincible sous cette pluie de neige fondue. Toujours belle, malgré la crasse et l'épuisement.

Comme d'habitude, nous n'avons pas d'autre choix que de marcher vivement derrière elle ! Elle a raison, d'instinct, de nous entraîner à ce rythme. Les vieux, les très jeunes, les malades, les mourants, tous ceux qui ne peuvent pas se lever et suivre les gardes, sont abattus sur place, et les corps abandonnés dans la fabrique. Les soldats tirent de-ci, de-là, avec une grande indifférence ; les gens tombent autour d'eux, éclaboussant de leur sang la terre brune et gelée. Ils font le ménage, se débarrassent de quelques juifs encombrants. Chaque rafale dans mon dos me fait claquer des dents, mais ma mère me tire par la main, et je tire Rose qui tire Violette qui tire Amy. Il ne faut pas se retourner. Entre ses lèvres, maman chuchote :

– Nous ne pouvons rien faire, mes enfants, avancez, il faut avancer pour rester en vie.

Des larmes roulent sur mes joues ; je ne suis pas la seule. Ceux qui marchent pleurent ceux qui tombent. Je redresse les épaules vaillamment, comme ma mère. On nous mène sur la grande route de Vienne, en un grand fleuve mouvant d'humains hébétés. Nous sommes quelque part, au milieu des milliers d'autres, on ne voit ni le début ni la fin de cet immense troupeau.

Maman a choisi de nous placer au centre. Elle nous a dit :

– C'est le meilleur endroit pour ne pas se faire remarquer. Marcher sur les flancs est un grand risque, si l'on tombe. Le garde peut nous battre ou même nous tuer.

Au début, il y a une grande confusion dans l'organisation de ce troupeau d'humains qui prend toute la largeur de la route à deux voies. Les gens se poussent et se bousculent, des femmes pleurent et des enfants hurlent. C'est un spectacle digne de l'enfer.

Je m'efforce avec peine de ne pas m'affoler moi-même ; en réalité, je suis terrifiée. Nous allons manifestement marcher en direction de Vienne. Nous quittons Budapest, que nous ne reverrons peut-être plus jamais. Quelque part derrière moi, dans la grande cité, se trouve Richard. Il est vivant et libre, j'en suis certaine. Il n'est pas dans cette horde de milliers de femmes et de vieillards, d'enfants et d'adolescents. Je l'ai perdu depuis son au revoir sur la colline, dans le sifflement des bombes. Je ne suis plus qu'un paquet d'os, de tripes malades et d'angoisse. Tout me dit que c'est la fin. Ils vont nous faire marcher à travers la Hongrie, en plein hiver, nous allons crever comme des bêtes. Par moments, je voudrais hurler, me sauver, courir vers la ville, fuir cette horde de juifs que les gardes mènent à la mort. Mais ma bouche est scellée, je regarde ma mère et les autres, en silence, incapable de leur dire ce que je ressens. M'enfuir, c'est la mort immédiate, d'une balle dans le dos. Marcher, c'est la mort lente. Il faudrait nous révolter, il faudrait que tous ces gens comprennent qu'obéir à ces monstres, marcher vers l'Autriche, c'est un massacre organisé d'avance. Car ils nous emmènent en Autriche, ou en Allemagne, ils ne l'ont pas compris ? Où croient-ils aller ? Maman ne m'écoutera pas, ma sœur se réfugiera auprès d'elle, Ludwig est trop petit pour comprendre...

C'est à Violette que je fais part de l'horrible certitude qui m'a envahie. Elle me regarde effrayée, aussi désespérée que moi sous la pluie. Les gardes hurlent, courent le long de leur troupeau d'humains comme des chiens mauvais, fusil menaçant, mitraillette sur le ventre. C'est fini Budapest, c'est fini la vie, la jeunesse. Violette serre ma main, elle d'habitude si frivole et inconsciente me dit gravement :

– On va marcher, et faire de notre mieux pour tenir le coup, Beth.

Ce premier jour est pire que ce que nous aurions pu imaginer. Trente-deux kilomètres sous la pluie et la neige fondue, avec pour toute nourriture un bol de soupe maigre. Tout au long de la route, des gens cèdent à l'épuisement. Dès que l'un d'eux s'assied une minute, pour reprendre souffle, un garde l'abat sans préavis. Nous passons ainsi devant les corps abandonnés sur le bas-côté, et la moindre velléité de ralentir le pas s'envole aussitôt.

Non loin de moi, une jeune femme enceinte marche depuis des heures, le dos courbé parfois, les deux mains sur le ventre, le visage crispé de souffrance. J'ai déjà vu des femmes accoucher dans le ghetto, je sais reconnaître les signes, et cette femme à bout de forces, en pleines douleurs d'enfantement, marche encore. Les soldats, ces Hongrois qui nous gardent, devraient s'en apercevoir et la laisser s'arrêter pour mettre son enfant au monde. Mais personne ne semble remarquer sa souffrance et, d'une pression de main, ma mère me fait comprendre de ne rien dire, de ne même pas essayer de lui venir en aide.

– N'attire pas l'attention, ni sur toi ni sur nous.

Je sais qu'elle a raison, je hais cette raison, et pourtant je me tais.

Quelques kilomètres plus loin, la jeune femme s'effondre sur la route, le corps agité des ultimes contractions de l'accouchement. Et l'enfant sort presque tout seul, petit miracle dans ce monde de désespoir infernal. L'émotion me serre la gorge, une joie me soulève le cœur : il est né, il vit, elle le ramasse, elle est à genoux, le bébé dans ses bras, elle va se relever, marcher et vivre avec lui. Mais quelques secondes plus tard, une rafale de mitraillette les abat tous les deux. Je vois le corps de la mère s'affaisser brutalement, le sang du nouveau-né gicler autour d'elle. L'horreur me pétrifie d'abord sur place. Maman me tire par la main, je sens que je vais vomir, et je vomis réellement, bien que rien ne sorte de mon estomac révulsé. Il est vide, douloureux, les spasmes me font trembler, et je sens la main de ma mère trembler aussi dans la mienne. Lorsque je reprends mon souffle et lève les yeux vers elle, je vois les larmes couler, les lèvres bouger en silence sur une prière. Ludwig dort à moitié dans ses bras, il n'a rien vu. Nous marchons toujours, le troupeau s'écarte au passage devant le corps de la mère. C'est fini. Je ne prierai plus. Dieu abandonne son peuple, c'est trop dur.

La route de Vienne est la principale artère de circulation entre la Hongrie et l'Autriche. Au fil des kilomètres, nous traversons des villages, défilons devant des fermes, des champs ou des vignobles, des maisons, des boutiques. Depuis le départ, la longue file de milliers de juifs n'a cessé de croiser du monde. Les gens nous regardent passer, certains montrent de la pitié, d'autre marmonnent des injures, la grande majorité ne manifeste rien. Aucune réaction, aucune émotion, ils regardent ce défilé de corps maigres, malades, épuisés, battus et terrorisés par les gardes sans la moindre gêne.

C'est notre punition, l'humiliation publique. Nos concitoyens, hommes et femmes, acceptent ce défilé de déportés. Il leur paraît normal, puisque nous sommes de sales juifs.

À l'issue de ce jour de marche horrible sous la pluie glacée, chaque os de mon corps est une souffrance. Les soldats ont dit que nous pouvions faire du feu, si nous trouvions du bois. Maman nous presse d'aller en ramasser. Roszi, Violette, Amy et moi, presque incapables de faire un pas de plus, nous traînons sur le bord de la route, vers un bouquet d'arbres, à la recherche de branches mortes. Le bois gelé nous égratigne les mains, mais nous parvenons à constituer un petit fagot. Il est juste suffisant pour faire tiédir notre bol de gruau délayé, dans la fumée épaisse que laisse échapper le bois gelé. Je n'arrive pas à dormir, il fait trop froid, trop humide, et je suis trop lasse, pour arriver à détendre mes muscles endoloris. Violette est comme moi, épuisée au point de ne plus pouvoir fermer les yeux. Nous parlons bas toutes les deux.

– Pourquoi font-ils ça, Beth ? Ils nous traitent comme des criminels, alors qu'on n'a rien fait de mal. D'ailleurs, tout ce que disent les Allemands sur les juifs n'est pas vrai ! Comment les autres peuvent-ils le croire ? Tu as vu comme ces gens nous regardaient ? Ils s'en fichent !

– Je sais bien. On ne mérite pas de mourir sur cette affreuse route en tout cas. Pourtant, c'est ce qu'ils cherchent.

Nous chuchotons presque mais ma mère est toujours à l'affût et elle a tout entendu.

– Ne cherche pas à résoudre les problèmes du monde, Beth ! Venez près de moi que je vous réchauffe toutes les deux, il faut dormir !

Nous obéissons. Je partage une mince couverture avec Violette, et ma sœur la sienne avec Amy. Maman a étalé la grande couverture sur l'herbe gelée, enroulé mon frère dedans, et elle le serre déjà contre sa poitrine. Le meilleur moyen d'avoir chaud, c'est de se coller les unes contre les autres.

Violette et moi nous nous encourageons mutuellement :

– Ça ira mieux demain... Ils vont peut-être nous laisser rentrer chez nous.

– Je n'en crois rien, mais le dire est une façon comme une autre de résister au désespoir. Et Violette me sourit en fermant les yeux.

Le lendemain matin, on nous réveille alors qu'il fait encore noir.

– Tout le monde en rang pour la soupe ! On se remet en marche dans vingt minutes !

Impossible de me lever, je suis raide comme un morceau de bois, et transie des pieds à la tête.

– Étire-toi, Beth, fais comme moi : d'abord les bras, la nuque, maintenant les jambes, toi aussi, Violette, regardez-moi !

Elle est incroyable. À quarante ans, elle a plus d'énergie que nous. Je ne sais pas d'où elle tire cette force, ce calme, cette logique alors que tout va si mal. Elle a perdu son mari, aucune nouvelle de Zeteny et de sa famille depuis des mois, elle doit craindre le pire pour eux. Nous voilà sur la route en plein hiver, affamés, et elle nous fait une démonstration d'assouplissement !

Et elle a raison, comme toujours. Peu à peu le sang revient dans nos membres glacés, les muscles se dérouillent, Roszi et Amy me regardent faire d'abord avec lassitude, puis leurs regards s'éveillent. Je me sens un peu mieux. Autour de nous, les gens paraissent bien plus mal en point. Maman les observe avec chagrin. Elle aide un vieil homme à se relever, en le prenant sous les bras, et une fois qu'il est sur pied :

– Tu vas y arriver !

Il lui sourit :

– Merci.

À mon tour j'aide une vieille femme à mes côtés. Elle vacille sur ses jambes, mais arrive à tenir debout, et m'embrasse.

La méthode maternelle a le mérite de nous faire oublier nos douleurs au profit des autres. C'est ainsi, comme dit ma mère, que « nous marcherons la tête haute ».

Dans la file d'attente pour la soupe, on distribue à chacun un morceau de pain. Maman se charge de le garder pour nous, en réserve. De cette façon, nous ne le mangerons pas d'un seul coup. Je demande à Violette si elle veut que maman lui garde son pain.

– Je suis capable de le garder ! Je ne le mangerai pas d'un seul coup !

Je regarde Violette en souriant. Je la connais bien : si elle garde le pain sur elle, elle le mangera aussitôt. Elle a toujours eu l'habitude d'avoir ce qu'elle voulait ; c'est une enfant gâtée, qui n'a jamais manqué de rien. Elle n'a aucune patience.

– Tu es sûre ?

Ma réflexion amusée la met hors d'elle.

– Tu crois que tu sais tout, hein ! Tu crois que je vais l'avaler dès que tu auras le dos tourné !

– Ce n'est pas un péché, Violette, tu as le droit d'en avoir envie, mais tu dois aussi réfléchir à ce qui arrivera tout à l'heure, quand tu auras faim, et que tu n'auras plus rien à manger.

Elle me dédie l'un de ses sourires éblouissants, comme avant, lorsqu'elle se piquait de séduire n'importe quel garçon. Elle prend son pain, se détourne, et je la vois dévorer son quignon en cachette. Puis elle regarde autour d'elle, l'air vaguement coupable, de peur qu'on ne l'ait vue faire. Je fais semblant de regarder ailleurs. Il est inutile de lutter davantage avec elle. Amy et sa sœur sont plus malheureuses que nous. Perdues, sans leurs parents qui les ont toujours tant préservées. J'imagine l'horreur de me retrouver seule avec ma sœur et mon frère, sans le secours de ma mère.

Et nous n'avons aucun moyen de savoir ce que sont devenus les parents de Violette, s'ils sont encore dans le ghetto, ou en marche vers un autre enfer, comme nous.

Je souris à nouveau à Violette, à ses yeux mauves si tristes et si beaux malgré le cerne noir qui les souligne. Elle est faite pour une vie de papillon doré, pour illuminer les autres de sa beauté. Violette a plus besoin d'aide que moi. Je lui tends la main, qu'elle agrippe avec reconnaissance.

Nous marchons de nouveau, côte à côte en nous tenant le bras, en essayant de discuter comme des jeunes filles normales. Au moins, il ne pleut pas aujourd'hui. Mais le ciel s'est alourdi et la température a encore baissé. La neige va sûrement tomber. Des nuages épais nous surplombent.

Je force le pas en soufflant, entraînant Violette pour nous obliger à suivre le rythme rapide que nous imposent les soldats. Eux peuvent se reposer par étapes, en grimpant sur les camions qui roulent lentement le long de l'immense colonne de marcheurs. D'autres prennent alors leur place, pour nous surveiller de près. Nous n'avons pas droit à une seconde de pause.

Nous marchons Violette et moi, en discutant des garçons. Je lui parle de Richard, et elle me dit à quel point son vieux fiancé lui manque. Amy a elle aussi un petit fiancé, enrôlé dans la résistance juive, et elle garde l'espoir que son réseau nous viendra en aide.

– Je ne comprends pas ce qui nous arrive, je n'arrive pas y croire, ça ne durera pas !

Elle commence à boiter. Ses chaussures sont en lambeaux, comme les miennes.

Tout autour de nous, des gens se mettent à gémir et à supplier que les soldats s'arrêtent, ils ne peuvent plus marcher davantage. Ceux qui comme moi tiennent encore le coup les encouragent à continuer.

– Ça ira mieux demain, tu verras, ne t'arrête pas, si tu t'arrêtes tu ne pourras plus repartir. Marche, marche, avance !

Hélas, certains n'en peuvent vraiment plus, et s'assoient par terre, espérant se remettre debout un peu plus tard dans la foule. C'est une illusion. Les soldats leur tirent dessus à l'endroit où ils sont assis, et les autres continuent, en serrant les dents. À chaque rafale, je tremble de terreur, à l'idée de trébucher ou de tomber moi-même sans avoir le temps de me relever. Cette marche forcée est abrutissante, il arrive un moment où on ne sait plus ce qu'on fait. On avance un pied après l'autre, bousculé parfois, ou ralenti par des traînards. Le regard vide, les jambes en plomb, on avance, on avance...

Violette me donne une autre raison de m'inquiéter pour elle. Elle a lâché mon bras, et s'est mise à flirter avec un des soldats.

Je la rattrape péniblement, en jetant des regards soucieux vers maman, qui a remarqué son manège elle aussi. Je chuchote :

– Violette... ne fais pas ça... quelqu'un va s'en apercevoir, et tu auras des ennuis...

Elle hausse les épaules, alors j'essaie encore un peu plus tard, alors qu'elle se trémousse et sourit à un autre jeune soldat :

– Laisse tomber, Violette, je t'en prie ! Arrête !

Elle se tourne vers moi, ironique :

– Tu es jalouse, parce qu'ils me regardent ? Hein !

J'en suis estomaquée. Elle a perdu la tête ?

– Tu sais que j'aime Richard ! Je n'ai pas envie de flirter avec d'autres garçons ! Surtout ceux-là, qui nous font tant de mal !

Elle s'en fiche et continue de sourire à qui elle en a envie. J'essaie de comprendre ce qu'elle recherche. Séduire l'un de ces soldats, en espérant qu'il va l'aider ? Elle est folle, mais cette folie l'aide à marcher, je n'ai pas le droit de l'en empêcher.

D'ailleurs, je n'en ai même pas la force. Marcher, discuter et me disputer avec elle en même temps, c'est plus que je ne peux supporter.

Le deuxième jour, il se passe quelque chose d'incroyable. Plusieurs femmes enceintes ont enfin suscité la pitié d'un soldat. Il les a fait monter dans une camionnette. Elles sont soulagées à l'idée de ne plus marcher, mais ce soulagement ne dure guère, un autre garde affronte le premier :

– Je voudrais bien savoir pourquoi ces sales juives se font trimbaler au lieu de marcher ? Qu'est-ce qui t'a pris ?

L'autre bredouille :

– Elles sont enceintes... jamais elles ne pourront marcher aussi loin...

– Et alors ? Arrête cette voiture et fais-moi descendre ça !

Le soldat arbore un sinistre sourire, tandis que les malheureuses sautent de la camionnette en marche sur le bas-côté. Il les fait mettre en ligne.

– Ne vous inquiétez pas, mesdames... vous n'aurez plus de problèmes...

Il arme sa mitraillette et les abat d'une longue rafale. Maman manque de tomber devant cette nouvelle horreur, mais elle se reprend, et rattrape Ludwig de justesse, qui a failli tomber aussi.

Et nous continuons d'avancer, comme s'il ne s'était rien passé, parce qu'il le faut.

À l'approche de certains villages, nous avons du public dans la campagne ; certains ont vu ce qui se passait et n'ont pas bougé.

Un peu plus tard, nous sommes plusieurs à remarquer soudain un couple qui se faufile parmi les autres jusqu'au bord de la route et se dissimule dans les fourrés. Si la chance est de leur côté, si personne ne dit rien, ils arriveront peut-être à s'enfuir. Mais si l'un des curieux au bord de la route, ou même un marcheur parmi nous, les signale au garde, ils seront tués.

Je voudrais tant m'échapper. Courir moi aussi à travers champs vers la liberté. Mais je ne peux pas abandonner ma mère, Roszi et Ludwig. Alors je marche. Et pour la première fois, les soldats donnent l'ordre d'une pause. Maman me dit aussitôt :

– Ne t'assieds pas. Tu ne pourras pas te relever.

Et elle nous oblige une fois de plus à nous détendre selon sa méthode. Étirements, mouvements des bras, de la nuque et du torse.

– Gauche, droite, soufflez, recommencez... Les jambes à présent !

Les autres nous regardent stupéfaits, certains nous imitent.

Violette s'étire comme un chat. Même sale, trempée et les cheveux en bataille, elle est si jolie qu'il n'est pas étonnant que les soldats la regardent. L'un d'eux, un jeune en uniforme de nazi hongrois, arborant le brassard des

Croix-Fléchées, ne la quitte pas des yeux. Je l'ai remarqué la veille, et je ne voulais rien dire à Violette de peur de l'encourager. Mais ce deuxième jour, l'intérêt du soldat est plus qu'évident.

– Fais attention, celui-là t'a remarquée, il n'arrête pas de loucher vers toi.

– Et après ? Il n'oserait même pas me parler ! Tu ne le reconnais pas ? C'est cet horrible type, Istvan Menosz, celui qui nous a suivies un jour depuis l'école jusqu'à la maison !

Je me souviens de lui à présent, un petit dur d'un quartier pauvre, qui n'a rien à voir avec le milieu bourgeois de Violette. Elle le méprisait. Mais c'était dans un autre monde, qui n'a rien à voir avec celui dans lequel nous sommes à présent.

– Ne t'approche pas de lui. Il est bizarre.

Violette acquiesce, je ne remarque rien lors de la deuxième pause de la journée. Il semble que nos gardes aient reçu des ordres pour ne pas nous épuiser à mort. Je me demande ce qu'ils veulent faire de nous ? Nous faire travailler ? Au moins nous resterons en vie.

Cette nuit-là, Violette chuchote à mon oreille :

– Tu sais le type, ce Istvan, il est venu me parler pendant la pause.

– Qu'est-ce qu'il avait à te dire ?

Elle sourit, comme si elle mijotait quelque chose, mais je ne pouvais pas imaginer ce qui lui trottait dans la tête :

– Oh ! Rien de spécial. Il a dit qu'il ne fallait pas s'asseoir pendant la pause, jamais, que l'on mourrait si on le faisait. Alors je voudrais que tu promettes de ne jamais t'asseoir, même si tu n'en peux plus.

– D'accord, mais je voudrais que tu me promettes aussi de ne plus approcher ce nazi.

Elle ne répond pas, et ça m'inquiète. Je sais à quel point elle est obstinée, et il me semble qu'elle s'est mis en tête d'obtenir je ne sais quelle faveur en se liant d'amitié avec ce type. Mais je connais ce genre de type. Ce n'est pas un ami des juifs, quoi qu'il ait prétendu à Violette. Je vais essayer d'en parler à Amy, pour qu'elle fasse entendre raison à sa sœur.

Le lendemain, Amy m'explique pendant la pause que Violette a refusé de l'écouter. Amy est épuisée, gelée, elle claque des dents, ses vêtements sont trempés de pluie et de neige depuis des jours. Le temps est tellement mauvais qu'il est encore plus difficile de marcher. Nous avons atteint une ville en ce milieu d'après-midi. Ils nous rassemblent pour la nuit dans un immense espace à ciel ouvert, qui doit servir de marché en temps normal. On nous fait faire la queue devant des pots de soupe, qui ont l'allure d'une auge à cochons. Mais nous avons si faim que nous nous précipitons pour engloutir le breuvage. Amy frotte ses mains bleuies sur sa gamelle. Elle paraît soucieuse.

– Qu'est-ce que t'a raconté ta sœur ?

– Elle a une sorte de plan complètement fou, elle dit que si elle couche avec ce type, car c'est ce qu'il veut, il la laissera partir.

– Partir comment ?

– Il la laissera filer au bord de la route, c'est ce qu'il dit !

– C'est de la folie ! Pourquoi elle le croirait ? Pourquoi elle lui ferait confiance ? Tu as vu ce qu'ils ont fait aux autres ?

– Je lui ai dit tout ça, Beth, mais elle ne pense qu'à s'enfuir. Elle dit qu'elle va mourir si on la fait marcher plus longtemps.

– Elle va mourir si elle croit ce que lui raconte ce type !

– Tu connais Violette, quand elle a quelque chose dans la tête...

Je finis ma soupe, lèche soigneusement la cuillère, pensive. Amy n'arrivera à rien, et moi non plus. Je vais en parler à ma mère, dont les yeux se remplissent d'effroi au récit du projet d'évasion de Violette

– Il faut l'en empêcher ! Absolument !

– Je sais, maman, mais elle n'écoute personne, ni Amy ni moi. Toi, elle t'écoutera peut-être.

Maman me confie Ludwig et Roszi, et se dirige vers l'endroit où les deux sœurs finissent de manger leur soupe. Je la vois de loin, parler, d'abord calmement, puis énergiquement à Violette qui secoue la tête obstinément. Dix minutes plus tard maman revient à sa place, désolée.

– Elle ne veut rien entendre. Elle est persuadée que cet homme ferait n'importe quoi pour elle, et elle est prête aussi à faire n'importe quoi pour s'échapper. Je lui ai dit que ce garçon est sournois et méchant, et qu'elle le regrettera toute sa vie. Il n'y a rien à faire.

J'essaie à mon tour, une fois encore, mais Violette se contente de me rabrouer :

– Tu verras, ça va marcher. Ne t'inquiète pas comme ça ! Je sais ce que je fais...

Au moment de dormir, maman nous rassemble autour d'elle, mais cette fois Violette et Amy restent volontairement à l'écart. Maman les appelle, leur fait signe de nous rejoindre sur la couverture, sans succès.

Le lendemain, il pleut tellement fort qu'il est presque impossible d'y voir clair. On nous a donné un morceau de pain et une eau noire censée ressembler à du café. Mes chaussures partent en lambeaux, j'essaye désespérément de conserver ce qu'il en reste avec des bouts de ficelle. Dieu bénisse maman qui a même pensé à mettre de la ficelle dans sa taie d'oreiller ! Mais je m'écorche les pieds en marchant quasiment pieds nus sur la route, car je n'ai plus de semelles. Mes jambes sont meurtries, lasses, et je m'efforce de ne pas montrer à ma mère à quel point il m'en coûte de continuer d'avancer. Je me concentre sur le rythme des pas des autres, comme autrefois, lorsque nous faisions partie d'une équipe de marche avec Richard. Ce temps me paraît si lointain, comme un rêve dont je me serais brutalement réveillée. Je n'avais jamais imaginé une telle cruauté.

Et à ce moment-là, je n'imagine pas non plus qu'il y aura pire.

Nous ne sommes pas vêtus pour un froid pareil, bien entendu. Je grelotte jusqu'aux os. Je songe aussi aux fêtes de Hanukkah, qui ne vont pas tarder. Avant l'arrivée des Allemands, nous les fêtions autour du grand poêle rougeoyant, avec des bougies allumées dans toute la maison. Chacun de nous offrait un cadeau à maman, elle nous faisait chanter des cantiques, et nous jouions à la toupie.

Il faisait si bon, si chaud près du fourneau. Il faisait si doux dans les bras de Richard, sous la couverture du petit lit, dans le hangar à bateaux. Je croyais avoir froid, ce n'était qu'un frisson.

Cette pluie de glace qui me cingle le visage, pénètre sous mes vêtements, cette route gelée sur laquelle je traîne mes pieds meurtris dans ce vent d'hiver, c'est le froid impitoyable.

Tous ces beaux jours où j'étais libre au bord du Danube dans les bras de Richard, toute cette liberté, j'aurais dû en profiter davantage. Même avec les privations, le couvre-feu, les bombardements, c'était le bonheur. J'ignorais le vrai malheur, en somme.

Qu'y a-t-il au bout de cette marche infernale ? Quel autre enfer nous attend ? Nous ne savons plus rien de rien. En passant devant toutes ces maisons closes, refermées sur leur chaleur, ces fenêtres où brillent des lumières, en pensant à ces gens qui mangent, boivent du thé chaud, écoutent la radio, et savent, eux, j'ai des envies de meurtre.

J'espérais que ces gens feraient quelque chose pour nous aider. Qu'ils auraient pitié de nous, que des mains nous tendraient à manger, ou à boire. Au moins cela. Mais nous marchons devant des maisons fantômes. Ils savent parfaitement que la population juive est en route vers l'extermination. Et ils la regardent passer derrière leurs fenêtres, ils la regardent tomber, s'évanouir, comme la neige qui tombe à gros flocons à présent, et nous enveloppe d'un brouillard cotonneux.

Les jours passent, beaucoup de jours et d'heures de marche, une vingtaine par jour, et des nuits trop courtes d'un sommeil douloureux et glacé. Les marcheurs tombent et ne se relèvent plus. Certains meurent de fatigue et d'inanition sur la route. D'autres sont tués par les gardes, soit parce qu'ils ne marchent pas assez vite, soit parce qu'ils trébuchent et ne se redressent pas assez vite. Ils sont pressés de nous conduire là où ils le veulent. Il y a des familles comme la nôtre, dont les mères ne peuvent plus marcher, et que les enfants sont obligés d'abandonner derrière eux.

D'un autre côté, rester en famille est une responsabilité de tous les instants, car on ne peut avancer qu'au rythme et à la vitesse du plus faible. Heureusement pour nous, ma mère porte toujours Ludwig. Et pour l'instant nous n'avons abandonné personne.

Violette continue de flirter, surtout avec ce Istvan. Chaque fois que j'essaie de lui en parler, elle se met à marcher loin devant nous, tellement elle en assez de m'entendre. Elle a changé depuis que nous avons quitté la fabrique. Elle est devenue à la fois plus téméraire et plus méfiante avec moi. Ce n'est plus la Violette que j'ai connue.

Je peux difficilement la blâmer. Elle n'a plus ses parents, elle est livrée à elle-même et, mis à part la protection que ma mère lui apporte de bon cœur, elle est complètement perdue. Elle ne veut plus de cette protection, apparemment. Je la regarde avancer à mes côtés, les sourcils froncés, butée, souffrant comme nous tous. Elle qui est faite pour danser.

Lorsque cette marche sera finie, elle redeviendra sans doute comme avant. Gaie et désinvolte.

– Violette, écoute...

Elle n'a jamais été aussi brutale avec moi.

– Fous-moi la paix ! Occupe-toi de tes affaires !

14

Virginité

Le froid et la neige n'ont pas ralenti notre marche. Nous sommes toujours gelés, tellement gelés que plus rien ne pourrait nous réchauffer, semble-t-il. La résistance des survivants pendant cette marche mortelle est incroyable. La mienne me sidère. J'ai parfois le sentiment que je ne suis plus moi-même. Dormir par terre, me débattre dans la neige et le brouillard, le ventre vide, les os brisés de fatigue, sentir le froid de la mort me frôler, et marcher, marcher encore, alors que d'autres tombent, et meurent ou sont abattus sans un mot.

Les gens sont si maigres, si désespérés autour de moi. Ma mère garde l'espoir, contre froid et tourmente. Elle a foi en Dieu et, venant de Dieu, tout est acceptable.

– Ce qui nous arrive, Beth, a une raison. Dieu a une raison pour nous imposer ce calvaire.

Elle en revient toujours à Dieu. Quoi qu'il nous arrive, c'est la volonté de Dieu, et c'est lui qui nous sauvera. Je ne peux plus discuter avec elle. Elle a la foi, pas moi. Je n'ai pas hérité de la même éducation religieuse que mon grand-père lui a donnée, de cette croyance à toute épreuve qu'il lui a inculquée. Il l'a persuadée que la volonté de Dieu, aussi terrible soit-elle, est toujours un enseignement.

Si seulement Dieu pouvait protéger Violette de sa propre folie. Jour après jour, je la vois encourager ce Istvan, qui manifestement lui court après. Et jour après jour, maman la supplie :

– Ne fais pas ça. Il ne serait pas ici, s'il était le genre d'homme à aider une juive à s'évader ! Il ne cherche qu'à se satisfaire ! C'est un nazi, Violette !

Elle sourit, approuve ce que dit maman, et le lendemain, elle recommence dès qu'elle en a l'occasion. Par moments, elle m'épate. Flirter, minauder, dans la situation où nous sommes, et l'état où nous sommes, c'est une performance, au fond.

– Tu sais, Beth, je suis sûre qu'il me laissera partir avec Amy, je n'ai qu'à coucher avec lui au bon moment. Une fois que nous aurons réussi à sortir des rangs, je suis certaine que nous trouverons quelqu'un pour nous cacher. Peut-être des gens de la Résistance, ou les Alliés, qui sait ? Tout vaut mieux que d'être là, à marcher comme du bétail sans pouvoir rien faire.

C'est un matin aussi glacial que les autres, et j'ai les larmes aux yeux, de chagrin pour elle, et aussi de douleur à tenter vainement de réchauffer mes pieds.

– Et si tu couches avec lui, et qu'il ne te laisse pas partir ? Tu devras vivre avec ça toute ta vie ?

– Au moins je serai vivante, et j'aurai essayé de nous sauver ma sœur et moi !

– Tu vas coucher avec un nazi ? Il n'y a plus rien qui compte pour toi ?

– Coucher avec un nazi pour sauver sa peau, qu'est-ce que ça peut faire ?

– Tu as déjà couché avec un homme, Violette ?

– Non...

Je la crois. Tous ces garçons qui virevoltaient autour d'elle n'ont jamais obtenu que des faveurs légères. Même son fameux dentiste, dont elle s'était entichée, n'a pas défloré Violette. Et elle ne veut pas avouer qu'elle a peur.

Plus tard ce jour-là, alors que nous buvons notre pauvre semblant de soupe, je vois ce Istvan s'approcher de Violette, et lui dire qu'il viendra la chercher plus tard.

Effrayée, maman essaie encore une fois de la dissuader.

– Pense à tes parents, Violette, ne fais pas ça !

Elle regarde ma mère droit dans les yeux :

– Mes parents ne voudraient qu'une chose : que je survive !

Il fait nuit déjà, maman étale sa couverture, sans répondre et, nous serrant contre elle, chante sa berceuse habituelle. « N'aie pas peur du vent qui gronde, ni des loups rôdant dans l'ombre... »

Je ferme les yeux, sans pouvoir m'assoupir, j'ai peur pour Violette. J'entends effectivement un léger bruit, j'ouvre les yeux, elle est déjà loin, debout, suivant Istvan sur un chemin entre les arbres. Je tremble à l'idée de ce qui va se passer pour elle. Ce doit être horrible de supporter le corps de cet homme, sans amour, et chargé de toute la haine qu'il nous porte. J'en ai la nausée.

Le lendemain matin, réveillés avant l'aube comme d'habitude, faisant notre gymnastique comme d'habitude, pour réchauffer nos muscles raidis de froid, j'aperçois Violette sortant du fossé.

Je vais vers elle, mais elle refuse de me regarder en face.

– Ça va ?

– Pourquoi ça n'irait pas ?

Sa voix est cassée, le ton tranchant, mais je vois bien que son visage est couvert de bleus, et qu'elle ne peut s'empêcher de trembler.

– C'était si horrible ?

Elle hoche la tête, toujours incapable de me regarder en face.

– C'était brutal.

Puis elle relève brusquement le menton, les dents serrées :

– Mais c'est fini maintenant, et il a promis de nous laisser filer aujourd'hui.

La marche commence, Violette ne cesse de chercher Istvan, de guetter un signal, mais nous ne l'apercevons pas de toute la journée. Et je sens la colère la gagner, le désappointement sur son visage. Elle s'est sacrifiée, elle a offert sa virginité à un homme même pas digne de nettoyer ses chaussures, et il a disparu !

Lorsque la nuit arrive, elle est folle de colère. Je tente de la garder près de moi, de la calmer.

– Ne le cherche pas, éloigne-toi de lui, ce qui est fait est fait malheureusement, mais ne prends plus de risques, je t'en supplie.

J'espère que Istvan ne se montrera plus, qu'elle va se résigner. Mais le lendemain, un autre jour d'enfer, de marche épuisante, je vois arriver Istvan, marchant au bord de la route, surveillant le troupeau comme les autres. Violette cherche désespérément à attirer son attention, il ne la regarde même pas. Des jours durant, il lui a fait des sourires et des promesses, et maintenant qu'il a eu ce qu'il voulait, elle n'existe plus. Violette rougit de honte et de fureur. Aucun garçon depuis qu'elle flirte avec eux ne s'est servi d'elle pour la laisser tomber ! C'est elle qui laissait tomber, quand elle le décidait. Or ce sale type s'est servi de son corps, il l'a salie, brutalisée, et il regarde ailleurs. Elle ne le supporte pas.

Elle l'interpelle à voix haute, volontairement vulgaire :

– Hé ! C'est pour quand ?

– Ta gueule, espèce de sale juive ! Rentre dans le rang !

Elle crie à présent, et court vers lui, totalement inconsciente du danger :

– Tu l'as promis ! J'ai couché avec toi ! T'as promis ! T'as promis !

Istvan recule, relève son fusil et le pointe sur Violette au moment où elle bondit sur lui. Il tire à bout portant, alors qu'Amy se précipite au secours de sa sœur en hurlant. Istvan tire une deuxième fois sur Amy. Tout s'est passé si vite que je ralentis, incrédule. Ce n'est pas possible, il ne les a pas tuées ! Pas Violette ! Pas Amy !

Istvan ne regarde même pas les deux corps ensanglantés sur la route. J'esquisse un mouvement, mais maman me retient violemment et me ramène vers elle :

– Non ! On ne peut plus l'aider. C'est fini, il faut continuer à marcher. Marche !

Quelques secondes plus tard, en me tordant le cou pour regarder derrière moi, je ne vois déjà plus les corps, que des centaines de pieds, des centaines de chaussures déchiquetées, qui avancent sur cette route.

C'est le moment le plus affreux que j'ai vécu au cours de cette marche. Voir ma meilleure amie mourir comme un animal, abandonnée dans un fossé boueux, sur la route de Vienne. Le visage de Violette ne me quitte plus, la bouche ouverte sur ce cri que la mort a arrêté net :

– T'as promis !

Personne n'a dit un mot. Personne n'a de force autrement que pour avancer et sauver sa propre vie. Moi y compris. Ce qui me fait encore plus mal. Ce monstre a tué sans frémir deux adolescentes. Ce n'est ni un homme ni un soldat, c'est la lie de la terre.

Tard dans la nuit, réfugiée contre ma mère sur la couverture, je tremble encore d'émotion. Maman me berce doucement.

– On le retrouvera après la guerre, on traînera cet assassin en justice, Beth, tu verras. Dieu nous y aidera. Pleure ma fille, pleure ton amie et sa malheureuse petite sœur, souviens-toi d'elles, et prie pour elles. Pleure ma fille, et prie.

Impossible.

Au bout de dix jours de marche, nous avons l'air de zombies. La seule chose qui nous tient encore debout, c'est la certitude de frôler la mort au moindre faux pas. Nous trouverons peut-être un abri en arrivant. C'est tout ce que nous espérons à présent. Un abri pour échapper au froid, au gel, au vent, à la neige et la pluie. L'hiver est notre pire ennemi, nous ne survivrons pas longtemps dehors. C'est une marche sans fin, sans repos, et chaque jour des gens meurent. Que font-ils des corps abandonnés sur la route ? Il ne faut pas penser à eux. Nous avons perdu notre ami, M. Cohen, et certains de nos voisins, un jour où ils ont décidé de ne plus marcher. Ils se sont couchés pour dormir dans les fossés, et les gardes les ont tués sur place. Pour être sûr qu'ils étaient bien morts, un autre groupe de soldats a encore tiré sur eux.

Nous avons vu, rien dit, et continué à marcher.

Chaque soir, maman nous réconforte, alors qu'elle-même est à bout de forces. Elle raconte des histoires à Ludwig, des contes de fées qu'elle invente au fur et à mesure. La fin est toujours heureuse, les méchants sont toujours punis, et les gentils récompensés. Et nous faisons nos prières devant elle.

Je n'ai pas l'impression de prier, mais avec l'habitude les mots s'enchaînent automatiquement. Chacun de nous doit prier suffisamment haut pour qu'elle nous entende.

Nous mangeons et buvons si peu que le besoin de nous soulager se fait de moins en moins sentir. Dans un sens, ce devrait être un soulagement, car il faut le faire au bord de la route, devant tout le monde. Mais nous n'avons plus de honte, et plus d'énergie pour ressentir de l'humiliation. Personne ne se pose plus la question de savoir ce que les Allemands vont faire de nous. Nous existons mécaniquement, sans émotions. Nous sommes des morts en marche que quelque chose oblige à mettre un pied devant l'autre.

Nous sommes les derniers juifs déportés de Hongrie, et Adolf Eichmann lui-même, l'architecte de la solution finale, en est responsable.

Il est venu dans sa voiture, observer à plusieurs reprises notre troupeau de misère sur la route de Vienne. Nous le connaissions tous, pour l'avoir déjà vu passer dans les rues du ghetto, où il avait envoyé tant de juifs à la mort ces derniers mois. Un murmure a couru alors dans la longue file de milliers de morts-vivants dans la neige. Le chien enragé venait contrôler la bonne marche de son troupeau de juifs.

Les nazis étaient alors repoussés à l'Ouest, les Russes les repoussaient à l'Est, mais sur cette route, alors que nous marchons à travers la Hongrie, Hitler est toujours vivant et acharné à notre destruction. Alors nous marchons.

Lors d'une étape, un camion suisse de la Croix-Rouge internationale arrive et un ordre s'élève dans un porte-voix :

– Tous ceux qui ont leurs papiers de protection suisse, mettez-vous sur le côté !

Saisie d'un nouvel espoir, maman et d'autres tendent les bras en criant :

– Nous les avons ! Nous les avons !

Il y a un remue-ménage dans les rangs, les gens se bousculent pour se regrouper à l'endroit désigné. Cela prend du temps, les gardes, irrités, ne peuvent que laisser faire. Je demande à ma mère ce qui va se passer, pourquoi ces gens sont là.

– Je ne sais pas, Beth, mais ça ne peut qu'être mieux pour nous...

Tandis que le camion de la Croix-Rouge longe la file des marcheurs, les soldats hongrois arrachent littéralement des mains tous les papiers agités par ces gens pleins d'espoir. Ils font vite, vite, et ils les emportent, pour les détruire devant nous. En moins d'une demi-heure, nous sommes dépossédés de notre ultime rempart contre les nazis.

Lorsque le camion revient de son inspection avec les volontaires de la Croix-Rouge, plus aucun juif ne possède de papiers de protection. Imperturbables, les soldats hongrois attendent leur départ. Et personne n'ose lever la main pour dire ce qui vient de se passer. La Croix-Rouge n'est certainement pas dupe, mais que faire ?

C'est un jour terrible pour nous. Si nous avions pu garder nos papiers, la Croix-Rouge nous aurait emmenés quelque part, à l'abri, pour le reste de la guerre, peut-être même chez nous, à Budapest. Et c'est fichu à présent.

Cette nuit-là, tout le monde pleure. Roszi, Ludwig et moi, mais pas maman. Au lieu de cela elle se met à chanter une berceuse en yiddish :

Petit oiseau ferme les yeux,
S'il te plaît dors mon petit oiseau,
Dors, mon précieux petit enfant.

Nous l'avons entendue si souvent que nous finissons tout de même par nous endormir.

Mais dès que la marche reprend, nous pleurons à nouveau. Il est rare que notre mère pleure. En tout cas, jamais devant nous. Et lorsque je la surprends, elle trouve toujours une excuse : ses pieds lui font mal, ou son dos. Elle n'avoue jamais son désespoir.

En réalité, durant toute cette période, je ne comprends pas vraiment ce qu'elle peut ressentir. Elle m'apparaît comme une force inébranlable, un pilier auquel nous nous raccrochons, ma sœur, Ludwig et moi. Mais tous les jours des enfants meurent dans la colonne des marcheurs et, chaque fois, maman doit penser que nous serons peut-être les prochains à disparaître, et qu'elle devra nous abandonner derrière elle, comme ont fait les autres mères, sans rien pouvoir faire.

Nous marchons depuis environ trois semaines, à présent. Il est difficile d'avoir une réelle notion du temps. Nous ne savons plus quel jour ce cauchemar a commencé.

Maman nous garde toujours au milieu de la colonne, mais il y a eu tant de morts depuis le départ que nous pouvons maintenant en distinguer le début et la fin. Nous sommes tellement sales que les poux nous dévorent la tête et, comme il est impossible de démêler ses cheveux quotidiennement, nos crânes sont couverts de croûtes et de bosses. Pire, j'ai fini par perdre mes chaussures. D'abord les semelles, puis le reste. Le cuir a pourri, tout simplement. J'ai entortillé mes pieds dans des morceaux de chiffons que j'ai réussi à ramasser dans des poubelles chaque fois que nous traversions un village. Le soir du premier jour où j'ai dû marcher dans cet accoutrement, la plante de mes pieds est à vif, les chevilles et le dessus des pieds creusés d'énormes ampoules. J'ai peur que les blessures s'infectent, peur de ne plus pouvoir marcher du tout.

En déchirant un maillot de corps, maman me fabrique des bandelettes de pansement qu'elle entortille soigneusement. Mais rien n'y fait. Au contraire, c'est une torture supplémentaire. Si bien que lorsqu'il neige ou qu'il pleut, je préfère encore marcher pieds nus. Résultat, j'attrape des engelures qui ne tardent pas à s'infecter. Chaque matin, c'est un calvaire de me remettre en route. Je marche sur des plaies ouvertes, purulentes, et mes jambes sont toujours enflées.

Un jour, enfin, j'aperçois un corps au bord de la route, une femme est tombée, elle est morte, mais je ne vois que ses chaussures ! J'avance dans la colonne, sans les perdre de vue, je les veux absolument, elle est morte et elle n'en a plus besoin, et moi je souffre tant...

Je m'acharne rapidement pour tenter d'arracher cette paire de chaussures gelées à des pieds gelés, mais je ne peux pas m'arrêter assez longtemps pour y parvenir, alors je dois continuer, laissant derrière moi ce qui aurait été, ce jour-là, le plus beau cadeau du ciel.

Mes orteils sont en feu, je n'ai plus de peau sur la plante des pieds, la douleur lancinante à chaque pas est intolérable, et nous ne savons toujours pas combien de temps nous allons encore marcher sur cette route.

Le lendemain, je sens que j'ai pris froid, je grelotte de fièvre, mais n'en dis rien à ma mère. Je ne veux pas qu'elle s'inquiète, mais j'aurais dû m'en douter, elle s'aperçoit très vite que je suis malade. Alors, au moment de la distribution de la soupe, elle me fait avaler le dernier cachet d'aspirine qu'elle avait emporté dans son sac. Je tousse, et me retourne toute la nuit sur la couverture, agitée de cauchemars. J'ai envie de mourir cette nuit, que Dieu m'emporte, je ne pourrai pas continuer, je n'ai plus de forces, et j'ai si mal dans la poitrine, aux pieds, au ventre, je ne suis plus qu'une douleur.

– Je n'en peux plus, maman... laisse-moi là...

Elle me relève la tête, me serre contre elle, en caressant mes cheveux, et se met à prier.

Le lendemain matin, j'ai tellement transpiré que mes vêtements sont trempés, et je suis complètement déshydratée. Ma mère se prive de son bol d'ersatz de café, pour me faire avaler le plus de liquide possible. Et nous repartons pour une autre journée de marche.

Ses prières ont dû réussir, car je n'ai plus de fièvre.

Deux jours plus tard, nous sommes à la frontière autrichienne. Les Allemands nous regroupent dans des wagons à bestiaux. Une centaine par wagon, quatre-vingts pour les plus chanceux.

Nous sommes debout, serrés comme des sardines, privés d'air, mais heureusement le voyage n'est pas trop long. Lorsque le train s'arrête, ceux qui sont près de la porte regardent à l'extérieur par un petit trou, et j'entends quelqu'un dire :

– C'est joli ici. Ça s'appelle Gunskirchen, et on n'est pas loin de Linz, c'est marqué sur un panneau sur la route.

Effectivement nous découvrons un paysage de conte de fées. La campagne est si belle, il y a des collines, des montagnes à l'horizon, tout a l'air prospère et heureux. C'est l'Autriche, et les Autrichiens sont riches. Ils regardent les wagons de loin, puis s'approchent et tournent autour, examinant le bétail juif que l'on amène chez eux.

Nous restons enfermés dans les wagons un jour et demi. Sans manger ni boire, et surtout sans air. Beaucoup d'entre nous n'y résistent pas. Lorsque quelqu'un meurt, les Allemands n'ouvrent les portes que pour permettre aux autres de jeter le cadavre à l'extérieur. Et une charrette vient l'emporter aussitôt. S'asseoir est un exploit impossible. Maman tient Ludwig dans ses bras, ou le laisse glisser sur le sol, coincé entre nous, pour se reposer un peu. Les plus malades s'appuient ainsi sur les autres ; au moins nous ne marchons plus sur cette maudite route. Mais tenir debout dans ces conditions est une autre souffrance. Ce n'est que le lendemain en début d'après-midi, que le train arrive aux portes de Gunskirchen *. On nous fait descendre, on nous fait mettre en rang, et attendre en silence dans le froid, suffisamment longtemps pour que tout le monde claque des dents. Puis un ordre brutal nous signifie de gagner rapidement des baraquements alignés de chaque côté d'un terrain vide. Un toit. C'est la seule chose à laquelle je pense. Nous allons enfin être à l'abri du froid, avec un toit au-dessus de la tête. Nous sommes à la mi-décembre, le plein hiver a envahi l'Europe.

On nous dit de nous débrouiller pour trouver un lit vide et l'occuper. Maman s'arrange pour que nous soyons côte à côte. Et ils nous bouclent pour la nuit.

Il fait noir, et nous sommes affamés car nous n'avons pas reçu de nourriture depuis trois jours.

Plus qu'affamés, nous sommes en réalité malades d'inanition. Mais nous pouvons enfin dormir pour la première fois depuis près de deux mois, dans un endroit couvert, presque comme des êtres humains.

On nous réveille à cinq heures du matin le lendemain, pour nous faire mettre en rang dehors.

Et nous attendons là, toujours debout, morts de faim et épuisés, tandis qu'ils hurlent :

– Qui est cuisinier ? Qui est électricien ? Qui veut être infirmier ?

---

* Gusen, camp annexe à environ six kilomètres de Mauthausen.

Il est évident que les Allemands veulent mettre au travail la majorité d'entre nous. Maman et moi ne sommes pas volontaires. Je suis trop malade, Roszi est trop faible, et mon frère trop petit. Maman aurait pu se proposer pour la cuisine, mais elle ne veut pas nous laisser seuls. De toute façon, les volontaires sont nombreuses.

Nous voilà donc installés dans un camp, l'un de ces fameux camps de travail dont nous avons entendu parler. Gunskirchen est aussi un camp de la mort, mais ça, nous l'ignorons.

J'ai encore de la fièvre ; on me fait examiner par le médecin du camp, il me donne un peu de quinine, et on me permet de rester au lit. Je devrais être contente, nous ne marchons plus, j'ai un toit, le froid est supportable à l'intérieur des baraquements, après ce que nous venons de vivre. Au lieu de cela, je me sens complètement déprimée, avec une envie de mourir de plus en plus forte. Et je prie. Je pense à Richard, à son amour, à sa souffrance s'il apprenait que je me suis laissée mourir ici, après avoir résisté aussi longtemps. Je n'ai pas le droit. Et pourtant, mourir ce serait oublier toute cette horreur, tous ces morts, le visage de Violette ensanglanté, le corps d'Amy tombant sur elle...

Je ne sais pas combien de temps nous restons là, quelques jours peut-être, avant que les nazis nous rassemblent à nouveau hors des baraques. Et, une fois de plus, on nous emmène comme un troupeau de bétail, quelque part.

Nous marchons en direction de Mauthausen. Nous traversons une paisible petite ville, aux rues bordées d'arbres, aux jolies maisons roses et blanches, il y a des restaurants, des auberges. C'est charmant comme un décor d'opérette entouré de collines, confortablement blotti sur la rive gauche du Danube. Il y a manifestement eu des bombardements, mais très peu de dégâts. Les habitants nous regardent passer avec indifférence, comme d'habitude. Des juifs en loques, sales et pieds nus comme des bêtes. Certains se détournent, probablement avec dégoût. D'autres se contentent de nous observer derrière leurs jolies fenêtres aux rideaux de dentelle. C'est à devenir fou. Traverser cet endroit, où vivent des humains comme nous, avec des têtes, des bras, des jambes, des estomacs, des yeux pour voir, qui ne se posent toujours pas la moindre question sur nous, c'est une humiliation et une souffrance de plus en plus désespérantes.

Des juifs passent, refermons les volets.

Nous dépassons le village, et grimpons hors de la ville vers le sommet d'une colline qui domine le Danube. Au loin, les Alpes enneigées, magnifiques dans le ciel d'hiver.

C'est là que plus de cent cinquante mille déportés, hommes, femmes et enfants, juifs, tziganes, autrichiens, polonais et hongrois, ont trouvé la mort.

15

Le camp

La première chose que nous voyons en arrivant au pied de cette colline, c'est une immense carrière de granit, en contrebas, où travaillent des hommes. Courbés sous l'énorme poids des pierres qu'ils transportent sur le dos, ils grimpent à flanc de colline, au moins deux cents marches de granit, pas après pas. Les gardes qui les surveillent ne cessent de hurler, et de les menacer de leurs armes chaque fois qu'ils s'arrêtent, épuisés, ou qu'ils trébuchent. C'est une vision de cauchemar.

Il faisait déjà froid dans la vallée de Gunskirchen, mais ici on a l'impression d'être au pôle Nord, tant le vent est glacial. Il souffle si fort qu'il nous empêche de tenir debout. Il faut lutter contre lui, chercher sans cesse son équilibre d'avant en arrière, les yeux collés par la violence des rafales. Je tiens Roszi par une main, je la traîne derrière moi, parfois c'est elle qui me pousse.

Soudain une sorte de vertige me prend, le sol se rapproche comme si j'allais tomber et m'effondrer, et Roszi doit s'en rendre compte, car elle ne cesse de me crier dans le vent :

– Tiens bon, Beth, tiens bon on arrive !

Nous marchons groupés, mais je l'entends à peine car sa voix est faible, et je n'ai plus de voix moi-même pour lui répondre. Plus de pieds pour grimper. Les Allemands sont en train de nous tuer, morceau par morceau. Roszi me pousse, me tire, m'encourage, affolée de voir que je vacille à ce point. Je ne tiens debout que grâce à elle, et j'ignore combien de temps dure encore cette ascension surhumaine. Lorsque nous parvenons au sommet, j'ai la sensation d'être morte, privée de corps, mes yeux seuls sont encore vivants, effarés d'être arrivés jusque-là.

En haut de la colline, la vue est extraordinaire. Au loin, une petite maison isolée entre d'immenses forêts. C'est une sorte de chalet de montagne dont la cheminée fume. Mes yeux s'y accrochent fixement. Si je pouvais courir jusque-là, frapper à la porte, si on me laisse entrer ? Il doit y avoir à manger, des enfants autour d'une table, du feu dans la cheminée. C'est tellement cruel d'imaginer tant de bonheur et de quiétude si près de nous. Derrière moi, ma sœur éclate soudain en sanglots. Je me retourne, elle tremble de tous ses membres, en fixant quelque chose, hagarde.

– Qu'est-ce qu'il y a Roszi ? Qu'est-ce que tu as ?

– Regarde ! Il y a des cadavres là-bas, ils sont tout nus !

Sur notre droite, des toiles de tente vibrant dans le vent, et parfaitement alignées. Et au milieu, l'horreur est à son comble. Un tas de corps empilés les uns sur les autres, horriblement décharnés et nus. Comme si même dans la mort, ils ne méritaient que l'humiliation.

– C'est ça qu'ils vont nous faire, Beth ?

Je regarde autour de moi ; maman est derrière nous, luttant péniblement contre le vent pour grimper les derniers mètres, sans lâcher Ludwig qu'elle porte toujours dans ses bras. C'est à moi de répondre à ma sœur, comme elle le ferait.

– N'aie pas peur, ils ne nous tueront pas. Tant que nous tiendrons debout et que nous serons ensemble, nous resterons vivants.

Elle se jette contre moi et je la serre très fort. J'ai prononcé les mots qu'il fallait, sans y croire une seconde. Nous savons maintenant que sur les milliers de déportés de la fabrique, il en reste à peine cinq cents, et nous sommes plus morts que vivants.

Jamais je n'oublierai cette ascension, dans le vent d'hiver meurtrier. Ma pauvre mère trébuchant sous le poids de Ludwig, j'ai cru qu'elle allait tomber définitivement. Je ne l'avais jamais vue aussi malade. J'étais terrorisée, pour elle et pour nous. Comment nous sommes arrivés enfin en haut de cette maudite colline, je n'en sais toujours rien.

À l'entrée du camp, une porte de bois massif surmontée du grand aigle de bronze à croix gammée : le tueur de juifs.

Ils nous font passer sous la porte, et mettre en rang, dans la cour intérieure. Nous attendons encore des heures, debout et frigorifiés. Tout autour de nous, des murs de granit, des tours de guet, des chemins de ronde, c'est une véritable prison.

La cour est entourée de bâtiments des deux côtés. À gauche, des baraquements, à droite d'autres baraquements, ceux-là d'un usage sinistre, que nous ne connaîtrons que bien plus tard.

Au bout d'un temps qu'ils doivent juger assez long, les gardiens nous assignent comme abri l'une des tentes sur la colline éventée. Elles sont grandes et larges, ces tentes, mais aucune ne suffit à abriter les quelque deux cents personnes qu'ils y entassent. Il n'y a pas de couchettes, seulement des bat-flanc de bois, recouverts de paille. Pas assez pour tout le monde. J'ai la chance d'en partager un avec Roszi. Maman est affectée aux cuisines. Une fois que nous sommes installés sous la tente, on l'y emmène aussitôt. Ludwig est en mauvais état, mais n'a pas de fièvre, Roszi n'est guère plus épaisse qu'un fétu de paille, et aussi blanche. J'enrage du spectacle de ces cadavres pourrissants, exposés comme des trophées de chasse. J'ai la nausée aussi. Je tremble de tous mes membres en m'allongeant sur la paille et, autour de moi, les gens grognent en me désignant :

– Elle a peut-être quelque chose de contagieux.

Ils ont peur, ils sont au bout de leur courage, affamés, déshydratés, rendus lâches par les tortures successives avant d'arriver jusqu'ici.

J'ai dû tomber dans un long sommeil fiévreux, car maman me réveille en me secouant. On lui a dit qu'il fallait m'emmener ailleurs, à l'infirmerie. J'éclate en sanglots, je ne veux pas être séparée de ma mère, l'infirmerie, c'est probablement le dernier endroit avant cette pile de cadavres non loin de là. Roszi a les yeux agrandis de terreur, elle aussi y pense, elle supplie maman de me garder près d'elle. Mais ma mère n'a pas le choix. Elle me réconforte, m'embrasse en caressant mon front brûlant, et promet de venir me voir là-bas. Un chariot tiré par des hommes m'attend au-dehors, on m'y installe, le convoi s'arrête devant d'autres tentes pour charger d'autres malades, avant de décharger le tout sous la tente de l'infirmerie.

L'endroit est horrible. Nous sommes cinq ou six sur un lit d'une personne. Installés en travers, recroquevillés coude à coude. Je n'ai plus ni faim ni soif, mon crâne résonne des battements de la fièvre, j'ai du mal à garder les yeux ouverts.

Le docteur Katz, qui vient me voir, ne me rassure guère. Il est juif aussi, et je suppose qu'il a vu tant de souffrances, qu'il est devenu incapable de ressentir une pitié quelconque. Visage fermé, impassible, il m'apprend que j'ai le typhus.

– Tu es complètement déshydratée, et tu as intérêt à manger tout ce que tu pourras attraper dans ta main, sinon, tu n'as aucune chance de survivre. Avale ça, c'est tout ce que nous avons ici, pour soigner les maladies.

Il me fait avaler un cachet de quinine et s'en va. Vivre ou mourir, les Allemands préfèrent que je meure. Une juive de moins. Vivre ? Même le docteur Katz s'en fiche.

Je ne me souviens pas très bien des jours suivants. Je sombre dans un sommeil lourd et comateux, je m'éveille à peine lorsque maman vient me voir, apportant quelque chose à manger, qu'elle se débrouille pour me faire avaler. J'ignore ce que c'est, et j'ai le vague sentiment que ce doit être difficile de me forcer, non seulement parce que je suis quasiment inconsciente, mais surtout parce que je ne peux pas mâcher. Mes gencives saignent abondamment par manque de vitamines. Mais ma mère ne s'arrête pas à ce genre d'obstacle. Elle me nourrit obstinément, d'une soupe infecte faite d'épluchures de pommes de terre qu'elle récupère chaque jour dans la cuisine. Depuis le début de cette lente agonie, maman est persuadée que c'est le seul moyen de lutter contre le scorbut, lequel est certainement la cause de l'état de mes gencives. Elle amène aussi des quignons de pain dur, qu'elle arrive parfois à me faire mâcher. Elle bataille contre ma faiblesse, le coma, la fièvre, les gencives éclatées, elle refuse simplement de me laisser mourir.

– Si tu te laisses aller, qu'est-ce que nous deviendrons ?

Comme si cette simple question devait me faire vivre un jour de plus !

Je tangue entre le visage de ma mère et l'inconscience totale pendant deux semaines. Le typhus continue de ravager mon corps. Je pleure, parfois le visage de Richard m'apparaît, et je me demande s'il est en train de mourir comme moi, déjà mort ou bien en vie quelque part. Je ne survis que pour lui. Chaque fois que je me sens trop mal, que ma gorge refuse d'avaler l'horrible soupe, que mes dents reculent devant le pain trop dur, je pense à Richard. La plupart de mes rêves sont des cauchemars de terreur, où je revis les événements des derniers mois. Cette femme qui accouche sur la route, et que l'on abat avec son nouveau-né. Tous les corps abandonnés, Violette hurlant de désespoir après Istvan. Mais, parfois, le cauchemar cède la place à d'autres rêves : je me revois à Budapest, marchant le long du Danube avec Richard, je sens ses lèvres sur les miennes, ses bras autour de moi.

Une femme malade à côté de moi me dit un jour :

– D'habitude tu hurles en dormant, mais il y a des fois où tu parles, d'une voix si douce... on ne sait pas à qui... c'est comme si tu chantais.

Je dors le plus possible, priant pour faire de beaux rêves. Et il est dur de m'en faire sortir. Souvent, quelqu'un me secoue avec insistance, pour me ramener à la conscience et à l'affreuse réalité. Et puis, peu à peu, je commence à me sentir mieux. La fièvre tombe, j'arrive même à m'asseoir et à réaliser véritablement où je suis. Le matelas de l'infirmerie est plus confortable que la paille ou le sol gelé, mais il est sale et rempli de poux.

Dans cet endroit fétide, chaque fois que quelqu'un meurt, on le fait simplement glisser du lit, en attendant, des heures parfois, que passe la charrette qui le déposera sur une pile de cadavres quelque part dans le camp. Il y en a un peu partout. La première fois que j'essaie de me lever, la faiblesse me fait tourner la tête, et mes jambes ne me portent plus. Je dois me rasseoir.

Autour de moi, un univers de souffrance, de corps décharnés, de folie même. Certains malades ont complètement perdu la raison, d'autres sont des squelettes vivants aux yeux caverneux, terrifiants dans des visages pâles et sans expression.

Un jour maman vient me dire triomphalement qu'elle a réussi à savoir enfin quel jour nous sommes. Le 27 février 1945. L'avant-veille de mes seize ans.

Je fonds en larmes.

– Qu'est-ce qu'il y a, Beth ? Tu va mieux... Tu t'en sortiras, qu'est-ce qu'il y a ?

– Richard. On s'était promis que le jour de mes seize ans, on se marierait. On s'était donné rendez-vous, lui et moi, depuis longtemps.

– Je croyais que tu attendrais tes dix-huit ans ?

Maman essaie de me faire sourire pour me consoler. Je ne lui ai jamais dit que pendant nos derniers rendez-vous sur la colline, nous avions décidé de ne plus attendre.

– Il y a combien de temps que je suis là ?

– Six semaines, ma chérie.

Je suis sous le choc. Je pensais être restée sur ce lit entre la vie et la mort la moitié de ma vie.

Et je n'ai encore que seize ans. Dans deux jours. Où sera Richard dans deux jours ? À m'attendre au pied du château ?

Je quitte cet horrible endroit le lendemain. Sans un sourire, ni même un petit signe de tête, le docteur Katz me laisse sortir de l'infirmerie.

J'entame ce que l'on appelle en temps normal une convalescence. Jour après jour, ma sœur m'aide à récupérer mon autonomie. Au début, elle m'accompagne aux latrines, car je suis trop faible pour y aller seule. Elle m'aide à manger mon pain, à boire ma soupe, comme l'a fait ma mère, et jour après jour je récupère des forces. Je peux tenir debout toute seule, puis j'arrive à aller aux toilettes sans aide, et enfin je peux faire quelques pas de plus en plus loin sous la tente.

Roszi et moi sommes plus proches durant cette période. Et c'est aussi la première fois que ma frêle petite sœur s'occupe de moi. Elle a grandi dans sa tête avec toute cette horreur, et je m'aperçois que nous ne communiquions guère avant cela. Ludwig n'est pas brillant, squelettique comme les autres enfants survivants, il manque du minimum nécessaire à la croissance. Nous nous méfions des autres occupants de la tente, et pourtant je m'y sens plus en sécurité qu'à l'infirmerie, car il n'y a ici que femmes et enfants. Mais nous venons tous de régions différentes, tchèques, polonais, hongrois, et chacun se méfie. Toujours à l'affût de qui aura le morceau de pain le plus gros, ou une louche de soupe supplémentaire. Le fait d'être en famille avec maman fait une grande différence. Je suis plus heureuse que beaucoup d'autres d'avoir la compagnie de ma sœur et de mon frère, en attendant que maman revienne de son travail à la cuisine. Il fait froid, même avec la chaleur des corps de cent personnes entassées à l'intérieur, et les nuits sont rudes.

Dès que j'ai retrouvé mes forces, nous sommes chargés tous les trois de nettoyer notre coin de tente, tandis que ma mère travaille de l'aube à la nuit dans les cuisines.

Je suis capable à présent de marcher à l'extérieur, au-delà du secteur des tentes, le long des fils de fer barbelés, jusqu'aux baraquements de bois par-delà les murs de pierre. Je me fraye lentement un chemin au milieu des prisonniers, toujours à la recherche de Richard ou de quelqu'un qui l'ait connu. Mais tout au long de ces promenades sinistres, j'ai le sentiment de plonger dans les profondeurs de l'enfer. Et de découvrir certaines choses que j'ignorais.

La mort a une odeur. C'est un mélange de moisissure et de pourriture, de terreur et de désespoir, recouvert de cendres.

Je n'oublierai jamais cette odeur. Elle s'accroche à tout ici, aux murs, aux vêtements, aux cheveux, aux baraques, jusqu'à l'air que nous respirons, âpre et épais. Ce n'est que plus tard que nous comprendrons pourquoi l'air de Mauthausen était si dense et l'odeur de cendre si omniprésente.

Un lieu de mort pèse. L'atmosphère y est confinée et oppressante, on y sent le poids des âmes et des corps en souffrance. Mauthausen a ce poids, il pèse si fort qu'il peut nous écraser si on le laisse faire. Mais maman ne le permet pas. Nous n'avons pas le droit de sombrer dans le désespoir avec elle. Ma mère est un espoir debout, nous sommes toujours en vie, dit-elle, même si mon petit frère s'affaiblit de jour en jour. Nous mourons lentement de faim, mais Dieu y pourvoira, s'il le peut.

Pendant ce temps, ma mère ne se contente pas d'attendre l'aide divine. Chaque jour, elle détourne de la nourriture de la cuisine, et la ramène en cachette sous la tente. Nous la mangeons dehors, en secret, loin des yeux suppliants des autres prisonnières et des gardiens soupçonneux. Nous ne faisons jamais allusion à cette nourriture supplémentaire, car on pourrait nous fusiller pour cela. Le secret est aussi bien gardé que lorsque nous étions petits et qu'il fallait taire le nom de papa, notre nationalité, et d'où nous venions.

Ce maigre supplément ne suffit pas à combler notre maigreur, et nous sommes sales, couverts de poux et en guenilles. Une fois sous la tente, nous avions cru que les poux allaient disparaître, mourir d'eux-mêmes. C'est évidemment le contraire : ils se multiplient, entretenus par la promiscuité. Maman s'efforce de nous faire tenir aussi propres que possible, bien que nous ne puissions pas nous laver. Elle nous brosse les cheveux chaque soir, inlassablement à la recherche des lentes et des poux. Je regarde ses bras amaigris s'acharner sur nos têtes, ses mains crevassées, où trouve-t-elle encore la force ?

Pour le reste, elle ne peut rien et, d'une certaine façon, je crois qu'elle préfère nous voir maigres et sales, ainsi les gardes nous croient beaucoup plus jeunes que notre âge. Nous avons la chance d'être de petite taille toutes les deux, la maigreur nous a vite ramenées à l'état de gamines sans âge, la saleté a recouvert nos traits. Elle ne le dit jamais mais je le sais, elle craint le regard des gardes sur les femmes. La nature l'a aidée à nous protéger contre eux. Et, curieusement, nous n'avons même plus de règles. Certaines prisonnières affirment que les nazis mettent quelque chose dans la nourriture des hommes pour tuer leur sexualité, les rendre plus dociles, et moins enclins à s'évader. Je crois qu'elles ont raison. Et je crois aussi qu'ils font la même chose pour les femmes.

Depuis mes seize ans, les jours passent, horribles et monotones. Je me demande ce que nous faisons là, à mourir lentement de malnutrition, dévorés par les poux, le typhus, la tuberculose. Rares sont ceux qui échappent aux maladies.

Nous sommes peut-être en sursis grâce aux pelures de pommes de terre que maman s'obstine à dérober au risque de sa vie.

Je continue de chercher Richard, sans résultat. Je ne rencontre personne qui le connaisse, lui ou sa famille. Je regarde les hommes creuser dans la carrière en contrebas, hisser les pierres sur les cent quatre-vingt-six marches que l'on appelle « les marches de la mort ». Car chacune d'elles peut les tuer. Les gardes s'amusent parfois à faire basculer le malheureux qui atteint le premier le sommet de la colline, pour contempler la dégringolade de dominos qui s'ensuit. Les ouvriers tombent en cascade humaine jusqu'au fond de cette carrière impitoyable. Ils font cela comme un sport, et aussi une méthode efficace pour se débarrasser des juifs et autres indésirables, polonais, grecs, russes, yougoslaves, espagnols, français, italiens, tziganes, et autrichiens. Et aussi des pilotes américains abattus dans le ciel allemand.

Un jour, un groupe entier de quatre cents juifs allemands récemment arrivés est victime de ce jeu mortel. La rumeur court dans le camp ; ils sont tous morts en même temps. Les prisonniers ont construit la plus grande partie de ces bâtiments pierre à pierre péniblement arrachée au granit. Chacune d'elles est couverte de sang. On ne peut pas regarder ces murs sans y penser. Les gardiens allemands sont mal nourris, et haineux. Ils traquent les fuyards avec une férocité sans nom. Dès qu'ils en tiennent un, c'est un jeu de massacre organisé, dont ils s'esclaffent ensemble. Roszi a assisté à une scène de ce genre. Un jeune garçon employé aux cuisines, un peu simplet, a cherché à s'échapper, les chiens l'ont rattrapé et dévoré devant tout le monde.

Tous les jours, quelqu'un meurt sous notre tente. Avant de prévenir le garde à l'extérieur, les prisonnières fouillent le cadavre, à la recherche de n'importe quoi d'utile ou de nourriture cachée. C'est horrible, et lorsqu'on y songe, si l'on a assez de force pour penser au-delà de la simple survie, on se dégoûte soi-même. Mais lorsqu'on est rabaissé au stade animal, les pires instincts entrent en jeu.

Lorsque le garde est prévenu, le cadavre est transporté sur la charrette, jusqu'à une pile d'autres cadavres. Il y en a toujours : la mort nue est tout autour de nous.

Nous apprenons à reconnaître le jour des exécutions : c'est le jour où la musique résonne à Mauthausen, probablement pour masquer le bruit des rafales de mitraillettes, et les cris des victimes.

Lorsqu'il ne se passe rien d'horrible, ceux qui ont encore de l'énergie pour cela s'ennuient tout simplement.

L'ennui, la mort, l'habitude de l'horreur, nous vivons comme des cancrelats.

Maman nous fait toujours chanter et jouer aux échecs, elle nous raconte des histoires pour nous occuper l'esprit.

D'autres n'ont pas cette chance. Ceux qui travaillent à la carrière dans des conditions inhumaines, ceux qui n'en peuvent plus et se jettent tout seuls dans le vide. Ceux qui meurent grillés sur la clôture électrique en tentant de s'échapper.

Chaque fois que les lumières du camp baissent d'un coup, nous savons que quelqu'un y est resté agrippé. Et d'autres prisonniers doivent le traîner sur la pile de cadavres.

Maman m'a défendu à plusieurs reprises de m'approcher de cette clôture, mais comme je cherche toujours Richard, il m'arrive de m'y trouver. C'est là qu'un jour j'entends crier un garde nazi :

– Vas-y, cours, sale juif!

Un homme passe alors devant moi en courant, droit vers la clôture électrique, et hurle lorsque le courant arque brusquement son corps. C'est fini en quelques secondes.

Je l'ai vu passer vivant, et il n'est plus qu'un tas de haillons, traité comme tel. Les gardes appellent des femmes qui travaillent un peu plus loin dans la neige, et elles le traînent sur la pile de cadavres la plus proche. Et les gardes crient encore et encore :

– Dépêchez-vous, sales juives!

Parfois, il me semble que si j'entends hurler ces mots une fois de plus, je vais hurler moi-même.

Mais je n'en fais rien évidemment. Je sais que ce hurlement serait mon dernier sur terre. Alors je serre les dents, et je me contente de hurler intérieurement.

Chaque jour, il faut crier « présent » dehors en ligne, obéissant à l'appel. Quiconque n'est pas là pour le dire disparaît des vivants.

Roszi a attrapé le typhus à son tour, il n'est plus question d'infirmerie, on ne soigne personne. Maman doit la soutenir elle-même au moment de l'appel.

Les nazis ont inventé un supplément macabre à leurs exécutions : un petit orchestre joue de la musique devant la carriole des condamnés à mort. On leur demande de citer un morceau classique, et l'orchestre joue pendant que les gardes tirent. Certains de ces hommes courageux ont chanté, dit-on dans le camp, au moment de leur mise à mort.

Chaque soir nous prions avant de tomber dans un sommeil d'épuisement, qui n'est pas un repos. Maman demande toujours un miracle à Dieu. Je n'y crois plus. Roszi non plus, mais elle survit au typhus. N'est-ce pas un miracle ?...

D'autres prisonnières sont plus optimistes. Plusieurs d'entre elles ont rassemblé des chiffons et se sont mises à les coudre laborieusement, comme un patchwork, de manière à faire une sorte de drapeau américain.

Je regarde ces étoiles maladroitement rassemblées, les pays qu'elles évoquent me semble aussi lointains que la lune. Une des femmes me tape sur l'épaule, encourageante :

– Les Américains vont venir, tu verras... Tout le monde le dit, ça ne va pas durer...

Je lui souris poliment, en me disant qu'elle est malade.

Elles cachent soigneusement leur ouvrage, elles le paieraient de leurs vies, si les gardes découvraient le symbole de leur perfidie.

Quelque part ailleurs, derrière ces barbelés électriques, le printemps arrive en Autriche. Le cicl s'éclaircit parfois d'un bleu pacifique. Mais à l'intérieur du camp, c'est toujours l'hiver, le règne de la mort et du désespoir.

16

Liberté

La fièvre est de retour ce matin-là, mon corps est douloureux. Il est impossible de trouver une position confortable sur ce bat-flanc recouvert de paille. Je n'arrive pas à faire un mouvement pour me lever. Malgré l'arrivée du printemps, les nuits sont toujours froides sur la colline, même à l'intérieur de la tente. J'ouvre les yeux, et immédiatement je sens quelque chose d'anormal. Il fait clair, beaucoup trop clair autour de moi, alors que nous sommes normalement réveillés bien avant l'aube. Pourtant tout est silencieux. Aucun garde ne hurle comme d'habitude :

– Debout, en vitesse, sales juives !

Pas un chien n'aboie. Je n'entends même pas le bruit des ouvriers dans la carrière. Il n'y a que le silence. Quelque chose ne va pas. Roszi et Ludwig dorment encore, leurs corps squelettiques recroquevillés sur la paille. Je cherche ma mère du regard : elle discute à voix basse avec d'autres femmes. Une nouvelle calamité sûrement. Alors je fais un effort pour me lever et la rejoindre.

– Qu'est-ce qui ne va pas, maman ?

– On n'en est pas sûres, mais regarde dehors, là-bas, on dirait qu'un des gardes est mort : il est allongé par terre.

Effectivement. J'aperçois un corps en uniforme, étendu et immobile.

Un juif aurait tué un garde ? Pour lui prendre son uniforme ? C'est idiot, il n'aurait pas laissé le corps à cet endroit, et il l'aurait dépouillé de l'uniforme justement. Alors c'est peut-être un juif qui aurait réussi à voler un uniforme pour s'évader, et que les gardes auraient abattu. Mais pourquoi l'avoir laissé là ? Je suis trop malade et trop lasse pour sortir voir ce qui se passe. Les autres femmes se risquent lentement à l'extérieur tandis que je retourne m'allonger. Soudain j'entends des hurlements. Des hurlements bizarres, ils ne ressemblent pas aux cris de douleur que l'on entend habituellement. Il me faut un moment avant de réaliser que j'entends des cris de joie ! Une femme se précipite sous la tente en courant, son visage émacié illuminé de bonheur :

– Les Américains ! Les Américains sont là ! Ils sont venus nous sauver ! Les Américains ! Les Allemands sont partis, ils sont partis ! On est libres ! Libres !

L'émotion m'étouffe, je lutte contre les larmes, cela semble impossible ! Mais la femme saute de joie, en faisant le tour de la tente, criant aux autres femmes ahuries :

– Dehors ! Dehors !... On est libres !

Roszi et Ludwig, à peine éveillés, ne comprennent rien à ce qui se passe. Maman vient me serrer dans ses bras, les yeux clos, elle répète à mon oreille en sanglotant :

– Je te l'avais dit qu'on survivrait à cette horreur... Je te l'avais dit...

La tête me tourne, lorsque je me relève. La fièvre, l'émotion, la peur de l'illusion, tout se mêle pour me faire vaciller. Les Américains sont là, ils viennent nous délivrer des nazis, mais que vont-ils faire de nous ? Les femmes guettent, personne n'osant maintenant ressortir et courir vers eux. Puis les plus hardies se regroupent petit à petit à l'extérieur. Accrochée à maman, qui tient Roszi et Ludwig par la main, je vois des hommes jeunes en uniforme, avancer lentement dans le camp. Ils jettent des regards horrifiés sur les montagnes de cadavres dénudés, sur les squelettes vivants qui ont encore assez de force pour venir les saluer. J'entends peu à peu un murmure de voix, des actions de grâces, des pleurs, quelques exclamations. Je vois surtout les larmes dans les yeux de ces jeunes soldats, ils pleurent sur nous, sur ceux qui ont survécu et ceux qui sont morts.

Alors une femme s'enhardit, et présente fièrement aux soldats le pauvre drapeau de haillons étoilés qu'elles ont confectionné avec tant d'espoir. L'officier qui le reçoit la serre dans ses bras, avec précaution, comme s'il avait peur que le corps de cette malheureuse ne se brise sous le choc, tant il est décharné.

Ils nous ordonnent maintenant de retourner dans nos baraquements, pendant qu'ils fouillent le camp à la recherche d'éventuels SS, qui auraient pu se cacher. Ils en trouvent effectivement quelques-uns, éparpillés dans la forêt non loin du camp. Nous les voyons revenir, mains en l'air, tête basse, enfin humiliés par la défaite. Et les soldats les obligent à faire face aux prisonniers, à tous ceux qu'ils ont torturés depuis si longtemps.

Tout le monde est calme à ce moment-là, nous sommes encore effrayés à l'idée que ces diables puissent s'échapper et revenir se venger. Il est difficile de croire que la terreur s'arrête, que personne ne va nous tirer dessus au moindre geste inhabituel. Que quelqu'un ne va pas lâcher les chiens sur nous, et hurler « sale juif ! ».

Certains hommes, pourtant, osent avancer et exprimer leur haine et leur mépris en crachant aux visages des vaincus. D'autres voudraient se venger sur place, mais les Américains ne les laissent pas faire et éloignent aussitôt les Allemands, avant de reprendre méthodiquement leurs recherches.

Finalement, dans l'après-midi, certains que plus un seul nazi ne se cache quelque part, ils nous laissent libres de nous promener dans le camp, mais avec interdiction de le quitter. Les soldats nous expliquent ensuite qu'ils ont besoin de recenser tous les survivants, et de recueillir le maximum d'informations sur nous, pour pouvoir réunir les familles éparpillées.

Immédiatement, je pense à Richard et à mon père. Maintenant que cette horrible guerre est terminée, allons-nous les revoir ?

Les Américains ont maintenant commencé à s'occuper de nous. Ils ont distribué des friandises et leurs propres rations alimentaires. Nous voyons arriver des médecins, des médicaments. Et aussi des habitants de Mauthausen et d'autres villages voisins, réquisitionnés pour enterrer les morts. Beaucoup affirment qu'ils ne savaient pas ce qui se passait ici, qu'ils ne sont pas responsables. Mais les GI demeurent incrédules. Ils sont trop furieux et trop choqués de ce qu'ils ont vu, ils veulent au moins que quelqu'un paye, que les témoins qui n'ont rien fait pour arrêter ce massacre alors qu'ils en étaient si proches soient châtiés à leur tour.

Etendue sur ma paillasse, trop malade encore pour profiter de cette liberté miraculeuse, je songe à l'ironie de ce jour. Le 7 mai 1945, le monde des vivants et la liberté nous sont rendus, et pour la plupart nous sommes incapables de marcher plus de quelques mètres. Quelques personnes sont même mortes ce jour-là, sous le choc de la libération, après des mois de souffrance inhumaine. D'autres ont encore tellement peur qu'ils ne quittent pas les Américains d'une semelle. Moi-même, je n'ose croire tout à fait à cette libération. Qui nous dit que les Allemands ne sont pas quelque part, prêts à bondir sur nous ? Même en dormant, je sursaute au moindre bruit inhabituel – et tout est inhabituel en ce moment. Le langage, les uniformes, je fais toujours partie d'un troupeau ignorant de l'avenir, de la route qui reste à faire, pour aller où ?

Maman me rapporte les événements du camp, et les nouvelles qui courent. Il paraît que depuis la fin du mois d'avril, dans le camp principal, les hommes les plus valides s'étaient organisés en groupe clandestin. Des Espagnols avaient réussi à voler quelques armes et des grenades. Le village de Mauthausen était déjà occupé. Mais personne n'avait signalé l'existence du camp, et les Américains ne sont arrivés que le 7 mai au matin. Ils ont compté plus de sept cents cadavres entassés dans les allées, attendant l'incinération.

Deux jeunes soldats viennent me chercher avec une civière. Ludwig est si faible qu'il est transporté en même temps que moi à la nouvelle infirmerie installée par les Américains. Dehors, la journée est superbe, les gens commencent à réaliser et à fêter l'événement, du moins ceux qui en sont capables. J'en vois qui sautent de joie.

L'un des soldats chargés de nous interroger me fascine. Je ne peux pas quitter des yeux ses cheveux blonds lustrés, ses yeux bleus, et ses joues roses et, surtout, ses magnifiques dents blanches. Nous ne nous sommes pas brossé les dents depuis neuf mois. Elles sont devenues jaunes et râpeuses, nos gencives saignent. Je n'ai pas eu l'occasion de me regarder dans une glace depuis longtemps, mais il me suffit de regarder ma sœur et les autres femmes pour deviner à quoi je ressemble avec mes cheveux sales, mes poux, mon haleine fétide.

Pourtant, j'arrive à sourire, et c'est la première fois depuis longtemps.

– Nous devons rassembler toutes les informations qui vous concernent. De quel pays venez-vous, depuis combien de temps êtes-vous ici, combien de personnes ont été déportées en même temps que vous, et combien sont encore vivantes.

Le jeune officier offre du chewing-gum à la ronde, que personne ne prend. Lui peut mâcher, pas nous.

– Nous avons besoin de connaître également l'identité des morts. Chaque nom, chaque information que vous pourrez fournir est importante.

Il me renvoie un sourire éblouissant, dents blanches et haleine fraîche. Pour moi qui suis couchée en si triste état, c'est mon printemps. Avec sa jeunesse et sa bonne santé, son petit air brave, son carnet de notes et son stylo, il incarne vraiment le retour à la vie, à la normalité des choses. J'en pleurerais. C'est à maman qu'il s'adresse. Elle raconte. Il note les dates approximatives, les lieux, la marche forcée sur la route de Vienne, les noms de ceux qui sont morts et que maman peut citer. Puis elle lui parle de sa famille, de son mari disparu, de mon grand-père à Zeteny, enfin de ses deux sœurs qui vivent aux États-Unis, depuis bien avant la Première Guerre mondiale. C'est une merveille d'entendre un soldat nous parler avec autant de respect et de gentillesse ! La veille encore nous étions des animaux et, soudain, nous voilà redevenus des êtres humains. Mais des êtres humains très particuliers, que l'on traite avec une attention particulière. Surtout Ludwig, qui a dix ans et fait partie des plus jeunes survivants qu'ils aient libérés.

On nous offre constamment de la nourriture, que maman nous empêche de dévorer.

– Vous serez malades, nous avons été privés depuis trop longtemps, il faut se réhabituer lentement. Surtout, n'avalez pas de grandes quantités.

Elle a raison, car au fil des jours, nous apprenons que d'anciens prisonniers sont malades d'avoir trop mangé, trop vite. Certains en sont même morts. Leur système n'a pas supporté une nourriture aussi riche en si peu de temps.

L'information qui nous est donnée ensuite est si violente que cette nuit-là les cauchemars vont me hanter. L'officier américain nous dit :

– Vous ne connaissez pas votre chance ! Selon nos informations, les Allemands avaient prévu de vous tuer tous avant que le camp soit libéré. De cette façon, nous n'aurions trouvé aucun témoin de ce qu'ils avaient fait. Si nous étions arrivés un ou deux jours plus tard, vous seriez tous morts.

J'ai tremblé jusqu'au soir, en réalisant à quel point nous avions frôlé la mort de près. La veille même de la libération du camp, nous avions entendu l'orchestre accompagner les condamnés à mort, destinés à être pendus ou fusillés. Mais nous ne savions encore rien du reste, de l'horreur ultime de Mauthausen. Depuis 1938 et jusqu'à la libération, le nombre total de déportés immatriculés à Mauthausen et dans les camps annexes a été de trois cent vingt mille dont cent quatre-vingt-quinze mille dans notre camp. À la libération, nous n'étions plus que soixante-quatre mille. Mauthausen était un camp pour toute l'Autriche. Les nazis avaient des chambres à gaz, et des fours crématoires. Ils n'y conduisaient pas que les cadavres.

Le choc me rend malade, plus malade encore qu'avant. Le jeune officier s'en rend compte et me sourit à nouveau gentiment :

– Dans quelques semaines tout redeviendra normal, tu vas guérir, et si tu veux, tu pourras même rentrer chez toi.

Malheureusement, ce n'est pas possible, Nous ne pourrons pas retourner à Budapest. Mais personne ne s'en préoccupe encore à ce moment-là. Les soldats sont particulièrement attentifs à notre famille. Probablement parce que nous sommes parmi les rares à avoir survécu ensemble. Comme je suis encore malade, on nous a installés dans un baraquement chauffé, que les nazis occupaient. Nous avons des couvertures neuves, de la nourriture, et, plus important encore, de l'espoir. Mais maman craint de ne jamais revoir en vie mon père et ses sœurs.

Le grand événement à ce moment-là pour nous tous, c'est la désinfection. On nous asperge de DDT, pour nous débarrasser des poux et des puces. Je me suis souvent demandé plus tard si ce produit n'était pas à l'origine des cancers et autres maladies dont de nombreux survivants ont souffert par la suite. Mais à ce moment-là, la poudre est le remède magique.

À présent que nous sommes sauvés, maman s'autorise à être malade. Décharnée, épuisée et déshydratée, elle attrape à son tour le typhus. Fort heureusement les Américains ont des médicaments pour cela.

Deux semaines après la libération du camp, nous apprenons par la Croix-Rouge que tous les juifs de Zeteny ont été déportés dans des camps de la mort. Aucun des membres de la famille de ma mère n'aurait survécu. Mon grand-père que j'aimais tant, mes oncles, tantes et cousins, tous ont disparu. Nous pleurons, incrédules au début. Pourquoi avons-nous survécu et pas eux ? Comment mon grand-père, celui que tous respectaient dans ce village, a-t-il été conduit à la mort ? Et où ? Et quand ? C'est dur de ne pas savoir.

Nous apprenons aussi que Budapest a été libéré par les Russes le 13 février 1945 après un siège épouvantable. Et comme nous le craignions, les Russes se sont montrés aussi brutaux que les nazis. Ils ont détruit et pillé tout ce que les Allemands avaient épargné. Ils ont violé des femmes, sans distinction de race ou de religion, des religieuses chrétiennes comme des juives. Ils ont emporté tout ce qui avait de la valeur, sans respect pour quoi que ce soit. Nous avons eu la chance d'être libérés par des Américains, et je pense à tous ceux qui sont restés là-bas, surtout à Richard, lorsque nous apprenons que les Russes ont aussitôt déporté en Sibérie tous les jeunes gens qu'ils ont ramassés dans les rues.

Je pleure amèrement, en songeant qu'il a peut-être survécu aux nazis pour se retrouver dans un camp en Russie !

Je lui écris une lettre que la Croix-Rouge doit se charger de faire parvenir à Budapest, mais je n'obtiendrai pas de réponse. Ma dépression s'aggrave. Malgré la chance que nous avons eue de rester vivants, malgré la liberté retrouvée, à quoi me sert cette vie sans Richard, sans mon amour ? Si seulement quelqu'un me disait : « Il est vivant, il arrive... »

Le jeune soldat m'a dit que bientôt ma vie redeviendrait normale, mais il n'a aucune idée des dégâts provoqués sur nous par la guerre et l'internement dans ce camp.

Dans mes cauchemars, je revois sans cesse les scènes les plus horribles de ces derniers mois. Ils ne me quitteront jamais vraiment. Violette et sa sœur, gisant dans leur sang sur la route, mon père disparu, grand-père allant vers la mort. Je pleure souvent la nuit, la tête dans mon oreiller. Ils nous ont pris l'essentiel de la vie, comment reconstruire dans un tel désert ? Je le pourrais si je retrouvais Richard.

En quelques semaines, j'ai pourtant récupéré suffisamment de forces physiques, sinon morales, pour pouvoir m'occuper de moi. C'est un soulagement, car je ne veux être un souci pour personne. Les soldats ont été formidables pendant ma convalescence, ils ont fourni les médicaments, du lait, du pain, toutes sortes de choses que nous n'avions pas vues depuis des mois. Le miracle d'une bassine d'eau et d'une vraie savonnette, d'un peigne ou d'une barre de chocolat. La merveille d'une tasse de café. Nous reprenons vie lentement, et nous nous promenons, sans courir évidemment, mais peu à peu il redevient possible pour moi de mettre un pied devant l'autre, sans souffrir le martyre. Mais à condition de ne pas mettre de chaussures, et de ne pas aller trop loin.

Ludwig est le seul à nous donner du souci. Il est trop petit et trop maigre pour son âge, maman a peur qu'il ne souffre de séquelles définitives.

Un jour, je me promène avec ma sœur sur la colline, et nous contemplons avec émotion le dur chemin, sinueux et raide, qu'il a fallu monter pour arriver jusqu'ici. Nous étions à bout de forces, j'ai cru tomber cent fois et ne jamais me relever.

– Tu sais, Roszi, il faut que je t'embrasse pour ce jour-là. Si tu ne m'avais pas encouragée, poussée, je serais tombée, et je ne serais pas vivante aujourd'hui. Papa serait fier de toi.

Et nous nous serrons l'une contre l'autre en pleurant. Nous le faisons très souvent, parce que nous n'arrivons pas encore à réaliser que nous sommes vraiment libres et que ce cauchemar est fini. Notre existence n'a tenu qu'à un fil pendant si longtemps.

– Tu sais, je ne me souviens pas bien de tout ce temps passé à l'infirmerie, tout ce que je sais, c'est ce que maman m'en a dit, et elle n'a pas dit grand-chose.

– Elle n'a pas voulu t'effrayer. Tu étais si malade. Chaque fois qu'elle revenait à la tente, elle me racontait la fièvre, les diarrhées, l'impossibilité de te faire manger. Et il y avait surtout l'infection de tes pieds, c'était tellement vilain qu'elle avait peur que tu ne meures uniquement à cause de cela.

Mes pauvres pieds ! Ils ne seront plus jamais comme avant, et moi non plus. Aucun d'entre nous ne sera jamais plus comme avant. Et moi, je veux retrouver Richard. Je veux savoir s'il est encore vivant. Je n'aurai pas de repos avant de l'avoir retrouvé.

Notre vie s'écoule maintenant dans le camp libéré au rythme des interrogatoires et de l'accumulation de la documentation. Les gens sont relativement calmes, en pleine récupération, sauf quelques anciens prisonniers turcs et yougoslaves qui ne supportent pas d'être privés de vengeance. Contrairement au règlement du camp, ils descendent en ville extorquer de la nourriture, des vêtements ou de l'alcool aux Autrichiens. Ces gens ne peuvent pas refuser sur le moment, mais ils s'en plaignent aux Américains. D'autres prisonniers libérés vont encore plus loin : ils se jettent sur quiconque les regarde d'un drôle d'air. Une sorte de paranoïa permanente les anime, après tant d'humiliations. Même un sourire leur paraît suspect.

Les Américains font passer des annonces dans le camp, prévenant que toute action de ce genre sera sévèrement punie.

Lorsqu'ils ont terminé leur lourde tâche de documentation, les forces armées américaines qui gèrent Mauthausen nous transfèrent dans un autre camp, nommé Klein München. Il est situé à une bonne distance, mais personne n'a l'intention cette fois de nous faire marcher. On nous transporte en camion jusqu'à une gare, et on nous installe dans des wagons ouverts. Ce voyage est un bonheur. Le temps est superbe, il fait chaud, le soleil brille, Roszi et moi sommes assises sur le bord du wagon, les jambes dans le vide, Nous regardons les champs pleins de fleurs, des coquelicots, des marguerites, des bleuets...

– Regarde maman... toutes ces fleurs ! Comme c'est beau !

– Elles ont la couleur du drapeau américain... remerciez-les mes filles... et remerciez Dieu de nous avoir permis de vivre pour les voir fleurir.

Le vent léger nous caresse le visage. La terre est si belle, le ciel si haut et si clair. Des gens se mettent à chanter, dans toutes les langues. J'ai tout le temps envie de pleurer.

Je ne suis toujours pas sûre d'avoir envie de remercier ce Dieu qui nous a mis dans une telle situation, mais les Américains, oui. Je les adore. Nous les adorons tous.

Par cette journée ensoleillée, la joie de quitter définitivement ce sinistre Mauthausen déborde de nos cœurs. Je me sens renaître. J'ignore de quoi j'ai l'air ce jour-là, nous n'avons toujours pas de miroir, mais mon petit frère m'assure avec humour que je suis aussi squelettique que lui ! Bientôt je serai jolie, bientôt j'aurai de la chair sur les os, et des muscles, et des cheveux brillants. Je ferai tout pour cela.

Mal m'en prend, car à la première gorgée de lait condensé de trop, j'ai d'horribles crampes d'estomac. J'espérais reprendre du poids, je me tords de douleur.

Klein München est un camp de cinq cents tentes environ. C'est le début d'une nouvelle vie. D'abord, parce que nous ne sommes que dix par tente au lieu de cent. Après tous ces mois où nous avons vécu entassés les uns sur les autres, le luxe de cette relative intimité est exaltant.

Et, pour la première fois depuis l'occupation, nous dormons dans de vrais lits, du moins sur des couchettes, et non par terre. L'armée nous distribue des oreillers et des couvertures neuves, mais maman refuse d'abandonner sa vieille couverture qu'elle a trimbalée de Hongrie en Autriche. Le sergent proteste et l'interprète traduit :

– Mais, madame, elle est pleine de poux !

– Ça m'est égal. Cette couverture nous a protégés et sauvé la vie. Les poux, on peut toujours les tuer.

Le face-à-face est important. Maman, obstinée comme elle sait l'être pour le meilleur, l'est aussi pour le pire. Elle tire la couverture pleine de poux à elle, et le sergent ne peut que s'incliner. Il renonce à la lui arracher de force. Un compromis est donc trouvé ; notre couverture ira d'abord dans un bain de DDT, puis sera lavée dans la rivière, et, après une dernière pulvérisation de DDT, retrouvera ses propriétaires.

La couverture n'est pas la seule chose dont nous avons du mal à nous séparer ; tous les survivants sont dans ce cas. Nous n'avions rien, nous ne savions jamais d'où viendrait le prochain repas alors, même en sécurité, nous collectionnons n'importe quoi : des bouts de crayon, des morceaux de papier, des mégots de cigarette, des morceaux de tissu dépareillés, du pain, du chocolat, des pommes. Nos poches sont pleines de trésors.

Et nous avons tellement peur d'être renvoyés à nouveau dans un camp de concentration que nous dissimulons tout, au cas où...

Il n'y a aucune raison à cela mais, psychologiquement, c'est nécessaire. Chacun a peur de se faire voler son trésor de survie.

La guerre finie, maman a un nouveau plan pour nous :

– Il faut prévoir notre avenir. Nous devons décider où nous allons vivre, et ce que nous allons faire. Vous devez tous achever votre scolarité, pour pouvoir vous débrouiller dans le monde.

Les deux mains jointes sur ses genoux, grave, elle ajoute :

– Et nous devons retrouver les survivants de notre famille.

– Je dois retrouver Richard !

Maman hoche la tête en souriant. C'est un refrain qu'elle a souvent entendu, chaque fois que nous parlions d'avenir.

Je commence immédiatement ici, à Klein München. Je vais d'une tente à l'autre, à la recherche d'un indice sur Richard ou sa famille. Sans résultat.

Maman a retrouvé du travail. Il y a une cuisine dans l'enceinte du camp, qui fournit la nourriture à tous les réfugiés, elle s'est immédiatement portée volontaire, mais comme les Américains ont leurs propres cuisiniers dans l'armée, ils ne la prennent pas à plein temps, heureux malgré tout d'avoir une aide aussi précieuse.

La gentillesse et l'assistance que nous portent ces Américains sont presque trop grandes. Elles nous étouffent un peu, nous qui avons été trop longtemps traités comme des bêtes. Il y a pléthore de médecins pour le moindre malaise. Les volontaires de la Croix-Rouge sont là pour nous aider. L'armée nous nourrit. Il n'y a pas d'installations sanitaires à l'intérieur des tentes, mais des toilettes portables, que l'on peut utiliser dans l'intimité, tranquillement et proprement. Il n'y a pas de baignoires ni de douches, mais nous avons divisé la tente en deux parties, le secteur dortoir, et le secteur toilettes. Là nous utilisons des bassines et de grosses éponges pour nous savonner et nous rincer. Un rêve après le ghetto et Mauthausen !

D'autant plus que nous luttons encore contre les poux, qui semblent avoir du mal à se séparer de nous. Il a fallu brûler nos vêtements devenus de véritables nids pour ces créatures.

Nous les avons jetés en grande cérémonie dans un immense feu de joie, ils nous rappelaient trop de choses. Nos nouveaux vêtements n'ont rien de spécial je suppose, mais pour nous c'est tout un monde. Ils sont propres, et ils sont à nous, et personne ne va nous les prendre. L'habillement est arrivé au camp sous forme d'énormes ballots ficelés qui ressemblaient plus à des meules de foin qu'à des vêtements. Ce sont des vêtement usagés, collectés aux États-Unis, et envoyés en Allemagne par bateau.

J'adore l'ensemble que j'ai trouvé. Une jupe de laine grise qui m'arrive aux genoux, un chemisier beige tendre, et un cardigan gris. Mes pieds sont toujours un problème, ils sont tellement douloureux que je ne peux pas marcher sans pansements. Je me suis débrouillée pour obtenir une paire de chaussures à talons plats, de deux pointures au-dessus de la mienne. Avec des pansements et des chaussettes, je suis à peu près d'aplomb.

Le jour où je me vois enfin dans un miroir, j'éclate en sanglots. Pour la première fois depuis longtemps, je ressemble presque à la jolie fille d'antan. Mes cheveux sur les épaules ont le mérite d'êtres propres, sinon brillants de santé, mais mon visage rayonne. Si seulement Richard était là pour me voir. Je tourne et me retourne devant ce miroir, pour regarder comment la jupe tombe sur mes jambes, je redresse des épaules encore trop minces, une poitrine creuse, mais recouverte d'un tissu soyeux.

Les larmes aux yeux, j'essaye de me sourire, de sourire à Richard, je jure que nous nous reverrons bientôt, même si le monde est grand.

Un soldat américain d'origine hongroise est devenu l'ami de la famille, bien que maman se soit montrée fort soupçonneuse au départ sur ses intentions.

– Rappelle-toi de Violette et de son soldat...

Elle venait de me surprendre en train de discuter avec lui ! C'est un garçon ouvert, charmant et amical, loin de son pays, et je voulais seulement me montrer gentille.

Il m'a donné un supplément de chocolat et des rations, et nous discutons en anglais. J'ai toujours été bonne en langues étrangères avec un père tchèque qui nous apprenait un peu l'anglais et l'allemand, et une mère hongroise qui parlait plusieurs patois. L'allemand était d'ailleurs une langue officielle en Hongrie, un souvenir de l'ancien empire austro-hongrois.

Mais l'anglais est la langue de l'avenir, j'en suis certaine, et je veux me perfectionner. Je supplie mon nouveau camarade de ne me parler qu'en anglais, ce qu'il accepte gentiment. C'est sûrement ennuyeux pour lui de communiquer avec quelqu'un qui ne comprend que quelques mots, mais j'apprends vite.

C'est lui qui écrit pour nous la lettre destinée à tante Rose, en Amérique. Maman lui en est reconnaissante. Un soir au moment de la prière, elle déclare :

– Celui-là est hongrois d'origine, il n'est pas juif, et pourtant il nous aide, nous qui sommes juifs. Je veux remercier Dieu de nous l'avoir envoyé, pour nous démontrer que tous les Hongrois ne sont pas des ennemis.

Je suis prête à faire n'importe quoi pour obtenir des extra. Je voudrais une couverture pour moi toute seule, alors je lave les chaussettes des soldats. J'ai goûté pour la première fois au jus de pamplemousse en boîte, et malgré l'amertume, j'en boirais des tonnes. Je sais que c'est bon pour moi, j'en réclame à tout bout de champ, comme les cacahuètes, le beurre et les gâteaux. Après toutes ces années de famine, nous avons maintenant plus de nourriture que nous n'en pouvons avaler. Les soldats doivent me trouver sympathique, car ils ne me refusent rien.

Nous leurs sommes tellement reconnaissants, simplement de ne plus avoir faim.

Il m'est impossible encore aujourd'hui de jeter de la nourriture, même un morceau de pain tombé par terre est sacré. Je fais comme ma mère, je l'embrasse en remerciant Dieu, et je le mange quand même. On ne peut pas jeter ce qui a été si précieux. On ne peut jamais oublier qu'on a eu tellement faim.

Maman a raison. Nous devons préparer l'avenir. Les Américains nous offrent d'abord la possibilité de retourner en Hongrie, et maman refuse immédiatement. Les nouvelles venues de l'Est donnent l'image d'un grand chaos. De plus, le souvenir du comportement de nos « amis hongrois » n'est pas encourageant. Les Croix-Fléchées nous ont autant terrorisés que les Allemands, alors que ces gens étaient nos compatriotes.

J'aimerais pourtant y retourner, ne serait-ce que quelque temps, pour rechercher Richard, savoir ce qu'est devenu mon père, et mon grand-père aussi. Ils ont peut-être survécu malgré tout.

Mais maman affirme que c'est beaucoup trop risqué. L'Europe est bouleversée, et elle ne fait pas confiance aux Russes qui occupent désormais la Hongrie.

– Si nous retournons là-bas, nous ne pourrons peut-être plus en sortir. Il vaut mieux choisir l'Amérique, si c'est possible, Tante Rose et Tante Lina sont déjà là-bas, et je suis sûre qu'elles pourront nous aider. En Hongrie, nous n'avons plus personne, à moins de retrouver quelqu'un de la famille, ce qui semble difficile pour l'instant.

Je suis désespérée à l'idée de ne pas retourner là-bas pour Richard. Je rêve de courir sur la colline du château, de m'asseoir dans notre cachette, et d'y trouver une trace, quelque chose... un mot, quelqu'un qui saurait...

– Et si j'y allais seule ?

Je connaissais la réponse avant d'avoir posé la question jamais ma mère ne laisserait partir sa fille de seize ans, seule, à travers l'Europe et surtout entre les mains des Russes.

– Il faut aller en Amérique, Beth. En attendant, tu pourras faire des recherches avec la Croix-Rouge.

Je détourne les yeux pour ne pas pleurer devant les soldats, ni devant ma mère. Je vais errer dans le camp, si seule tout à coup malgré ma famille. Si désespérée malgré les projets d'avenir.

Richard est mon obsession, mon seul avenir, l'amour auquel je ne renoncerai jamais. Dieu seul sait si je le reverrai à présent.

Non, Dieu ne sait pas. Je ne suis pas encore en paix avec Dieu. Seul le temps le dira.

17

Rencontre

Mon ami soldat américano-hongrois qui ne me parle qu'en anglais m'a confié une grande nouvelle ce matin :

– *Hitler is dead!*

– *Who kill?*

– *Himself.*

Traduction : Hitler est mort, tué par lui-même. Même si mon anglais n'est pas encore parfait, la nouvelle est rassurante. Le petit nazi s'est donc suicidé à Berlin, c'était le 30 avril 1945. Alors que nous étions encore prisonniers dans l'un de ces camps de la mort pour une longue semaine d'horreur supplémentaire ! L'ironie de la guerre est toujours présente. Malheur et ironie du sort des uns et des autres.

Nous changeons de camp dans trois jours. Après deux semaines passées à Klein München, les Américains nous installent dans un camp permanent, jusqu'à ce que nous sachions où nous souhaitons vivre le restant de nos jours. Maman désire ardemment que ce soit en Amérique. Je ne suis pas si pressée. Quitter l'Europe sans nouvelles de Richard serait un déchirement.

Notre nouvelle destination en Allemagne porte le nom de Wetzlar, un endroit dont nous n'avons jamais entendu parler, mais quelqu'un dans notre groupe sait qu'il s'agit de la ville où l'on fabrique les appareils de photo Leica.

Nous allons devoir quitter les amis que nous venons de nous faire dans le camp. Chaque groupe est envoyé vers une destination différente. Nous nous promettons d'écrire, mais depuis ma lettre à Richard je me demande si les postes en Europe vont remarcher un jour. Maman dit que si les Russes occupent Budapest, ils ont autre chose à faire que de transmettre le courrier de la Croix-Rouge. Ma vie est en désordre, comme celle de beaucoup d'autres.

Le 1er juillet 1945, nous voilà une fois de plus obligés de monter dans des wagons à bestiaux, mais les Américains sont assez compréhensifs pour ne pas fermer les portes, ils savent ce que représente ce mode de transport dans nos souvenirs.

L'armée nous a encore demandé si nous ne préférions pas retourner à Budapest, mais maman ne veut toujours pas en entendre parler. Les récits du « nettoyage » de Pest, sur la rive gauche du Danube, où nous habitions, sont terribles. Je comprends que ma mère n'ait nulle envie de se retrouver sur les ruines d'une existence qui fut déjà si difficile dans le ghetto.

Mon Danube s'éloigne donc encore un peu plus, au rythme du train qui avance lentement à travers la campagne allemande, s'arrêtant à chaque gare. Les Allemands nous regardent passer avec curiosité, et nous avec de la haine. Certains réfugiés les insultent même au passage.

– Qu'est-ce que vous avez à nous regarder comme ça ? Vous n'en avez pas assez vu ?

Je suppose que les Allemands ne comprennent pas la langue dans laquelle ils sont ainsi interpellés. Et je suppose aussi que mes compatriotes réfugiés le savent, mais c'est plus fort qu'eux, ils porteront toute leur vie les traces de cette tentative de massacre collectif. Et encore... à cette époque, nous en ignorons l'ampleur, qui portera le nom de génocide.

Il nous faudra deux jours et trois nuits avant d'atteindre la région de Francfort, dans l'ouest de l'Allemagne. Et une fois de plus nous devons marcher jusqu'à Wetzlar, une assez longue distance. J'ai tellement marché dans ma courte vie déjà !

Nous arrivons dans un ancien camp militaire allemand. L'espace qui nous est réservé est une salle au troisième étage d'un baraquement, que nous allons partager à douze personnes. La salle elle-même est divisée en trois parties. Nous occupons la plus proche de l'entrée. Quatre hommes occupent la seconde ; la troisième est attribuée à un couple et aux deux sœurs de l'épouse. Chaque partie habitable est équipée de quatre couchettes, avec couverture et oreiller, plus un coffre de rangement. Ce n'est pas tout à fait le foyer de nos rêves, mais au moins nous ne dormirons plus sous la tente.

Le camp est immense, avec ses propres cuisines, sa boulangerie, le mess, et même un bureau de poste. Heureusement, on nous donne du travail dès notre arrivée. L'ennui régnait à Klein München, nous n'avions rien à faire, et les jours n'en finissaient pas de passer. Roszi travaille au bureau de poste, j'ai trouvé un emploi de traductrice en allemand, auprès du major Daniel, l'administrateur du camp. Je l'accompagne d'un secteur à l'autre pour l'aider à s'entretenir avec les réfugiés. C'est un cadeau du ciel pour moi, car ce travail me permet de vérifier dans chaque secteur la présence éventuelle de Richard.

Les procès-verbaux d'identité sont assez sommaires. Des milliers d'anciens déportés n'ont plus aucun papier d'identité, sous quelque forme que ce soit. Et comme il n'y a ici que de vieilles machines à écrire, les rapports sont établis laborieusement, soit sous forme de listes dactylographiées, soit de notes écrites à la main deux fois sur trois. Dans chaque secteur, je dois donc examiner à la fois les listes et les notes à la recherche du nom de Richard.

J'ai d'abord accompagné le major Daniel dans le secteur de Fulda, puis celui de Würzburg, sans trouver trace de lui. Beaucoup de très jeunes gens ont survécu, j'espère tant qu'il est parmi eux ! À chaque retour de tournée dans un camp, je me jette sur mon lit pour pleurer. Maman sait bien pourquoi, et ne me pose plus de questions. Elle a connu les mêmes angoisses en perdant notre père, dans des circonstances bien plus difficiles. Mais je n'ai pas assez de sagesse, je suis jeune, à l'aube de ma vie de femme, et le souvenir des beaux jours passés avec Richard me torture. Je meurs d'envie de me retrouver dans ses bras. Il est heureux que personne ne puisse lire dans ma tête : j'ai un monde secret, relié au passé, et c'est là que je vis réellement la plupart du temps. Je mange, je dors, je travaille, j'ai peu d'intérêt pour les jeunes de mon âge. Leur bavardage est une perte de temps, je n'ai pas vraiment envie d'aller danser, ou de discuter avec eux. Je préfère rester seule avec Richard dans ma tête. Depuis notre séparation, j'ai traversé ce monde de souffrance sans cesser de penser à lui. Et je consacre tout mon temps à sa recherche.

Six mois passent. J'ai scruté toutes les listes, interrogé un nombre invraisemblable de réfugiés. Et soudain, un jour, au camp de Kassel, je tombe sur son nom. J'ai la sensation de mourir. Mes jambes se dérobent sous moi. Il est là, sur la liste du jour, Richard Kovacs, âge vingt ans.

Mention : Décédé. Son nom et la mort, associés.

Je me retrouve un moment plus tard, allongée dans un bureau. En ouvrant les yeux, j'entends la voix du major Daniel :

– Ça va mieux, Beth ?

Je cligne des yeux, cherchant à comprendre ce que je fais là et pourquoi. Et tout me revient d'un coup, le nom sur la liste, la mort. Je referme les yeux :

– J'ai dû m'évanouir...

– Tu as trouvé Richard sur la liste ?

Je hoche la tête en me mordant les lèvres pour ne pas crier de douleur.

– C'est plutôt une bonne nouvelle, non ? Qu'est-ce qu'on dit sur lui ?

– Qu'il est mort.

Le major reste silencieux quelques instants.

– C'est peut-être lui, mais ce n'est peut-être pas lui non plus. Il peut s'agir d'un autre Richard Kovacs ! C'est un nom assez répandu en Hongrie je crois. Je ne voudrais pas te donner de faux espoirs, mais il ne faut pas l'enterrer trop vite... tu sais, Beth, cette guerre a éparpillé tant de gens en Europe ! Tu vois toi-même le mal que nous avons à rétablir les identités, à réunir des familles... cela prendra du temps, il faut espérer.

Il essaie d'être gentil et de me réconforter, mais je ne vois qu'une chose. Mon bel amour, mon Richard, étendu quelque part, mort, dans une mare de sang, ou nu sur une pile de cadavres comme à Mauthausen. L'image est si violente que je sens que je vais devenir folle. Je secoue la tête pour la faire disparaître de mon cerveau. Je ne dois pas imaginer, je ne dois pas penser à cela. Le major a raison, il peut s'agir d'une erreur, ou d'une coïncidence. Contre toute attente, j'ai moi-même survécu à la guerre. Peut-être lui aussi. Je ne vais pas laisser tomber, pas encore. Je vais continuer à chercher.

Mais, à partir de ce jour, ma vie change de cap. Moi qui ne sortais jamais, qui ne voyais jamais de jeunes de mon âge, j'accepte de participer à leurs réunions. Maman le souhaitait, elle m'y encourage. Ce qu'elle ignore, c'est que j'obéis uniquement pour ne pas penser, pour brouiller l'image de Richard, mort quelque part. Je parle, discute avec des jeunes gens, comme si je me soûlais pour oublier. Je rencontre même un jeune homme charmant, Fery, dont la sœur habite le camp voisin. Il est drôle, bourré d'humour, il aime me faire rire, et pourtant il n'y a pas de rires dans ma vie.

La vie à Wetzlar s'est installée dans une sorte de routine. Il est toujours impossible de prendre un bain ou une douche en privé, mais nous avons de grandes bassines et de grandes éponges, donc la possibilité de nous laver régulièrement. Roszi et Ludwig ont repris un peu de poids, moi aussi. Malgré cela nous ressemblons toujours à la majorité des survivants des camps de concentration : visage creux, sans couleurs, regard perdu ou méfiant, agités de cauchemars la nuit, égarés le jour.

Maman est encore très maigre, mais c'est la plus solide de nous. Elle lave notre linge, et le met à sécher à la fenêtre. Nous dormons dans des lits propres, même si nous n'avons qu'une seule paire de draps, car ils sèchent rapidement au soleil.

Je me dis que nous serons aux États-Unis dans le courant de l'hiver.

Les Américains ont compris à quel point les survivants sont traumatisés par ce qu'ils ont vécu, et ce qu'ils ont vu dans les camps de la mort. Ils ont organisé, à l'intérieur même du camp, un groupe de psychothérapie pour les réfugiés. Tout le monde a des histoires horribles à raconter. Beaucoup de gens ont perdu leur famille, certains les ont vus mourir sous leurs yeux, d'autres ne savent pas grand-chose de leurs derniers instants. Juste des noms sur des listes. Disparus dans tel camp, ou avec tel convoi. Nous sommes parmi les plus chanceux, d'avoir survécu ensemble. J'y songe souvent, en écoutant parler une femme, un adolescent, un homme, désormais complètement seul sur la terre. Tous se posent la question : pourquoi ont-ils survécu, et pas les autres ?

À Mauthausen, dans le camp des femmes, nous ne savions même pas que nous survivions à côté d'une chambre à gaz ; nous ignorions où se trouvait le four crématoire. Je me souviens de cette odeur de mort, de l'air fétide chargé de cendres que nous respirions certains jours. Des entassements de cadavres aussi. Nous sommes vivants, pourquoi nous ? Pourquoi moi si Richard est mort ?

Notre famille est intacte, excepté mon père, et nous avons toujours l'espoir de le retrouver un jour. Son nom n'est apparu sur aucune liste de morts ou de survivants ; l'espoir est permis.

Nous avons aussi rencontré une famille de Roumains, dont l'histoire nous a fait autant rire que pleurer. Le père, la mère, leurs deux enfants et la grand-mère ont été pris dans une rafle nazie. Ils étaient promis à la déportation. Ils se sont retrouvés dans un wagon avec une troupe de cirque ambulant composée de nains, qui venait également d'être prise dans une rafle. La troupe de nains et la famille de Roumains se sont liées d'amitié dans ce wagon bondé et sans air, tandis que leur train roulait vers la Pologne, en direction d'Auschwitz. Lorsqu'on les a fait descendre de leur wagon, la grand-mère a eu du mal à sauter. La pauvre vieille femme ne savait pas quoi faire dans la bousculade, et l'un des nains s'est approché d'elle pour l'aider en disant :

– Je te tiens, « Baba »...

Baba en polonais veut dire grand-mère. Or la scène se passait juste sous les yeux du diabolique docteur Mengele, qui assistait à l'arrivée de ses nouvelles victimes. À la vue de ce nain difforme, appelant une vieille dame parfaitement normale « grand-mère », il a demandé :

– Vous êtes tous parents ?

Et le père a répondu très vite :

– Oui, nous sommes de la même famille.

Il ne sait même pas pourquoi il a répondu ça. Un réflexe. Ou simplement pour ne pas être séparé de la troupe, après ce voyage d'enfer durant lequel ils s'étaient entraidés. Quoi qu'il en soit, l'affreux Mengele a levé un sourcil d'étonnement, et affirmé d'un ton sentencieux :

– Je n'ai jamais vu de famille de ce genre. Les uns sont normaux, les autres nains. Voilà qui est intéressant. Quel est ce mystère génétique ?

Évidemment personne ne lui a répondu. Il a ordonné aux gardes d'installer cette « famille » si particulière dans un endroit particulier, où ils sont restés jusqu'à la fin de la guerre, bien nourris, bien soignés, à l'abri. Les nazis leur faisaient des prises de sang sans fin, cherchant à comprendre avec une obstination stupide quel était le mystère de ce puzzle génétique. Si bien qu'à la libération du camp la « famille » était saine et sauve, en tout cas physiquement.

C'est tellement rare d'entendre une histoire où les nazis ont été si bien mystifiés par leurs victimes que tout le monde a éclaté de rire dans la salle de psychothérapie.

Les mois passent. Et j'ai eu dix-sept ans. Nous sommes au printemps 1946, et mon ami Fery a été envoyé dans un autre camp, à Weilheim. Mais il vient souvent rendre visite à sa sœur qui est toujours à Wetzlar. Ce garçon, qui a pourtant souffert en déportation, a conservé intact son sens de l'humour et j'attends moi aussi ses visites avec une certaine impatience. L'été arrive, mon anglais s'est beaucoup amélioré, bien qu'il soit encore loin d'être parfait. J'ai même appris l'argot des GI, et tout le monde dit que je suis leur mascotte. Mais ça ne m'intéresse pas. Je cherche toujours Richard Kovacs, mon seul, éternel et inoubliable amour. Je suis une moitié du monde, et il est l'autre, celle qui me manque.

Maman s'inquiète pour moi. Elle pense qu'il n'est pas normal pour une jeune fille de mon âge de regarder toujours en arrière et non vers l'avenir.

– Tu devrais avoir honte de toi, Beth ! Tu devrais être heureuse d'être en vie, et reconnaissante !

– Et toi ? Tu es heureuse ?

Maman m'observe quelques secondes avant de répliquer :

– Oui, je le suis. Je suis heureuse d'être avec mes enfants, et heureuse d'être à l'abri. D'ailleurs il arrive ce que Dieu veut qu'il arrive dans la vie ! Il n'y a qu'à l'accepter, et prendre la vie comme elle est !

Je hoche la tête par respect pour ma mère, mais la rébellion m'habite toujours. Jamais je n'accepterai la vie telle qu'elle est sans Richard Kovacs ! Et un Dieu qui passe son temps à mettre à l'épreuve son « peuple élu ».

Mon ami Fery essaye lui aussi de me faire accepter la vie comme elle est, mais d'une autre manière. Il pense que si je rencontrais quelqu'un d'autre, j'oublierais Richard.

Un jour, à la fin de l'été, il m'écrit pour me parler d'un jeune homme dont il a fait la connaissance à Weilheim. Son nouvel ami raconte toujours des histoires drôles, il est plein d'humour et pourtant il a perdu toute sa famille à Auschwitz.

– Tu devrais venir ici, Beth, je te le présenterais, il s'appelle Otto Schimmel. Envoie-moi une photo, que je puisse la lui montrer. Je lui ai déjà parlé longuement de toi. Je suis sûr qu'il te plaira.

J'envoie la photo. Et j'oublie toute l'histoire. Je l'aime cette photo, d'ailleurs : Roszi et moi, ensemble, le regard nostalgique, mais je nous trouve redevenues jolies, à ce moment-là. Nous nous ressemblons énormément, mais elle a encore l'air d'une petite fille, et moi d'une femme.

Il a fallu deux mois avant que nous parvienne enfin, de New York, une réponse à notre lettre. Mes tantes veulent savoir ce qui est arrivé à grand-père et au reste de leurs proches, comment ils sont morts. Mais nous n'en savons rien. Puis, dans une autre lettre de New York, nous apprenons que la plus jeune sœur de maman, Sari, qui était restée avec grand-père et les autres, est toujours vivante. Elle a été retrouvée en Suède, et a pris contact avec ses sœurs américaines, grâce à la Croix-Rouge. Elle a demandé à les rejoindre à New York. Maman lui écrit une longue lettre, et lorsque la réponse arrive, elle relate en détail les événements qui ont conduit grand-père et les autres à la mort. Maman est effondrée, en larmes, à tel point que cette fois j'imagine qu'elle n'aura pas la force de remercier Dieu du destin qu'il a choisi pour son père. Mais non. Après la lecture de la lettre, elle prie. Elle prie encore et encore.

J'ai du mal à la lire cette lettre, elle m'échappe des mains par moments, tant je tremble de chagrin et de rage.

Les nazis ont rassemblé tous les juifs du petit village de Zeteny. Ils ont dû défiler dans la rue principale, passer devant les maisons de leurs voisins, qui les connaissaient depuis des générations, mais n'ont rien fait pour arrêter les soldats. Ils ont marché jusqu'à la ville la plus proche, à la gare on les a entassés dans des wagons à bestiaux avec d'autres juifs venant des villages des environs. L'une de mes tantes était enceinte de huit mois. Son mari avait déjà été envoyé dans un camp de travail, quelques mois auparavant, et elle vivait chez mon grand-père. Il y avait aussi une autre de mes tantes plus âgée et célibataire, et Sari, qui n'avait que dix-huit ans!

Sari raconte : *Ma sœur enceinte souffrait énormément de la soif dans ce wagon blindé. Les Allemands ont ouvert les portes à un moment donné, et quelqu'un leur a donné de l'eau. Elle en a réclamé un peu plus, mais ils ont refermé les portes. Elle s'est mise à sangloter, en suppliant. Un garde allemand a rouvert la porte du wagon, en lui criant de se taire, mais elle ne pouvait pas. Alors, il a pointé sa baïonnette et l'a enfoncée dans le ventre de ma sœur. Elle est morte instantanément avec l'enfant qu'elle portait. Puis le soldat a refermé la porte, et elle est restée là au milieu de nous tous, mon père a dit la prière des morts en pleurant. Il a tout fait pour nous consoler, mais nous étions complètement anéantis de chagrin. Le train a roulé pendant des heures, il faisait une chaleur atroce dans le wagon fermé, et le corps de ma sœur se décomposait très vite. Nous étions malades à vomir, car il y a eu d'autre morts dans le wagon. Finalement les Allemands se sont arrêtés dans une gare et ont enlevé les cadavres. Lorsque nous sommes arrivés à Auschwitz, ce fut aussi un moment terrible pour la famille. Ma sœur aînée a été triée du côté gauche, et moi sur la droite. Je voulais rester avec eux, mais c'était impossible, il fallait obéir aux nazis, sinon ils nous auraient tués. J'ai appris plus tard que mon père et ma sœur avaient été envoyés à la chambre à gaz.*

Ma tante Sari a été déportée ensuite à Bergen-Belsen, et libérée par les Alliés. Elle dit aussi dans sa lettre être encore très malade et sous-alimentée. La Croix-Rouge l'avait envoyée en Suède pour y être soignée *.

Cette nuit, après avoir lu et relu la lettre de ma tante, j'ai dû admettre une chose. J'en veux au Dieu d'Abraham, celui que mon grand-père glorifiait tant. Que lui a-t-il donné en retour ? Il l'a abandonné. Je n'arrive pas à dormir, je me dis par moments que grand-père n'aurait pas voulu que j'abandonne ma foi. Et c'est une trahison envers lui. Hors j'essaie de croire, de prier, mais je n'y parviens pas.

Le même mois de décembre 1946, ma mère découvre que son frère aîné Ignatz est vivant, en Allemagne, à Augsbourg. Elle pleure de joie à cette nouvelle, elle veut que je lui rende visite. Je ne l'ai jamais vu de ma vie.

Maman lui écrit aussitôt, pour lui raconter les affreux événements de Zeteny, mais lui dire aussi son bonheur de le savoir en vie.

Pauvre oncle Ignatz. Je ne suis pas sûre que ce soit un bonheur pour lui d'être en vie. Il a perdu sa femme et ses enfants dans les camps. C'est ce qui me décide à aller le voir. Je ne peux remplacer personne, mais au moins je suis de sa famille.

Lorsque j'arrive en gare d'Augsbourg, la deuxième semaine de décembre, il fait un froid terrible. Comme la ville n'est pas loin de Weilheim, j'en profiterai pour rendre visite à mon ami Fery. Je l'ai prévenu par lettre de me retrouver à la gare. Cette visite à l'oncle Ignatz me fait beaucoup de peine. Il est petit, maigre, et son visage porte les stigmates de la souffrance. Lui aussi avait fui la Tchécoslovaquie pour la Hongrie avec sa famille, où ils espéraient attendre la fin de la guerre, cachés dans un petit village. Mais les nazis les ont découverts et enfermés dans un ghetto de la ville voisine. Là, ils ont été arrêtés et déportés à Auschwitz. C'était en juin 1944. Ils ont été séparés, selon la méthode nazie. Oncle Ignatz à droite, sa femme et ses enfants à gauche. À droite le travail forcé, à gauche la mort dans les chambres à gaz. Mais l'oncle Ignatz

* Sari a survécu, elle a émigré, elle s'est mariée et a eu des enfants. Mais de toute sa vie, cette femme n'a plus jamais souri.

ne le savait pas. Et pendant toute la durée de son internement à Auschwitz, il a cherché désespérément sa femme et ses enfants. Puis on l'a transféré à Dachau, où il a vécu l'enfer. Les gardes le frappaient parce qu'il était petit et ne travaillait pas assez dur à la construction d'une ligne de chemin de fer. Un jour un officier allemand était à la recherche d'un coiffeur. Oncle Ignatz avait levé la main, alors qu'il n'avait jamais coupé un cheveu de sa vie, pour échapper à son labeur inhumain. Mais il tremblait tellement en maniant les ciseaux et le rasoir que la coupe de l'officier s'en était ressentie. On l'avait battu à mort, et lorsqu'il avait pu marcher de nouveau, on l'avait renvoyé au chemin de fer. Il y serait mort, si les Alliés n'étaient pas arrivés peu de temps après.

Curieusement, l'oncle Ignatz s'entend bien avec les Allemands chez qui il habite depuis sa libération. La seule chose qu'il déteste, c'est leur nourriture. Il prend ses repas dans un hôtel réquisitionné par les Américains pour loger d'autres survivants. Lorsqu'il m'a emmenée voir la maison où on l'a recueilli, j'ai découvert une vraie maison bavaroise, avec crucifix sur les murs et propriétaires « sympathiques ».

Je ne sais pas comment fait oncle Ignatz pour pardonner à ces sympathiques Allemands tout ce qu'il a souffert et la perte de sa famille. Je devrais peut-être m'en inspirer.

Après deux jours de visite, le pauvre oncle Ignatz me raccompagne à la gare en pleurant. J'arrive à Weilheim, j'attends mon ami Fery sur le quai. Au bout d'une heure, personne. Je décide de me rendre en ville à pied jusqu'à l'hôtel Brauwastl, où résident les survivants. Fery n'est pas là non plus. Je demande son camarade Otto. Il est sorti.

Je suis épuisée, car j'ai passé toute la nuit précédente à parler avec l'oncle Ignatz.

– Est-ce que je peux attendre mes amis quelque part ?

Le gardien s'appelle Georges. Sa famille a disparu elle aussi dans les camps nazis. Il m'installe gentiment dans la chambre de cet Otto.

– Mettez-vous à l'aise... reposez-vous.

Je profite de l'invitation, me mets en pyjama et m'endors aussitôt.

C'est ainsi qu'Otto Schimmel m'a trouvée en rentrant dans sa chambre. Il m'a laissée dormir, puis il est revenu voir ce que je devenais. J'ai senti alors que quelqu'un m'observait, et je me suis réveillée. Il souriait tranquillement :

– J'ai vu une jolie fille dans mon lit, qui ressemblait à la photo, je l'ai là, épinglée au revers de ma veste. Alors je suis ressorti. Je suis Otto Schimmel, et de toute évidence vous êtes Lisbeth.

Il est grand, blond, avec des yeux bleus tristes mais sympathiques.

– Vous êtes extrêmement jolie, vous savez !

– Mais comment me connaissez-vous ? Et qui vous a donné ma photo ?

– Vous ne vous rappelez pas ? Vous l'avez envoyé à Fery au printemps dernier !

Il rit de bon cœur. Mes yeux se ferment à nouveau. Je suis réellement épuisée.

– Ça vous ennuierait que je dorme une heure ou deux ici ?

Il sourit d'un sourire contagieux et chaleureux.

– Allez-y, ça ne me dérange pas.

J'ai dormi comme si on m'avait assommée à coups de bâton sur la tête. Je me réveille quelques heures plus tard, seule. Attirée par le luxe d'une baignoire dans la salle de bains de l'hôtel, je ne résiste pas. Il y a si longtemps, si longtemps que je n'ai pas pris un vrai bain. Je file dans la chambre prendre mes affaires, je regarde l'eau couler avec impatience, chaude, si chaude... et je m'enfonce dans le bain le plus merveilleux de ma vie. Un vrai paradis. Depuis l'occupation de Budapest, je n'ai pas connu le bonheur de tremper entièrement mon corps dans un bain d'eau chaude. Je trempe, je savoure, je rêve... et je n'ai même pas songé à fermer la porte à clef. Si bien que, lorsque quelqu'un se présente pour utiliser la salle d'eau, j'entends Otto qui doit faire les cent pas devant la porte :

– Une minute ! Elle prend son bain, elle sort dans une minute !

Et à mon intention :

– Prenez votre temps, je vous attends dans ma chambre.

Il est si gentil qu'il revient quelques instants plus tard :

– Ça va ? Vous vous sentez bien ?

– Je me lave les cheveux, tout va bien...

Je me rince la tête pour la dixième fois au moins, tellement c'est bon de laisser couler l'eau le long de mes cheveux.

– Vous voulez que je vous apporte une tasse de thé ?

– Non, oh non !

Il est gentil, mais je suis nue, et à moitié couverte de savon. Je sais bien qu'il cherche à se montrer accueillant, mais sa sollicitude m'agace. Tout ce que je veux, c'est profiter au maximum et en paix de ce premier bain. Je traîne, je fais des bulles, je n'en finis pas de me rincer, puis de me sécher à regret. Il est venu vérifier deux ou trois fois déjà si j'allais bien, si je n'avais besoin de rien...

Enfin, je reviens dans la chambre, habillée, la tête enveloppée d'une grande serviette. Lorsque je la retire pour démêler mes cheveux devant la glace, je suis émerveillée de la transformation. Ils brillent ! Comme avant ! Ils n'ont pas été aussi propres depuis des années ! Mes doigts glissent entre les boucles humides, je savoure cet instant avec égoïsme.

Mais Otto est derrière moi, il me contemple intensément, les yeux écarquillés avec un grand sourire.

– Il vaut mieux rester ici, le temps qu'ils sèchent... Je ne voudrais pas que vous attrapiez froid, après tout nous sommes en décembre.

Alors nous parlons le reste de l'après-midi. Otto m'apprend qu'il y a un bal ce soir, et me propose d'y aller ensemble. Évidemment cela me changerait les idées, un peu de gaieté dans ma vie. Mais je pense à Richard, je n'ai pas envie de danser avec quelqu'un d'autre. Puis je songe à ma mère : « Prends la vie comme elle vient... »

Au fond, j'ai une jolie robe dans ma valise, elle n'est pas neuve, elle vient des montagnes de surplus américains que la Croix-Rouge nous offre. Et si je la faisais danser, cette robe ? Et il a tellement envie de me faire valser dans ses bras, ce garçon. Je dis oui. Il exulte.

Nous dînons dans le restaurant de l'hôtel, où je fais rapidement la connaissance des amis d'Otto. Ils viennent tous en même temps lui demander :

– Alors, qui est cette jeune fille ?

– Je l'ai rencontrée aujourd'hui !

Il est fier d'être vu avec moi. Il explique à ses camarades que je suis l'une des « chanceuses » dont la famille a survécu à la guerre.

Le bal a lieu dans une grande salle de la ville. Tous les jeunes gens me lancent des regards appuyés. Peu de jeunes filles de mon âge sont revenues des camps, et peu d'entre elles ressemblent encore à des jeunes filles normales. J'ai de la chance. Je ne suis pas à Venise en voyage de noces avec Richard, mais les autres, toutes ces filles de mon âge qui ont disparu dans la tourmente ? Alors je danse, je danse, parce que je suis vivante.

Je me sens presque la star de la soirée, et c'est excellent pour le moral. La neige tombe lorsque nous rentrons à l'hôtel, bras dessus bras dessous.

– Regarde les flocons, là-haut, regarde en l'air, Beth !

Il en profite pour m'embrasser sur les deux joues.

J'ai un sursaut de répulsion, et le menace d'une voix dure :

– Ne refais jamais ça ! Je suis fiancée !

Il a l'air tellement triste que j'ai honte de moi un instant. Mais je ne veux pas lui donner de faux espoirs. Il a déjà vécu suffisamment de drames dans sa vie. Il est seul au monde, et il lui faut une femme qui soit libre de l'aimer. Je ne suis pas cette femme-là. Mon cœur appartient définitivement à un autre.

Le lendemain, il insiste pour me raccompagner à la gare, alors que j'insiste pour m'y rendre seule. Il m'accompagne jusque chez mon oncle, alors que je veux m'y rendre seule. Il m'achète à dîner, et accroche un petit mot sur le paquet, au moment où nous nous séparons devant la porte de mon oncle. Il a écrit : *Je veux t'épouser.*

Je ne lui ris pas au visage, ce ne serait pas gentil. Mais dès que la porte s'est refermée, je montre le billet à oncle Ignatz, et nous éclatons de rire tous les deux.

– Ce garçon m'a l'air bien décidé. Il ne te connaît que depuis une journée ?

– Jamais je n'épouserai ce garçon, oncle Ignatz, c'est une plaisanterie !

Et soudain la tristesse et les souvenirs me rattrapent au galop.

– Je ne veux appartenir qu'à Richard.

Oncle Ignatz me caresse les cheveux, maladroitement :

– Mon pauvre petit...

18

Mazeltov

Dans le train qui me ramène à Wetzlar, je songe à ce garçon. Il est le contraire de Richard. Cheveux blonds, grand et mince, il n'est pas mal, malgré les traces encore visibles de son internement à Auschwitz. Comme tous les survivants, il est trop maigre, il a le teint trop pâle, et le regard vide. Malgré cela, c'est un charmeur. Il a bien vu que j'avais envie de rire en lisant le petit mot, il n'a dit qu'une chose :

– On verra...

Comme s'il connaissait le secret magique qui me ferait dire « oui » un jour ?

Il m'a parlé de lui pendant la soirée. Et j'ai compris que ses plaisanteries continuelles, cet humour dont il se sert comme un paravent, cachaient la profonde tristesse d'un homme qui a tout perdu. Il a grandi à Pest, dans un quartier de banlieue, et appartenait à une famille nombreuse. Il adorait son frère et sa sœur aînés. Il parle de sa mère comme d'un ange. Son père est mort deux ans avant l'occupation, et il a été obligé très jeune de travailler comme apprenti chez un artisan du cuir. Il aimait beaucoup son métier, et juste avant la déportation, c'était déjà un excellent ouvrier. On les a emmenés lui, sa mère, sa sœur et sa grand-mère, comme tant d'autres dans un wagon à bestiaux jusqu'à Auschwitz. Les Allemands ont jeté la vieille dame dans un camion, puis sa mère et sa sœur, et le camion est parti. Le soir, dans la baraque avec les autres détenus, Otto était fou d'angoisse. Il voulait savoir ce qu'il était advenu de sa famille, et un détenu plus ancien lui a dit :

– Regarde par la fenêtre, tu vois cette fumée qui sort de cette cheminée ? C'est tout ce qui reste de ta famille.

Il avait dix-sept ans, et il m'a dit, en regardant dans le vide :

– C'est comme ça que j'ai vu mourir ceux que j'aimais. Presque devant moi, sans rien pouvoir faire. Il y avait cette fumée dans le camp, et c'était eux... Mais j'ai trouvé la force de survivre, j'étais avec Paul, un ami d'enfance, et son père. Ils m'ont aidé à tenir le coup. En fait, le père de Paul se privait souvent de sa ration de pain pour nous deux. Il est mort dans mes bras, de faim et d'épuisement. Lorsqu'on a été libérés, Paul et moi, j'ai cherché mon frère aîné partout. Il était dans la Résistance à Budapest, alors j'ai contacté un de mes cousins là-bas. J'ai appris que mon frère a été arrêté et tué. Pourtant, il avait trouvé le moyen d'infiltrer les Croix-Fléchées, il portait même leur brassard pour passer inaperçu dans la ville. Mais ils l'ont identifié comme juif et abattu. C'était avant Noël, avant que commence le siège de Budapest par les Russes. Alors je n'ai plus de famille proche... Voilà ! On m'a largué sur la terre, tout seul comme un imbécile !

Et il a souri en terminant son récit, au lieu de pleurer. J'admire cette force, ces pirouettes dont il est capable. Mais il est si différent de Richard. Pour tout dire, je le trouve un peu « collant ».

C'est ce que je raconte à maman en rentrant à Wetzlar.

– Il en fait trop. Il est trop gentil. On a l'impression, lorsqu'il tient quelqu'un, qu'il ne va plus le lâcher...

– Il t'intéresse, alors ?

Cette réflexion souriante est comme une douche froide pour moi. Je réponds vertement :

– Je te l'ai déjà dit, maman : j'aime toujours Richard et je ne désire personne d'autre.

Je ne m'étais pas trompée sur l'obstination d'Otto. Peu de temps après, il arrive à Wetzlar, sans avoir été invité. Il a pris un peu de poids, il est physiquement en bien meilleure forme, et ça m'énerve de le voir débarquer comme ça, sans prévenir.

– Qu'est-ce que tu fais là?

Il me dédie son plus beau sourire, comme s'il était un vendeur et moi la cliente :

– Je ne pense qu'à toi, Beth, je ne mange plus, je ne dors plus, à cause de toi.

– Eh bien, oublie-moi! J'en aime un autre!

Comme si je parlais dans le vide, il reste souriant; il discute, il plaisante, et lorsque ma mère rentre, il entreprend immédiatement de la séduire. D'abord il lui raconte l'histoire de sa famille et, bien évidemment, maman émue le prend dans ses bras, le serre contre elle en pleurant, le berce comme s'il était son fils.

– Maintenant tu as une nouvelle famille... Je t'adopte!

Ils se vouent aussitôt une admiration mutuelle. Maman l'invite à rester dîner. Et toute la soirée, je m'efforce de ne lui montrer aucun intérêt particulier; je reste polie, sans plus. Il est gentil, drôle, prévenant; maman l'adore, mais il n'est pas pour moi.

Otto reste chez nous une semaine. Maman est à l'affût de ses moindres désirs. Elle le nourrit sans arrêt, pour qu'il « reprenne des forces »; c'est sa manière à elle d'aimer les autres. Il est constamment après moi, lorsque je suis à la maison. Il ne veut sortir en ville qu'avec moi. Il m'ennuie avec son insistance.

– Maman, tu ne pourrais pas lui dire de partir? De rentrer chez lui?

Mais ma mère est définitivement de son côté :

– Laisse-le tranquille, Beth! Ce n'est pas gentil, après ce qu'il a vécu! Et ça ne te ressemble pas!

Alors, j'essaie d'être gentille, mais Otto en réclame davantage, il insiste toujours lourdement pour être avec moi, me parler d'amour et de mariage. Il me suffoque.

Je suis vraiment soulagée quand il s'en va. Je peux enfin respirer. Personne ne semble respecter ce que j'ai perdu. Dès que j'ai un peu de temps, je recommence la tournée des camps des alentours, j'écris des petits mots de recherche que j'épingle à côté des listes. Elles sont terribles ces listes. Il y a les vivants d'un côté et les morts de l'autre. Le nom de

Kovacs y apparaît parfois, et je retiens mon souffle en cherchant le prénom parmi les vivants d'abord. Surtout lorsqu'il y a un âge, ou une date de naissance. Devant la colonne des morts, je m'y reprends à deux fois. Je lis d'abord très vite, de peur de voir son nom, puis plus tranquillement, presque certaine qu'il n'y est pas. Depuis le jour où j'ai vu apparaître ce nom, je lutte contre l'évidence. Ce n'était pas lui, c'est impossible, pas lui.

Le major Daniel a tous les pouvoirs à Wetzlar. Il peut aller où il veut, et lui aussi cherche Richard. Il est le seul qui m'aide à ne pas sombrer dans le désespoir. Le soir, j'écris des lettres d'amour dans ma chambre, je les range soigneusement, en attendant de pouvoir les lui donner.

Je n'abandonnerai jamais.

Les semaines passent. Comme toutes les personnes déplacées, nous menons une vie que l'on peut qualifier de normale. Une visite par semaine chez le médecin, la queue devant les stocks de vêtements récoltés par les comités pour les réfugiés. Grâce à mes fonctions chez le major Daniel, je peux y échapper avec ma famille. Et nous sommes souvent les premières à pouvoir choisir les meilleures chaussures, les plus jolies jupes, et les chandails. Cela peut paraître superficiel, mais c'est important de se refaire une vraie garde-robe, surtout pour Roszi et moi, qui avons passé deux ans de notre adolescence dans le dénuement le plus total. En haillons pleins de poux. Caresser un tissu, essayer des chaussures, se sourire devant une glace, c'est renaître.

Un matin, Otto est de retour. Cette fois, il a voyagé toute la nuit pour venir nous voir. J'ai envie de filer, mais maman me dispute :

– Tu n'as rien de spécial à faire dehors que je sache ! Ce garçon vient nous voir, comme un ami de la famille, tout simplement. Tu peux au moins être polie avec lui ? C'est tout ce que je te demande, Beth !

Un simple ami de la famille ? Je voudrais la croire, mais mon instinct me dit exactement le contraire. Il est déjà membre de cette famille pour elle, elle le considère comme un fils, elle éprouve tellement de compassion pour cet orphelin.

Otto est fier de nous montrer qu'il s'est musclé. Il a fait de la gymnastique pour cela. Et il a de nouveaux vêtements, bien plus élégants. Je dois convenir qu'il ressemble davantage à un homme civilisé qu'à un ancien déporté.

C'est vrai qu'il est attendrissant de bonne volonté. Je commence à mieux le comprendre. Lorsqu'il est en visite chez nous, il dort avec les hommes, dans la partie réservée aux célibataires, sur un matelas posé par terre. Et il est étonnant d'organisation et de netteté. Nous n'avons pas de salle de bains ici, pourtant il se débrouille pour être toujours impeccable. Il range et plie ses draps, son costume ne fait pas un pli, sa chemise est propre.

J'aimerais bien lui trouver quelques défauts énormes, mais en dehors de son amour soudain et étouffant pour moi, je n'en vois pas. Il est spirituel, intelligent dans ses idées et ses espoirs d'avenir.

J'ai trouvé le défaut ! Il parle trop, tout le temps ! Il me rend folle. Lorsqu'il m'abrutit avec son refrain préféré, l'artisanat et le commerce du cuir, j'ai envie de hurler : « Je m'en fiche ! »

Je ne veux rien avoir à faire avec lui.

Le pauvre garçon ! Il essaie tellement de m'impressionner. J'ai beau lui dire de m'oublier, d'aller chercher une autre fille qui l'aimera.

– Tu devrais retourner en Hongrie, pourquoi pas ? Et chercher dans tes anciennes petites amies !

– Je n'avais pas de petites amies en Hongrie. Uniquement des camarades d'école. Et il n'y a que toi qui m'intéresses ! Je peux quand même être ton ami !

J'ai le sentiment profond que, justement, si je le laisse devenir mon ami, il ne me lâchera plus jamais. C'est pourquoi je fais de mon mieux pour l'éviter. Je l'encourage à s'en aller, à retournez chez lui, mais il traîne quelques jours de plus, puis s'en va, sans dire un mot. Je suis contente de ne plus le voir, mais ça ne dure pas longtemps. Moins de deux semaines plus tard, il est de retour, tellement déprimé qu'il a l'air à nouveau de sortir tout juste du camp de concentration.

Maman se préoccupe alors énormément pour lui. Elle le prend par les épaules, maternellement :

– Qu'est-ce qui ne va pas, Otto ? Raconte-moi...

Il baisse la tête, comme s'il avait honte, de ses sentiments :

– J'aime Beth. Loin d'elle, je suis incapable de manger ou de dormir.

– Beth a besoin de temps avant de pouvoir aimer quelqu'un à nouveau. Elle a toujours Richard en tête, il ne faut pas lui en vouloir. Elle l'aime, elle espère le retrouver !

– Mais je la laisserai partir s'il revient !

– Otto, je te connais assez bien maintenant, Une fois que tu seras engagé avec elle, tu ne la laisseras plus partir. Il faut retourner dans ton camp et profiter de la vie que Dieu t'a rendue. Tu es quelqu'un de bien, et tu mérites d'être aimé. Ne cours pas après quelqu'un qui te rejette ainsi. Elle ne te rejette pas en tant que personne, mais parce qu'elle en aime un autre, tu le sais....

Chaque fois que ma mère lui parle ainsi, Otto semble se résigner et rentre chez lui, une fois de plus. Il attrape son sac à dos, après y avoir rangé soigneusement ses petites affaires, et il dit au revoir à tout le monde. Il a l'air si triste dans ces moments-là que je ressens comme un petit quelque chose pour lui. Tendresse ou pitié, je ne sais pas. Mais je suis si soulagée qu'il s'en aille. Dès qu'il a franchi la porte, je cours d'un camp à l'autre, à la recherche de mon amour disparu.

Un mois après son dernier départ, Otto est encore de retour. Il a l'air très en forme. Il mange bien, il travaille, il nous annonce un voyage à Munich où il va participer à un entraînement de boxe, et ensuite à un match, comme représentant de son camp de réfugiés. Cette fois-ci, il n'est pas du tout pressant avec moi, et j'en suis très heureuse. Il a dû trouver une petite amie quelque part. Serai-je enfin délivrée de ses assiduités ?

En fait, il joue un jeu en prétendant qu'il ne sera pour moi qu'un ami. Mais je m'y laisse prendre sur le moment et, en le raccompagnant à la gare, je lui permets même de m'embrasser sur les joues. Le train parti, je me sens libérée. Je crois qu'il a trouvé quelqu'un et que je suis libre de vivre ma vie, sans cette perpétuelle insistance de sa part.

Il continue d'écrire à maman, sans jamais oublier de me saluer. C'est suffisant, bien mieux que de l'avoir à la maison.

Un mois passe ainsi, et, un jour, le journal du camp parle de ce match de boxe qui s'est déroulé à Munich. La photo qui accompagne l'article est celle du grand vaincu Otto Schimmel ! On le voit étendu sur le ring, inconscient, un bras replié sur le cou. La légende dit qu'il a été mis KO, dès la première minute du premier round ! J'éclate de rire devant cette photo, et je ne peux résister à l'envie de lui envoyer l'article, avec un petit mot.

Il ne me répond pas, Je suppose qu'il est embarrassé par une défaite si peu glorieuse. Alors je lui écris à nouveau, cette fois avec une pointe d'humour, en lui demandant s'il a décidé de s'entraîner avec Max Schmeling, le fameux boxeur allemand. Toujours pas de réponse.

Le printemps arrive, et mon anniversaire. J'ai dix-huit ans. Otto nous rend une petite visite ce jour-là, apportant un cadeau : du lait qu'il a ramené en train depuis Weilheim, et qui ressemble maintenant à du yaourt. Il a aussi des chocolats, du salami, le genre de choses qu'il est très difficile de trouver en Allemagne à ce moment-là.

– J'aurais voulu t'apporter des fleurs, mais je n'en ai pas trouvé une seule ! Et il n'y en pas encore dans les champs !

– Merci, c'est gentil.

– Je voudrais te souhaiter tout le bonheur du monde, je suis sûr que tu le trouveras un jour, et moi aussi...

Je retire ma main qu'il ne semble pas vouloir lâcher et réponds en plaisantant à demi :

– Je suis sûre que tu trouveras le bonheur, Otto, et moi aussi ! Alors tu peux t'en aller maintenant. Je ne veux plus te revoir ! Au fond qu'est-ce que tu fais ici ? Je t'ai déjà dit : ne reviens pas ! Laisse-moi tranquille ! Je ne veux pas t'épouser, je ne veux pas être ta maîtresse, je veux n'être rien pour toi !

Il devient blême comme un mort et, à ma grande surprise, il reprend immédiatement son sac à dos, marche vers la porte, et sort sans me jeter un regard. En fait, il sort de ma vie.

Et ma mère explose :

– Tu viens de repousser la personne la plus merveilleuse qui aurait pu t'aimer. Personne ne pourra jamais t'aimer comme lui !

– Qu'en sais-tu ? Qui te dit que c'est celui qu'il me faut ? Je veux attendre Richard, et je vais l'attendre.

– Il est mort Richard ! Il est mort ! Il faut que tu l'admettes ! Et tu viens de laisser partir l'homme le plus merveilleux, le plus généreux, le meilleur qui soit, pour moi, et pour ta sœur et ton frère. Je voulais l'adopter, mais mademoiselle a dit non !

– Qu'est-ce qu'il pourrait bien faire pour moi ? Qu'est-ce qu'il pourrait m'apporter ?

– Qu'est-ce qu'il pourrait te donner ? De l'amour.

– Mais c'est Richard que j'aime... pas lui.

– Eh bien voilà ! Tu as gagné ! Tu as ce que tu voulais ? Richard est un homme mort ! Et tu viens de laisser partir un homme vivant et qui t'aime ! Le pauvre vient fêter ton anniversaire, et tu le jettes dehors ! Tu n'avais pas le droit de faire ça ! Tu aurais pu au moins être polie et gentille !

Sa voix tremble, et finalement elle se met à pleurer :

– J'ai honte de la manière dont tu te conduis, Lisbeth ! Tu n'as pas de cœur ! Et lui n'a personne d'autre ! Ils sont tous morts chez lui !

Je suis effondrée. Ma mère ne m'a jamais parlé ainsi. Elle n'avait pas dit non plus à quel point Otto comptait pour elle. Un homme dans la famille, un fils aîné, quelqu'un sur qui compter ?

J'ai pris en plein cœur sa façon de me dire : « Richard est un homme mort, Otto est un homme vivant. » Je suis aveugle, égoïste, et stupide. Elle a raison.

Alors je sors du bâtiment sans réfléchir, et me mets à courir après Otto en prenant des raccourcis à travers champs. Je porte une petite robe rose, et des souliers à petits talons. Ils sont bientôt couverts de boue, ils me font mal. Je trébuche dans les buissons, je saute par-dessus les haies. Il faut que je le rattrape avant qu'il prenne ce train. Je dois m'excuser, lui dire combien je suis désolée de ce qui s'est passé. Je me sens tellement moche ! Cet homme m'a dit qu'il m'aimait dès le premier jour, il m'a répété tant de fois qu'il voulait m'épouser, prendre soin de moi, et je l'ai traité comme un chien. Ma mère a raison. Je me suis montrée odieuse avec lui, et il a décidé de sortir de ma vie pour toujours. J'ai blessé ma mère en me conduisant si mal. Une mère qui s'est sacrifiée pour nous garder en vie pendant toute la guerre. Une mère sans mari, qui n'a plus que ses enfants, et a toujours voulu leur bonheur.

Je n'ai plus qu'une chose à faire pour tout réparer, et que tout le monde soit content : épouser Otto. Je cours, le train va arriver dans une minute, la nuit est tombée, et je sais qu'Otto marche vite. Il doit déjà être sur le quai, malheureux comme pierre. Jamais je n'arriverai à temps. Alors je grimpe sur le pont qui traverse la rivière Lahn et enfin j'aperçois Otto en train de marcher vers le quai, et je crie :

– Karcsi ! Arrête ! Arrête, reviens !

Karcsi est le diminutif que je lui ai donné. Otto Karl est bien trop long. Il n'y a que moi qui l'appelle ainsi. Il ne peut que se retourner, il faut qu'il se retourne !

– Karcsi ! Ne pars pas ! Je t'aime ! Je vais t'épouser ! Je t'en prie, Karcsi !

Je le vois s'arrêter immédiatement. Il se retourne, regarde dans la direction du pont, et se met à courir vers moi comme un fou, les bras tendus. Alors je cours aussi le rejoindre et nous tombons dans les bras l'un de l'autre, et il m'embrasse.

– Tu viens de me rendre très heureux.

Je pleure à chaudes larmes, toute petite et si malheureuse dans les bras de cet homme si grand et si confiant dans son amour.

– Je te ferai l'oublier, Beth, et je te donnerai tout ce qu'un homme peut donner à une femme.

Voilà, c'est fait. Un autre homme que Richard a posé sa bouche sur la mienne. Un autre m'a enlacée, serrée contre lui au clair de lune.

Nous revenons lentement vers le camp, son bras sur mes épaules, son visage penché vers le mien, avec une tendresse incroyable. Je me sens vidée par le choc de ma décision brutale. J'ai menti à Otto ; je ne l'aime pas. Oui, je veux bien l'épouser, je ne veux plus lui briser le cœur, maintenant que j'ai promis. Mais ce mariage sera sans amour. J'aime Richard, je n'en aimerai jamais un autre, et voilà que j'ai perdu aussi mes chances de le retrouver s'il est en vie.

– Karcsi... il y a une chose que tu dois savoir. Si jamais je retrouve Richard avant que nous soyons mariés, je ne t'épouserai pas. Et même si je le retrouve après, je m'en irai avec lui.

Il s'arrête, interloqué, le corps raide à côté du mien, sans lâcher mes épaules. Il regarde au loin, sans dire un mot, je suis sûre qu'il a les larmes aux yeux. Je suis sûre qu'il a mal. Mais moi aussi j'ai mal. Je fais mon devoir, et en le faisant je romps ma promesse à l'amour de ma vie, de n'appartenir qu'à lui pour toujours. Au bout d'un long moment de silence, Otto hoche la tête : il accepte le terrible marché que je lui offre.

Nous reprenons notre chemin vers le camp en silence et je sens parfois la pression de sa main tremblant sur mon épaule. Puis il murmure :

– N'oublie jamais à quel point je t'aime, Beth...

Le destin me maudit. Être aimée par un homme que je n'aime pas et mourir d'amour pour un autre. J'ignore pourquoi, à ce moment-là, je repense au jour de la libération de Mauthausen. Nous ne disions merci que peureusement. Personne n'avait conscience d'être heureux, les sourires étaient contraints, le choc trop grand pour que l'on y croie réellement. Il a fallu du temps avant que la sensation d'être vivants, et libres, revienne timidement.

Nous ne serons peut-être jamais vraiment heureux après cela. On nous aurait tout pris, y compris le sens du bonheur ?

Maman est dans tous ses états, elle a cru que je m'étais enfuie sur un coup de colère. Je lui dois des excuses.

– Tu avais raison, maman, je devais rattraper Otto et me faire pardonner, le remercier pour tous ses cadeaux.

Elle voit que nous nous tenons par la main et sourit, tandis que j'hésite à lui annoncer la suite.

– Qu'est-ce qu'il y a, ma fille ?

– J'ai dit à Otto que je me marierais avec lui. Je sais que c'est ton souhait. Maintenant c'est le mien.

– Non ! Je n'ai jamais dit que tu devais te marier, et certainement pas maintenant, si vite ! Si tu veux l'épouser, nous avons le temps d'en parler, quand nous serons aux États-Unis !

Elle pleure d'émotion, et cherche peut-être à m'offrir une porte de sortie.

Mais Otto n'est pas d'accord. Je sais bien qu'il a peur. S'il me laisse trop de temps pour réfléchir, je risque de changer d'avis.

– Je veux l'épouser le plus vite possible.

Maman essaie de le convaincre d'attendre, mais il s'obstine.

Et c'est ainsi qu'il est allé voir le rabbin du camp, avec ma mère. Mais sans moi. Lorsqu'ils sont revenus, Otto a dit :

– C'est pour le 15 avril.

– C'est trop tôt. Nous sommes le 1er mars.

– J'aurai vingt ans ce jour-là, et le rabbin a dit que si nous ne prenions pas cette date, il faudrait attendre six semaines après la Pâque puisqu'on ne peut pas célébrer de mariage pendant cette période.

Je ne dis plus rien. J'ai fait le vide en moi, c'est comme si tout cela arrivait à quelqu'un d'autre, une autre fille, qui aime peut-être Otto, mais pas moi. Je suis distante, sans réaction. S'il se rend compte de quelque chose, Otto n'en parle pas. Je ne me suis jamais montrée très affectueuse envers lui depuis trois mois que je le connais, il n'attend donc probablement rien de plus, même si nous sommes fiancés. De toute façon il a l'air heureux pour nous deux.

Pour moi, les jours suivants passent dans un brouillard. Un brouillard dans lequel je continue de chercher Richard dans les camps, de vérifier les listes et d'interroger les gens, sans succès.

Le major Daniel et sa femme se chargent du mariage. C'est un événement car je suis la première à me marier dans le camp. Nous n'avons rien, ni argent, ni vêtement de cérémonie. Le brave major se débrouille pour trouver dans les colis en provenance des États-Unis une très jolie robe longue, en soie blanche, qui fera office de robe de mariée.

Mais elle est à manches courtes, et on ne peut pas demander à un rabbin orthodoxe de bénir une mariée en manches courtes. Une nappe de table blanche servira de châle pour me couvrir les bras. Nous n'avons pas d'alliance, mais il nous faudra bien échanger quelque chose pendant la cérémonie.

J'ai perdu la seule bague à laquelle je tenais. Mon petit anneau de cuivre façonné par Richard. Il m'a été retiré à Mauthausen. Depuis, je me moque bien des bagues. Des amis d'Otto lui prêteront des anneaux. Tous les préparatifs se passent sans moi. Je reste à l'écart de cette cérémonie autant que possible.

Otto, lui, est allé voir le rabbin pour se préparer à sa nouvelle vie d'époux. Il me raconte l'entretien avec humour. Le rabbin a demandé : « Sais-tu t'y prendre avec une femme ? Sais-tu te faire respecter par une femme ? Sauras-tu l'aimer et la respecter ? »... et il a répondu oui, oui, oui, il sait tout ça, il n'a besoin d'aucune instruction.

De mon côté, je dois maintenant voir la femme du rabbin, qui fait de même.

– Tu vas suivre la loi juive ?

Je dis oui à tout, sauf me couper les cheveux,

Ma mère a dû couper ses cheveux quand elle s'est mariée, jamais je n'accepterai une chose pareille. Mais je ne peux pas échapper au rituel, qu'elle est chargée de me faire subir.

C'est une femme très religieuse, toujours avec un fichu sur la tête, et une longue robe à manches longues, avec des chaussettes et des chaussures à talons plats. Lorsqu'elle m'a vue arriver en jean des surplus américains, le bas retroussé sur les mollets, elle a fait la grimace ! Elle m'emmène dans une pièce, déchire des petits morceaux de drap blanc qu'elle enroule soigneusement.

– Qu'est-ce que vous faites ?

– Je dois vérifier que tu ne saignes pas.

Ma mère ne m'a jamais rien dit de tout ça, c'est extrêmement gênant.

– Tu dois garder ce morceau de coton en toi jusqu'à demain. Et revenir me voir tous les jours, jusqu'à la fin de la semaine.

Je suis furieuse. Je ne suis pas assez religieuse pour accepter cette humiliation sans me révolter. Nouvel affrontement avec maman, qui me calme.

– Cette femme est une survivante, le rabbin son mari également, c'est le premier mariage qu'ils vont célébrer ici depuis la libération. Sois gentille avec elle.

J'ai de plus en plus le sentiment de me marier pour les autres, selon les désirs des autres, et non les miens. Finalement, le dernier jour, le vendredi, la femme du rabbin m'annonce la bonne nouvelle :

– C'est parfait, tout va bien se passer. Tu peux passer au bain.

Pour le bain rituel, le seul lieu disponible est la salle de sport des officiers américains. Il y a une baignoire, et même une piscine couverte.

Il faut que deux femmes m'accompagnent et me regardent entrer nue dans une baignoire. Je me suis trouvée nue devant tellement de gens à Mauthausen que cela ne me dérange pas vraiment. Ce qui me dérange, c'est d'être à nouveau sous les ordres.

Elles remplissent la baignoire d'eau. Je me retrouve dedans. Elles me lavent les cheveux, me coupent les ongles des pieds et des mains, elles nettoient tout, même les oreilles et les narines. Une fois ce rituel achevé, je dois aussi me rincer la bouche. C'est une purification totale qu'elles sont chargées de surveiller pour mon futur mari. Je subis, énervée, en me disant que tout cela est complètement fou ! Ridicule ! Mais à présent que j'ai promis, je suis obligée d'en passer par là, sinon ils ne me marieront pas. Il n'y a pas d'autre rabbin que celui-là, et il a exigé tout ce cérémonial.

Au bout d'une heure de toilette minutieuse, les femmes me sèchent enfin et m'emmènent dans la piscine. La femme du rabbin y pénètre tout habillée. L'eau lui arrive à la taille, et elle me dit :

– Je vais dire des prières. Tu dois te mettre complètement sous l'eau et ensuite remonter à la surface, trois fois !

La première fois, j'obéis sans protester. La deuxième fois, je prends une énorme respiration, et plonge jusqu'à ce que la femme du rabbin me fasse remonter elle-même en me tirant par les cheveux. Elle a cru que j'étais en train de me noyer ! C'est exactement ce que je voulais.

J'ai envie de les choquer, ou de leur donner une leçon. De me montrer vilaine, devant ma mère impassible qui les regarde faire. C'est ma façon puérile de protester. Ma rébellion dérisoire.

Maman me connaît assez pour savoir, étant donné mon caractère, qu'elles ne pourront pas me faire ce qu'elles veulent trop longtemps. Elle se lève :

– Tu es prête, rentre !

Et au retour, je ne dois pas toucher de chien ou de chat. J'ignore pourquoi, mais c'est la loi. Et je ne dois pas toucher d'homme non plus avant d'être dans le lit de mon mari. Mais il y a des chats et des chiens dans le camp. Et beaucoup d'hommes, évidemment.

Alors en rentrant coincée entre ma mère et une autre femme qui me raccompagnent justement pour me protéger de ce genre d'incident impur, je vois le rabbin arriver.

Lui ne doit toucher aucune femme, de toute façon. Je me dégage des bras de mes protectrices, et pose la main sur lui.

Maman s'écrie :

– Lisbeth ! Tu commets un péché !

– Mais non, maman, ça porte bonheur !

– Tu es une vraie rebelle ! Tu ne dois pas faire ça !

Pauvre maman, si religieuse, qui priait chaque soir sur la route de Vienne, et dans le camp.

C'est pour elle que je me marie. Je la « rembourse » pour sa force, son courage, pour nous avoir sauvés. Mais j'ai envie de mordre, c'est plus fort que moi.

Elle a sûrement raison de me faire épouser Otto. Mais elle n'avait pas le droit de me l'imposer. J'aurais voulu qu'elle me berce d'espoir, qu'elle prie pour Richard et non pour un autre. Qu'elle aime mon amour pour lui. Mais maman a la force des survivants, l'obstination aussi. Il faut prévoir l'avenir, garder son pain pour le lendemain. Le pain, c'est la sécurité de vivre un jour de plus. Et la sécurité qu'elle a trouvée pour moi, et pour nous tous au fond, c'est Otto.

Le samedi je n'ai pas le droit de voir mon fiancé de la journée entière. Il reste jusqu'au soir dans la pièce du milieu, avec les autres hommes. Une toile de l'épaisseur d'une nappe nous sépare. Et son lit de camp est à côté du mien.

– Je vais me coucher maintenant. Je voudrais te souffler un baiser. Pff !

J'ai senti l'air chaud à travers la toile, je fais moi aussi un petit bruit : smack...

– Bonne nuit.

Je me marie demain, je n'irai ni à Venise ni à Tahiti sur une île déserte comme disait Richard, pour ne m'avoir rien qu'à lui, et rêver de Gauguin...

Cinq mille personnes ! Cinq mille personnes sont rassemblées pour assister au premier mariage du camp.

Les boulangers nous ont préparé un énorme pain en forme de guirlande, pour la prière. Le major nous a fourni un grand baril de harengs salés. Et du pain. Nous n'avons pas de gâteau de mariage évidemment, ni d'autre nourriture.

Nous n'aurons aucun souvenir de ce mariage. Personne au camp n'a d'appareil photographique ! Et pourtant nous vivons à Wetzlar, où les Allemands en fabriquent toujours. Ainsi c'est arrivé. Avant que je m'en aperçoive, je vais être mariée à Otto Schimmel. Comme si les dieux se moquaient de moi, c'est une journée splendide, claire et ensoleillée.

Le major Daniel a trouvé un verre que nous devrons casser, et tout le monde criera en chœur : « Mazeltov ! » Le rabbin a rédigé le contrat.

Tous les juifs du camp de Wetzlar sont prêts à célébrer ce premier signe du renouveau : un mariage, deux jeunes gens de dix-huit et vingt ans, rescapés des camps, vont leur donner cette joie. Et c'est émouvant, je le sais. Je suis belle finalement dans cette robe de soie blanche ; ma sœur Roszi est fière d'être la demoiselle d'honneur. La cérémonie est déjà terminée, le rabbin embrasse la mariée. Je me laisse prendre au jeu un moment, en fermant les yeux, et en pensant que j'épouse Richard : c'est lui qui est à mes côtés et non ce brave et grand garçon tout blond, tout raide dans son costume, si heureux de m'aimer. Lorsqu'il m'embrasse à son tour, cinq mille personnes, cinq mille rescapés de cette maudite guerre, hurlent de joie : « Mazeltov ! »

Comme je voudrais la partager cette joie ! Je suis triste, en colère après Otto de m'avoir poursuivie à ce point. Furieuse après moi d'avoir cédé. J'ai été prise dans un tourbillon, ce garçon a fait partie de ma famille sans que je l'aie voulu, ma mère en a fait son fils chéri, ma sœur est aux anges, mon frère heureux de retrouver un homme en face de lui, et moi dans tout cela ? Je suis coupée en deux. Il y a la « petite Frimousse », qui aime toujours Richard par-delà les horreurs, les souffrances et la guerre, et il y a Beth Schimmel, qui embrasse son mari sans ressentir la moindre émotion sentimentalc, le plus petit frisson de désir.

Les deux se réunissent pour jouer la comédie. Je suis gaie, nous rions et nous dévorons le tonneau de harengs déniché par le major Daniel. Nous chantons les vieilles chansons hongroises et tziganes, et j'essaye de ne pas penser à ma nuit de noces.

J'ignore ce qu'il y avait dans les harengs, ils étaient pourtant délicieux. Ou bien nos estomacs encore si fragiles n'étaient pas préparés à ce genre de festin brutal. Mais ce soir-là, tout le camp est malade. Crampes d'estomac, dysenterie, vomissements, une véritable hécatombe. Otto n'est pas très bien, et moi non plus. Si bien que nous passerons cette première nuit, lui sur son lit de camp, et moi sur le mien de l'autre côté de la toile, en nous tenant par la main. C'est tout ce que nous sommes capables de faire, d'abord parce que nous ne sommes pas seuls, et ensuite parce que nous sommes bien trop malades pour imaginer une autre solution.

Et, Dieu me pardonne, je suis soulagée d'échapper au devoir matrimonial.

Deux semaines plus tard, alors que des gens sont encore malades et au lit, depuis les harengs du mariage, nous grimpons sur une colline qui domine le camp. Otto a besoin d'intimité pour consommer ce drôle de mariage qui compte tellement pour lui, et absolument pas pour moi.

Pendant des années j'ai rêvé, et je rêverai toujours de ma lune de miel à Venise avec Richard.

Et me voilà sur une couverture rugueuse de l'armée américaine, avec vue sur un camp de réfugiés. Otto est silencieux, tellement concentré sur cette première nuit d'amour, dont l'ironie ne m'échappe pas, malheureusement. Je ne ressens rien, même en me forçant un peu par moments. Voilà qu'un fantôme a pris la place d'Otto. Un flot de souvenirs m'envahit, trop cruels, alors je ferme les yeux, et les lèvres pour le supporter tandis qu'il me fait l'amour.

Lorsque tout est fini, que mon mari s'allonge à mes côtés, et m'embrasse avec ferveur, c'est encore plus dur. Il m'aime autant que Richard, et je n'ai rien à lui offrir.

Il m'aime tant que, parfois, il lui arrive de le crier comme un fou dans la rue.

– J'aime ma femme !

Il m'embarrasse, les gens se retournent sur nous et sourient. Nous avons l'apparence d'un couple heureux. Il n'y a que moi qui me tais dans ce couple, et pourtant j'aimerais tant hurler un jour comme lui aux passants dans la rue que je suis amoureuse.

Tellement amoureuse.

19

Mauvaise fille

J'ai dix-huit ans, je suis mariée, mais on me considère toujours comme une enfant, surtout dans ma situation, entourée de ma mère, ma sœur et mon frère, avec un mari qui dort de l'autre côté d'un rideau. Nous n'avons aucune intimité, Otto et moi. Jusqu'au jour où mon mari décide de retourner vivre à Weilheim, où il habitait avant de me connaître, avec ses camarades. Je veux ma propre maison, une certaine distance entre ma famille et moi, même si je les aime, pour entamer ma nouvelle vie.

L'autre vie, celle de mon enfance et de mon amour, se referme comme un livre. J'y ai connu beaucoup de choses, l'amour, le désespoir, la guerre, la souffrance et la mort. En si peu de temps c'est plus qu'une vie tout entière. Je me sens vieille et enfantine à la fois. Vieille parce qu'un amour perdu est une petite mort. Enfantine parce que ce mariage de raison me maintient en état de dépendance. Otto et moi, nous avons chacun notre passé. Nous avons souffert tous les deux, mais, quoi que je dise, il a plus souffert que moi. J'ai perdu mon amour, mais aux yeux des autres, c'est un enfantillage qui n'a aucune commune mesure avec le drame total vécu par tant de gens autour de moi. Otto le premier. Lui n'a plus ni père, ni mère, ni frère, ni sœur. Il n'a que moi au monde, et c'est une responsabilité pesante pour moi.

Nous ne parlons pas du passé entre nous, certaines choses sont indicibles, et l'avenir nous attend. Chacun pleure comme il peut. Et personne ne comprendra jamais que je pleure Richard, un amour de gamine, selon ma mère. Une histoire d'enfance pour Otto. Il semblait si sûr de lui lorsqu'il m'a dit :

– Je te le ferai oublier.

Seulement, je suis marquée à vie par cet amour-là. Je suis veuve et en deuil, alors que toutes les apparences font de moi une jeune mariée.

À Weilheim, je dois apprendre non seulement à vivre avec Otto, mais avec ses camarades de « chambrée ». Ils ne m'aiment pas. Ils m'ont vue arriver dans leur petit monde avec une certaine méfiance, car je suis celle qui a fait souffrir leur copain pendant des mois. Même la photo de nous deux, prise par un photographe de rue, et qui trônait dans la chambre, a été coupée en deux pour me supprimer du portrait. C'est leur manière à eux d'exprimer leur crainte pour Otto, et de me la signifier ouvertement. Comme des gosses !

Ce sont tous des survivants d'Auschwitz, et pourtant par moments aussi loufoques et drôles que lui. Petit Georges, qui a dix-neuf ans, a le même sens de l'humour ; Paul, son ami d'enfance, dont le père est mort au camp dans les bras d'Otto, se considère comme son frère, et je n'ai pas un mot à dire sur lui. Le seul à qui je n'ai rien à prouver, c'est Grand Georges, que je connais depuis plus longtemps qu'Otto. D'après eux, il a fait une erreur en se mariant aussi tôt ; il aurait dû attendre que nous soyons aux États-Unis. Lorsqu'il rentrait de Wetzlar, malheureux, et se jetait sur son lit pour pleurer, tous ses copains me vouaient aux cent mille diables. Et me voilà. Toujours sur la défensive devant cette moitié d'image où il est seul dans son cadre.

« Il aurait dû vous écouter, et me laisser tranquille ! »

Nous vivons maintenant au premier étage d'une vieille maison bavaroise, dont la propriétaire a quatre-vingt-quatre ans. Elle est un peu rude, mais sympathique.

Frau Marie habite depuis toujours cette vieille petite maison toute noire, au fond d'une rue. Elle nous a réservé une pièce unique qui fait office à la fois de chambre et de salon.

À notre arrivée, la vieille dame est un peu nerveuse, sans doute de voir arriver chez elle un couple de juifs. L'ambiance de cet après-guerre, la cohabitation forcée entre nous et les Allemands, après ce qu'ils nous ont fait, est plus que délicate, bien qu'ils ne soient pas tous nazis...

La chambre a des lits jumeaux, avec un crucifix au-dessusde chaque lit. La vieille dame, gênée, s'empresse aussitôt :

– Excusez-moi, je vais les enlever tout de suite !

Mais Otto lui répond en souriant :

– Oh non, laissez-les ! Après tout ça nous fait une protection de plus !

Je ne suis pas une cuisinière émérite, loin de là, et l'idée d'assumer la responsabilité d'un repas, ne serait-ce qu'un petit déjeuner, me laisse perplexe.

Le premier matin, je mélange de la farine de blé avec du lait en poudre. Otto en avale courageusement une gorgée, puis une autre. Nous avons tellement été privés que la nourriture, pour nous, ne souffre aucun caprice.

Mais le soir Otto n'est pas fier : il souffre d'une diarrhée épouvantable.

– Tu cherches encore à me tuer ? ça ne t'a pas suffi, les harengs du mariage ?

Il n'y a pas d'eau courante, pas d'électricité, les toilettes minuscules sont à l'extérieur, un siège avec un trou en dessous.

Dans l'obscurité de la nuit, c'est un cauchemar d'y aller, surtout un certain soir, où j'y découvre une colonie de centaines d'asticots. J'ai failli hurler, avant de me sauver.

Pour la toilette, nous avons une grande bassine à l'étage. Il faut chauffer de l'eau sur le four à bois de la cuisine, et monter les seaux dans l'escalier. Heureusement, nous prenons nos repas à l'hôtel en bas de la rue, où l'on peut aussi prendre des bains.

Au début, Otto est un excellent mari. Il irait me chercher les étoiles dans le ciel, si je le lui demandais. Il a promis de me dorloter, je ne pensais pas qu'il irait jusqu'à me servir le petit déjeuner au lit tous les matins, mais à sa manière. Il travaille pour la boulangerie du camp de Weilheim, et livre le pain aussi bien aux réfugiés du camp qu'aux chanceux qui occupent des maisons individuelles. Le gouvernement allemand doit payer tous les frais d'hébergement des réfugiés, et le pain frais fait partie de cette obligation. Chaque matin donc, Otto se lève de bonne heure et saute sur sa bicyclette pour aller à la boulangerie. Il en ramène de délicieux petits pains, qu'il jette par la fenêtre de la chambre à coucher, en direction du lit. C'est sa conception du petit déjeuner matinal.

C'est un drôle de vie de couple que nous menons. Il m'aime, il travaille, il a confiance en lui pour l'avenir. Un jour il fera autre chose que de livrer du pain à bicyclette dans un camp de réfugiés. Mais il n'a aucune sécurité affective avec moi. Il ne s'est pas encore remis de la perte de sa famille, et il n'est pas certain de mon amour. Il a promis de me laisser partir si je retrouvais Richard, et cette menace est toujours suspendue au-dessus de notre vie à deux.

En arrivant à Weilheim, dans cette maison, je lui ai déclaré tout de go :

– Tu sais, ce mariage n'a aucune signification pour moi.

– Mais pour moi, il en a une.

Alors, j'ai sorti le certificat de mariage du rabbin et je l'ai déchiré sous son nez. Il était sous le choc, il en a même pleuré.

– Mais pourquoi tu me fais ça?

– Je ne t'ai rien fait à toi, ni à moi. Je t'ai juste montré ce que valait pour moi ce certificat de mariage.

À ce moment-là, je suis trop en colère, frustrée de m'être laissée entraîner par ma mère dans ce mariage sans amour. Je suis prise au piège. Et c'est lui qui paye les pots cassés.

Une nuit, il fait un cauchemar particulièrement horrible, et je le réveille avec précaution. Les cauchemars font désormais partie de nos nuits, et ne nous quitteront jamais.

– Qu'est-ce qui se passe, Otto? Réveille-toi! Tu pleures en dormant?

– Ne me quitte jamais pour Richard. Je me sens si seul... promets-moi de ne jamais me quitter!

– Mais toi, tu as promis de me laisser libre.

Otto, si souriant et si plein d'humour, pleure comme un enfant cette nuit-là.

– Je t'aime plus que la vie elle-même, Beth !

Je ne supporte pas ce genre de déclarations. Je les reçois comme du chantage. Je veux la liberté qu'il a acceptée en m'épousant. Je sais qu'il a souffert, et qu'il souffre encore à cause de moi, mais je ne peux m'empêcher de chercher Richard. Je le chercherai toute ma vie s'il le faut. Qu'il en soit malheureux me désole, mais je ne peux pas l'aider, je ne peux pas renoncer à mon espoir de retrouver un jour mon amour vivant quelque part dans le monde.

Cette insécurité affective rend Otto extrêmement jaloux. Il ne supporte pas qu'un homme me regarde, il est prêt à se battre avec lui. Je ne peux aller danser avec lui, sans qu'il fasse des commentaires sur les autres hommes qui ont l'audace de jeter un regard sur moi.

Un jour j'en ai assez.

– Tu te comportes comme un imbécile, Otto ! C'est insupportable !

À partir de là, il garde ses réflexions pour lui. Mais pendant les deux premières années de notre mariage, j'aurai un mari coléreux et violent, provoquant de nombreuses bagarres. Son langage est souvent cru et vulgaire.

Une fois, les choses manquent de mal tourner entre nous.

– Comment peux-tu parler ainsi ? Tu as été élevé dans la jungle avec les singes ?

Sa réaction est si brusque et si rapide que je n'ai pas le temps d'y échapper. Il me repousse violemment du plat de la main, en pleine poitrine.

– Ne t'avise pas de critiquer mon éducation, c'est ma mère que tu insultes ! Et je ne supporterai pas un mot sur elle ! Ma mère était un ange.

Au fond, nous sommes deux enfants que la guerre a paradoxalement privés de leur enfance. Rien n'est réglé dans nos têtes. Vis-à-vis des Allemands par exemple. Les copains d'Otto sont toujours agressifs. Ils me racontent un jour une histoire qui s'est passée dans un bar avant notre mariage.

Otto avait demandé poliment une danse à une jeune fille accompagnée d'un Allemand. Et ce dernier l'a insulté en le traitant de sale juif. Le juif a attendu que l'Allemand se rende aux toilettes, puis il est allé tranquillement cracher dans son verre de bière. Ils ont bien ri ensuite, les quatre copains, en regardant boire leur victime. Maigre vengeance de collégiens, mais compréhensible.

J'ai dit un jour que j'aimais les meubles orientaux, et que je rêvais d'aller en Chine une fois dans ma vie acheter des petits meubles bas, laqués, pour en faire un salon.

Le lendemain soir en rentrant d'une promenade, je découvre un spectacle invraisemblable ! Pour me faire plaisir, Otto a massacré tous les meubles de Frau Marie ! Des meubles anciens, hérités de sa famille, transmis sans accroc d'une génération de Bavarois à une autre.

Il a coupé les pieds d'un fauteuil adorable, coupé les pieds de quatre chaises en bois tourné, coupé les pieds d'une table de salle à manger !

Pauvre Frau Marie ! Elle hurle après Otto, en contemplant le désastre.

– Mais qu'est-ce que je t'ai fait pour que tu détruises mon héritage ?

– J'ai gardé les morceaux, vous pourrez toujours les recoller !

Passé les deux premiers mois, je m'installe avec plus de confiance dans ma nouvelle vie de femme mariée. Je peux exister sans ma mère, j'arrive même à cuisiner, moins bien qu'elle évidemment. Mais j'apprends tous les jours.

Frau Marie me regarde faire. Me voilà occupée à faire cuire une soupe de haricots. Ils sont dans la casserole depuis des heures, et toujours durs comme des cailloux. Frau Marie juge que le feu n'est pas assez vif dans le fourneau.

– Je vais chercher des bûches.

Elle disparaît, je m'occupe à autre chose, et soudain, je m'aperçois qu'elle est revenue sans bruit, et qu'elle est en train de jeter dans ma soupe une sorte de poudre blanche.

Elle veut nous empoisonner ! Je grimpe les escaliers de la chambre en courant pour prévenir Otto. Il descend en criant après la pauvre vieille :

– Qu'est-ce que vous faites ? Vous voulez nous tuer ? C'est ça ? Qu'est-ce que vous avez mis là-dedans ?

La pauvre femme terrorisée lui explique d'une voix tremblante qu'elle a simplement ajouté de la poudre de bicarbonate, pour que les haricots cuisent plus vite.

Notre méfiance envers les Allemands est toujours aussi vive. C'est elle le poison. Je refuse de manger ma soupe, et qu'Otto en avale une seule cuillerée, même pour vérifier.

Nombre d'anciens déportés ont ce genre de réaction paranoïaque. L'une de mes amies, enceinte, refuse de consulter un médecin allemand, jusqu'au jour de l'accouchement, où l'on est bien obligé de l'emmener à l'hôpital. Elle est en plein travail, mais chaque fois que le médecin passe son nez dans la chambre, elle hurle :

– Faites sortir cet Allemand ! Il va tuer mon enfant !

Elle ne consent finalement qu'à la présence d'une infirmière pour accoucher. Je lui tiens les mains, et elle m'enfonce ses ongles dans la peau si profondément que j'ai l'impression d'avoir été griffée par un chat.

Mais nous avons aussi des raisons de nous méfier encore des Allemands. Je n'ai pas de haine directe contre eux, je me demande simplement parfois, en les observant dans la rue : « Es-tu l'un de ceux qui ont du sang sur les mains... Et toi, es-tu l'un de ceux qui me traitaient de “ sale juive ? ” »

La femme du major m'avait donné une petite bague en or, ornée d'un onyx sans grande valeur. Mais la pierre est tombée. Ennuyée, je suis allée en ville, à Wetzlar, chez un joaillier allemand qui m'a dit :

– Je peux la réparer. Je n'ai pas d'onyx, mais je peux mettre une petite opale à la place ?

– Mettez ce que vous avez ! Je dirai à la personne qui me l'a offerte que j'ai dû changer la pierre, tant pis. Vous pouvez le faire maintenant ?

– Ah non ! Revenez dans deux semaines...

Je reviens deux semaines plus tard chercher la bague.

– Elle n'est pas prête...

Cinq semaines plus tard : toujours pas de bague. Je demande alors au joaillier :

– Où est ma bague ? Qu'est-ce que vous en avez fait ? Je veux ma bague !

– Fiche le camp d'ici ! Qu'est-ce que tu t'imagines, que tu vas me donner des ordres ? Tu n'es qu'une juive !

– Quoi ? Vous m'insultez ?

– Fiche le camp ! Je vais aller chercher mon chien !

Et il appelle effectivement son berger allemand pour le lancer sur moi. Je m'enfuis du magasin prise de panique. Je crains toujours les bergers allemands. J'entends encore leurs aboiements de folie à Mauthausen, lorsqu'ils prenaient un prisonnier en chasse.

Bouleversée, en colère, je vais voir le major Daniel et lui explique toute l'histoire. Il est furieux.

– Conduis-moi là-bas.

Nous retournons ensemble chez le joaillier, qui ne s'attendait pas à voir le grand commandant du camp de Wetzlar en personne dans sa boutique.

– Comment osez-vous traiter ainsi une réfugiée ? Une « personne déplacée » ? Vous lui avez volé sa bague ? Cette bague, c'est moi qui la lui ai offerte ! Alors ? J'attends !

Le joaillier ouvre son tiroir, la bague est là, avec son opale prête depuis longtemps. Le major me la rend avec autorité :

– Prends ! Elle est à toi, et tu ne dois rien à cet homme !

L'homme, lui, tout tremblant devant cette petite jeune fille qui est venue chez lui avec ce grand major, n'ose pas dire un mot. Même lorsqu'il lui retire son chien pour l'emmener.

Ma vie s'écoule ainsi entre méfiance et routine, apprentissage et rébellion. J'ai réussi à gagner la confiance relative des amis d'Otto. Ma mère respecte ma nouvelle indépendance et ne se mêle jamais de nos affaires. Elle a totalement confiance en son gendre. Tout ce qu'il fait ou dit est pain bénit pour elle.

Si les rapports sexuels ne sont qu'un devoir pénible pour moi, je n'en parle à personne, et j'espère qu'Otto ne s'en rend pas compte. Mes règles se sont arrêtées pendant notre internement, et selon le médecin il me faudra des mois avant de retrouver un cycle normal.

Roszi est dans le même cas, mais sa constitution fragile depuis l'enfance retarde davantage son rétablissement physique. Je vais beaucoup mieux déjà, alors qu'elle souffre encore des séquelles de la malnutrition et d'infections diverses. Ludwig est le plus mal loti de nous quatre. Il n'avait que dix ans lorsque nous avons été déportés ; cette longue marche dans le froid et la faim a provoqué un retard de croissance de deux bonnes années. La forte fièvre contractée à Mauthausen était en réalité, selon les médecins, une forme de poliomyélite qui a endommagé gravement sa colonne vertébrale.

Outre sa mauvaise santé, qui le fait paraître plus petit et plus maigre qu'un enfant de son âge, Ludwig a subi un traumatisme encore plus important. Il a vu mourir d'autres enfants, car peu ont survécu sur la route de Vienne. Il ne doit la vie qu'à la force de ma mère qui l'a porté presque tout le temps. Et cette vie si fragile est peuplée de cauchemars bien trop grands pour un petit garçon. Otto ne remplace pas son père disparu, mais il lui sert de grand frère. Il le fait rire, lui apprend à boxer, raconte des histoires drôles. Même Roszi, qui le trouvait au début paysan et rustre, se précipite joyeusement vers lui lorsque nous leur rendons visite.

Otto garde tous ses fantômes pour lui la plupart du temps. Il n'est pas en paix, même lorsqu'il éclate de rire. Surtout lorsqu'il éclate de rire. Mais moi aussi je porte un masque, j'essaie de prendre la vie comme ma mère le dit, « telle qu'elle est ». J'ai fait tout ce que j'ai pu pour retrouver Richard.

L'année 1947 a passé très vite. Nous allons tous partir en Amérique, mais malheureusement ou heureusement, pas tous ensemble. Les papiers d'immigration pour Otto arrivent en février 1948. Comme je suis sa femme, je pourrais partir en même temps que lui, mais ceux de ma famille ne sont pas encore prêts. En dépit de ma nouvelle indépendance, je refuse de la laisser derrière moi. Ludwig n'est pas encore en état d'immigrer, ce sont mes motivations officielles et réelles. Mais j'en cache une autre. Nous devrons attendre peut-être une année avant de pouvoir partir à notre tour. Et durant cette année-là, je vivrai sans Otto. Ce sera une nouvelle forme de liberté pour moi, sans compter la petite voix intérieure qui me dit : « Et s'il rencontrait quelqu'un d'autre là-bas ? Une femme qui l'aime réellement ? Et s'il divorçait ? »

J'aime cette idée, mais n'en parle à personne.

Otto émigre donc avant moi avec deux de ses camarades. Je retourne vivre à Wetzlar avec ma mère. Et les nouvelles de mon mari arrivent désormais par la poste. Une lettre par jour ou presque, dès qu'il a posé le pied à New York. Au bout de quelque temps, elles se ressemblent tellement que je pourrais en dire le début et la fin, sans me tromper !

Il a été si malade sur le bateau qu'il est resté couché pendant tout le voyage. Il est arrivé à New York avec ses amis Petit Georges et Grand Georges, et ils ont décidé de louer un appartement à trois pour économiser. Et il écrit, écrit, il m'est impossible de répondre aussi vite qu'il écrit !

Les trois garçons mettent leurs salaires en commun et partagent ensuite équitablement ; c'est ainsi qu'Otto peut m'envoyer des cadeaux faramineux.

Grand Georges est garçon de café. Petit Georges est tailleur, il gagne beaucoup d'argent. C'est lui qui gagne le plus. Otto travaille comme grouillot dans un restaurant et pour tout salaire il n'a que la nourriture qu'on lui donne. Parfois quelqu'un laisse 10 *cents* de pourboire, mais c'est un luxe.

Otto n'a jamais d'argent, d'ailleurs, pour la bonne raison qu'il consacre la quasi-totalité de son salaire à m'envoyer des cadeaux. Je passe mon temps à lui réclamer une chose après l'autre, m'imaginant naïvement que tout est facile en Amérique. C'est le contraire, la vie des nouveaux émigrés est difficile, les dollars durs à gagner, mais Otto ne dit jamais non. Et d'une certaine façon, c'est pour moi une manière de tester son amour. Je ne me rends pas compte de mon comportement capricieux et enfantin. Je rattrape probablement les années perdues. Je lui ai demandé de la mayonnaise, je ne sais même pas pourquoi. Il a dépensé soixante-dix-neuf *cents* pour un pot et cinq dollars et quarante *cents* pour l'envoyer, ce qui représente pour lui une grosse somme. Et toute la famille a dévoré le pot à la cuillère.

Une autre fois, je réclame un chemisier, et il en expédie trois de la même forme, mais de couleurs différentes : un rose, un blanc et un bleu. Il envoie aussi des culottes et autres sous-vêtements. Et en faisant cela il se prive personnellement du nécessaire.

En Allemagne, nous sommes tributaires de la charité des Américains et des Allemands. Nous n'avons pas d'argent, il est impossible de s'offrir un vêtement neuf par exemple. Tout est d'occasion, tout est donné. Je rêve d'un peu de luxe et, loyalement ou non, j'attends de mon mari qu'il y pourvoie, sans réaliser qu'il en est lui-même dépourvu. Je ne m'en rendrai compte qu'en arrivant sur place. Et j'aurai honte, mais trop tard.

Pour l'heure, j'attends qu'il dise non, une fois, une seule, pour prétendre qu'il ne m'aime pas assez ! Mais je demanderais du caviar qu'il en trouverait ! Il ne dit jamais non.

Tandis qu'il travaille comme un forçat pour faire son trou à New York, nous attendons nos papiers à Wetzlar, et surtout que Ludwig soit apte à l'immigration.

Le major Daniel nous aide comme il peut, il apporte du lait et des œufs pour mon frère, la nourriture la plus riche qu'il soit possible de trouver en Allemagne.

Et je cherche toujours Richard en Europe, par tous les moyens possibles. Sans découvrir la moindre trace de lui.

Et parfois je me conduis comme un garçon manqué. Outre les jeans que je porte volontiers, le vélo que m'a offert le major Daniel, je joue aussi au poker.

Je suis la seule fille qui ait assez de culot pour jouer avec les hommes. Par exemple, avec le responsable de la boulangerie du camp. Un soir, nous jouons donc aux cartes pour nous distraire, avec des sous troués en guise de mise. Et je perds sans arrêt, systématiquement, à tel point que j'en viens à me demander si mon adversaire ne connaît pas mes cartes. De plus je perds gros. J'ai déjà mis en jeu le phonographe que mon oncle nous a offert en cadeau de mariage, puis les disques qui allaient avec, il ne me reste que les aiguilles.

Je me rends compte tout à coup que le boulanger a un magnifique étui à cigarette en métal brillant. Il l'a posé sur la couverture de la couchette qui nous sert de table de jeu et lui jette des coups d'œil furtifs comme s'il avait peur qu'on le lui vole. En réalité, je comprends ce qu'il fait : il se sert de ce miroir pour tricher !

Furieuse, je décide de le coincer d'une façon ou d'une autre. Il me reste à mettre en jeu les aiguilles. Et si je ne joue plus, il ne les aura pas. Il ne pourra pas s'en procurer non plus, car il n'y en a nulle part en ville.

– Bon. Je ne joue plus.

– Pourquoi ?

– Parce que tu triches ! Tu regardes mes cartes sur ton étui à cigarettes, c'est pour ça que je perds depuis une heure !

– Oh, mais je ne fais pas de choses pareilles ! Ce n'est pas vrai !

Il nie tout en bloc, mais comme je m'obstine, il finit par me supplier :

– Donne-moi au moins quelques aiguilles, je ne pourrai même pas écouter les disques.

– Il est hors de question que je t'en donne une seule !

Ainsi s'achève la partie. Mais à deux heures du matin, je descends dans la boulangerie, et je verse toutes les aiguilles dans la pâte à pain du lendemain.

Et le lendemain, je préviens tous ceux qui viennent chercher leur ration de pain :

– Ne prenez pas le pain, il est plein d'aiguilles.

– Qu'est-ce que tu en sais ?

– J'en ai mangé, et il y a des aiguilles à l'intérieur.

Finalement l'histoire fait le tour du camp, le boulanger tricheur est renvoyé de son travail, et il doit me rendre le phonographe et les disques. Seulement, je n'ai plus d'aiguilles !

Lorsque maman a su ce que j'avais fait, elle n'était pas très fière de moi.

– Pourquoi te venger ainsi de cet homme ? Tu n'as donc peur de rien ? Et si on t'avait vue mettre les aiguilles ?

– Je m'en fiche pas mal qu'on m'ait vue ou non. De toute façon tout le monde sait que c'est moi à présent, je l'ai dit au major Daniel ! Il trichait ! S'il avait gagné de façon honnête, je n'aurais rien fait !

– Tu es une mauvaise fille, Lisbeth !

Oui, parfois je suis une mauvaise fille. C'est-à-dire que je rends coup pour coup. L'humiliation, j'en ai largement soupé. De plus, cet homme est un juif roumain, il a cru pouvoir me voler, moi, une juive hongroise ?

– Lisbeth !

– Je disais ça pour rire, maman !

– On ne dit pas de telles choses pour rire ! Fais ta prière, et Dieu te pardonne !

Otto est allé à Times Square. On lui a dit qu'il pouvait enregistrer là-bas un message sur un disque. Et il savait que j'avais un phono. Mais je n'ai plus d'aiguilles. Il faut donc que je trouve quelqu'un qui ait un tourne-disque pour pouvoir écouter le message. Sur l'étiquette, il a fait imprimer en anglais : *Message from : Otto Schimmel to Beth Schimmel.*

Le propriétaire du tourne-disque, ignorant que l'on pouvait enregistrer des messages par ce moyen, a fait une énorme impression en répandant la nouvelle dans le camp :

– Otto Schimmel est devenu une grande star en Amérique ! Il a déjà enregistré un disque ! Il chante !

Le message dit combien il m'aime, combien je lui manque, que ma photo est partout sur les murs de sa chambre.

Avant le départ pour les États-Unis, nous passons trois semaines dans un camp très spécial, destiné à nous désinfecter. On nous asperge encore de DDT. On vérifie que nous n'avons pas de maladies contagieuses avant de nous laisser partir pour la belle Amérique. On brûle tous nos vieux vêtements pour nous en attribuer d'autres. Enfin, le jour de l'embarquement arrive. On nous donne une cabine à quatre couchettes.

Au mois de mars 1949, nous voguons enfin vers l'Amérique à bord du *SS Liberty*.

On m'a donné des vêtements neufs, une jupe en plaid, des chaussettes, des chaussures à talons plats, un chandail gris, une chemise blanche, et malgré cela j'ai très froid.

Pendant treize jours, le navire plonge dans le creux des vagues, entre ciel et océan, avec une régularité à vomir. Tout le monde est malade, sauf moi. Et je viens d'avoir vingt ans. Et je suis la plus belle fille du bord. Tous les regards masculins rescapés du mal de mer me le disent.

Il y a un millier de personnes sur ce bateau destiné à l'origine au transport de troupes, et seulement cinq cents soldats qui rentrent chez eux. Je suis la seule femme à me rendre à la salle à manger au milieu de quelques hommes, un en particulier, qui me court après. Et je ne peux même pas lui dire que je suis mariée, car Otto est parti aux États-Unis officiellement en tant qu'orphelin et célibataire. Il s'était inscrit pour l'immigration avant même de me rencontrer.

Jamais je n'ai été aussi heureuse et pleine d'espoir depuis la fin de la guerre.

Soulagée, comme beaucoup d'autres, de quitter l'Allemagne et d'abandonner derrière nous une Europe où nous avons encore peur d'exister.

Je ne me sens même pas mariée. Je suis gaie, heureuse, et je chante une chanson que je crois hongroise, puisque Richard la jouait au piano jadis.

Et ce garçon qui me tourne autour me murmure quelque chose à l'oreille.

– Tu connais *Stardust Melody*, toi ?

Hongroise ou américaine, peu importe. Je chante sur le pont, les cheveux au vent, et le garçon me prend deux fois en photo.

Il me les enverra plus tard de Washington avec une dédicace : *Qui est la plus jolie fille du navire ?*

– Ils vont bientôt sonner la cloche, tu vas pouvoir aller manger !

Je dévorais avec un appétit incroyable sur ce bateau, tellement affamée encore que les rations américaines, pourtant copieuses, ne me faisaient pas peur.

Lorsque la statue de la Liberté pointe à l'horizon, l'émotion des quelques passagers à l'estomac inébranlable est à son comble.

Je crie hourra avec les autres. Mon coureur de jupons se penche vers moi, comme s'il voulait me dire quelque chose à l'oreille, en fait il se dépêche de m'embrasser sur la joue.

Et je lui retourne une bonne gifle ! Il ne m'en veut même pas.

Ma tante Rose et mon oncle Victor nous attendent sur le quai, avec Otto, fringant dans un costume neuf. Une nouvelle vie commence. Chaque émigrant a reçu cinq dollars du Comité d'accueil juif pour les réfugiés en descendant du bateau. Notre premier argent depuis des années.

20

America

Nous avons tant pleuré sur ce quai. La liberté nous était enfin offerte. Même si nous n'avions que cinq dollars en poche, les nazis étaient loin, et pour la première fois réellement, nous n'étions plus des pestiférés mais des citoyens. Ma mère, Roszi et Ludwig s'installent chez ma tante Lina. Je demeure provisoirement chez tante Rose.

Drôles de citoyens ! Le yeux écarquillés, nous filons en taxi dans les rues de New York.

Je me suis jetée dans les bras d'Otto en arrivant. Il m'a serrée si fort que j'ai senti la chaleur de son corps, l'ardent désir qu'il avait de moi après un an d'attente.

Pour mon premier week-end à New York, il m'emmène à l'appartement qu'il partage normalement avec ses amis. Il s'est assuré de leur absence pour la journée. Il me fait l'amour, encore et encore. Rien n'a changé. Entre ses bras, je suis une personne « déplacée ». Une émigrée dans ce mariage contre ma volonté. Mon pays d'amour est ailleurs.

La semaine suivante est consacrée à l'intégration par le travail ! Le Comité d'accueil pour les réfugiés nous a trouvé des emplois dans une manufacture de bijoux dont le propriétaire est allemand. Maman, Roszi et moi y travaillons côte à côte. Nous sommes payées à la pièce, le salaire n'est pas généreux, il faut donc travailler vite et bien. Nous avons trouvé une chambre à louer dans l'East Side de Manhattan. En rassemblant nos salaires, nous pouvons tout juste assurer les cent dollars par mois nécessaires pour le loyer, la nourriture et le métro. Ludwig est enfin dans une école, où nous espérons qu'il va rattraper les années perdues.

Otto a maintenant un emploi dans une manufacture de cuir; il travaille énormément et semble s'y plaire. Il a l'air d'aller bien en apparence, mais ma tante Rose m'a raconté qu'en arrivant à New York il était profondément déprimé. La solitude n'était pas le problème essentiel. Sa vie, son âme elle-même était brisée depuis Auschwitz. Il avait besoin d'un psychiatre. Fort heureusement, tante Rose en avait un parmi ses amis. Mais malgré l'analyse qu'il a entreprise avec cet homme, les démons ne cèdent pas.

Nous nous disputons sans arrêt. Il y a le fait de vivre toujours et encore les uns sur les autres, sans intimité ni liberté réelle, mais aussi l'amertume de constater qu'en une année il n'a trouvé personne d'autre, et qu'il me veut toujours. Je suis décidée à rompre ce mariage, alors qu'il veut au contraire le renouveler officiellement. Le rabbin nous a unis religieusement à Wetzlar, et à Weilheim une rapide cérémonie civile a entériné cette union. Mais j'ai déchiré le papier.

Et Otto n'est pas certain que notre union est légale en Amérique.

– Le mariage religieux n'est pas suffisant ici, nous n'avons même plus le certificat de Weilheim.

– Il a été enregistré là-bas, c'est bien assez!

– Non. Il faut qu'il le soit ici, je veux t'épouser ici!

Pas de mariage légal, pas de divorce légal. Je n'aurais qu'à le quitter, tout simplement?

Mais Otto réagit avec sa rapidité habituelle et sans m'en parler, aidé par ma tante Rose. Elle déniche un juge, prêt à nous marier sur-le-champ, et aide Otto à m'offrir une alliance flambant neuve, guère plus belle que la précédente, puisque nous n'avons pas d'argent.

– Je ne l'aime pas!

Il me regarde désarçonné, puis furieux :

– Il faudra bien qu'elle te plaise, nous nous marions aujourd'hui.

J'espérais, en refusant l'alliance, annuler toute velléité de mariage. Il n'en est rien. Je ne sais plus quoi faire. Les événements me dépassent. Une fois de plus, je n'ai aucun contrôle sur ma vie, ce sont les autres qui en décident. Pour fuir, il me faudrait une liberté que je n'ai pas, de quoi vivre, un appartement, un refuge quelque part. L'unique refuge, c'est ma mère, ou Otto, ce qui revient au même.

Fin avril 1949, par un beau jour ensoleillé, je me retrouve dans le bureau d'un juge de Yonkers, État de New York, avec ma tante Rose et mon oncle Victor comme témoins. Nous attendons notre tour.

– Je ne veux pas de ce mariage, Otto, je ne veux plus jamais me marier.

Avant qu'il ait pu répondre, ma tante Rose bondit sur le sujet :

– Tu vas arrêter de faire tourner ce garçon en bourrique ?

Je n'aurais pas cru qu'elle prendrait son parti à ce point. De toute façon, il n'est plus question de reculer, le juge est devant nous :

– Où sont les futurs époux ?

Et Otto lève la main en nous désignant.

– Où sont les témoins ?

Et tante Rose et oncle Victor lèvent les mains.

Sur ce, le juge liquide la cérémonie en trois minutes, avant que j'aie pu dire ou faire quelque chose. Je suis malade de frustration, menée à la baguette par Otto et toute la famille, si bien que lorsque le juge me tend le certificat de mariage, je le déchire encore en deux !

Il a réussi, il m'a prise au piège. Me voilà mariée à Otto pour la vie dans ce nouveau pays où j'espérais tellement avoir une nouvelle chance de m'en sortir. Pour eux je ne suis qu'une gamine capricieuse, un peu folle, qu'il faut remettre sur des rails, dans le sens qu'ils veulent. Mon amour pour Richard ne compte pas, ils le prennent pour une illusion, un rêve d'adolescente attardée.

Comme si de rien n'était, oubliant mon geste de révolte avec une facilité déconcertante, ils vont jusqu'au bout de cette cérémonie. Ma tante Rose a fait un gâteau à la crème, que nous allons déguster chez elle. Elle a invité maman, mon frère et ma sœur, tante Lina et oncle Ignatz. Ils sont ravis, extasiés, et moi malade pendant deux jours.

Nous vivons donc, tous ensemble, comme une grande famille dans ce studio meublé, pendant toute une année. Otto et moi dormons dans la cuisine. Nous n'avons aucune intimité, ce qui me convient parfaitement. Mais d'un autre côté cette situation me rend folle. Nous nous entassons sur un territoire minuscule, je n'ai pas de repos, mon frère écoute la radio sans arrêt, et ma mère me surveille constamment d'un œil soupçonneux. Dès que je veux aller quelque part, elle grommelle :

– Beth, attends que ton mari rentre à la maison.

Je ne peux aller nulle part sans lui. Rien faire sans lui, je n'en peux plus. J'aurais voulu un mari avec qui parler, échanger des idées sur tout et n'importe quoi, mais Otto travaille tout le temps. Il se tue au travail. De plus il est renfermé, ennuyeux. Pourtant, la famille se montre pleine d'égards. Chaque samedi, tout le monde s'en va quelques heures pour nous laisser seuls et que nous puissions faire l'amour. Chaque samedi, je ferme les yeux, à des milliards de kilomètres de ses caresses, comme si je nous regardais faire du haut de la lune. J'ai le sentiment de ne pas exister dans ces moments-là. Et même si Otto ne dit rien, même si nous n'en parlons jamais, je sais qu'il se rend compte de ma frigidité, et qu'il est frustré. Il trouve une compensation dans son travail, en faisant des heures supplémentaires, en gagnant plus d'argent, pour pouvoir m'acheter plus de choses, peut-être l'amour que je ne lui donne toujours pas.

Certains samedis, nous partons tous en promenade, vêtus de nos plus beaux habits, pour profiter des lumières de Times Square, et des vitrines de la Cinquième Avenue, en rêvant à ce que nous ne pourrons jamais nous offrir.

Le samedi étant jour de sabbat, c'est le dimanche que nous allons à la laverie automatique avec le linge de la semaine.

Otto est le gendre parfait. Il ne laisse jamais ma mère porter un paquet :

– Vous en avez assez porté pour toute une vie.

Au moins ces deux-là sont contents d'être ensemble.

J'aime bien travailler dans la fabrique de joaillerie, mais une nouvelle opportunité se présente ; on m'offre un emploi dans un atelier de foulards de luxe peints à la main. J'exécute des modèles, parfois je les crée moi-même, et on me demande souvent de les présenter aux acheteurs. J'ai enfin l'impression d'exister individuellement, c'est un espace de liberté qui m'aide à accepter mon mariage, du moins pour le moment.

Je ne me sens pas très bien depuis quelque temps ; en réalité je suis enceinte et au début je ne dis rien à personne. Lorsque je me décide à en parler à Otto et à ma mère, ils m'emmènent en courant chez un médecin hongrois, qui m'annonce tranquillement :

– Vous êtes enceinte de cinq ou six mois !

C'est impossible. Quatre mois, peut-être, mais pas six ! ça n'a aucun sens ! D'abord parce que je n'ai pas fait l'amour avec Otto depuis si longtemps que ça, et ensuite je n'ai couché avec personne d'autre. Mais le docteur est formel, il n'en démord pas.

Je fonds en larmes. Je ne suis en Amérique que depuis le mois de mars ! Et il prétend que je vais accoucher en novembre ou décembre ?

Bien entendu, Otto est ravi. La joie illumine son regard habituellement si triste et si vide.

– J'ai perdu toute ma famille, et tu vas m'en donner une autre, chérie, c'est tout pour moi !

– N'attends pas ce bébé si tôt ! Il n'arrivera pas à l'automne, c'est impossible ! Cet Hongrois est un imbécile !

Je continue de travailler jusqu'à ce que ma grossesse devienne évidente et qu'on m'oblige à partir. Les femmes enceintes n'étaient pas autorisées à travailler à cette époque.

Si mon patron actuel ne veut plus de moi, le précédent est ravi de me récupérer, et je recommence tristement à faire des bijoux en attendant l'accouchement.

Un matin de la deuxième semaine de décembre, une douleur bizarre me réveille. Je me rends à pied jusqu'au cabinet du médecin hongrois. C'est très loin, et je ne me sens vraiment pas bien tout le long du trajet.

Le médecin m'examine, et m'annonce que le travail a commencé. Le col est dilaté de deux centimètres, je n'ai plus qu'à attendre à l'accueil, une heure environ, que le travail avance.

Je m'assieds sur une chaise et j'attends. Au bout d'une heure, comme rien n'a changé, il me fait une piqûre pour accélérer le travail. Je vais me rasseoir une heure encore, rien ne se passe, malgré une autre injection, puis une autre, onze en tout !

Finalement il me renvoie chez moi, en disant qu'il appellera plus tard pour avoir des nouvelles. Je refais le chemin jusqu'à la maison, cette fois sans aucune douleur.

Nous n'avons pas le téléphone dans l'appartement, et le médecin doit appeler chez une voisine, qui doit venir me chercher. Au bout de quatre ou cinq appels, il cesse de me demander comment ça va, puisqu'il ne se passe rien. Et je m'endors. Le lendemain matin, je me sens remarquablement bien, si bien que je décide de retourner travailler. Et cela pendant un mois encore, jusqu'au 15 janvier où, enfin, les vraies douleurs annoncent la naissance proche.

Otto m'emmène dans un hôpital de charité à Manhattan, car nous n'avons pas de quoi payer les frais d'une vraie maternité. On m'installe dans une salle de travail avec une autre femme, et on fait partir Otto, ce qui le rend très triste. Il aurait voulu rester avec moi.

Je souffre épouvantablement jusqu'à minuit, et ce n'est que vers trois heures du matin que l'on m'emmène enfin dans la salle d'accouchement. J'ai l'impression d'avoir hurlé une éternité. Je supplie qu'on me donne quelque chose pour atténuer la souffrance, mais ça ne suffit pas. L'enfant se présente par le siège, je dois subir une épisiotomie, le médecin parvient ainsi à retourner l'enfant, et mon fils Robert vient au monde.

Je tombe amoureuse de lui au premier regard. Il n'est pas très grand ni très gros, mais moi non plus. C'est mon premier fils, le premier enfant venu renouveler la famille décimée de son père.

J'apprendrai plus tard que les injections de ce maudit docteur hongrois ont failli le tuer.

Je reste à l'hôpital une semaine, avant de rentrer chez nous.

La naissance de Robert est annoncée dans le journal de la communauté juive réfugiée invitant tout le monde à assister à la fête de circoncision. Moi, la mère, je n'ai pas le droit d'être là : selon la tradition, cela porte malheur à l'enfant. C'est donc le père qui organise les festivités, reçoit les invités et la famille. Je suis consignée à l'hôpital.

Le destin est parfois terrible. C'est justement pendant cette absence que la chose la plus importante pour moi, mon espoir depuis toujours, va se produire. Mais je ne serai pas là, et pendant des années je n'en saurai rien. Lorsque je retrouve mon mari, il est le plus heureux des hommes, alors qu'il vient de faire mon malheur définitivement.

À ce moment-là, le seul malheur évident pour moi est que je ne suis pas du tout préparée à m'occuper d'un nouveau-né. Je passe mon temps à pleurer et à laver des langes, à me plaindre et à vouloir retourner travailler. Mais je ne trouve personne pour garder mon bébé dans la journée. Alors je reste à la maison, maman m'apporte du travail de la joaillerie, et le soir, quand tout le monde est là pour s'occuper du bébé, je travaille. La journée, Robert ne me laisse pas une minute de repos.

Cet enfant bouleverse toute notre existence dans ce petit appartement. Mon frère ne peut plus écouter la radio, puisqu'il n'y a pas de porte entre la cuisine, notre domicile, et le salon. Ma sœur, qui a rencontré un garçon, ne peut plus lui donner rendez-vous dans une pièce envahie de langes et de molletons à sécher. Et Robert est un enfant très difficile ; il mange peu, il dort peu et nous réveille très souvent la nuit en hurlant. Je suis une mère inexpérimentée, une épouse malheureuse en ménage dans un environnement étouffant, qui essaye de surmonter tous les problèmes en même temps. Cette situation met tout le monde sur les nerfs.

C'est drôle en un sens. En camp de concentration, nous arrivions à nous supporter, étrangers, malades, entassés les uns sur les autres, et maintenant nous ne pouvons même plus nous supporter en famille sous le même toit. C'est la bagarre, parce que je n'ai pas nettoyé le cabinet de toilette ou pas eu le temps de faire à dîner, une charge qui est devenue mon travail quotidien et dépasse de loin mes talents culinaires. Chaque dispute aurait besoin d'un arbitre, et nous nous battons continuellement !

Il faut que ça change. Lorsque Robert atteint ses huit mois, nous ne pouvons plus nous supporter. Otto, le bébé et moi déménageons dans un studio à l'étage, bien que ce soit financièrement une folie, et un déchirement pour ma mère et ma sœur. Je me sens coupable de les laisser seules, mais nous n'avons plus le choix. J'ai besoin d'un endroit pour réfléchir et respirer. De plus, Otto et moi nous nous disputons sans arrêt, et il m'est insupportable que tout le monde prenne invariablement son parti. Même à l'étage, nos disputes continuent, essentiellement parce qu'Otto travaille tout le temps. Il est absent douze heures par jour, parfois plus ; il travaille même le samedi, et me laisse seule avec Robert, au quatrième étage sans ascenseur. Je suis obligée de descendre au sous-sol pour laver les langes, et de remonter sur la terrasse pour les étendre. Chaque fois je grimpe et descends les étages avec Robert dans sa poussette.

C'est insupportable à vivre, je me sens prisonnière, à l'étroit avec mon enfant, coupée du monde du travail, coupée du monde tout court et de la possibilité de rencontrer d'autres gens. C'est à tout cela que je pense en berçant ce bébé merveilleux, pour l'endormir.

Qu'est devenue ma vie ? Un désastre familial.

Nous ferions mieux de vivre séparément, mais nos finances collectives ne nous le permettent pas. Pour entretenir les deux foyers, celui de ma mère et le nôtre, nous avons ouvert un compte commun, une facilité au départ, qui nous pose maintenant des problèmes supplémentaires. Qui a besoin d'argent doit se servir sur ce compte, et après tant d'années sans rien en poche, nous rêvons tous à l'utilisation future de cet argent. Je voudrais économiser pour louer un appartement bien à nous, avec nos propres meubles ; ma sœur voudrait des vêtements, mon frère un tourne-disque, summum du luxe de base américain, et maman et Otto ne veulent qu'une chose : me rendre heureuse. Mais où est mon bonheur ? Mon bébé est mon seul ami. Et je me sers de lui comme confident, en lui racontant jour après jour combien mon existence a été misérable, et combien elle l'est encore pour beaucoup de choses. Bobby gazouille et me sourit, comme pour me dire que les choses iront mieux avec lui.

J'ai beau être malheureuse et me languir de Richard, je voudrais surtout une vie meilleure pour ma famille.

À la fin de l'année, j'ai réussi à mettre suffisamment d'argent de côté pour que nous puissions louer un appartement meublé dans le Bronx, au quatrième sans ascenseur. Il ne coûte que quarante-cinq dollars par mois, au lieu de cent dollars dans la 82e rue. En économisant la différence, je pourrai louer plus tard un autre appartement vide, et nous acheter des meubles. De vrais meubles, choisis par moi, au lieu de ces épaves dépareillées que l'on trouve toujours dans les meublés. Il est vrai que nous devrons habiter le Bronx, au lieu de vivre à Manhattan, mais dans un appartement plus confortable, ce qui est plus important.

Otto travaille plus dur que jamais, bien qu'il s'efforce de ne pas le faire le samedi, mais il a trouvé un nouveau job avec deux frères, anciens employés d'un grand maroquinier, qui ont monté maintenant leur propre affaire : la Carter Leather Goods Company.

Ce sont d'excellents vendeurs, mais qui ne connaissent rien à la fabrication, et ils ont donc engagé Otto pour cela. Il est chargé de dessiner et produire pour eux des articles de cuir et son talent est une mine d'or en la matière. Il travaille jour et nuit, dirige la fabrique, l'ouvre et la ferme chaque soir, toujours le premier arrivé et le dernier parti. Il y travaillera jusqu'en 1955.

Pour l'instant, il gagne mieux qu'avant, mais il est encore moins à la maison, et si fatigué lorsqu'il rentre qu'il s'écroule de sommeil.

Il n'a plus une seconde à consacrer à sa femme et son fils. Et cela n'arrange pas mon moral. Je n'ai rien à faire qu'à m'occuper de Bobby, personne à qui parler, et je ne cesse de le lui répéter.

Il trouve comme solution cette année-là de nous acheter une télévision à l'occasion de la fête de Hanukkah. Nous sommes parmi les premières familles d'immigrants à en posséder une. Elle lui a coûté la somme monstrueuse de cinq cents dollars, toutes ses économies, mais il est très content de lui :

– Maintenant tu as de la compagnie !

J'en doute au début, mais quelques mois plus tard, je dois reconnaître qu'il avait raison. Bobby est un passionné, il apprend ainsi un anglais sans accent, et toutes les musiques publicitaires à la mode. Il adore imiter les présentateurs !

Si j'avais su qu'il deviendrait plus tard un comique célèbre lui-même...

La télévision a le mérite de m'apprendre l'anglais sous toutes ses formes. Vocabulaire, argot, art de la conversation dans les dialogues...

Mais cela ne remplace pas la présence d'un compagnon. Je continue à m'en plaindre auprès de mon mari absent. Il fait alors un effort pour rentrer à huit heures du soir, s'asseoir et s'endormir devant cette télévision. Désespérée de vivre sans contact humain, je ne trouve qu'un solution : coucher le fils, laisser dormir le père supposé garder le fils, et sortir pour faire les courses. Lorsque je rentre une heure ou deux plus tard, Otto est toujours endormi, tassé sur sa chaise, et Bobby hors de son lit, les yeux écarquillés devant la télévision.

Ce qui n'a rien de bon, ni pour l'un ni pour l'autre.

L'autre solution est de laisser Otto regarder la télévision sans le son, pour que Bobby ne l'entende pas, et ne soit pas tenté de sauter du lit. C'est fou !

J'essaie aussi de le convaincre de passer avec nous une partie du samedi et le dimanche. Le samedi, il doit m'aider à la lessive, et à étendre le petit linge, puis m'accompagner avec Bobby jusqu'à la laverie automatique pour sécher le reste. Nous nous asseyons pour contempler les draps qui tournent derrière le hublot, c'est passionnant. Le dimanche je réclame une promenade en famille, comme le faisait mon père à Budapest.

Otto ne se plaint jamais, mais visiblement il n'apprécie pas. Il est replié sur lui-même, peut-être en compagnie de ses démons familiers. Le dimanche soir, seuls tous les deux après dîner, nous ne parlons même pas. J'ai du mal à supporter tout ça.

Les autres jours, il se lève à six heures du matin, prend deux fois le métro pour aller à son travail à Broadway, et rentre le soir vers sept heures et demie ou huit heures.

Je meurs de solitude. Une fois j'ai voulu aller danser dans une réunion de Hongrois, il a refusé.

Il hait toujours les Hongrois, pour ce qu'ils nous ont fait. Plus que jamais même.

– Si les Hongrois n'avaient pas laissé faire les Croix-Fléchées et les nazis, nous aurions été épargnés. Ne me parle pas de danser avec des Hongrois ! Si je pouvais leur balancer une bombe atomique...

Il aime par contre plaisanter à leur sujet. Il raconte à qui veut l'entendre son histoire préférée :

– Tu connais la recette du poulet à la hongroise ? Tu commences par voler un poulet...

Finalement, à force d'insister, il accepte de m'accompagner avec ma sœur, mais si furieux qu'il refuse de danser même avec moi.

C'est ce soir-là que Roszi rencontre son futur mari, Jerry Horvath. Je l'ai compris dès que je les ai vus ensemble. Il y a une magie, quelque chose de très spécial entre eux dès le premier regard. Et malgré mon plaisir de danser, d'écouter les tziganes, de voir enfin du monde, la tristesse me gagne aussitôt. Mon premier baiser avec Richard, cette volupté que je ne connais plus. Six ans déjà. Où a-t-il disparu ? En fermant les yeux, en écoutant les violons, je nous revois ensemble, il brise un morceau de pain, le glisse tendrement dans ma bouche et m'embrasse. Il était si romantique, chaque geste, même le plus simple, il savait le transformer en caresse. En tendresse. Nous avions même notre langage secret, pour nous embrasser sans que personne s'en doute, même dans la foule. Il me regardait, un clin d'œil, je répondais d'un clin d'œil, et c'était un baiser. Des milliers de baisers.

Soudain je ne peux plus supporter les yeux brillants de Roszi, la danse ne m'amuse plus. Plus jamais je n'aurai ce qu'elle vient de découvrir. Ce premier frisson, parce qu'il effleure sa main, ce regard émerveillé parce qu'il lui sourit. C'est horrible, ces années qui passent, cette vie morne, sans un mot de lui. Je n'arrive pas à admettre qu'il soit mort. Sinon il serait venu me sauver de ce mariage, m'arracher à cet homme que je n'aime pas.

Ce soir-là en rentrant à la maison, Otto est toujours furieux d'avoir participé à cette fête hongroise. Et tant mieux. Il ne pensera pas à me faire l'amour, cette nuit; je n'aurais pas pu le supporter.

La vie continue. Otto travaille, il fait son devoir de promenade du dimanche, c'est la grande aventure de notre vie. J'essaie de me persuader de la chance que j'ai de n'avoir à me plaindre de rien. Nous achetons quelques meubles, avec l'aide d'un prêt du patron d'Otto. J'ai maintenant acquis la plupart des choses essentielles dont j'avais besoin, et je me sens toujours vide. Nous vivons l'un à côté de l'autre, deux vies séparées.

Ce n'est pas une vie, et j'en veux une.

1952. J'emballe mes affaires dans une petite valise, avec celles de Bobby. Je vais téléphoner à un Hongrois de ma connaissance, pour lui demander de me conduire en voiture chez ma mère. Maman habite maintenant dans le Queens, à Sunnyside, et c'est assez loin. J'arrive devant chez elle, à la nuit tombante. En ouvrant la porte, en me voyant avec mon fils et ma valise debout dans l'entrée, elle dit stupéfaite :

– Mais qu'est-ce que tu fais là ?

J'essaie de soutenir son regard, en relevant le menton pour être à la hauteur de ma bêtise :

– Je n'en peux plus. Je ne peux plus rester toute seule à longueur de journée. Je n'ai pas d'amis à qui parler. Tout ce que j'ai, c'est Bobby, que j'aime de tout mon cœur, mais ce n'est pas suffisant.

Maman me regarde comme si j'avais perdu la tête. Une foule de questions sans réponses doit lui traverser l'esprit. Elle n'a qu'un petit appartement, je suis une femme mariée, je suis censée vivre au domicile de mon époux. Elle ne doit pas savoir quoi faire.

– Écoute, maman, laisse-moi rester ici pour la nuit, on verra demain ?

– Comment peux-tu faire ça? Est-ce que tu te rends compte? Otto va rentrer chez lui tout à l'heure, il ne va pas te trouver, ni Bobby, il va devenir fou d'angoisse! Tu n'as même pas le téléphone, comment le prévenir que tu es là? C'est impossible, Lisbeth! Tu nous mets dans une situation impossible!

Maman ne m'a jamais laissée tomber de toute ma vie. Elle a toujours été là dans les pires circonstances. Et c'est maintenant qu'elle me laisse tomber. Comme si elle ne m'aimait plus, ni moi ni son petit-fils. Elle me montre simplement du doigt l'arrêt du bus :

– Tu vas rentrer chez toi maintenant! Avant qu'il se fasse trop de souci!

Tenant mon fils par la main, la valise dans l'autre, je gagne la station de bus, et je roule à nouveau vers le Bronx. Puisque je n'ai nulle part où aller.

Il est onze heures du soir quand je suis de retour, comme j'ai laissé mes clefs à l'intérieur, je dois sonner pour que mon mari m'ouvre la porte.

– Où étais-tu?

Il a l'air paniqué, fatigué, et perdu. Je passe devant lui en silence, pour aller mettre Bobby dans son lit, qui n'en peut plus de fatigue lui aussi. Puis je reviens dans le salon :

– Voilà, j'ai voulu te quitter aujourd'hui. J'ai pris Bobby avec moi, et quelques affaires et je suis allée chez ma mère. Seulement elle ne voulait pas de moi. Elle m'a renvoyée à la maison. En autobus, avec ma valise...

Je vais boire un verre d'eau dans la cuisine, le laissant planté dans le salon, immobile et silencieux. Il l'est toujours quand je reviens finir ma phrase.

– ... Elle préfère peut-être que tu ailles vivre avec elle, elle t'aime tellement... Et que moi je reste ici avec Bobby...

Otto s'assied, la tête dans les mains, les épaules basses. Lorsqu'il lève les yeux vers moi, ils sont pleins de larmes :

– Je ne sais pas ce que tu veux de moi, chérie, je fais tout ce que je peux. Je ne prends pas de vacances, pas même un jour de congé. Je travaille comme un fou pour que tu aies une vie meilleure, mais ce n'est jamais assez...

Je fonds en larmes à mon tour. Il a raison. Il travaille dur, il m'a promis un jour que « je n'aurais plus à mettre les mains dans l'eau froide », sa façon à lui de m'offrir tout le luxe qu'il pourra gagner de ses propres mains. Mais l'homme lui-même, celui qui dort dans mon lit, je ne le connais pas. Il est enfermé derrière des murs si épais qu'il n'entend même plus le bruit de la vie des autres. La seule vérité, c'est que je ne l'aime pas comme il le mérite. Et ce n'est pas sa faute, c'est la mienne. J'ai accepté cette vie, j'ai couru après lui pour lui dire que je l'épouserais. Je n'ai pas le droit de le faire souffrir. C'est ignoble de ma part. Tant de femmes seraient heureuses d'être à ma place d'avoir un homme comme lui qui se tue au travail pour élever sa famille. L'élever dans tous les sens du terme, lui donner un meilleur niveau de vie, rattraper toutes ses années de privation et de mort autour de nous. Qui suis-je pour exiger de lui de supporter mes caprices de femme en mal d'amour ? D'émigrée hongroise enfermée dans un appartement du Bronx ? Pourquoi lui infliger ma détresse ? Il me fait pitié.

Je me penche vers lui, je souffle dans ses cheveux, doucement :

– Otto, ça va aller, on va essayer encore... calme-toi... si seulement tu pouvais passer un peu plus de temps avec nous...

Il promet. Et, pendant quelques week-ends, il tient promesse, puis il retourne à son obsession, le travail. Ce travail qui le sauve probablement du désespoir, mais pas moi. Alors je fais ce que j'ai à faire ; rien. J'en prends l'habitude. Et la vie continue.

Bobby est un enfant très nerveux, qui ne me laisse pas une minute de repos. Ignorante du comportement habituel des enfants de son âge, je crois qu'il est comme les autres enfants. En fait, c'est un hyperactif. Je passe mon temps à lui courir après, à le surveiller, à la fin de la journée je suis complètement épuisée. Nous vivons maintenant dans un appartement plus grand, toujours dans le Bronx, mais dans nos meubles. Otto est devenu indispensable dans son entreprise, et grimpe les échelons de la direction, sans pourtant obtenir de ses patrons la part de la société qu'ils lui ont promise. Et il ne la réclamera pas de lui-même.

Je suis tombée enceinte à nouveau. Notre fille Sandy naît le 7 août 1954. Je n'oublierai jamais le regard de son père quand il l'a vue. Il est resté longtemps à la contempler, puis j'ai vu les larmes rouler sur ses joues :

– C'est le portrait de ma mère. Merci, chérie, merci de me l'avoir donnée.

À ce moment-là, mon cœur a fondu. Je sais combien il a souffert, et souffre encore tous les jours de ces souvenirs. C'est un brave homme, aimant et généreux, un fils pour ma mère. La seule chose qu'il demande c'est l'amour de sa femme et de ses enfants. Je me promets de faire de mon mieux dans ce sens.

Ma mère est là, remerciant Dieu pour ce nouvel enfant. Elle tient Bobby par la main, courbée sur le visage de ma fille, les larmes aux yeux elle aussi. Puis une seconde plus tard, ferme :

– Je viendrai m'occuper d'elle et de toi, quand tu seras sortie de l'hôpital.

Qu'est-ce que je serais devenue sans ma mère ? C'est une femme indépendante, qui vit seule dans son appartement depuis que ma sœur est mariée. Elle fréquente les émigrés hongrois de son quartier, elle y a déniché son boucher cascher et ses produits préférés. Elle travaille toujours pour la joaillerie, fait ses bonnes œuvres à la synagogue, adore ses petits-enfants, et n'a jamais voulu refaire sa vie. Chaque fois qu'il a été question de lui présenter quelqu'un, elle a répondu :

– Quand on a connu l'amour d'un homme comme ton père, il ne peut y avoir personne d'autre...

Il est mort. Nous ne saurons jamais où ni comment, mais dix ans après la fin de la guerre, sans aucune trace de lui nulle part, c'est maintenant évident. Elle l'aimait. Je sais qu'elle l'aimait, je la revois chez grand-père, le défendant obstinément contre ses attaques. Je la revois, chantant et valsant avec lui, souple comme une liane. Si belle et si amoureuse.

Quand on a connu l'amour d'un homme comme lui..., dit-elle. Et moi je ne dois pas penser à mon propre amour inoubliable. Je n'y fais même plus allusion en famille. Je me suis enfermée dans un monde secret, Otto et les autres ne voient de moi que ce qu'ils veulent bien voir.

Le propriétaire d'une grande manufacture d'articles de cuir voudrait engager Otto pour monter une usine à Reading en Pennsylvanie. Otto ne sait pas quoi faire, il a travaillé longtemps avec ses patrons, attendant vainement qu'ils tiennent leur promesse. Doit-il les quitter ? Il préfère aller leur parler de cette nouvelle offre. Les deux hommes croient d'abord qu'il bluffe, puis voyant que la proposition est sérieuse, ne sachant pas qu'elle émane d'une compagnie bien plus importante que la leur, ils lui proposent davantage d'argent.

Mais Otto refuse.

– Je suis désolé, ce n'est pas suffisant. La proposition qu'on m'a faite est une chance pour moi de monter en grade, et de gagner encore mieux ma vie.

– Nous avons été généreux avec toi... Nous t'avons même laissé les clefs de l'usine !

– Uniquement parce que j'étais le premier sur place, et le dernier à partir.

Mon mari rentre ce soir-là à la maison, porteur d'une bombe domestique. Il va devenir directeur général d'usine, c'est une grande promotion. Mais nous partons pour la Pennsylvanie, il a pris sa décision.

Je suis bouleversée. Nous avions fait notre trou à New York, Bobby commençait à aller à l'école. J'avais enfin quelques amies, d'autres jeunes femmes de mon âge. Ma mère, ma sœur, mon frère, ma tante Rose et mon oncle Victor n'étaient qu'à un trajet de bus ou de métro. Et je dois laisser tout ça pour sauter dans l'inconnu ? Dans une ville appelée Reading ? En Pennsylvanie ? Où les gens n'ont dû voir que cinq juifs en dix ans ?

En réalité, je n'ai pas le choix du tout. Nous irons en Pennsylvanie, c'est comme ça. De plus, Otto partira le premier pour superviser la construction de l'usine.

Il m'emmène un week-end sur place, pour chercher une maison à louer. Puis, je fais les paquets, organise le déménagement, l'école de Bobby, et nous nous installons pendant qu'il travaille.

Ce changement détermine le schéma futur de notre vie de couple et pour le restant de nos jours. Je m'occupe du quotidien, des détails, et Otto travaille.

Et Dieu sait s'il travaille ! Il abat le travail de deux hommes à la fois, sans réclamer la moindre augmentation. C'est moi qui m'occupe du budget de la maison, et je sais que nous pourrions avoir plus, et surtout que mon mari vaut bien plus.

Je le dis carrément à son patron en arrivant à Reading.

– Vous avez probablement raison, Beth. Mais c'est à Otto de venir me voir et de me demander ce qu'il veut. Pas à vous !

D'accord, je suis d'accord, mais je n'ai pas fini. Il y a autre chose que je veux, et Otto ne le réclamera jamais non plus, je le connais trop.

– Comme nous arrivons dans une nouvelle maison, j'ai besoin d'une machine à laver et d'un sèche-linge, d'un nouveau réfrigérateur, et d'une antenne pour la télévision.

Cet homme, un juif allemand, me regarde effaré, puis éclate de rire :

– D'accord ! Ok ! Tope là ! Je vais donner à Otto un chèque de deux mille dollars pour couvrir le tout ! ça ira ?

Finalement je ne me débrouille pas trop mal, côté détails.

21

Ma mère avait raison

Les Allemands étaient entrés dans Budapest le 19 mars 1944.

Le 13 février 1945, les Russes l'occupaient à leur tour, Après leur départ « officiel, » en 1947, le gouvernement hongrois demeurait sous contrôle soviétique. Ma mère avait toujours craint les Russes ; nous n'étions pas retournés en Hongrie après la guerre, essentiellement pour cette raison.

Le 23 octobre 1956, la population hongroise tente de se révolter contre le régime stalinien.

À Reading, Pennsylvanie, où je vis en sécurité, dans une nouvelle maison encore plus confortable que la précédente, à l'abri des remous de l'Europe, la télévision nous montre les chars soviétiques entrant de nouveau à Budapest, pour une répression sanglante. La belle ville de mes amours est une fois de plus piétinée, écrasée en quelques jours.

À trois heures de route de chez nous, se trouve le camp Kilmer organisé pour recevoir les nouveaux réfugiés hongrois. Je dis à Otto :

– J'y vais. Ces gens ont besoin d'aide et de réconfort, souviens-toi de nous à Wetzlar et à Weilheim...

J'y vais effectivement pour cela, mais aussi dans l'espoir désespéré que Richard soit parmi eux. S'il a survécu, s'il est resté en Hongrie, j'imagine qu'il a lutté contre l'oppression du régime communiste, comme il l'a fait dans sa jeunesse contre le régime nazi.

Chaque visage que je rencontre là-bas remue tous les souvenirs d'antan. Je pose quelques questions discrètes sur la famille Kovacs de Budapest, mais il semble que Richard se soit évanoui à jamais, comme mon père, et probablement pour la même raison. Ils sont morts tous les deux, je devrais m'y faire. Malgré ce fol espoir, et la déception amère qui s'ensuit, je n'en suis toujours pas convaincue. Il me faudrait une preuve, un témoignage, car l'absence de certitude est le creuset de tous les rêves. Je suis même soulagée, dans une certaine mesure, de ne pas avoir trouvé cette preuve. Pas de nouvelles... bonnes nouvelles, dit-on.

Je retourne à ma vie de famille à Reading. Bobby fréquente l'école hébraïque, Sandy est à la maternelle de la synagogue. Je m'occupe parallèlement des œuvres charitables au sein de ma communauté. En juin 1957, je donne naissance à un troisième enfant : mon fils Jeffrey. Je n'ai plus le temps ni le droit de réfléchir au passé désormais. J'ai vingt-huit ans, trois enfants qui ont besoin de moi, et leur père est toujours aussi occupé par son travail. C'est un événement lorsqu'il passe un dimanche avec eux.

J'ai maintenant une amie formidable. Gerta, juive d'origine viennoise, est mariée à un juif tchèque. Ils sont très riches, leurs familles possèdent une manufacture de chaussettes. Mais ce qui compte, c'est que nous nous entendons, et nous comprenons parfaitement toutes les deux.

Gerta a été internée successivement dans deux camps pendant la guerre : c'est une survivante de Dachau. Elle a deux filles du même âge que mes fils. Chaque samedi soir, elle nous invite à dîner, et même fatigué par un surcroît de travail, Otto y participe volontiers. Cette amitié est un soulagement dans ma vie de tous les jours. Gerta est comme une sœur pour moi.

Puis ils achètent une nouvelle maison, dans le quartier le plus riche et le plus élégant de la ville. Plus qu'une maison, un hôtel particulier avec un jardin magnifique. Je l'aide à décorer sa nouvelle demeure, à choisir les meubles, je suis devenue experte en décoration, sans jamais avoir appris quoi que ce soit. J'aime agencer les choses, trouver les nuances de tissus, faire des rideaux, assortir des coussins et des canapés, bref, je participe joyeusement avec elle au nouveau décor de leur vie. Pour la pendaison de crémaillère, nous avons prévu un buffet fantastique, dont nous discutons encore la veille du grand soir en prenant le thé. Les enfants jouent dans le jardin.

Soudain Gerta se penche vers moi, pour une confidence :

– Beth, juste une petite chose... Demain, pendant la soirée, évite de dire que tu es juive... Tu comprends, ici, c'est un bon voisinage, des gens chics, inutile de leur raconter qu'on est juifs...

Dire que je suis stupéfaite n'est pas suffisant. Comment peut-elle dire une chose pareille, et avec autant de légèreté ! Je bondis sur mes pieds, au risque de briser la fragile tasse de porcelaine XIXe, si chic, où elle vient de verser un thé de Chine si délicat !

– Ne te fais aucun souci là-dessus, Gerta. Je ne dévoilerai pas ton secret pour la bonne raison que je ne serai pas là. D'ailleurs, je ne te parlerai plus jamais, comme ça tu seras tranquille !

Elle se met à pleurer, à m'expliquer maladroitement qu'elle ne recherche que la paix dans cette ville, après les horreurs qu'elle a vécues, et que ce n'est pas le problème des autres, si elle est juive... et je ne sais quel autre argument fallacieux.

– Ecoute-moi, Gerta. Tu es passée par les camps de concentration, moi aussi. J'ai vu ma meilleure amie tuée sous mes yeux par un nazi. Et durant toute cette période, alors que les juifs comme moi mouraient par milliers, je me suis promis de ne jamais renier ma religion. Toi tu as deux visages, je ne veux plus rien avoir à faire avec toi.

Sur ce, je récupère mes enfants, et je m'en vais.

Gerta ne m'a jamais revue, je ne lui ai plus adressé la parole, et Otto était d'accord avec moi.

C'est ainsi. J'ai mes problèmes personnels avec Dieu, mais ceci est une autre histoire : je suis juive jusqu'au fond de l'âme, et on ne renie pas son âme. Même lorsque nous n'avons pas beaucoup d'argent, je m'efforce d'aider les autres juifs qui en ont besoin autour de moi.

Et je fais toujours des économies, autant que possible, en prévision de l'avenir. Mon rêve serait de posséder une maison à nous. Je suis décidément naïve, car j'ignore totalement ce que l'on appelle l'« American way of life ».

Dieu merci, je rencontre une jeune femme au Centre juif de Reading, qui m'en explique le principal intérêt.

– Si tu veux acheter une maison, tu n'as qu'à prendre un crédit !

En Hongrie, ce genre de chose n'existait pas. Celui qui voulait une maison devait payer cash. Et j'étais en train de calculer qu'il me faudrait encore vingt ans d'économies, pour en acheter une. Car nous vivons pratiquement sur le chèque de chaque mois. Mais avec un crédit...

– Tu peux l'avoir demain matin, Beth ! À Reading on peut acheter une très jolie maison pour environ dix-neuf mille dollars, y compris les dix pour cent d'intérêts du crédit !

– C'est tout ? La banque avance l'argent comme ça ?

– Ton mari n'a qu'à fournir une garantie, son patron peut lui faire un papier disant qu'il a un travail régulier, et c'est d'accord tout de suite !

Un rêve. Je rentre ce soir-là chez nous, voguant sur un petit nuage.

Et nous avons notre maison, quelque temps plus tard. Je fais les paquets, je déménage, Otto continue de travailler comme un sourd.

Maman m'apprend les mystères de la cuisine hongroise. Elle a écrit pour moi, de sa main, deux livres de recettes hongroises. Le premier tome concerne les plats principaux, le second les pâtisseries. Je l'appelle chaque fois que j'ai un doute sur un plat.

Très vite les voisins se battent pour venir les goûter à la maison. Et d'apprentie, je passe professeur, spécialiste en recettes d'Europe de l'Est.

Ma vie est bien remplie à présent. Entre la famille, les œuvres charitables, je m'occupe déjà suffisamment. Je me porte aussi volontaire à l'hôpital, au service des enfants et des adultes handicapés mentaux. Je prends des leçons de peinture. Mon regret, c'est d'avoir perdu tant d'années d'éducation, d'abord à cause de la guerre, ensuite en raison de mon mariage hâtif. Avec trois enfants en dix ans, je n'ai pas eu le temps de la compléter par des cours pour adultes. Or je suis curieuse de tout, je déborde d'énergie. J'adore peindre.

– Pas dans la maison ! hurle Otto !. Je renifle toute la journée des odeurs de teintures pour cuir ! Ça me donne mal à la tête !

Alors j'ai choisi la peinture acrylique. Mais l'acrylique n'a pas d'âme, pas de relief. Exactement comme moi. Je fais mon travail, je m'efforce d'être une bonne épouse, et une bonne mère, mais mon cœur est vide. Un désert. À des millions d'années-lumière de l'adolescente rieuse et enthousiaste que Richard surnommait « ma Frimousse ».

Je n'en parle plus depuis si longtemps. Je me suis refermée lentement comme une huître. La perle que je cache en moi ne mourra jamais, mais elle ne verra pas non plus la lumière.

Otto ne se rend compte de rien. Sa firme prend de l'importance, son patron lui a demandé de superviser une nouvelle usine à Porto Rico, qui va employer mille huit cents personnes. Il s'en tire à merveille, voyage beaucoup, passe encore moins de temps en famille. Il est absent jusqu'à six semaines d'affilée. Et s'il m'arrive de le rejoindre là-bas avec les enfants pour de courtes vacances, nous les passons sur la plage à attendre qu'il ait fini son travail.

Quelques années passent, et nous déménageons encore. Une nouvelle usine immense, dans le New Jersey, a besoin d'Otto. Maintenant il est souvent à New York. Il serait plus logique de nous en rapprocher, mais Otto ne veut pas vivre en ville, il préfère la banlieue.

Je fais les paquets... Nous nous retrouvons à Spring Valley.

Pour trente-quatre mille dollars, nous pouvons acheter à crédit une ravissante maison. La bataille est rude entre Otto et moi. Il prétend que nous ne pouvons pas nous offrir un luxe pareil, j'affirme que le crédit n'est pas fait pour les chiens. Et finalement, il cède.

C'est une maison de style colonial, avec quatre chambres indépendantes, mon rêve depuis longtemps. Depuis le Bronx et la chambre meublée minable où nous nous entassions comme des rats. Un vrai bonheur donc, mais dont la réalisation pratique est un réel cauchemar. Depuis quelques années j'ai entassé des objets, des antiquités fragiles, des pièces de collection, et je dois surveiller chaque emballage au milieu des déménageurs, et des enfants qui courent partout.

Mon petit frère Ludwig, qui se fait maintenant appeler Larry, est resté avec ma mère de longues années, mais a fini par grandir, au point de tomber amoureux d'une ravissante Hongroise, Eva. Ils se sont installés en Californie, où ils ont ouvert une bijouterie. Ma sœur Rose, devenue Rosie ne vit pas très loin, maman est désormais libre de nous rendre visite quand elle le veut. Notre survie est devenue une vraie vie.

Lentement mais sûrement, nous nous sommes transformés en Américains moyens, même si notre accent refuse de s'effacer. Moi-même, je suis devenue Betty. Mes enfants s'appellent Bobby, Sandy et Jeffrey.

Mais le bonheur d'une femme, j'ignore toujours ce que c'est. J'ai fait de ma nouvelle maison le petit palais de mes petites ambitions. Et si mon mariage avec Otto ne va pas plus mal, il ne va pas mieux non plus. Nous passons pour un couple modèle au regard des autres. Pourtant, il n'est jamais là, ne s'occupe pas plus de ses enfants, dévoré par l'obsession du travail.

Il ne les accompagne nulle part, ni au cinéma, ni au stade, ni au bowling, comme les pères sont supposés le faire. Les enfants ne s'en plaignent pas, fort heureusement. Ils nous acceptent tels que nous sommes. Quelle idée se font-ils de notre passé ? Comme beaucoup de survivants, nous sommes incapables de leur en parler vraiment. Ils connaissent l'histoire, mais pas l'essentiel, ce qui nous ronge de l'intérieur.

Nous prétendons être heureux. Mais la nuit, les horribles cauchemars nous assaillent toujours. Je me réveille parfois en hurlant, et Otto aussi. Chacun les siens. Et nous ne vivons pas cette sorte d'amour qui permettrait d'oublier le passé, d'être réellement heureux au présent.

Lorsque nous sommes seuls tous les deux, les silences s'installent, pesants. Il préfère se perdre dans son travail, et moi dans mes activités familiales.

Et ce qui devait arriver arrive. Par un beau matin de mars 1965, je craque.

Je ratissais des feuilles mortes dans le jardin, le ciel était bleu, le printemps s'annonçait : il était temps de nettoyer l'hiver. Alors j'entassais ces feuilles dans des sacs de plastique, sans penser à rien de précis.

Soudain, je vois tous ces sacs remplis de feuilles mortes comme une tâche impossible à accomplir. Ils m'étouffent, me cernent, mon cœur se met à battre la chamade, j'ai des palpitations, la sensation que ma vie va s'arrêter là, que mon cœur va exploser devant ces tonnes de feuilles mortes, parce que jamais, jamais, je n'arriverai à les balayer.

Je lâche tout, mon râteau, le balai, je me traîne jusqu'à la maison, j'appelle Otto.

Et il me conduit à l'hôpital. La tension a monté, je suffoque, et pourtant il ne s'agit pas d'une crise cardiaque. Au bout de quatre ou cinq jours d'observation, le médecin dit à Otto :

– Emmenez-la quelque part, n'importe où, elle a besoin de repos et de vacances...

Ce n'est même pas une véritable dépression nerveuse, je ne le crois pas. J'ai le sentiment d'une menace d'explosion intérieure. Comme si tout ce que je garde secret depuis tant d'années voulait à tout prix remonter à la surface. Mais pourquoi devant ces feuilles mortes ?

Mortes. La mort, les feuilles d'automne sur la colline de Budapest, où nous courions sous les bombardements. La dernière fois que j'ai vu Richard ?

J'aurais préféré partir seule quelque part, pour essayer de comprendre ce qui se passe en moi, ce qui se cache derrière le diagnostic du médecin : crise d'angoisse majeure.

Mais je refuse d'admettre pour l'instant qu'un conflit intérieur non résolu a provoqué cette implosion soudaine. Je ne suis pas prête à faire de l'introspection. Je souffre maintenant d'une souffrance physique à fleur de peau, incapable de l'enfouir plus longtemps. J'ai trente-six ans, suis-je vieille ou encore jeune ? Peu importe, je ne suis plus une femme depuis vingt ans déjà.

Otto ne veut pas me laisser partir seule. D'ailleurs, je n'ai jamais voyagé nulle part toute seule, et ce n'est pas le moment de commencer. C'est la première fois que mon mari prend des vacances, et consent à s'éloigner quelques jours de son travail sacré.

Nous décidons d'aller en Floride. Oncle Ignatz s'y est installé pour sa retraite, nous pourrons profiter en même temps de sa présence et de celle du soleil. Maman gardera les enfants.

Le jour de notre départ, l'hiver fait une courte réapparition, il neige sur l'aéroport de La Guardia.

L'avion est au dégivrage, et nous attendons de pouvoir décoller. Je n'ai envie de parler à personne dans le hall d'attente. Ni dans l'avion. J'aimerais qu'il s'écrase, avec moi. C'en serait fini de la vie, et de la souffrance qui va avec. Je le souhaite vraiment. C'est fou ; alors que ma vie est confortable, dans la maison de mes rêves, avec mes enfants, je souhaite mourir ?

Si j'avais tout cela avec un autre homme, si j'avais épousé Richard, je n'en serais pas là. Avec lui je me sentais femme. Otto ne m'a jamais donné ce bonheur. Pourquoi ? Je n'ai pas de réponse, sinon que c'est moi qui suis coupable, et je ne pense pas pouvoir changer les choses. Alors mieux vaut mourir.

Oncle Ignatz nous attend à l'aéroport.

– Tu as mauvaise mine, Beth, qu'est-ce qui se passe ?

– Mes nerfs ont craqué.

– Ce ne sont pas les nerfs qui craquent en général...

Et je me sens davantage coupable devant lui. Il a perdu sa femme, ses enfants, massacrés par les nazis, ses nerfs n'ont jamais craqué. Il a supporté. Alors qu'est-ce qui ne va pas chez moi ? Pourquoi je ne peux pas faire pareil ?

Otto est comme un animal en cage. Il tourne en rond dans la chambre d'hôtel, où je ne fais pas grand-chose d'autre que d'avaler des tranquillisants. Il m'aime, mais il ne supporte pas cette nouvelle Beth qui a besoin de voyager et de prendre des médicaments. Il m'aime et voudrait retrouver l'autre Beth, celle qui ne fait plus d'histoires, qui s'occupe de sa maison et de ses enfants. Il m'aime, et il a peur aussi. Il ne peut pas m'atteindre dans le morne désespoir où je suis, au milieu des feuilles mortes de ma vie. Il m'aime, et ça ne me console en rien.

Nous restons deux jours sous le soleil de Floride et le troisième jour au matin, j'ai pitié de lui.

– Je vais mieux maintenant. On peut rentrer.

Il est tellement soulagé que c'en est presque risible.

– Tu es sûre ?

Il fait déjà les valises, méticuleusement comme toujours. Il me demande d'appeler la compagnie aérienne, pour réserver des places pour l'après-midi. Ma crise est terminée, du moins c'est ce que je dis. Mais cela lui suffit.

Maman ne me regarde pas du même œil que lui à notre retour. Elle scrute attentivement mon visage, mon regard absent, avant de me serrer dans ses bras. J'ai un peu honte devant elle aussi, elle n'a jamais craqué, même devant Eichmann. Que pense-t-elle de sa petite fille gâtée, dans une maison luxueuse, qui a craqué à cause d'un tas de feuilles mortes ?

Mais elle ne dit rien. Elle parle de la vie, de ce diable de Bobby qui pendant notre absence a caché une bouteille de liqueur dans un parapluie, près de la porte, pour pouvoir se sauver avec et rejoindre ses copains. Manque de chance, sa grand-mère l'a vu faire !

– Qu'est-ce que tu lui as dit ?

– Rien. J'ai attendu qu'il arrive à la porte, j'ai pris la bouteille avant lui, et je l'ai tout simplement remise à sa place.

Bobby est celui qui cherche toujours à franchir les limites. À tester l'autorité, les règles et les dangers. Mais ce n'est peut-être pas entièrement de sa faute. Il a sûrement besoin d'un peu plus d'attention que les autres. C'est à moi de m'en occuper. À moi de contrôler ces vies, ces destins qui ne demandent qu'à fleurir autour de moi.

Les trois mois suivants, j'erre comme un zombie dans la maison. Je prends scrupuleusement les médicaments que le médecin a prescrits, des doses de tranquillisants qui me rendent groggy. J'arrive à peine à fonctionner. Un matin, je jette tout simplement les pilules. Elles ne sont pas la solution. Et ma famille a besoin de moi.

L'organisation Hadassah devient une partie de la réponse à mon mal de vivre. J'en deviens membre active. À force de récolter inlassablement des dons pour la cause juive, je serai finalement élue présidente. Les enfants ont grandi, et j'ai beaucoup plus de temps à consacrer à cette activité. À d'autres aussi. Je prends des cours de poterie, et de peinture. Je n'ai pas le talent de ma sœur Rose, c'était elle la plus douée dans notre enfance. Malgré les années de guerre qui l'ont empêchée de perfectionner un talent fantastique, elle est devenue maintenant une créatrice de bijoux fort appréciée. Sandy, ma fille, a hérité de ce même don pour les arts. Nous peignons souvent côte à côte, moi devant mon grand chevalet, elle devant un tout petit, n'utilisant que des peintures acryliques, pour ne pas incommoder Otto.

Sandy deviendra portraitiste. Bobby sera artiste comique. Et Jeffrey écrivain.

J'étais présidente régionale de l'organisation Hadassah depuis deux ans lorsqu'on m'a demandé de me présenter dans l'État de New York. Je ne peux pas accepter. En 1973, nous déménageons une fois de plus. Otto est envoyé à Phoenix, dans l'Arizona, pour diriger une nouvelle manufacture de petits articles de cuir. À ce moment-là Bobby et Sandy sont à l'université, Jeffrey au collège. Leur père part le premier pour s'immerger dans cette nouvelle aventure de travail, je reste pour vendre la maison et faire les paquets. C'est loin l'Arizona, et ça me fait peur. Maman vieillit, et les enfants démarrent à peine dans la vie. Mais Otto m'a dit que c'est une opportunité de voyager à travers les États-Unis, et mon vieux désir d'aventure s'est réveillé.

Otto n'a pas le temps de s'occuper d'acheter une maison ancienne, avec un peu de caractère et nous nous retrouvons dans du neuf que je n'aime pas du tout. Une fois de plus je suis furieuse après lui, il ne prend jamais le temps de faire les choses que j'estime importantes dans l'existence. Bobby plaisante au sujet de son père :

– Papa ne prend son pied qu'en entrant dans une maroquinerie...

Et c'est vrai. Mais je n'ai pas le même sens de l'humour que lui à propos de mon mari.

Cette maison fait partie d'un lotissement dans la banlieue de Phoenix, qui se développe énormément dans les années 70. Nous aurions pu nous offrir mieux, plus grand, et plus à mon goût, mais mon mari a peur de démarrer une nouvelle entreprise tout seul, et affirme que cette maison est le maximum que nous puissions payer. Toute notre vie, il s'est montré généreux avec moi, faisant même des folies, comme cette première télévision en 1949... puis des meubles, et des bijoux. Mais lorsqu'il s'agit de prendre un crédit à long terme, c'est la bagarre. Il a réussi pourtant, il ne cesse d'avancer dans sa carrière, mais la crainte de ne pas pouvoir payer un jour une seule mensualité le taraude toujours. Otto vit dans l'incertitude, la peur du lendemain, l'obsession de conserver ce qui est acquis, demain demeure un danger potentiel pour les rescapés des camps de la mort.

J'ai beau mettre en valeur le fait que la vente de notre maison de Spring Valley allait nous rapporter un bénéfice appréciable, que nous n'avions plus rien d'autre à acheter à présent ni meubles, ni ustensiles ménagers, il a refusé obstinément, avec ce regard vide que je lui connais trop bien :

– C'est bien suffisant pour moi, chérie.

Je n'ai plus envie de me battre. La maison est laide, tant pis, je ne lui demande qu'une chose, faire attention au choix de la tapisserie pendant que j'achève le déménagement de mon côté avec Jeffrey.

Je manque de m'étrangler en arrivant dans notre nouveau foyer, deux mois plus tard. Il a payé cher pour cette décoration, mais il l'a choisie lui-même. Et c'est une horreur ! D'une pièce à l'autre, j'en pleurerais ! Je longe des murs recouverts d'une sorte de chose blanchâtre avec des dessins noirs, affreuse, de quoi donner des cauchemars à tout le monde, et qui me prendra des années à remplacer.

– Beth, chérie, j'ai pensé que tu aimerais. Moi ça me paraît très élégant.

C'était toujours le même problème. Le goût d'Otto et le mien ne vont jamais ensemble. Il préfère le clinquant, et moi le subtil.

J'aime les porcelaines, les meubles de style, les tissus aux nuances discrètes, j'ai besoin de vivre dans un environnement agréable, au milieu d'objets minutieusement assortis. Mes parents étaient ainsi, Richard m'a appris beaucoup lors de nos balades à Budapest, le long des vitrines des antiquaires. Tout ce qui m'entoure doit parler à ma sensibilité. Otto n'a pas ce sens des choses. Lorsqu'il s'agit du cuir, il est imbattable, le moindre détail doit être parfait. Mais pour le reste, son sens esthétique est nul. Je devrais avoir honte, je sais, et si ma mère était là elle me sermonnerait vertement :

– Tu as un mari généreux, il a toujours fait son possible pour subvenir à tes besoins, trois enfants adorables, une maison dans une ville en pleine expansion, qu'est-ce qui te prend de te mettre en rogne pour du papier peint ?

Heureusement, il y a le désert, un univers étonnant de beauté, avec ses cactus dressés comme d'étranges sculptures sur le ciel bleu et pur. Et quelque chose de si paisible dans l'air, comme un parfum d'éternité. Alors je me calme. En me jurant de ne jamais regarder par terre dans cette maison.

La vie culturelle de New York me manque mais l'Arizona a ses charmes. Maman vient nous voir, et tombe amoureuse de cette région, tout comme mes enfants. Au fond, tout le monde est heureux, et je n'ai surtout pas le droit de me plaindre du papier peint comme prévu. Ma mère a pris sa retraite, ce qui ne veut pas dire qu'elle ne fait plus rien. Elle travaille pour les pauvres, fréquente ses amis, elle représente pour les immigrés hongrois une sorte de référence. Elle va au temple, rend visite à ses enfants, et fait deux voyages en Israël. À soixante-neuf ans, elle est toujours pleine de curiosité et d'énergie, avec son chignon doux et gris, sa taille menue.

Lorsqu'elle arrive, il lui faut de la nourriture cascher. Elle a conservé ses principes religieux, sa morale, mais le plus étonnant chez elle, c'est son caractère toujours égal, cette force incroyable qui nous a jadis sauvé la vie. Et elle a toujours une maxime en poche à nous servir :

– Fais attention à ce que tu désires ardemment, tu pourrais bien l'obtenir, et être malheureuse... Ne regarde pas vers le passé, tu pourrais y tomber !

Elle a toujours accepté son destin et n'a jamais lutté, sauf pour ses enfants.

Un jour, alors que nous regardons par la fenêtre d'immenses ballons de couleur monter dans le ciel d'Arizona, je dis simplement :

– Tu vois, maman, ma vie est un mensonge. Je n'aimais pas Otto quand je l'ai épousé, et je ne l'aime toujours pas.

Ma mère m'attrape par les cheveux, pour m'obliger à la regarder en face, comme si j'avais encore dix ans, et non quarante-cinq.

– C'est ça, le mensonge. Tu aimes Otto, mais tu as toujours Richard dans la tête.

Je refuse de l'accepter, mais elle a raison. Vingt-cinq ans de vie commune, et trois enfants, si je n'aimais pas Otto, pourquoi serais-je encore là ?

– Otto ne m'a jamais déçue, Beth, il a été un bon mari pour toi, et un bon père.

Elle a vécu toutes ces années sans mari pour la soutenir, sans père pour ses enfants, elle n'en a jamais parlé, mais je suis sûre qu'elle a souffert de cette solitude, et du manque d'amour.

Mais nous ignorons ses cauchemars, ses fantômes, elle n'a laissé personne partager son désespoir.

– Je sais, maman, Otto est un brave homme.

Elle préférerait m'entendre dire une fois au moins que je l'aime, mais je ne peux pas.

Richard est toujours dans mes pensées, je le vois encore devant moi comme si c'était hier, il a gravé son empreinte dans ma vie pour toujours.

– J'aimerais retourner à Budapest avec toi, maman...

– Moi aussi, ma fille... nous irons.

– Quand ?

– L'année prochaine...

Elle repart chez elle, en éternelle solitaire, puis revient en avril pour l'anniversaire de ma sœur. Nous avons organisé une soirée au Country Club, et il lui faut une robe habillée. Je l'emmène faire du shopping. Puis nous dînons le soir dans un bon restaurant. C'est une magnifique soirée de printemps, les cactus sont en fleur, et le ciel au-dessus du désert proche, d'un bleu de saphir. En rentrant, ce soir-là, elle ne se sent pas bien.

– Ce n'est rien, j'ai mangé trop de salade.

Mais quelque chose ne va pas. Elle ne s'est jamais plainte de l'estomac. Elle a eu de l'asthme, de l'emphysème, un héritage des années de guerre, et de la fumée âcre de Mauthausen. Or, depuis qu'elle est en Arizona avec nous, elle ne prend plus de médicaments pour l'asthme, l'air est si pur qu'elle n'a jamais de crise.

Une semaine plus tard, elle se rend chez le médecin. Elle devait souffrir depuis longtemps sans rien nous dire. Elle déteste être malade, et a horreur de demander de l'aide, même à un médecin.

C'est un cancer du côlon. Il faut l'opérer. Le chirurgien lui explique qu'elle a deux choix possibles :

– Soit nous enlevons uniquement la tumeur, et la partie de l'intestin concerné. Soit nous enlevons davantage, et il faudra vous retirer le côlon.

Maman s'y refuse. Ce n'est pas naturel, dit-elle. Et elle ne veut rien faire qui ne soit pas naturel. Cette restriction lui donne moins de chances de s'en sortir, le médecin l'en prévient.

Mais elle ne cédera pas. Dieu sait ce qu'il a décidé pour chacun d'entre nous.

Trois semaines d'hôpital. Quelques mois de répit, et un matin de septembre, au téléphone :

– Ça ne va pas, maman ?

– Ah, c'est toi, Beth... je ne sais pas ce qui se passe, j'ai terriblement mal au dos, je n'ai jamais eu mal comme ça, et j'ai froid tout le temps.

Ma mère a survécu jusqu'en octobre 1974, à l'hôpital. Elle avait mis toutes ses affaires en ordre avant de mourir. Elle avait préparé la robe qu'elle désirait porter pour son enterrement, et écrit une lettre, pour nous donner ses dernières instructions. Elle repose maintenant dans un cimetière de Long Island, bien loin de Zeteny.

Elle était notre famille à elle toute seule. Sa force était la nôtre. Même à l'hôpital, entourée de tuyaux et d'appareils, je la revois pendant que les infirmières changeaient son lit, faire son éternelle gymnastique, en disant :

– C'est pour être en forme quand je rentrerai chez moi.

La lettre à ses trois enfants disait ceci :

Je sais que je vais mourir. Ne changez rien à mes dernières volontés. Je veux un enterrement digne et dans la tradition juive. Le cercueil le plus simple, et la robe que j'ai préparée. Je veux être enveloppée dans le voile de mousseline qui est dans le placard. Enterrez-moi avec le petit sac de sable que j'ai ramené de Jérusalem. Rappelez-vous toujours que je vous aime. Aimez-vous les uns et les autres, autant que je vous aime, et entraidez-vous. Si l'un de vous est dans le besoin, que tous les autres sachent l'aider. Mama.

Nous avons perdu la seule personne au monde qui nous aimait tous inconditionnellement.

Nous l'avons inhumée par une matinée d'octobre ensoleillée. Bien trop belle pour un enterrement. J'ai pensé que Dieu voulait nous sourire une dernière fois, en rappelant à lui l'une de ses meilleures brebis.

Nous avions parlé de retourner ensemble en Hongrie. Au printemps précédent, elle avait dit :

– Il est temps maintenant, nous pouvons faire face à tous nos souvenirs.

Alors j'ai fait le vœu d'y retourner en souvenir d'elle.

C'est ainsi qu'au mois de juin 1975, à Budapest, ma vie de femme a été complètement bouleversée. Il y avait presque trente ans que j'attendais ce moment.

– Fais attention à ce que tu désires ardemment, tu finirais par l'obtenir et être malheureuse... Ne regarde pas vers le passé, tu y tomberais... disait ma mère.

22

Mon amour

Cela ne devrait pas me surprendre : Otto n'a pas le temps de m'accompagner à Budapest. Il avait dit qu'il viendrait aujourd'hui, il dit qu'il ne peut plus. Le travail avant tout. Un nouveau problème à régler, qu'il est le seul à pouvoir résoudre, comme d'habitude.

– Nous attendrons un meilleur moment, c'est tout.

Cette fois il ne s'agit pas simplement d'annuler quelques jours de vacances. Je refuse d'attendre un « meilleur » moment. J'ai déjà attendu trop longtemps.

– Pourquoi n'irais-tu pas avec Sandy ? Cela pourrait être un beau cadeau de fin d'études ?

Ma fille et moi. Pourquoi pas ? Nous sommes si différentes, nos rapports toujours un peu difficiles, cela nous donnerait l'occasion d'un rapprochement qui n'est pas inutile.

– Bonne idée, Otto. Comme ça tu peux travailler en paix, et moi je peux aller à Budapest.

La vie est bizarre, à partir de cette conversation, mon destin est à nouveau scellé, sans que je m'en doute. Si je n'étais pas partie avec Sandy...

Nous sommes en juin 1975, la Hongrie est toujours sous régime communiste, et je dois admettre que j'ai un peu peur d'y retourner, mais j'y tiens, pour moi, pour ma mère et maintenant pour Sandy. C'est l'occasion pour elle de comprendre un peu mieux notre passé. Nous ne lui avons jamais beaucoup parlé de Budapest et de ce que nous y avons vécu, comme la plupart des survivants de l'Holocauste.

Je ne m'attendais pas à un tel choc émotionnel. Tant que nous étions dans l'avion, je pensais pouvoir tenir le coup. En posant le pied sur la terre de Hongrie, avec un passeport américain qui représentait, au fond, une sorte de revanche sur l'adversité, je pensais être munie d'une carapace protectrice.

Le premier choc a été violent. L'hôtel d'abord, situé en face de la gare. Toutes les images de la déportation remontent d'un seul coup à la surface. Les files de gens démunis, terrorisés, les enfants en pleurs, les nazis qui frappent et tuent. Je fonds en larmes. Il m'est impossible tout simplement de sortir de la chambre. La pauvre Sandy a du mal à comprendre. Elle me supplie de sortir faire un tour avec elle, dans la ville. Je n'y parviens que deux jours plus tard, mais nous devons changer d'hôtel. Nous nous réfugions à l'Intercontinental, dans le centre-ville, loin de cette maudite gare. Pourtant, j'ai essayé depuis ma fenêtre d'ouvrir les yeux et de ne rien voir d'autre qu'un bâtiment anodin, des gens qui passent... Impossible.

Même dans ce nouvel hôtel, je n'arrive pas à me forcer à sortir.

De vieux amis me rendent visite, dans ma chambre. Ils essaient de me convaincre de mettre le nez dehors. Sandy ne comprend toujours pas :

– Maman, ne sois pas ridicule... nous ne sommes pas venues jusque-là pour rester enfermées ! Tu as peur de quoi ? Nous sommes des touristes !

Je me jette enfin dans la ville comme on saute dans un précipice. Je sens l'oppression communiste dans l'air ambiant. Les immeubles délabrés. Les gens mornes et abattus. Ils ont l'air d'avoir constamment peur de quelque chose, ce qui renforce mon propre sentiment d'angoisse. Aujourd'hui, Budapest a retrouvé sa beauté et son énergie d'antan, mais en 1975, ce n'était pas le cas. La ville est prisonnière, on le sent partout. Dans les chambres d'hôtel, les restaurants et même les cafés, la surveillance est omniprésente. Le directeur d'un restaurant, un ancien camarade de jeunesse, me conseille de ne pas m'asseoir à « telle » table par exemple. Y a-t-il réellement des micros partout? En tout cas, les gens s'en méfient en permanence, et cette ambiance de suspicion et de crainte me ramène au temps des nazis et des Croix-Fléchées.

Seuls les noms des rues ont changé. Et si on m'arrêtait? Il n'y a aucune raison pour cela, mais la logique n'a rien à voir avec cette crainte que je porte en moi. Sandy est persuadée que je perds la tête, que suis devenue paranoïaque, Je ne peux pas lui donner tort.

Finalement, le cinquième jour, j'arrive à prendre sur moi. Il faut que je montre à Sandy les endroits où j'ai vécu, aimé, et tant espéré de la vie. Notre première visite est pour la mère de l'un des amis musiciens de Richard. La vieille dame me tend les bras avec émotion et me serre contre elle :

– C'est Beth! Mon Dieu c'est Beth! Mais tu es superbe! quel âge as-tu maintenant?

J'ai quarante-six ans, je suis toujours mince et jolie, mes cheveux noir tombent sur mes épaules.

Sandy examine une photo sur le piano.

– Qui sont ces garçons?

Elle contemple la photographie d'un groupe de jeunes gens qui se tiennent par les épaules.

La vieille dame sourit avec tendresse :

– C'est un orchestre! Celui-là est mon fils, il y a deux de ses copains, et voilà l'amoureux de ta mère! Comme ils s'aimaient tous les deux! Je me rappelle les avoir surpris plus d'une fois en train de s'embrasser dans l'entrée! N'est-ce pas, Lisbeth? C'est ton Richard!

J'ai le vertige, je tangue sur mes jambes, à l'évocation de son nom. Je n'ai pas de photographie de lui, et depuis toutes ces années je ne l'ai revu qu'en songe. Il est là, souriant et beau, tel que dans mon souvenir. Le cœur battant, je pose la question posée tant de fois depuis la guerre, et dont la réponse a toujours été une impasse.

– Vous l'avez revu?

– Non.

Une autre impasse. Je m'efforce au calme, à ne pas trahir l'émotion qui m'a envahie. Sandy lance des tas de questions sur Richard et moi, pendant que nous prenons le thé. Nous avons vécu, elle et moi, quelques années difficiles, comme beaucoup de mères avec leur fille adolescente. Peut-être une confidence de ma part me rendrait-elle plus humaine à ses yeux ? J'ai eu son âge, j'ai eu un amoureux, je l'ai perdu. Peut-être me verrait-elle autrement ? Alors, en rentrant à l'hôtel, dans les rues de Budapest, je lui raconte :

– Je l'aimais de toute mon âme. Tu vois, ta grand-mère et moi nous habitions ici, avec ta tante Rosie et ton oncle Larry. Je faisais souvent ce chemin avec Richard.

La maison de Richard... Une façade qui me paraît rétrécie, grise et terne. Le porche, en mauvais état. Des volets clos tout autour.

– Nous allions jusqu'au Danube, et de là, à travers champs jusqu'à une cabane, un hangar à bateaux. Il y avait une barque, toute petite, et nous ramions sur le fleuve...

La cabane n'est plus là, mais la colline du château n'a pas bougé.

Nous grimpons le chemin tortueux, jusqu'au coin des remparts où Richard a gravé notre amour.

L'empreinte de son couteau est toujours là. Le cœur, les deux noms. Je fonds en larmes en essayant de raconter ce dernier jour, les bombes... À demain, avait-il dit. Et je l'ai tant cherché...

– Pauvre maman...

Le soir même, nous dînons avec un ami d'Otto et sa femme. Janos est un survivant d'Auschwitz, c'est un grand acteur, il est aussi professeur d'art dramatique, et grand collectionneur d'art. Son épouse, Violette, est actrice elle aussi, ils se complètent merveilleusement. Sandy sera ravie de pouvoir lui poser des questions sur la vie artistique en Hongrie, et je m'efforcerai de faire connaissance avec ce couple, pour donner de leurs nouvelles à Otto. Mais au fond de moi, je ne suis pas à l'aise.

Cette journée a été dure émotionnellement. J'ai fait l'effort de raconter, de parler de souvenirs enfouis depuis si longtemps. La photo de Richard sur ce piano m'a bouleversée.

J'aurais aimé la posséder, la garder pour moi, mais je n'ai pas osé.

Janos et Violette viennent nous prendre à l'hôtel et nous emmènent au restaurant. La voiture stoppe devant l'hôtel Royal. Le choc me paralyse. Incapable de sortir de cette voiture, je contemple la façade, les lumières.

– Pourquoi ici ? Mon Dieu, pourquoi ici ?

Janos se penche vers la portière, derrière laquelle je me cache.

– Quelque chose ne va pas ? C'est l'endroit le plus élégant de la ville, et la cuisine est excellente ! Tout le monde a envie d'y venir au moins une fois !

– C'est parfait, Janos...

J'ai repris le contrôle de moi-même, je descends de la voiture avec Sandy, en m'excusant :

– J'ai tant de souvenirs ici...

Je ne leur dis pas le plus cruel de ces souvenirs. C'est là que nous devions nous marier un jour, Richard et moi.

Sandy me chuchote à l'oreille :

– C'est là qu'il jouait avec son orchestre ? Les après-midi dansants ? C'était là maman ?

Je hoche la tête. Le cœur battant, je franchis la porte familière qui mène à la salle à manger. L'hôtel Royal. Il représente à lui seul tous les souvenirs qui m'ont submergée aujourd'hui. Tout me paraît irréel. Une vague d'émotions me brouille les yeux, contre laquelle je ne peux pas lutter, car je ne l'avais pas prévue. Ce que j'ai raconté à ma fille ne l'a pas traumatisée. Elle a pris mes confidences et même mes larmes comme une émotion naturelle à l'évocation de ma jeunesse. Elle ne sait pas que cet amour est toujours en moi, brûlant, impérieux, et qu'il prend toutes mes forces par moments.

Nous gagnons une table derrière le maître d'hôtel, la salle est encore élégante mais sans éclat, les lambris un peu miteux, l'atmosphère banale. Comme tant d'endroits de son genre sous les régimes communistes, l'hôtel Royal a perdu de sa superbe. C'est un désastre de délaisser tant de beauté. La conversation s'engage à table, vivante et enjouée, un trio de violons tziganes fait le tour de la salle, déversant de vieux airs familiers. Janos demande poliment :

– Alors ? Comment s'est passée votre journée ?

D'une traite et pour la première fois devant des inconnus, je raconte mon pèlerinage, la maison de Richard, la colline du château et ma conversation avec Sandy. Jusqu'ici, Otto a été le seul à savoir. J'avais gardé l'histoire de mon premier amour comme un trésor caché.

Ma fille écoute attentivement. Les plats tardent à venir. Je me tais, de peur d'aller trop loin dans les confidences. Je crains que l'on ne me juge infantile, attardée sur un passé que j'aurais dû oublier depuis longtemps.

Je regarde à présent les dîneurs autour de moi et, soudain, un frisson me glace la poitrine. Comme si j'allais mourir, comme si le monde allait disparaître d'un coup.

– Qu'est-ce qu'il y a maman ?

Mes mains tremblent, une légère sueur perle sur mon front, la panique totale. J'essaie de me concentrer sur la réponse à donner, mais c'est le chaos dans ma tête :

– Pourquoi ?

– Tu es si pâle. Et tu trembles ! Maman... qu'y a-t-il ?

– Il est là. C'est Richard... De dos, là-bas, à cette table...

Sandy regarde dans la direction que je lui indique et ne voit que le dos d'un homme, sa nuque. Il est assis à une table en compagnie d'une femme et d'une petite fille. Ce pourrait être n'importe qui, avec sa femme et sa fille. Sandy me regarde avec commisération :

– Maman, je t'en prie, reprends-toi ! Ce n'est pas Richard, ça ne peut pas être lui ! Tu te fais des idées, c'est l'émotion, ou une hallucination !

Les seuls à comprendre l'intensité de ce qui se passe sous leurs yeux sont mes compagnons de table. Janos et Violette sont comédiens, ils sentent l'électricité dans l'air. Ils m'observent attentivement, cet instant est tellement fou, incroyable ! Je viens de leur parler d'un homme disparu depuis des années, et soudain il serait là ?

– C'est Richard, Sandy ! C'est lui ! Je ne peux pas me tromper. J'ai passé des années à contempler sa nuque devant moi en salle de gymnastique. Je la reconnaîtrais n'importe où.

– Bon, il n'y a qu'à demander au garçon de lui poser la question, comme ça tu en auras le cœur net.

Je regarde le serveur se diriger vers la table, se pencher, sourire en saluant le dîneur, et revenir vers nous. Mes mains agrippent la nappe.

– Je regrette, ce monsieur n'est pas M. Richard Kovacs.

Je ne suis pas convaincue. Têtue comme je suis, je ne vais pas abandonner. Mon cœur bat trop fort, et trop vite. Après toutes ces années, j'ai ressenti quelque chose que personne ne peut comprendre, et que je serais bien incapable d'expliquer sur le moment. Une certitude. Je veux savoir la vérité.

– Violette, venez avec moi. Dirigeons-nous vers l'escalier qui passe juste devant cette table. Il nous regardera peut-être au passage. Il pourra voir mon visage en tout cas, et moi le sien.

Nous faisons un tour, lentement, nous approchons de la table, et Violette se met à me parler et à rire un peu fort pour attirer l'attention de l'homme. Mais il ne bouge pas la tête, ne se retourne pas, ne lève pas les yeux.

Frustrée je retourne m'asseoir, gênée vis-à-vis de ma fille, qui se ronge deux ongles à la fois, en marmonnant :

– Quelle honte... Mais quelle honte !

Comme si nous nous étions livrées à une mascarade dénuée de sens, au lieu d'essayer d'identifier l'homme le plus important de mon passé.

Je n'insiste pas. À cet instant, ma fille me prend pour une folle. Comme d'habitude, nous ne nous sommes pas comprises ! Pourtant, au moment de partir, c'est elle qui insiste :

– Tu vas t'en aller comme ça, sans savoir si c'est vraiment lui ?

Alors je prends une bonne respiration.

– Non. J'y vais.

Chaque pas est un vertige. Je retiens mon souffle, comme lorsque nous étions enfants, et que nous jouions à ne plus respirer jusqu'à atteindre l'autre cité du pont.

J'arrive derrière cette nuque, ce dos, j'ai besoin de m'appuyer contre la rampe de l'escalier voisin, avant de poser ma main sur cette épaule.

– Je suis désolée de vous déranger, mais je crois que nous nous connaissons...

Il se retourne, lève les yeux, et semble pétrifié, comme moi tout à l'heure. Puis il saute de sa chaise, et en deux pas, il est contre moi, il me prend dans ses bras, me serre contre lui, j'ai l'impression que mon corps disparaît dans le sien. Je pleure et il pleure, et il prend mon visage entre ses mains, en répétant :

– Ma Frimousse... Ma petite Frimousse...

Comme dans mes rêves, front contre front, lui penché sur moi, ses mains sur mon cou, mes épaules, nous nous contemplons mutuellement, si émus que plus un mot ne vient troubler cet instant magique. Nos regards se parlent en silence : C'est toi, c'est bien toi... Qui embrasse l'autre ? Ce baiser est réel, ce n'est pas un rêve... Soudain je fais un pas en arrière :

– Désolée, je t'ai embrassé devant ta femme...

– Ce n'est pas ma femme, je suis arrivé à Budapest aujourd'hui. Son mari est un collègue, nous devions dîner ensemble, mais il a été appelé en urgence, il est médecin. Attends, laisse-moi m'excuser auprès d'elle, ne bouge pas, je vais demander un taxi pour la raccompagner à son hôtel, ne bouge surtout pas... je vais lui expliquer...

Je ne bouge pas, je ne peux plus de toute façon. Si cette rampe d'escalier n'était pas là pour me soutenir, je tomberais. D'un côté il y a ma fille, et Janos et Violette, immobiles ; je les sens hésitants. De l'autre, il y a Richard et cette femme qui me sourit gentiment, avec un petit signe de complicité : « Des retrouvailles, c'est bien compréhensible, deux amis qui ne se sont pas revus depuis la guerre... »

C'est autre chose pour nous. C'est bien plus grave. Il y a tant à dire, et à raconter. Toutes ces années noires, ces questions...

Il revient vers moi, me prend par la main, et je me sens délivrée, heureuse, euphorique, je ne sens plus mes jambes, ni mon corps. Je vole.

Il est toujours aussi beau, grand et mince, ses cheveux noirs parsemés de gris sur les tempes. Il porte des lunettes à présent mais les yeux sont toujours aussi bleus, et le regard aussi lumineux qu'avant. Il chuchote à mon oreille, comme avant :

– J'étais venu ici en souvenir de ma jeunesse, je ne pensais pas la trouver...

Nous arrivons à la table main dans la main. Sandy est effarée, nos deux amis sourient avec gentillesse pendant qu'il s'excuse auprès d'eux :

– Pardonnez-moi, je vous en prie pardonnez-moi... mais mon cœur bat tellement fort, que j'en ai le vertige...

Je serre sa main dans la mienne, je ne peux plus le lâcher de toute façon. Nous nous asseyons côte à côte, seul le regard de ma fille me pose un problème au milieu de cette joie immense. Elle me gêne. Je chuchote à l'oreille de Richard :

– Pourquoi as-tu dit au serveur que tu n'étais pas Richard Kovacs ?

– C'est compliqué. Après la guerre j'ai continué à travailler pour un réseau ici, mais j'ai dû quitter Budapest, les communistes me recherchaient. J'ai changé de nom, Beth ; je m'appelle Carpenter à présent, un nom bien américain et bien banal, sans aucun passé. Je ne savais pas qui me demandait, et je ne pouvais pas réagir autrement. Mais comment ai-je fait pour ne pas te voir arriver ? Depuis quand es-tu là ?

Nous avons tant de questions, et cet hôtel n'est pas le bon endroit pour parler tranquillement. Je ne sais que faire, quoi proposer. Si je pouvais je sortirais d'ici en courant avec lui, pour aller n'importe où, peut-être là-haut sur la colline. Sandy remarque que je n'ai pas lâché la main de Richard, d'un coup d'œil appuyé. C'est Janos qui nous sauve en proposant de nous raccompagner jusqu'à mon hôtel, où nous pourrons discuter à loisir.

Tout le monde s'engouffre dans la petite voiture ; je suis à l'arrière, coincée entre ma fille et Richard. J'ai hâte d'être avec lui. Sandy ne nous lâche pas des yeux. Janos et Violette s'en vont très vite. Que faire pour être seuls ? Il reste la chambre que je partage avec ma fille, c'est le seul endroit où parler, mais Sandy y monte avec nous, renfrognée.

La première chose qu'il voit en entrant, ce sont les photos des enfants et de leur père. Je ne voyage jamais sans elles. Il les contemple en silence un long moment.

– Je n'ai pas de fils, seulement des filles. Personne pour transmettre mon nom...

– Mais tu as changé de nom de toute façon ! Alors quelle importance ?

Il est surpris par le ton sarcastique de ma voix. Et moi aussi. J'ai réagi comme une jalouse, parce qu'il vient de me révéler qu'il est marié lui aussi puisqu'il a des enfants. Et je le suis aussi.

L'imaginer dans les bras d'une autre, c'est douloureux.

Il se tourne vers Sandy et lui demande gentiment :

– Cela vous ennuierait si j'emmenais votre mère faire un tour en ville ?

J'ajoute très vite, le souffle court :

– Nous avons besoin d'être seuls quelques instants.

Elle nous dévisage l'un et l'autre, je la sens irritée et perturbée par ce qui se passe. Elle a toujours pensé à moi comme une mère, la femme de son père, jamais comme une femme. Pourtant elle me demandait parfois :

– Qu'est-ce que tu as fait à papa pour qu'il te gâte tellement ?

Pour l'instant, elle voit une étrangère, un être humain. Mais Sandy est avant tout la fille de son père :

– Je vous accompagne. Il n'est pas question que je laisse maman seule.

Richard a l'air désespéré. Et moi aussi. Il est dix heures du soir, et je dois quitter Budapest le lendemain matin. Je m'adresse à lui en hongrois :

– Je suis ici depuis une semaine, et il ne me reste que cette nuit, chéri.

– Ce n'est pas possible, pas possible... Et moi qui suis arrivé hier !

Les larmes me montent aux yeux.

– C'est comme ça. Nous devons partir de bonne heure demain matin, avant même l'ouverture des bureaux, et tu sais qu'il est impossible de prolonger un séjour ici sans obtenir de visa.

Il se contrôle mal, comme s'il allait recommencer à pleurer.

– Le destin est décidément contre nous, je suis arrivé hier seulement pour un congrès de biologistes. J'ai une conférence à donner demain matin, et il faudrait que tu repartes ? Je ne le supporterai pas ! Il faut faire quelque chose...

Sandy aimerait bien comprendre ce que nous disons, mais notre attitude la conforte dans sa résolution de ne pas me lâcher. Richard s'en aperçoit. Nous descendons dans le hall, et marchons lentement vers la porte. Il sourit difficilement en prenant mes deux mains dans les siennes.

– Marchons un peu au moins... je t'en prie.

Nous marchons, Sandy d'un côté, moi de l'autre. La main de Richard tremble sur la mienne. Je regarde le trottoir, mes pieds qui avancent. Comme je voudrais courir et m'enfuir avec lui. Il a dû faire quelque chose, car Sandy l'agresse vertement :

– Ne me regardez pas comme ça ! Je ne ressemble pas du tout à ma mère ! Je ressemble à mon père !

– Je vous regarde parce que vous êtes une charmante jeune fille, la fille de Beth, c'est tout.

– Je vais vous dire une chose, monsieur. Mon père ne se promènerait pas dans les rues avec une femme qui n'est pas la sienne ! Ma mère est tout pour lui, et il ferait n'importe quoi pour elle ! Et vous vous êtes embrassés tout à l'heure ! Pourquoi l'as-tu embrassé, maman ?

– Sandy, je t'en prie, c'était un baiser affectueux, il n'avait rien de choquant !

Richard lui ne répond pas. Que pourrait-il dire à ma fille ?

Et nous continuons de marcher, main dans la main, Sandy furieuse à nos côtés. Peu à peu nous nous approchons de l'ancienne maison de ses parents. C'est un chemin que j'ai fait si souvent, ainsi, ma main dans la sienne, confiante et amoureuse. Je vais m'effondrer, si ce silence continue, si Sandy ne nous laisse pas une minute pour parler seul à seul. Mais il est marié puisqu'il a deux filles, cette situation est impossible.

Devant la maison, Richard s'adresse à moi, toujours en hongrois :

– Tu te souviens quand je t'embrassais devant la porte ? Et ma mère qui riait en nous surprenant ? Tu te souviens ? Je t'ai raccompagnée tant de fois... Nous allions d'ici jusque chez toi, et nous revenions, et je t'embrassais, et je n'arrivais pas à te laisser partir, je t'aimais tant... jamais je n'ai pu oublier...

Il ne s'arrête plus, et Sandy reste là debout à le regarder comme un censeur, sans comprendre ce qu'il me dit mais devinant que c'est grave. Elle a l'air paniquée.

Mais Richard ne lui prête pas attention, il est tellement pris dans ses souvenirs, et moi dans mon amour, aussi fort que lorsque nous nous sommes quittés. Je donnerais n'importe quoi pour pouvoir me lover contre lui, sentir son corps contre le mien.

Comme s'il lisait dans mes pensées, il fouille dans une poche intérieure de sa veste et sort une petite photo de son portefeuille.

– Regarde, c'est toi. Tu allais avoir seize ans. C'est la seule photo qu'il me reste de toi, je l'ai toujours conservée, elle ne me quitte jamais. Je l'ai contemplée des milliers de fois depuis le jour du bombardement, chaque fois j'espérais te retrouver, rencontrer quelqu'un qui saurait où tu étais... Écoute, Beth, cette rencontre aujourd'hui est un signe du ciel. Dieu a voulu que nous nous retrouvions. Il nous a réunis, à Budapest, pour la première fois depuis la guerre. Il fallait que ce soit ainsi, et maintenant que je t'ai retrouvée, je ne te laisserai plus partir.

Comment rester calme, comment faire pour que Sandy ne se doute de rien ? J'en pleurerais de frustration. Je ne veux que cet homme, et aucun autre depuis des années ; il est là devant moi, il m'aime toujours comme je l'aime, il dit : Ne me quitte plus jamais. Abandonne tout pour moi, ta famille, ton mari, viens !

– Mon chéri... ma fille est là... Je ne peux pas faire un choix pareil en une minute et devant elle !

– Est-ce que tu as aussi mal que moi en ce moment, à l'idée de tout ce que nous avons perdu ? Est-ce que tu te rends compte, Beth... ma chérie ? Je ne peux plus retenir mes larmes cette fois. Mon Dieu, que c'est douloureux !

– Je t'en prie, ne nous torturons pas... j'ai fait ça pendant des années, laisse-moi être heureuse de savoir simplement que tu es vivant. Je t'ai cru mort, maintenant je pourrai continuer à vivre ma vie sans ce doute terrible... J'ai ma vie, Richard...

– Non !

Il l'a presque crié. Cette fois ma fille est sur le point de faire une crise de nerfs. Cette situation lui est insupportable. Elle a vingt ans, elle se prend pour une adulte qui comprend tout parce qu'elle a suivi un cours de psychologie. Mais rien, aucun cours ne prépare à affronter une situation semblable.

– Richard, je t'en prie, nous ne pouvons pas discuter de ces choses devant elle.

– Oui. Tu as raison.

Nous retournons vers l'hôtel, Sandy presse le pas.

– Il faut faire nos valises, maman.

– Laisse-moi quelques minutes au bar avec lui... s'il te plaît ?

Elle monte en renâclant s'occuper des bagages. Nous voilà seuls au bar de l'hôtel. Richard se prend la tête à deux mains, et tout à coup il éclate :

– C'est incroyable ! Tu as complètement foutu ma vie en l'air ! Tu le sais ça ?

C'est la première fois que je l'entends utiliser ce genre de mot. Lui qui était toujours si poli, si bien élevé... J'ai « foutu » sa vie en l'air ?

– Pourquoi t'es-tu mariée si vite ? Je t'ai attendue pendant quinze ans, moi ! Je t'ai cherchée pendant quinze ans ! À travers toute l'Europe ! Et même aux États-Unis !

– Tu étais aux États-Unis ? Quand ?

– En 1950. J'ai vu une petite annonce pour fêter la naissance du fils d'une Betty Schimmel, née Markowitz... Je me suis dit que c'était toi. Mais ce n'était pas toi...

– Comment ça ? Bien sûr que c'est moi, Betty Schimmel née Markowitz ! Je n'en connais pas d'autre, et il n'y en avait pas d'autres à Manhattan...

Richard me regarde dans les yeux, sa colère retombée. Il est bouleversé.

– Beth... Je suis allé à l'adresse indiquée, j'ai trouvé l'appartement, un homme grand, blond, m'a ouvert. Sur le moment j'ai trouvé qu'il ressemblait à un de ces types des Jeunesses hitlériennes. Il m'a regardé avec méfiance. J'ai demandé si Beth Markowitz vivait là... Et il m'a répondu qu'il n'y avait personne de ce nom dans l'appartement ou dans l'immeuble...

Je ferme les yeux sous le choc. Richard a peur de comprendre... il continue plus bas.

– J'ai insisté, Beth, mais ce type m'a fichu à la porte... il m'a repoussé dans les escaliers, et il n'avait pas l'air commode.

Otto m'a menti, il m'a trahie. Toute ces années, depuis la naissance de notre fils, il savait que Richard Kovacs était vivant, qu'il me cherchait, et il n'a rien dit. Il m'avait promis, juré que si Richard revenait, il me laisserait partir. Mon Dieu... Je n'avais que vingt ans à l'époque, tout était possible... et il ne m'a même pas laissé le choix.

Mes oreilles bourdonnent, j'en suis malade. Physiquement malade. Une trahison ! Ma vie est un mensonge depuis des années, et il le savait. Je vais le quitter, ou le tuer... je deviens folle.

– Beth... je suis revenu quelque temps plus tard, je voulais être sûr, mais ce type n'était plus là, j'ai demandé après toi, personne ne savait qui tu étais.

Je comprends maintenant pourquoi Otto était si pressé de quitter Manhattan, et pourquoi une ville comme Reading lui paraissait si attirante...

– Pourquoi t'es-tu mariée si vite ? Je t'ai attendue pendant quinze ans, moi !

– Je t'ai cru mort.

Il écoute le récit de notre déportation, la marche vers l'Autriche, Mauthausen.

– J'ai failli mourir du typhus, et après la guerre je ne voulais même plus vivre. Je ne te retrouvais pas, je t'ai cherché partout, je t'ai écrit, j'ai laissé des messages dans tous les camps de personnes déplacées de la région où nous étions, j'ai demandé à la Croix-Rouge, jusqu'au jour où j'ai vu un Richard Kovacs sur la liste des morts. Et même après cela j'ai continué à te chercher, sans relâche. J'ai travaillé pour une organisation juive, j'ai rencontré des réfugiés hongrois, je n'ai jamais cessé de te chercher.

– Ma pauvre chérie, ma pauvre petite Frimousse...

Il prend mon visage et m'embrasse doucement, sur le front, les joues puis les lèvres. Je vais m'évanouir d'émotion, de plaisir, et aussi de rage. Pourquoi? Mais pourquoi Otto m'a-t-il trahie? Lui qui prétendait me protéger, m'aimer au point de me laisser partir s'il le fallait!

Je pleure tellement que les sanglots se coincent dans ma gorge. Nous ne pouvons pas rester là, devant ce barman, qui nous regarde du coin de l'œil.

Richard laisse une pièce sur le comptoir, et m'entraîne :

– Viens, sortons d'ici, viens avec moi, chérie.

À peine avons-nous fait quelques pas au-dehors qu'il me plaque contre un mur, et m'embrasse comme un fou. Les mots se bousculent avec les baisers, j'entends des « je t'aime », « Ma vie... », « Tu es tout pour moi »... « Ne me quitte plus... »

Je voudrais que ce baiser n'en finisse jamais. Il est la réponse à toutes les questions, et je ne veux plus de questions, plus de souffrance, plus de rancœur, je veux le bonheur, le plaisir, le vertige délicieux dans lequel je sombre entre ses bras.

Lorsqu'il se détache de moi, je me rends compte que les larmes n'ont pas cessé de couler sur mon visage, il les essuie doucement de sa main.

– Viens... viens que je te raconte...

Nous marchons le long du Danube, la nuit est douce, il me serre contre lui, plus rien n'existe.

– On nous a arrêtés le même jour que vous. D'abord on nous a expédiés dans un autre quartier, une maison suisse. Je me débrouillais toujours pour aider la Résistance; j'ai transporté des fusils à travers Buda, passé des messages... Nous savions que la fin de la guerre était proche, le problème était de tenir le coup, de rester en vie jusque-là. Ils ont commencé à massacrer les gens dans le ghetto. Je suis devenu fou quand j'ai compris que vous n'étiez plus là. J'ai interrogé des voisins, tout le monde disait la même chose, on vous avait emmenés avec d'autres juifs, mais personne ne pouvait me dire où. Je me suis assis devant ta porte, et je me souviens d'avoir pleuré, pleuré. Ensuite j'ai cherché dans toutes les maisons juives que je connaissais. J'étais dans un tel état que je ne prenais même plus de précautions et je me suis fait prendre par les Croix-Fléchées. Ils mettaient la main sur tous les hommes qu'ils pouvaient trouver, pour les expédier en camp de travail. J'y suis resté jusqu'à la fin de la guerre. Six ou sept mois plus tard, je me suis retrouvé dans un camp pour personnes déplacées, comme toi, et j'ai pu revenir à Budapest. Mais il a fallu du temps à ma mère pour récupérer notre ancien appartement. Et toujours aucun message de toi.

– Je t'avais écrit, mais la Croix-Rouge ne t'a pas trouvé à ce moment-là.

– Ensuite j'ai repris les cours à l'université, et je suis parti en Autriche, dès que j'ai appris par les autorités d'après-guerre que vous aviez été déportés là-bas. J'ai visité trois camps de réfugiés, il n'y avait pas trace de vous.

– On nous avait emmenés en Allemagne depuis longtemps.

Le destin est vraiment cruel. Je ne peux pas en vouloir à Dieu, j'ai passé l'âge de la révolte, mais le destin, et Hitler, et Eichmann, et Otto !

Non. Je ne dois pas assimiler Otto à un ennemi. C'est trop dur. Je préfère ne pas y penser.

– J'ai terminé mes études à la Sorbonne, en fin de compte, et je te cherchais encore en Europe. Je ne pouvais plus retourner en Hongrie, les communistes avaient pris le pouvoir, et ma pauvre maman était toujours à Budapest. Alors j'ai décidé d'émigrer au Canada, et là j'ai dû attendre deux ans pour que l'immigration accepte de faire venir ma mère. Entre-temps, je te cherchais, comme tu me cherchais... Je n'avais plus la moindre trace de toi ou de ta famille, sauf cette fois à New York...

Richard me regarde dans les yeux :

– Dis-moi la vérité, Beth... c'était bien toi... Tu vivais dans cet appartement ?

– Oui...

– Et ce type blond, que j'ai pris pour un nazi, c'est bien ton mari ?

– Oui... Otto est lui-même un survivant, il a perdu toute sa famille à Auschwitz. Son frère est mort dans le ghetto.

Quand il m'a rencontrée, il est tombé amoureux fou, il ne me lâchait plus, il adorait ma mère... et il voulait tellement fonder une famille...

– L'annonce dans le journal c'était ton enfant...

– Il venait de naître, Bobby, mon fils aîné. J'étais encore à l'hôpital, et tu étais sur le pas de ma porte...

Richard hésite un peu, puis lâche la question qui doit le tourmenter depuis que nous parlons d'Otto.

– Tu l'aimes ?

– Non, et il le sait. Il sait que je t'aime, et il avait promis que si tu revenais, il me laisserait partir avec toi.

– Il avait promis ? Et il t'a menti ? C'est ça ? Il ne t'a jamais, jamais rien dit sur ma visite ?

– Jamais.

– Alors il t'aurait laissée partir si tu avais su ? Écoute, Beth, même aujourd'hui, après quinze ans de mariage, ma femme sait que si je te retrouve un jour, je la quitterai... Je le lui ai toujours dit.

– Tu l'aimes ?

– Après toi, je n'ai pas pu aimer une femme à ce point. J'ai du respect et de l'affection pour elle. J'aime mes filles, et j'aurais mal au cœur de les laisser. Mais je m'occuperais d'elles, c'est Dieu qui nous a réunis, Beth : nous avons assez souffert. Nous pouvons repartir de zéro, toi et moi. Qu'est-ce qu'il y a ? À quoi penses-tu ?

– Elle est juive ?

– Oui. Et c'est une bonne épouse.

– Je ne sais pas ce que je vais faire, Richard. Il me faut du temps. Tout cela est arrivé si brusquement. Tu ne sais pas combien de fois j'ai prié la nuit pendant toutes ces années, je ne voulais que toi, je ne pensais qu'à toi. Et maintenant je ne sais plus quoi faire. Mon amour n'a pas changé, je veux toujours être avec toi, mais je suis incapable de prendre une décision. Nous ne sommes pas seuls, il y a deux familles en jeu. La tienne et la mienne. Il faut réfléchir.

Je m'entends dire ces choses raisonnables, et elles me rendent folle. Il est là, ses yeux, son front, cette bouche, ce corps dont j'ai tant rêvé à mes côtés. Si nous pouvions tout effacer, si je pouvais me retrouver dans cette cabane au bord du Danube, à quinze ans, nue entre ses bras...

– Dieu l'a voulu, Beth. Il a voulu nous réunir cette nuit. Il voulait nous faire signe. Nous dire qu'il était temps de faire notre vie ensemble. J'aime mes enfants autant que tu aimes les tiens. Mais tu le sais... nous sommes faits l'un pour l'autre. Te retrouver ici c'est un miracle ! Et je te désire comme il y a trente ans. Je te veux, Beth !

Je tremble, je sais qu'il a raison, nous étions faits l'un pour l'autre, mais j'appartiens à un autre homme. J'ai des enfants, et lui aussi. Nous ne pouvons pas recommencer à zéro, comme deux adolescents inconscients et égoïstes. Tout quitter pour vivre ensemble ? Je n'arrive même pas à croire qu'il est réellement devant moi. Qu'il me prend dans ses bras à nouveau ! Me soulève comme avant, pour me regarder au fond des yeux.

– Je t'aime...

Ses lèvres sur les miennes me font perdre le contrôle. Je ne pourrai jamais lui dire au revoir, et monter dans un avion demain. Jamais... Le rêve de toute ma vie de femme se réalise.

Tout y est jusqu'au moindre détail. Le Danube, les lumières des petits bateaux qui dansent sur les vagues, Richard qui m'entraîne sur la berge, vers le sentier qui monte sur la colline. Comme avant, il me pousse en riant pour grimper la côte, jusqu'aux remparts, jusqu'à ce coin de mur, qui fut notre refuge, notre salon d'amour et de discussions.

– Tu vois, il est toujours là, le cœur que j'ai gravé...

– Je l'ai vu ce matin.

– Et nos deux corps aussi sont toujours là, faits l'un pour l'autre. De ma bouche à tes hanches.

Quelques gouttes de pluie tièdes m'empêchent de sombrer complètement dans ses bras. Je n'ai plus quinze ans ! Nous n'allons pas faire l'amour sous la pluie, comme des voleurs, derrière ce mur ! Je ne sais même plus l'heure qu'il est, et ma fille m'attend. Je connais Sandy, elle doit être dans une rage folle. Richard devine mes pensées.

– Viens... Allons ailleurs... au sec... pour parler. Chérie, il faut que nous parlions encore de tout ça.

C'est un homme élégant, svelte, amoureux comme au premier jour. Je le regarde passer devant moi, pour m'aider à descendre la colline, prendre ma main pour sauter quelques marches sur la berge, spectatrice insatiable de sa silhouette, de ses gestes, de ses sourires, et de son désir. Il est ce que je rêvais très exactement.

En quelques minutes, nous nous retrouvons chez lui, dans un appartement qu'on lui a prêté le temps de son séjour à Budapest. Il ferme la porte, et me prend aussitôt dans ses bras, sans même éteindre la lumière. Il a tous les droits sur moi. C'est lui qui embrassé mes lèvres le premier, lui qui a caressé ma poitrine. C'est lui que je désire depuis des années. Il est le seul que mon corps reconnaisse, comprenne, et attende avec une impatience presque douloureuse.

Je n'ai jamais ressenti un tel désir en trente ans de mariage. Jamais depuis que nous nous sommes quittés.

– Tu es si belle, si belle...

Légère, vibrante entre ses bras, tout le poids du passé envolé par le seul miracle de ses mains sur moi. Mon seul et unique amour. Et soudain je me sens terrifiée.

– Il faut rentrer, Richard. Je dois rentrer. Il est tard, et je pars demain...

Il me rattrape en silence, près de la fenêtre où j'ai cru pouvoir fuir, m'enveloppe de ses bras :

– Ne pars pas. Pas maintenant. J'attends ce moment depuis si longtemps...

Je perds la tête. Comment résister à ce baiser dans mon cou, à ses mains qui retirent ma veste, mon chemisier, je me love contre lui, je suis perdue, perdue, je voudrais rester là jusqu'à la fin de ma vie. J'ai désiré cet instant, j'en ai rêvé des années durant, alors que je repoussais mon mari...

– Je n'ai pas le droit, Richard... Je n'ai pas le droit, je t'en prie, si tu m'aimes.

C'est fini. Il recule, les mains vides, les larmes aux yeux. Malgré tout son amour et son désir, il ne veut pas me forcer. Et je le regrette déjà.

– Très bien. Je te ramène.

La pluie tiède nous accompagne jusqu'à l'hôtel comme un brouillard léger. Il pose délicatement son manteau sur mes épaules.

– Ton mari en sait beaucoup plus sur moi que moi sur lui finalement...

– Il dirige une entreprise de maroquinerie.

– Je suis professeur d'université, maintenant. Je ne gagne sûrement pas ma vie aussi bien que lui, je ne pourrais pas t'offrir grand-chose, ma chérie.

– Ne fais pas de projets, Richard. j'ai l'impression d'être un papillon aveuglé par la lumière d'une lampe. Je ne sais plus où j'en suis, ni ce que je dois faire. J'ai besoin de réfléchir.

Il s'arrête pour prendre mon visage entre ses mains et me regarder dans les yeux. Chaque fois qu'il fait cela, je défaille complètement, et il ne l'a pas oublié.

– Je t'aime, Richard. Il y a certaines choses que l'argent peut acheter, d'autres qui n'ont pas de prix. Ce que tu m'offres n'a pas de prix. C'est tout ce que j'ai toujours désiré, toi. Je vivrais dans un taudis avec toi s'il le fallait.

Comment peut-il être resté si beau, avec un regard si émouvant ? Il brille dans l'ombre comme un éclat de soleil. Je ferme les yeux, sur ma peine et ma joie.

– Je te l'ai dit il y a longtemps, chérie... Ça n'arrivera pas. Nous aurons une maison, nous nous aimerons comme des fous, on ne peut pas changer de passé, mais on peut changer d'avenir. C'est ce que nous allons faire.

Comme je voudrais que ce soit si simple ! Mais comment faire pour quitter un homme qui m'aime depuis vingt-six ans, le père de mes enfants ?

C'est affreux de devoir faire du mal à quelqu'un.

– On ne peut pas en décider maintenant, Richard.

– Je sais, je comprends, mais je veux que tu saches une chose. L'amour que j'ai pour toi ne m'a jamais quitté, et il vivra jusqu'à la fin des temps. Ne pleure pas... s'il te plaît, ne pleure pas... Rien n'a changé. Je t'aime comme je t'aimais. Je ne veux plus te perdre. S'il te plaît, ne m'abandonne pas. Reste ici.

Je suis épuisée d'émotion et de fatigue. Toutes ces années de solitude, où j'ai attendu d'entendre ces mots-là. Ces baisers-là. Je l'avais perdu, j'avais perdu mon seul amour, pourquoi faut-il lutter contre lui maintenant ?

– Je ne peux pas. Nous allons trouver une solution pour nous retrouver. Nous déciderons, mais plus tard. Je t'aime, moi aussi je veux être avec toi, mais c'est impossible maintenant. S'il te plaît, patiente, laisse-moi reprendre mes esprits et mon calme.

Il insiste pour que je lui réponde oui, tout de suite.

– Laisse-moi quelques heures au moins. Je te retrouverai sous les remparts, à notre endroit habituel. Je viendrai avant de partir pour l'aéroport.

Je lui mens. Nous ne prenons pas l'avion, mais le train jusqu'à Vienne, et ensuite Paris. Pourquoi mentir ? De peur qu'il me rejoigne à l'aéroport, et pourtant je meurs d'envie qu'il me suive. De peur aussi de ne pas pouvoir lui dire adieu sur ce quai de gare. Et de ne pas partir. Mais comment faire ? Il y a cette histoire de visa que je ne peux pas prolonger, et surtout Sandy, ma fille, et son père... j'ai la tête qui tourne.

– Écoute-moi, Beth. Je suis adulte, responsable. Je suis sérieux quand je te dis que ce qui nous arrive cette nuit est un signe du destin. Il nous a réservé cette nuit unique à Budapest pour nous redonner une chance. Je te veux au point d'abandonner ma femme et mes enfants pour toi. Je sais ce que représente pour une mère de quitter ses enfants, et leur père, mais la vie ne nous a pas fait de cadeaux. Elle nous a volés, empêchés d'être heureux ensemble. Nous avons le droit de faire ça.

Il dit vrai. Mais je ne peux pas l'encourager dans ce sens. Pas encore.

– Je crois que nous devons prendre le temps de refaire connaissance. Il y a si longtemps, Richard, nous étions si jeunes.

– Et je t'aimais. Et tu voulais être ma femme. Si je n'avais pas été raisonnable pour deux, Beth... Si je t'avais prise au mot ? Je ne veux plus être raisonnable. Je te veux, toi.

Il m'embrasse à nouveau, et je perds pied. Plus de force pour lutter, plus de raison, plus d'arguments. Seulement l'instinct. Aimer, être heureuse, cesser de penser aux autres et vivre cet amour, enfin, jusqu'au bout.

Nous reprenons contenance pour pénétrer dans le hall de l'hôtel. Et soudain je vois ma fille, devant l'ascenseur, hystérique :

– Où étiez vous ? J'étais sur le point d'appeler la police !

Elle me fait frémir. La dernière chose à faire dans un pays communiste est d'appeler la police. Le pire de mes cauchemars !

– Nous sommes là maintenant, calme-toi.

J'entraîne Richard, qui n'a pas dit un mot, vers la sortie. Je l'embrasse encore, si je pouvais lui donner mon âme dans ce baiser...

– Huit heures et demie, où tu sais. À demain.

– Je t'aime, n'oublie pas... nous avons assez payé dans le passé, Beth, ce qui reste de notre avenir nous appartient. N'oublie pas...

Les larmes aux yeux, je lui souris en manquant de défaillir. C'est trop immense, trop fou ce qui vient de nous arriver.

– Je t'aime de tout mon cœur, mon chéri. À demain, à demain matin...

Je ne le regarde pas partir sous la pluie, je cours dans le hall de l'hôtel. Sandy est toujours là, furieuse devant l'ascenseur.

– Tu es au courant qu'il est trois heures du matin ?

Ma fille me regarde comme une ennemie mortelle. J'ai le cœur serré à en mourir.

– Oui.

Et nous montons à l'étage, en silence.

23

L'inoubliable

– J'ai cru qu'il t'avait assassinée ! Tu te rends compte de ce que tu as fait ? D'abord tu embrasses cet homme devant moi, et ensuite tu files avec lui ! Qu'est-ce que vous avez fait ?

– Rien. Et ça ne te regarde pas !

J'ai résisté jusqu'à ce qu'elle referme la porte de la chambre, mais à présent je n'en peux plus, je m'effondre en pleurant sur le lit. Tout ce que j'ai gardé pour moi pendant des années a besoin de sortir ; j'étouffe de ce secret, de ce long mensonge qui a été ma vie.

Ma fille me regarde sangloter, terrorisée.

– Mais enfin, maman... vous avez parlé en hongrois tout le temps, je n'ai rien compris, c'est odieux ce que tu m'as fait ! Et papa ? Je vais le dire à papa !

Pauvre Sandy. Vingt ans, des études brillantes, un petit ami, et elle menace sa mère comme une gamine : « Je vais le dire à papa »... Je lui ai fait peur. Du mal aussi probablement.

– C'est moi qui vais appeler ton père, et tout de suite !

Je suis incapable de me calmer. Je le hais à ce moment-là. Et je vais descendre téléphoner à la réception pour pouvoir le lui dire.

– Où vas-tu encore ?

– Tu n'as pas besoin d'entendre ce que j'ai à lui dire !

Comment pourrait-elle comprendre ce résumé incroyable de toute une existence ? Je ne peux pas lui dire : Sandy j'ai épousé ton père il y a vingt-huit ans, parce que ma mère le voulait, parce que nous étions seules dans un camp de réfugiés, démunies, vivant de la charité internationale, et que je n'avais plus de père. Ce n'était pas un mariage d'amour, c'était l'union de deux survivants, et ton père s'est accroché à moi comme une bouée, parce qu'il n'avait plus rien au monde. Je ne l'ai jamais aimé, j'aurais voulu qu'il rencontre une autre femme ! Et maintenant je le déteste !

Impossible. Ce serait nier sa propre existence et celle de ses frères. J'aime mes enfants, mais j'ai gâché ma vie de femme. Cette maudite guerre m'a privée d'amour.

– Beth ? Chérie ? Comment vont ma femme adorée et ma superbe fille ? Ça se passe bien ?

– Non. ça ne se passe pas bien ! Ta fille est en train de faire les bagages en pleurant, et je suis tellement en colère après toi que je te tuerais si tu étais là !

Il y a un long silence à l'autre bout de la ligne.

– J'ai rencontré Richard, ici à Budapest, à l'hôtel Royal... Il m'a dit ce qui s'était passé à New York ! Tu te souviens ? En 1950 ? Quand tu l'as jeté dehors ?

– Pardonne-moi, Beth !

– Ah non ! Ne pleure pas !

– Mais je ne pouvais pas te laisser partir, je ne pouvais pas perdre mon fils ! J'avais déjà tout perdu, tous ceux que j'aimais, c'était au-dessus de mes forces, comprends-moi... Je suis désolé...

– Désolé ? Mais comment as-tu pu me faire ça ? Tu savais que tu fichais ma vie en l'air ! C'était mon amour, il ne t'appartenait pas ! Il était à moi, à moi, tu comprends ? Tu avais promis !

Je sanglote à nouveau, je ne sais plus ce que je lui dis, ma souffrance à ce moment-là est incontrôlable, je suis hystérique. Je l'insulte sans retenue, je pleure, je trépigne. Un attroupement s'est formé dans le hall, des gens qui prennent l'avion très tôt, le personnel de l'hôtel, ils me prennent pour une folle. Des années de frustration explosent dans ce téléphone, mais je m'en fiche.

– C'est honteux ! C'est lâche ce que tu as fait, Otto ! Cette liberté, tu me l'avais promise, non ? Et tu me l'as volée ! Lui aussi m'a cherchée pendant toutes ces années! Tu m'as menti, tu n'as rien dit alors que je continuais à le chercher partout comme une folle! Tu as brisé nos vies! Tu te rends compte? J'étais si malheureuse, je ne tenais debout que pour les enfants!

Je sais que je lui fais mal. Mais moi aussi j'ai eu mal, et plus longtemps que lui, et je ne m'en remettrai jamais. Je ne supporterai plus de vivre avec lui! Je me fiche de son amour, qu'il a fait peser sur moi de force, pendant des années. J'ai le droit de me défouler.

– Mes enfants m'ont aidée à vivre, Otto, je t'ai redonné la famille que tu avais perdue, et j'ai payé cher pour ça, j'ai payé pour les péchés de Hitler, ton malheur, je l'ai payé de ma vie! Et tout ce que tu trouves à dire aujourd'hui, c'est que tu es désolé?

– Laisse-moi parler, chérie... Je t'aime. Pardonne-moi...

– Jamais. Je ne pourrai jamais te pardonner.

Je raccroche, tremblante de colère, pleurant devant tous ces gens et je m'enfuis en courant vers la chambre. Je me jette sur les valises, empilant n'importe quoi n'importe comment.

– Maman, je t'en prie, calme-toi, assieds-toi.

– Va te coucher, Sandy. Tu dois être épuisée, et nous sommes déjà demain...

Nous sommes déjà demain. Je vais pleurer encore, je voudrais pouvoir le faire seule. Miraculeusement, Sandy ne réplique pas, se couche dans le lit jumeau, et quelques minutes plus tard s'endort de fatigue. Alors je pleure, je pleure toutes les larmes de mon corps, je n'ai jamais autant pleuré de ma vie, jusqu'à ce que les sanglots deviennent secs, qu'il n'y ait plus rien, rien que les battements de mon cœur affolé, que mes tempes douloureuses. Je voudrais mourir de chagrin cette nuit-là.

À cinq heures du matin, j'ai pris une décision. Le reste de mon existence est en jeu, j'espère avoir raison. Je m'assieds pour écrire la lettre la plus difficile et la plus cruelle, mes doigts tremblent sur le mauvais stylo à bille de l'hôtel.

Mon chéri,

Tu es mon premier amour, et l'unique amour de ma vie. Ce que nous avons partagé restera toujours en moi. Mais c'est le passé, et nous sommes au présent. Nous avons chacun deux vies différentes dans ce présent, des devoirs auxquels nous devons faire face. Je ne peux pas partir avec toi, et j'ai peur de te rencontrer à nouveau, peur de ne pas avoir la force de te résister, et d'oublier la raison. À présent que je te sais vivant, que tu m'as tenue dans tes bras, je pourrai continuer ma route, et ma vie sera différente. Tu dois faire pareil. Je ne peux pas quitter mes enfants, mais notre amour sera éternel. Pardonne-moi pour ces quelques lignes que tu liras seul, au lieu de me prendre dans tes bras. Adieu mon amour. Ta Frimousse.

Je ne dois plus réfléchir, ni me poser de question à présent que ma décision est prise. Je glisse le mot dans une enveloppe de l'hôtel, j'enfile une veste et je file dans l'aube naissante, vers le pont, puis le long du chemin jusqu'au château sur la colline.

Je glisse l'enveloppe dans une niche du mur, à l'endroit exact où nous nous sommes donné rendez-vous, juste à côté du cœur gravé dans la pierre il y a si longtemps.

J'ai l'impression de vivre en raccourci toutes ces années passées. Notre amour a commencé ici, pur et passionné comme l'adolescence même, ce cœur naïf en est le symbole dérisoire. L'histoire s'achève ici, mais pas mon amour pour lui. Je veux emporter l'image du Danube, la fraîcheur de l'aube, les couleurs de cette ville torturée par la guerre, comme moi. Je caresse la pierre de mes doigts tremblants une dernière fois, je veux imprimer ce cœur d'enfant dans mon cœur de femme, l'emporter avec moi, jusqu'à ma mort *Richard et Lisbeth, pour toujours.*

Je cours sur le sentier, jusqu'en bas de la colline, j'ai eu peur de m'effondrer sur cette pierre froide et de mourir là.

Le jour se lève. Je ne parviens pas à dormir. Chaque fois que j'essaie de m'étendre sur ce lit, le visage de Richard se penche sur moi. J'imagine sa peine, et sa déception tout à l'heure. Mais je n'ai plus de larmes, il ne me reste que ma colère contre Otto ; elle me ronge, me consume.

Je m'efforce de méditer, pour évacuer le stress, comme j'ai appris à le faire après ma dépression. Les feuilles mortes m'ont appris une chose, la peur, l'angoisse peuvent se contrôler. Respirer à fond, se perdre dans le néant, prier pour chasser les cauchemars que nous traînons depuis la guerre et les camps. Évacuer le malheur. Je n'arrive pas à me concentrer suffisamment pour atteindre cet état de paix qui d'habitude me soulage et me ramène au calme.

Ces dernières heures passées avec Richard défilent dans ma tête comme un film sans fin.

Je ne pourrai plus supporter mon existence désormais, triste et sans couleurs, privée de l'amour de ma vie. Comment vivre sans lui à présent? Sachant qu'il est en vie quelque part dans le monde, sans moi. Est-ce pire que de le croire mort?

Ma mère avait raison. J'ai désiré ardemment le retrouver cet amour, et j'en suis malheureuse.

Au matin, Sandy m'observe prudemment, comme si elle avait peur que je ne m'effondre à nouveau.

Je fonctionne comme un robot. Les valises, le taxi, le train pour Vienne. Sandy sommeille durant le trajet, et je pleure à nouveau. Il traverse le pont, je le vois, comme hier, dans son costume gris-bleu, qui faisait ressortir la couleur de ses yeux. Et je le vois jeune homme, en chandail, monter sur cette colline, regarder autour de lui. Il ne voit pas le papier glissé dans le mur, il me cherche d'abord, il m'appelle en hongrois, *Kis Pofa*? Petite Frimousse n'est pas là. Maintenant il lit, il a les larmes aux yeux, comme moi. Il m'en veut peut-être de le fuir. Un homme ne réagit pas comme une femme. L'homme prend les choses qu'il désire au moment où il les désire.

Il me désirait tant cette nuit, et c'est moi qui l'ai repoussé. Tout mon corps le regrette.

Il va me chercher à l'hôtel, en ville, il est furieux, il se sent trahi. Jamais je n'avais manqué un rendez-vous sur la colline. Et il ne me retrouvera plus. Il ne sait pas où je vis, et personne ne lui donnera de renseignements à l'hôtel. Les communistes ne communiquent d'information qu'à la police secrète. Cette fois c'est moi qui l'ai voulu, j'ai perdu mon amour.

Vienne, l'hôtel Intercontinental. Sandy va faire un tour en ville, je reste dans la chambre, totalement épuisée, physiquement et moralement.

Le soir, au dîner, j'ai une tête à faire peur. Les yeux gonflés, les cheveux en bataille, je n'ai même pas eu le courage de me maquiller.

– Qu'est-ce qui se passe, maman ? Pourquoi est-ce que tu pleures comme ça ? C'est dingue ! Tu rencontres ton ex... d'accord, c'est pas une raison pour te comporter comme ça ! Reprends-toi ! On est à Vienne, le dîner est délicieux, fais un effort !

Mon ex... la formule désinvolte me fait mal au cœur. Je regarde cette ravissante jeune femme de vingt ans, ma fille, mon innocente fille. À son âge, j'épousais son père dans un camp de réfugiés, pour obéir à ma mère. Elle n'a pas encore aimé comme j'ai aimé, elle n'a aucune expérience des horreurs que j'ai vécues, heureusement pour elle. Elle ignore que son père m'a menti, que ma vie est une erreur monumentale. Que mon mariage est une trahison, une mauvaise plaisanterie.

– Dehors ! Il n'y a pas de Beth Markowitz ici !

Je vais devoir faire face à Otto, avec toute la rancœur que je porte en moi. Nous allons nous disputer comme jamais auparavant. Elle ne sait pas ce qui nous attend, son père et moi.

Je m'efforce de lui sourire, elle ne cherche qu'à m'aider, mais personne ne le peut. Pas même moi. Après le dîner, elle s'inquiète encore :

– Tu devrais prendre une pilule pour dormir, maman.

Le médecin m'en a prescrit. Tous ces cauchemars, ces migraines depuis des années font que je ne passe jamais une nuit complète. J'avale une pilule, elle a raison.

Le lendemain nous prenons l'avion pour Paris. Otto nous attend dans le hall de l'hôtel.

Je n'en crois pas mes yeux ! Il est venu ! Il a osé ! Il ne pouvait pas attendre que nous soyons à la maison pour me parler ? Je passe devant lui, sans un mot, mais il m'attrape par le bras.

– Il faut qu'on parle.

Je le regarde dans les yeux, plus méfiante que jamais. Il va essayer de me « récupérer », comme il l'a toujours fait. Je poursuis mon chemin, en lui lançant une flèche pour toute réponse :

– À quoi ça nous avancerait ?

Un deuxième regard dans sa direction fait tomber ma colère d'un coup. Je ne l'ai jamais vu dans cet état. Il est pâle comme la mort. Plus pâle encore qu'en sortant d'Auschwitz. Les cheveux en bataille, les traits tirés, mal rasé. Il a dû voyager toute la nuit pour me rejoindre à Paris. Tant pis pour lui. Il le mérite et ça m'est égal. Ça ne me concerne pas. Il n'avait qu'à ne pas me mentir, ne pas piétiner mon bonheur. Moi non plus je n'ai pas dormi, et j'ai pleuré plus qu'il ne pourra le faire.

Nous montons dans notre chambre, Sandy marmonne quelque chose à propos d'aller manger un morceau et voir la tour Eiffel. Elle nous laisse seuls.

Je fais face à mon mari. Le bon, l'excellent mari qui a toujours pris soin de moi avec tant d'affection, qui m'a donné tout ce qu'il a pu, c'est lui qui le dit. Sauf le bonheur, qu'il a balayé comme une poussière dans un escalier de Manhattan. Je tremble de rage. Il a l'air d'un fantôme, il s'approche, je le repousse :

– Ne me touche pas ! J'ai besoin de me calmer. Et c'est moi qui parle.

Il se tait, tandis que je tourne en rond dans la chambre en répétant « tu n'avais pas le droit », « tu avais promis », « tu n'avais pas le droit ».

Son silence, que j'ai pourtant exigé, me met davantage en colère. Je fonce sur lui, le secoue par les épaules.

– Pourquoi ? Hein ? Pourquoi tu m'as fait ça ? Il me cherchait ! Il m'avait trouvée ! Et tu l'as fichu dehors ! Jamais je ne te pardonnerai ça !

Il se tait toujours, et je ne sais pas quoi faire. Richard n'a aucun moyen de me retrouver. Je ne sais même pas comment reprendre contact avec lui à Budapest. Peut-être par l'intermédiaire de l'université, qui lui a fourni cet appartement, mais le téléphone en Hongrie est un véritable cauchemar. Je regrette à présent, comme je regrette d'avoir fui ! Je voudrais pouvoir prendre ce téléphone maintenant, faire un numéro, et dire devant Otto, pour qu'il comprenne :

– J'arrive, mon chéri. J'arrive, Richard...

Qu'est-ce qu'il croit ? Que j'avais oublié ? Que je ne pensais plus à lui, quand je fermais les yeux dans les bras de mon mari ?

– Beth, chérie, écoute-moi s'il te plaît...

– J'en ai assez, parce que je suis fatiguée de tes mensonges, tu m'as menti pendant des années. J'ai vécu dans le souvenir d'un mort. Parce que je croyais qu'il était mort, c'est toi qui me l'as fait croire !

Il a tant de chagrin, tant d'amour dans les yeux, en venant vers moi :

– Écoute-moi. Écoute ce que j'ai à dire, c'est tout ce que je te demande. Quand j'aurai fini, tu feras ce que tu voudras. Si tu veux me quitter, tu es libre.

Il me fait pitié. J'écoute. Il n'a presque plus de voix. Il est à bout de forces d'avoir pleuré, je suppose. C'est pitoyable un homme dans cet état. Je l'ai toujours vu fort et courageux, parlant vite et bien, décidant de la même façon. Il n'a plus rien du mari qui dirigeait notre vie. C'est une loque. Comment un homme peut-il s'effondrer de la sorte ? Il s'est assis en face de moi sur une chaise, il tremble, il veut prendre mes mains, pour me raconter ce qu'il a fait ce jour de janvier 1950.

– C'était le jour de la fête pour la naissance de Bobby. J'avais passé l'annonce, et ce jeune homme élégant est arrivé. Il a frappé à la porte : il était beau, il avait de l'allure, il a demandé si quelqu'un qui s'appelait Beth, ou Lisbeth Markowitz, quelqu'un qu'il avait connu et surnommé *Kis Pofa*, habitait là. Je ne savais pas quoi dire, je me suis entendu répondre non, qu'il n'y avait personne ici portant ce prénom. Je tremblais comme aujourd'hui, quand je lui ai demandé son nom. Il a répondu : « Je suis Richard Kovacs. Je cherche la jeune fille que j'aimais à Budapest, je l'ai perdue. » Il avait lu dans le bulletin de la communauté juive l'annonce que j'avais passée. Il espérait que cette femme qui venait d'accoucher était sa petite fiancée. Il m'a dit qu'il la cherchait depuis la libération, en Europe, et maintenant en Amérique. J'étais si effrayé, Beth ! La pièce s'est mise à tourner autour de moi, je n'arrivais plus à réfléchir, je l'ai poussé dehors, hors de mon chemin, et je lui ai claqué la porte au nez en lui répondant que personne de ce nom ne vivait là. Il a frappé à nouveau, je lui ai dit de s'en aller à travers la porte, que je fêtais la naissance de mon fils, et qu'il nous dérangeait ! Je l'ai mis dehors, c'est la vérité !

Otto se tait un instant. Il cherche mon regard, ne lâche pas ma main. Il voit bien que je me retiens de le gifler, de lui sauter à la gorge, pour lui faire comprendre le mal qu'il me fait. Mais à quoi servirait une gifle ? Aucune gifle au monde ne remettra le destin dans l'ordre.

– À partir de ce jour-là, Beth, j'ai vécu en sachant que lui aussi était vivant. J'ai cru mourir en retournant dans l'appartement, je n'arrivais plus à dire un mot. J'étais complètement anéanti. Tu étais si fatiguée, Bobby venait à peine de naître, et j'avais vu tant d'amour pour ce bébé dans tes yeux, un regard comme tu n'en as jamais eu pour moi. Je savais que tu ne m'aimais pas comme tu aimais l'autre. Je savais que je te perdrais, si je te disais la vérité. Alors je me suis tu. Et j'en étais malade parce que je n'ai jamais voulu te mentir. Ce sont les circonstances qui m'y ont poussé. Et il était trop tard pour faire marche arrière. Il était parti, je l'avais renvoyé sans espoir de retour.

Otto passe une main tremblante dans ses cheveux ébouriffés, puis il prend mes deux mains dans les siennes, comme pour une prière.

– Pardonne-moi. Je t'aime plus que la vie elle-même. Sans toi, ma vie n'a plus de sens. Je veux être ton mari, le père de tes enfants. Je te supplie de rentrer à la maison avec moi. Nous ferons ce que tu voudras. Nous irons voir quelqu'un pour nous conseiller s'il le faut.

– C'est trop facile, Otto Tu n'avais pas le droit, c'est tout ! Personne n'a le droit de priver un être humain du seul bonheur qu'il attend. Personne n'a le droit de mentir sur la mort de quelqu'un. C'est honteux, c'est lâche ! Tu ne m'as pas dit qu'il était vivant, et pourtant tu m'as vue le chercher continuellement. Même avec toi j'allais dans les camps, interroger les autres, et mettre des messages partout. Je t'avais tout raconté, Otto. Tout ! Je l'aimais, je l'ai toujours aimé et je l'aime encore ! Comment pourrais-tu continuer à vivre avec moi ?

Il baisse la tête. J'ai hurlé à la fin de ma phrase :

– Je ne t'aime pas !

À genoux devant moi, par terre, il encaisse le coup. Je m'en veux d'avoir dit ça. Les mots étaient à peine sortis de ma bouche que je les regrettais. Même si c'est vrai. Il est dans un tel état, si vulnérable, si malheureux, c'est méchant de lui avoir jeté cela au visage.

– Moi je t'aime, Beth, ça me suffit. Du moment que tu es là, près de moi à la maison quand je rentre le soir, j'ai du courage pour le lendemain, pour travailler, pour vivre. On y arrivera, Beth... ne me laisse pas tomber.

Il fond en larmes, et me brise le cœur à me supplier ainsi.

– Ne me quitte pas... J'ai déjà assez souffert de ce que je t'ai fait. Si tu me quittes, c'est fini pour moi. Je t'aime tant, je n'ai que toi et les enfants... que toi, Beth...

C'est vrai, je le sais bien. Je l'ai épousé aussi pour cette raison, parce qu'il n'avait plus que moi, parce qu'il fallait bien tenter de revivre après les montagnes de morts, les chambres à gaz, les millions de disparus. Il a tant souffert, cet homme, ce grand bonhomme si fragile, à genoux devant moi. De quel droit, à mon tour, vais-je le torturer ? J'aime Richard, à en mourir, rien ne m'empêchera jamais de l'aimer. Seulement voilà, il y a d'un côté une montagne de souffrance à genoux devant moi, et de l'autre... Richard. Il m'aime lui aussi, je devrais me contenter de cet amour, ce fil tendu invisible entre nous, j'ai au moins ce bonheur-là.

Pas mon mari.

– Tout ira bien, Otto...

Il embrasse ma main, je le prends dans mes bras pour le consoler, et il me renverse sur le lit.

C'est la première fois qu'il m'embrasse ainsi. La première fois que je ressens ce trouble, la sensation d'être réellement sa femme. Je lui rends son baiser. Et nous finissons par faire l'amour, comme nous ne l'avons jamais fait. Je deviens femme, ce plaisir dont j'ai toujours rêvé, c'est lui qui me le donne, et je le prends passionnément dans ses bras, avec une intensité dont je ne me serais jamais doutée. Vingt-huit années de mariage, de vie commune, de lit commun, et durant toutes ces années, je n'étais qu'un instrument, dont il se servait.

C'est ma première nuit de noces. Un éblouissement inattendu. Il n'est pas seul à me faire l'amour, nous sommes deux.

Je regarde mon mari avec des yeux nouveaux, stupéfaite. Comment cela est-il possible, alors que je viens justement de retrouver Richard ? Je n'en ai aucune idée.

Une sorte de libération, la fin d'un long mensonge. Je suis devenue adulte, peut-être, la tension et l'émotion nous ont conduits malgré nous vers cet accord total. L'amour est un mystère.

Paris et ses vitrines illuminées, la main d'Otto dans la mienne, le long des Champs-Élysées, dans le beau soir qui tombe. J'ai la sensation d'être une autre, je ne me reconnais plus.

– Laisse-moi t'offrir quelque chose en souvenir d'aujourd'hui...

– Ce n'est pas nécessaire... je crois que je n'oublierai jamais cette journée.

J'ai répondu malgré moi, sur le mode ironique. Il ignore ma réflexion à double sens. Car Richard est inoubliable pour moi, avant toute chose.

– Je voudrais que nous parlions davantage à l'avenir, toi et moi. Que nous partagions davantage de choses ! Je ne veux plus d'un mari muet, abruti de travail...

Il est d'accord. Mais je crois qu'il serait d'accord sur n'importe quoi aujourd'hui.

Il ne me quitte pas d'une semelle à Paris, du matin jusqu'au soir. Il m'empêche de penser à autre chose qu'à lui, et à ce voyage, où je ne l'attendais pas.

C'est au moment de prendre le taxi pour l'aéroport que je me sens bizarre, la gorge nouée, et je fonds en larmes devant le malheureux chauffeur, qui ne comprend pas ce qui se passe mais dispose apparemment d'une formule toute faite pour ce genre de situation :

– Ça va passer, madame... vous faites pas de bile... tout passe...

Dans l'avion, je ne cesse de penser à Richard. Je ferme les yeux, j'essaie de méditer, de reprendre le cours de mon histoire avec calme. Sans résultat.

Il y a cinq jours, j'étais dans les bras de Richard. Il me manque. J'ai tant besoin de lui.

Cette jouissance inconnue que j'ai ressentie, j'aurais voulu la connaître dans ses bras.

L'avion se pose à New York, très tard, Otto se précipite déjà vers le vol de correspondance pour Phoenix, mais je reste sur place :

– Je ne rentre pas à Phoenix. Je vais rester quelque temps à New York.

Otto me regarde stupéfait, puis il propose très vite :

– Bon, alors je reste avec toi.

– S'il te plaît, non. Je vais aller voir ma sœur, et rester chez elle quelques jours.

Sur ce, je l'embrasse pour lui dire au revoir. Sandy aussi. Ni l'un ni l'autre ne protestent. Elle retourne à son université avec un ami venu la chercher, et Otto monte dans le vol de Phoenix.

Je prends un taxi, je traverse Manhattan en réfléchissant à la manière dont je vais raconter à Rosie mes retrouvailles avec Richard. J'ai besoin de temps.

J'arrive à l'heure du dîner, Rosie est ravie de me voir, elle veut tout savoir sur le voyage, Budapest, Vienne et Paris...

– Tu sais... Je suis un peu fatiguée. L'avion a pris du retard à Paris, nous avons attendu des heures à l'aéroport. Si je te racontais tout ça demain ?

J'ai dormi comme une souche, ma sœur ne se tient plus d'écouter le récit de mon pèlerinage dans la ville de notre jeunesse. Je commence par les banalités. La nourriture n'est pas chère, l'hôtel était bien, oui j'ai vu notre ancienne maison, et quelques vieux amis. J'ai aussi rendu visite aux parents de Violette. J'ai appris qu'ils n'avaient jamais quitté le ghetto, ni leur vieil appartement. Ils vivaient toujours là, au même endroit, ils n'avaient jamais eu de nouvelles de leurs filles.

– Tu leur as dit ?

– Non. Je n'ai pas eu le courage. Sa mère est si vieille, elle perd un peu la tête. De toute façon elles sont mortes pour eux, ils le savent. À quoi bon leur dire comment ?

Rosie est curieuse de tout, et c'est normal, mais je trouve cette pression étouffante. Lui parler de Richard est au-dessus de mes forces.

– Je vais rentrer à Phoenix...

Au lieu de cela, à peine dans le taxi, je fais prendre au chauffeur la direction du Hilton. Et je m'enferme dans une chambre pour y pleurer une journée et une nuit entières. Je ne pouvais pas me laisser aller devant ma sœur : j'aurais eu honte. Mais dans l'intimité aseptisée de cette chambre d'hôtel, je m'effondre sans aucune pudeur. Je pleure dans mon oreiller pendant des heures, jusqu'à l'épuisement, avant de m'endormir enfin d'un sommeil lourd.

Le jour suivant, je réserve mon billet d'avion pour rentrer à la maison, et j'appelle Otto.

Il m'attend à l'aéroport, inquiet.

– Rosie a appelé hier, pour demander si tu étais bien rentrée. J'ai dû lui dire que tu n'étais pas là.

– Je suis allée à l'hôtel, elle me tarabustait de questions sur le voyage, et je n'avais pas envie de répondre tout simplement.

Le sujet est clos. Il ne m'interroge pas davantage, heureusement, ainsi je n'aurai pas besoin de mentir. Otto a préparé un dîner de gala, chandelles et petits plats dans les grands. Il me prend par la main pour me guider vers ma chaise. Je regarde les assiettes de porcelaine, les couverts, la nappe, nous vivons dans l'aisance, il est vrai. À Manhattan, je faisais des prouesses pour économiser de quoi acheter une tasse de porcelaine, ou trois fourchettes. Nous n'avions rien.

Rien que nous et nos souvenirs terribles.

Otto, se penche vers moi :

– Tu ne sais pas la chance que tu as, Beth ! Tu as retrouvé vivant quelqu'un que tu aimais. J'aurais tant voulu moi aussi retrouver quelqu'un de vivant dans ma famille, alors que je le croyais mort.

Une fois encore, j'ai de la chance contre son malheur. Je ne peux pas lutter avec cette terrible évidence. Il me baise la main. Et nous dînons aux chandelles.

Cette nuit, nous faisons l'amour. Il me semble que je suis libérée du poids pesant de la mort de Richard que je traînais depuis des années. Je peux donc être une femme apaisée dans les bras d'un autre, simplement parce qu'il est vivant. Je peux même faire l'amour à un autre, sans cesser de l'aimer lui, Richard, pour toujours.

Je pense aussi à cette obstination instinctive qui me faisait croire aux pires moments de cauchemar, et contre toute évidence, qu'un jour je le reverrais.

J'ai changé. Les semaines et les mois suivants, je suis tout le temps partie. Quelque part, au fin fond de l'Arizona, je veux tout voir. Mais seule.

J'ai dit à Otto que je voulais mettre de l'air dans ma tête. Et il a ri de mon anglais encore approximatif, car nous continuons à parler hongrois entre nous, surtout lorsque nous ne nous voulons pas que les enfants nous comprennent.

– T'aérer ? Ou prendre l'air ?

– Les deux.

Je voyage donc seule à travers l'Arizona. Je m'arrête quand j'en ai envie, je repars quand j'en ai assez. J'appelle de temps en temps à la maison.

– Tu rentres quand ?

– Je ne sais pas. Quand j'irai mieux !

Au retour, je suis plus calme, j'accepte mieux la fatalité de mon existence.

Jeffrey est à l'université de Washington, nous ne pouvons nous parler qu'au téléphone.

– Maman ? Sandy m'a dit que tu as retrouvé ton ancien petit ami.

– Oui.

– Et vous vous êtes embrassés !

– Oui.

– Et que s'est-il passé d'autre ?

– Jeffrey, ne pose pas de questions idiotes. Il ne s'est rien passé.

– Tu sais, maman, j'ai vraiment cru que papa allait devenir fou. Quand il m'a téléphoné pour me dire qu'il allait te chercher à Paris, il a dit : « J'ai peur que ta mère ne revienne plus... » Tu l'aurais fait ?

– Ne pose pas de questions idiotes, Jeffrey. Je suis revenue, non ?

– Je t'aime, maman...

– Moi aussi, chéri...

– Tu vas repartir ?

– C'est possible.

Je pars à Mexico, aux Caraïbes. Je n'arrive pas à retrouver réellement la paix avec Otto. J'ai encore besoin d'air, besoin de sortir de moi-même, où l'image de Richard s'est installée, vivante.

Le 28 juin 1975, Richard était devenu un homme. Il s'était étoffé, ce n'était plus ce jeune adolescent maigrelet que j'avais connu. Il avait encore grandi. Et mûri. Il avait quarante-sept ans. Son visage était toujours aussi beau, même les rides lui allaient bien. Et les mèches grises dans ses cheveux qu'il portait toujours raides et assez longs dans le cou. L'homme était encore plus séduisant que le jeune homme.

Sandy m'appelle de son université.

– Maman ? Tu es rentrée ? Ou étais-tu ?

– Dans le désert, un jour ou deux.

– Je voulais te dire, enfin... voilà j'ai trouvé le nom de Richard dans le *Who's who*... C'est un grand prof, tu sais ? Je peux te dire où il enseigne...

J'enregistre l'information, sans réagir. Deux mois plus tard, je regarde fixement le téléphone. Je suis seule à la maison. Il me fascine cet appareil. Je n'ai qu'à décrocher, demander le numéro de l'établissement d'enseignement, dire un nom...

– M. Richard Kovacs, s'il vous plaît.

– Ne quittez pas, je vous passe le département des sciences.

– Richard Kovacs, s'il vous plaît..

– Ne quittez pas, je vous passe le bureau des professeurs...

Au bout de quelques « ne quittez pas », je suis sur le point de raccrocher lorsque tout à coup j'entends la voix de Richard :

– Allô ?

Que dire ? Que je voudrais être son amie ? Nous nous aimons trop. Que nous pourrions jouer au bridge, ou aux échecs, lui et moi, Otto et sa femme ? Dîner au restaurant un de ces jours ? Évidemment non. Alors qu'est-ce que je lui veux ? Je n'en sais rien.

– Allô ? Il y a quelqu'un ? Allô ?

Je reste là accrochée au récepteur, juste pour entendre sa voix, impatiente ou amusée, puis philosophe, répéter à mon oreille :

– Allô... ? Allô... ? Il y a quelqu'un au bout du fil ? Je n'entends rien, désolé... Allô ?

Il n'y a rien que je puisse lui dire, rien de ce que mon cœur voudrait lui dire.

Je raccroche calmement.

Un an plus tard, je retourne en Hongrie. Cette fois Otto refuse de me laisser partir seule. Mais une fois sur place, nous menons notre petite vie chacun de notre côté. Il passe le plus clair de son temps chez une très vieille tante, la sœur de sa mère. Et je parcours les rues de Budapest, comme une âme perdue, dans l'espoir de rencontrer quelqu'un que j'ai connu par le passé.

Je sonne même chez des voisins de notre ancienne maison, pour demander si quelqu'un, un jour, a entendu parler de mon père. Qui sait... J'ai retrouvé Richard trente ans après... Mais mes recherches sont infructueuses, je ne rencontre même pas un visage connu !

Je flâne dans les rues du ghetto, essayant de retrouver l'endroit précis où ils nous ont arrêtés, la maison où nous vivions, les fenêtres d'où je voyais le Danube.

C'est un dur pèlerinage pour moi, avec des fantômes pour toute compagnie.

C'était près du pont, au bout de l'île Marguerite. Les hommes étaient emmenés au bord de la rivière, une cinquantaine.

d'hommes attachés ensemble, les mains liées dans le dos. Ils abattaient les premiers, qui tombaient en entraînant les autres dans la rivière avec eux. Je voyais cela tous les jours depuis ma fenêtre.

Pest, la rue de l'immeuble de verre, où était Wallenberg. Les centaines de gens attendant de pouvoir entrer pour obtenir des papiers. Les policiers criant :

– Mettez-vous sur le côté ! Ne gênez pas la circulation ! Vous allez vous faire écraser !

Maman qui tend à un homme de l'argent pour les papiers.

Wallenberg a disparu à la libération. On dit qu'il a été emprisonné par Staline. Personne ne l'a jamais revu. La dernière fois que nous avons vu sa silhouette, et celle de ce Eichmann avec lequel il devait négocier une poignée de vies juives contre des tanks, c'était au parc Saint-Istvan. Il a sauvé tant de vies en remplissant les poches des nazis, il n'avait pas d'autre solution que le marchandage. Otto est allé à Jérusalem, témoigner au procès de ce monstre d'Eichmann.

Je fais le tour de l'île Marguerite c'est là que j'ai reçu mon premier baiser. Sur ce banc...

Je retarde le moment de grimper sur la colline. De retrouver la niche de pierre où nous nous cachions pour nous embrasser. Je hante finalement cet endroit avec une mélancolie heureuse, c'est là que je sens le mieux la présence de Richard, je caresse de ma main le cœur gravé dans le roc. Je sens presque son parfum, le tissu de sa chemise sous mes doigts. Je le désire à en mourir. Où est-il en ce moment ? À qui parle-t-il ? À une autre femme ? L'embrasse-t-il comme il m'embrassait ? Je ne parviendrai jamais à me libérer du pouvoir qu'il a sur moi. D'ailleurs je n'essaye pas vraiment.

Ce soir-là, je retrouve Otto à l'hôtel pour dîner, comme d'habitude. J'ai trop souffert aujourd'hui, je ne peux plus rester ici. Je suis lasse de mourir d'amour.

– Nous partons pour l'Espagne dans quelque jours.

Je souris à mon mari, la vie redevient normale. Au moins, il prend le temps de passer des vacances avec moi. C'est un progrès.

Mais une fois rentrée aux États-Unis, je reprends inlassablement cette errance qui me pousse à changer d'endroit, à visiter le monde, à m'étourdir.

À Sydney, en Australie, je retrouve par hasard Fery, le copain qui m'avait présentée à Otto en Allemagne. En 1982, je fais un grand saut jusqu'en Chine. Un de nos rêves, avec Richard, la route de la soie. Il m'avait raconté l'histoire des vers à soie partis de Chine jusqu'en Italie, sur leurs branches de mûriers.

En Tahiti, un autre rêve. Malheureusement il n'y a pas une seule peinture de Gauguin sur toute l'île. J'en ai vu à Saint-Pétersbourg, à New York, à Paris, mais pas à Tahiti.

Je cours, mais après quoi ?

Je suis retournée deux fois déjà à Mauthausen dans ce village magnifique aux si jolies maisons. J'avais envie d'entrer dans l'une d'elles, mais l'amie qui était avec moi m'a retenue :

– Beth ! Que vas-tu donc leur dire ?

– Je veux savoir s'ils vivaient ici à l'époque. Chez eux, il y avait du feu, de la fumée sortait des cheminées, mais c'était pour chauffer la maison. Dans mon camp, c'étaient les corps qui brûlaient, et je ne le savais même pas. J'ai été si malade jusqu'à l'arrivée des Américains que j'ai peu de souvenirs, est-ce qu'ils savaient, eux ?

En 1993, le cancer du sein a cherché à m'abattre. Je n'ai pas eu peur. Otto, lui, a énormément pleuré. Il avait peur pour moi.

Après l'opération, il m'a accompagnée à chaque chimiothérapie. Le docteur m'avait prévenue :

– Vos cheveux vont tomber...

Je les ai coupés et je suis allée m'acheter une perruque, et j'ai médité pendant six mois seule à chaque séance, je ne voulais pas de la présence d'Otto. Et je me disais : « Mes cheveux ne vont pas tomber... »

J'ai gagné, je n'ai jamais eu à porter cette perruque.

Un jour Jeffrey me dit :

– Maman, est-ce que tu as aimé tellement cet homme ?

– Ne pose pas de questions idiotes, Jeffrey... C'était avant ton père, j'ai aimé comme tu as aimé ta fiancée, comme tu aimes ta femme, mais c'est le passé.

– Tu y penses encore ?

– Oh oui, j'y pense...

Parfois je l'imagine il est quelque part dans le monde, il pense à moi, à Budapest, et à cette cabane au bord du Danube.... Il doit avoir soixante-douze ans, il n'enseigne plus mais il joue encore notre chanson préférée au piano. J'entends la musique, *Night and Day... you are the one...*

– Mais ça ne te regarde pas...

– Maman tu devrais l'écrire. Tu devrais en faire un film !

J'ai cru qu'il plaisantait.

– Écrire, moi ? Je n'ai aucune idée de la façon de faire un scénario. J'ai entassé des notes, des papiers, des histoires, j'ai écrit sur Richard depuis que nous nous sommes quittés, puis retrouvés. Mais je n'ai jamais vraiment écrit.

– Raconte-moi, maman, moi je vais le faire... tu veux bien ?

Jeffrey étudie alors pour devenir scénariste, justement. C'est la première fois que je raconte dans le détail à l'un de mes enfants cet amour d'un autre âge, et ses souffrances.

Jeffrey m'enregistre, il prend des notes studieusement. Mon fils disparaît avec ma vie sous le bras, c'est étrange. Il revient quelques semaines plus tard :

– Je ne peux pas ! Je ne peux pas écrire une histoire d'amour qui te concerne, je n'y arrive pas, je bloque ! T'imaginer, toi, dans les bras d'un homme...

Il ne dit pas de bêtises cette fois. Comment un fils pourrait-il faire revivre l'homme que sa mère a tant aimé ? Et qui n'est pas son père ?

Alors je me suis assise devant l'ordinateur dans ma cuisine, et j'ai entrepris le chemin à rebours.

Chaque nuit, je me mettais à l'ouvrage, surtout lorsque les fantômes étaient trop présents, et que les cauchemars venaient me hanter la nuit, ma mémoire était si claire parfois que j'en souffrais davantage. Les images s'enchaînaient, je m'écoutais parler en silence, je me revoyais sur la route, ou dans les bras de Richard, sur la colline, ou hurlant de rage après Otto. J'entassais des notes et finalement j'avais écrit plus de mille pages. Mais mon anglais n'était pas assez solide, pour me mener sans faille au bout de l'entreprise, et je n'étais pas une spécialiste du scénario.

Je suis donc allée très humblement demander de l'aide à un professeur d'écriture à l'université.

Et un jour, le scénario s'est trouvé achevé. Puis vendu. Un producteur a décidé d'en faire un film. Bien entendu un professionnel a réécrit tout ce que j'ai fait, très professionnellement. On me donne à lire le résultat. Je lis :

Extérieur jour : Mariage au camp de Wetzlar :

« *Les jeunes mariés sont sous le dais, le rabbin vient de les unir, et une centaine de colombes s'envolent dans le ciel d'Allemagne...* »

J'éclate de rire au nez du professionnel :

– Des colombes ? Mon pauvre ami, nous crevions tellement de faim que si nous avions aperçu ne serait-ce qu'un bec de poulet, nous l'aurions dévoré tout cru...

Un autre auteur reprend le sujet, un grand cette fois, avec un grand producteur. On m'emmène en repérages partout, à Budapest, à Mauthausen, jusqu'à Zeteny, dans le village de mon grand-père. J'y retrouve trois vieillards encore en vie, qui se souviennent de lui. De sa bonté, de sa générosité.

– On n'aurait jamais dû le déporter.

– Oui, mais cet avocat juif, lui, il aurait dû partir car il prenait trop d'argent aux gens d'ici.

Je voulais entrer dans quelques maisons qui avaient appartenu à mon grand-père si bon et si généreux avec ses ouvriers. Personne ne m'a laissée franchir le seuil. Je n'ai pu parler qu'en restant sur le pas de la porte.

J'ai demandé où étaient passés les biens de mon grand-père. Ils ne savaient pas. Où était sa ferme ? Ils ne savaient plus... Et notre puits, le seul puits du village ?

– Oh, le puits n'est plus ici, ils ont construit une école sur cet endroit-là...

J'ai traversé la rue... la ferme n'existe plus. Il y avait dix-huit maisons là... et la grange où on épluchait le maïs... et plumait les oies...

Il restait encore une maison où vivait le plus vieil homme du village. Lui se souvenait de ma mère, et de tous les enfants.

– Que sont devenus les biens de ma famille ?

– Je ne sais pas, j'étais à l'armée. Ma femme aurait su mais elle est morte !

– Y a-t-il quelqu'un d'autre d'encore vivant à qui je pourrais parler ?

Je suis allée voir un autre homme. Il ne m'a pas laissée entrer non plus, et il a dit :

– Nous ne savons pas ce qu'ils sont devenus. On les a vus partir c'est tout. On les a mis sur une carriole et on a emmené tous ces juifs hors d'ici. C'est tout ce qu'on sait.

– Mais que sont devenus leurs biens ? C'était une grande maison, il y avait onze enfants...

On ne savait pas. Tout le village ne savait pas.

Je ne peux pas détester ces gens. Je ne les aime pas, mais j'ignore la haine. Otto, lui, connaît la haine. Il hait avec passion. Il ne voulait pas retourner en Hongrie avec moi, et lorsqu'il y va maintenant, il n'a qu'une envie, en repartir.

J'ai décidé de refaire un jour la marche sur Vienne. Otto m'a dit ce matin :

– Pourquoi veux-tu marcher encore ? Pourquoi retourner là-bas ? Tes pieds ont tant souffert sur cette route que tu vis pieds nus la moitié du temps.

Pourquoi ? Pour le faire toute seule, en l'ayant décidé. Je marcherais chaque jour, de Budapest à la frontière, autant que je pourrais. Je ne ferais pas trente-deux kilomètres comme nous l'avons fait le premier jour, mais la moitié peut-être et je dormirais dans les villages sur la route. Je veux revoir les maisons sur le chemin. Celles dont je voyais les rideaux bouger, ces gens qui regardaient passer les juifs.

– Tu as vraiment besoin de ça ?

Ce dont j'ai besoin, chaque jour, même à mon âge, c'est de contrôler ma vie, moi seule, sans ordre, ni humiliation, sans mensonge. Je n'ai plus peur de rien, le pire nous a été imposé il y a longtemps. J'aurai bientôt soixante-dix ans, mais je suis une éternelle romantique. Je suis grand-mère, j'ai trouvé une forme de sérénité avec Otto et accepté son amour. J'ai pu écrire à ma façon, qui n'est pas celle du cinéma certainement, l'histoire de mon grand amour inoubliable.

Jusqu'à ce jour incroyable du 28 juin 1975 à Budapest je me contentais d'en rêver, d'y penser, et je n'en parlais plus. Ma vie s'était refermée sur son absence. Mon cœur et mon corps étaient orphelins de lui. Mais il était vivant, alors je le suis redevenue moi aussi.

Et j'ai encore les larmes aux yeux, en pensant au dernier baiser de cette nuit d'été pluvieuse et tendre à Budapest, où j'ai failli, seulement failli, lui appartenir enfin.

Car je pense toujours à lui. Otto le sait. Si j'étais libre, je courrais le retrouver.

Dieu a finalement veillé sur ma famille, je prie qu'il me pardonne cette ultime impudence.

Table

Cet ouvrage a été réalisé par la
SOCIÉTÉ NOUVELLE FIRMIN-DIDOT
Mesnil-sur-l'Estrée
pour le compte des Éditions Fixot
24, avenue Marceau, 75008 Paris
en février 2000

Imprimé en France
Dépôt légal : février 2000
N° d'édition : 40245-01 – N° d'impression : 49706